[清] 王闿运 著 — 朱汉民 主编

王闿运集续编

（五）

岳麓書社·长沙

湖湘文庫
续编

全书总目录

前　言

《管子》是我国古代经典著作，其内容较为庞杂，汇集了道、法、儒、名、兵、农、阴阳等百家之学。历代流传，产生了众多的版本。仅郭沫若《管子集校·叙录》所列的重要宋明版本就有十七种，而严灵峰《周秦汉魏诸子知见书目》所著录的有一百四十五种之多。这些产生于不同时代，版式内容各异的版本，共同组成了复杂的《管子》版本体系。本次整理的是湖南省社会科学院（湖南省人民政府发展研究中心）文献信息中心所藏的王闿运手抄并批校的《管子》。

王闿运，字壬秋，号湘绮，湖南湘潭人。清咸丰举人，曾先后入肃顺、文煜、曾国藩幕府。后专事讲学，四川总督丁宝桢聘主尊经书院，待以宾师之礼，成材甚众。归后任长沙思贤讲舍、衡州船山书院山长。清光绪三十四年（1908），湖南巡抚岑春蓂上其学行，特授翰林院检讨。民国初任国史馆馆长。王闿运好治经学，主张通经致用，尤擅今文公羊学。其撰述宏富，门人辑其著作为《湘绮楼全书》。

是书共九册，为王闿运手抄并批校。是本半叶八行，行十七字，小字双行同，白口，无框格，无序跋。开本高30.2厘米，宽17厘米。有朱墨双色批校、圈点。前抄录《史记·管晏列传》管子部分，有“陈浴新印”“五凤斋主人”钤印。正文以其抄书常用之宋体，批校则以行书而就。所批间采黄丕烈影宋本和俞樾本校注，黄本校注为墨批，有“案黄丕烈影宋本注”或“黄本注”

之语；俞本校注多为朱批，间有墨批，曰“俞云”或“俞读为”。批注方式有眉批、行批、圈点等。

第一册卷末题：“同治十三年夏四月癸酉朔校笺。十四年秋八月辛卯用俞樾本补校笺。光绪廿八年春分后三日复阅增删。”第二册卷末题：“同治十又三年十月丙子校注一过。十四年八月辛卯用俞本再校。光绪壬寅二月癸酉既望重阅一过。”第三册卷末题：“同治十三年十月丁丑至庚辰校注讫。十又四年八月壬辰用俞氏本校。此本多附会托词，唯《霸言》《问第》可备说。光绪壬寅二月十六日校改。”第四册卷末题：“初校未记月日。同治十四年八月戊寅用俞氏本再校注。光绪壬寅二月十六日阅。”第五册卷末题：“同治十有三年校一过。十有四年用俞本再校。光绪壬寅二月十七日校补。”第六册卷末题：“光绪廿有八年春二月戊申夜阅。”第七册卷末题：“壬寅二月己酉校阅。”第八册卷末题：“辛卯四月己未点毕。光绪廿八年壬寅重阅”。第九册卷末题：“辛卯五月夏至前十日抄校毕。壬寅二月春分后八日重阅。此书经廿三年乃成，又十二年乃可读。凡卅五年。”

由此观之，此书历三十五载方才校注完成，然惜未题名。湖南省社会科学院文献信息中心藏王闿运手稿《周甲七夕词六十一绝句》，其中一首为：“云汉中兴乐有余，石门容我赋闲居。曝衣楼上花如锦，更曝亲抄手著书。”该诗下注云：“己巳，还石门。是年捻寇悉平，天下无事，余携子女专事抄撰，写《诗》、《书》、《易》、三《礼》、《春秋》二传、《尔雅》九经，注《易》《书》《诗》《礼》《春秋》六经及《管子》《桂阳志》，手稿盈筐，分为二箱。”己巳年为同治八年（1869），辛卯年为光绪十七年（1891），壬寅年为光绪二十八年（1902）。依据其卷末所题时间从同治八年到光绪十七年，共二十三年，再到光绪二十八年，恰是十二年。此外，王闿运于书法喜重抄写，笔风雅健，自成一体，其弟子马宗霍《书林藻鉴》载云："符铸云：湘绮书笔重墨凝，朴茂多姿，盖从北碑中出，虽为文章所掩，然极堪宝玩也。《霎岳楼笔谈》：……其行楷小书，虽似绝不经意，而古泽书气，醰乎有味，于书家外别成一格。又云，先生初习小欧，功力颇深。笔能运墨，墨能透纸，端肃有度，雅饬入程。既参《马鸣寺》，得其峻宕，益臻妙致。"参阅王闿运其他抄本，《管子》一书无论笔线的外在造诣，还是字意的内在蕴藉，均趋一致，虽未题名，亦可知其为湘绮先生手抄批校之作。

《管子》经王闿运手抄并批校，又间采黄丕烈影宋本和俞樾本校注，其版本价值及学术研究价值不言自明。今湖南省社会科学院组织人力将其点校整理，其中王闿运墨批、朱批，以仿宋字体标示。整理本以《管子注》名之，收入《王闿运全集》，以惠学林。限于学力，书中疏误之处，敬请方家指正。

杨　斌

二〇二三年十二月

目　录

卷五

卷六

卷七

卷八

卷九

卷十

卷十六

卷十七

卷十八

卷十九

卷二十

卷二十一

《史记》列传第二

管仲夷吾者，颍上人也。少时常与鲍叔牙游，鲍叔知其贤。管仲贫困，常欺鲍叔，鲍叔终善遇之，不以为言。已而鲍叔事齐公子小白，管仲事公子纠。及小白立为桓公，公子纠死，管仲囚焉。鲍叔遂进管仲。管仲既用，任政于齐，齐桓公以霸，九合诸侯，一匡天下，管仲之谋也。

管仲曰："吾始困时，常与鲍叔贾，分财利多自与，鲍叔不以我为贪，知我贫也。吾尝为鲍叔谋事而更穷困，鲍叔不以我为愚，知时有利不利也。吾尝三仕三见逐于君，鲍叔不以我为不肖，知我不遭时也。吾尝三战三走，鲍叔不以我为怯，知我有老母也。公子纠败，召忽死之，吾幽囚受辱，鲍叔不以我为无耻，知我不羞小节而耻功名不显于天下也。生我者父母，知我者鲍子也。"鲍叔既进管仲，以身下之。子孙世禄于齐，有封邑者十余世，常为名大夫。天下不多管仲之贤，而多鲍叔能知人也。

管仲既任政相齐，以区区之齐在海滨，通货积财，富国强兵，与俗同好恶。故其称曰："仓廪实而知礼节，衣食足而知荣辱，上服度则六亲固。四维不张，国乃灭亡。下令如流水之原，令顺民心。"故论卑而易行。俗之所欲，因而予之；俗之所否，因而去之。

其为政也，善因祸而为福，转败而为功。贵轻重，慎权衡。桓公实怒少姬，南袭蔡，管仲因而伐楚，责包茅不入贡于周室。桓公实北征山戎，而管仲因而令燕修召公之政。于柯之会，桓公欲背曹沫之约，管仲因而信之，诸侯由是归齐。故曰：知与之为取，政之宝也。管仲富拟于公，有三归、反坫，齐人不以为侈。管仲卒，齐国遵其政，常强于诸侯。

太史公曰：吾读管氏《牧民》《山高》即山高祈羊至。《乘马》《轻重》有十九篇，前三篇皆题“乘马”。《九府》，即《幼官》。详哉其言之也。既见其著书，欲观其行事，故次其传。至其书，世多有之，是以不论，论其轶事。管仲世所谓贤臣，然孔子小之，岂以为周道衰微，桓公既贤，而不勉之至王，乃称霸哉？言非此意也。君则王，臣则伯，无优劣也。桓公又非贤。语曰将顺其美，匡救其恶，故上下能相亲也，此与后赞晏子同，引《孝经·事君》章，伤其事中主。岂管仲之谓乎？求用故小也。

卷一

牧民第一　经言一

凡有地牧民者，务在四时，四时所以生成万物也。守在仓廪。食者，人之天也。国多财则远者来，地辟举则民留处，举，尽也。言地尽辟，则人留而安居处也。朱批：举，兴也。仓廪实则知礼节，衣食足则知荣辱，上服度则六亲固，服，行也。上行礼度，则六亲各得其所，故能感恩而结固之。六亲，谓父母兄弟妻子。墨批：案，黄丕烈影宋本注“服”作“留”，无“六亲谓”以下九字。四维张则君令行。故省刑之要，在禁文巧；文巧者，刑罚所由生。守国之度，在饰四维；顺民之经，在明鬼神，祇山川，鬼神、山川皆有尊卑之序，故敬明之。敬宗庙，恭祖旧。谓恭承先祖之旧法。不务天时，则财不生；不务地利，则仓廪不盈。野芜旷则民乃菅，菅，当为奸。墨批：黄本注“奸”作“芜”。朱批：亦无此。朱批：“菅”同“痯”，病也。上无量则民乃妄。文巧不禁则民乃淫，不璋两原则刑乃繁。璋，当为章。章，明也。两原，谓妄之原，上无量也；淫之原，不禁文巧也。能明此法者刑简。墨批：黄本注“刑简”上有“则”字。朱批：亦无。朱批：“璋”当作“障”，塞也。《说文》：璋，拥也。不明鬼神则陋民不悟，不悟鬼神有尊卑之异也。不祇山川则威令不闻，言能登封降禅，祇祀山川，则威令远闻。不敬宗庙则民乃上校，校，效也。君无所尊，人亦效之。墨批：黄本注“效”一作“効”。朱批：校，角也。《传》曰：校者，吾仇。不恭祖旧则孝悌不备。四维不张，国乃灭亡。

右国颂。颂，容也。谓陈为国之（刑）［朱批：形］容。朱批：黄本注“刑”作“形”。

国有四维，一维绝则倾，二维绝则危，三维绝则覆，四维绝则灭。倾可正也，危可安也，覆可起也，灭不可复错也。何谓四维？一曰礼，二曰义，三曰廉，四曰耻。礼不逾节，义不自进。自进，谓不由荐举也。廉不蔽恶，隐蔽其恶，非贞廉也。耻不从枉。诡随邪枉，无羞之人。故不逾节则上位安，不自进则民无巧诈，不蔽恶则行自全，不从［朱批：枉］则邪事不生。

右四维。

政之所兴，在顺民心；政之所废，在逆民心。民恶忧劳，我佚乐之。民恶贫贱，我富贵之。民恶危坠，我存安之。民恶灭绝，我生育之。能佚乐之，则民为之忧劳。君于平康，能佚乐人，及其危，人必为之忧劳，下三顺皆然。能富贵之，则民为之贫贱。能存安之，则民为之危坠。能生育之，则民为之灭绝。故刑罚不足以畏其意，杀戮不足以服其心。畏意、服心，在于顺其所欲，不在刑罚杀戮。故刑罚繁而意不恐，则令不行矣。杀戮众而心不服，则上位危矣。故从其四欲，则远者自亲；行其四恶，则近者叛之。故知予之为取者，政之宝也。谓予之生全，取其死难也。

右四顺。

错国于不倾之地，积于不涸之仓，涸，竭也。藏于不竭之府，下令于流水之原。使民于不争之官，明必死之路，开必得之门。不为不可成，不求不可得，不处不可久，不行不可复。错国于不倾之地者，授有德也。积于不涸之仓者，务五谷也。藏于不竭之府者，养桑麻、育六畜也。下令于流水之原者，令顺民心也。使民于不争之官者，使各为其所长也。各长其所长，则顺而悦，故不争也。明必死之路者，严刑罚也。开必得之门者，信庆赏也。不为不可成者，量民力也。不求不可得者，不强民以其所恶也。不处不可久者，不偷取一世也。谓所处可必使百代常行。墨批：黄本注“可必”作“必可”。朱批：无此。不行不可复者，不欺其民也。复，重也。欺民之事，不可重行也。故授有德则国安，务五谷则食足，养桑麻、育六畜则民富，令顺民心则威令行，使民各为其所长则用备，严刑罚则民远邪，信庆赏则民轻难。量民力则事无不成，不强民以其所恶则诈伪不生，不偷取一世则民无怨心，不欺其民则下亲其上。

右士经。士，事也。经，常也。谓陈事之可以常行者也。

以家为乡，乡不可为也。言有家之亲，斥以为乡之疏，必生怨，故不可为也。下三事同此。以乡为国，朱批：邦。国朱批：邦。不可为也。以国朱批：邦。为天下，天下不可为也。以家为家，一亲也。以乡为乡，二亲也。以国朱批：邦。为国，朱批：邦。三亲也。以天下为天下。四亲也。毋曰不同生，朱批：俞云，“生”读为“姓”。远者不听。谓家也，言有家之亲，而谓之曰不与汝同家而生，用此以相疏远者必不听。下同此。毋曰不同乡，远者不行。毋曰不同国，朱批：邦。墨批：黄本“国”不作“邦”。远者不从。如地如天，何私何亲？五亲也。如月如日，唯君之节。六亲也，天地日月，取其耀临。言人君亲下，当如天地日月之无私也。御民之辔，在上之所贵。言人从上之所贵，如朱批：若。马之从辔。墨批：黄本注“如”作“若”。道民之门，在上之所先。上所先行，人必行之，其从之，若由门矣。墨批：黄本注“人必行之”，“之”作“人”，“其从之”，“其”作“必”。召民之路，在上之所好恶。故君求之则臣得之，君将求之，臣已先索得之也。君嗜之则臣食之，君好之则臣服之，君恶之则臣匿之，一法也。毋蔽汝恶，毋异汝度，汝，君也。贤者将不汝助。言室满室，言堂满堂，是谓圣王。

二法也。言堂室事而［朱批：令］满，取其露见不隐也。墨批：黄本注“而”下有“令”字。城郭沟渠不足以固守，兵甲强力不足以应敌，博地多财不足以有众。言城郭、兵甲、博地不足以固守、应敌、有众。其固守、应敌、有众，更在有道者也。惟有道者，能备患于未形也，故祸不萌。三法也。天下不患无臣，患无君以使之。天下不患无财，患无人以分之。可以分与财者，贤人也。故知时者可立以为长，无私者可置以为政。朱批：俞云，“政”同“正”。审于时而察于用，而能备官者，可奉以为君也。四法也。缓者后于事，吝于财者失所亲，信小人者失士。五法也。

右六亲五法。

形势第二朱批：解在第六十四。　经言二

自天地以及万物，关诸人事，莫不有形势焉。夫势必因形而立，故形端者势必直，状危者势必倾。触类莫不然，可以一隅而反。

山高而不崩，则祈羊至矣。朱批：俞云，“祈”同“釁”。《说文》云：以血有所刏涂祭也。渊深而不涸，则沉玉极矣。极，至也。山不崩，渊不涸，兴雨之祥，故羊、玉而祈祭。烹羊以祭，故曰祈羊。墨批：黄本注“烹”作“耳”，属上句语词。朱批：无。天不变其常，地不易其则，春秋冬夏，不更其节，古今一也。今之天地即古之天地，今之四时即古之四时，故曰古今一也。蛟龙得水而神可立也，虎豹得幽而威可载也，至德处盛位，天下可平。载，行也。风雨无乡而怨怒不及也。乡，方也。既无方所，故无从而怨怒也。贵有以行令，贱有以忘卑，贵而行令，令乃行。贱而忘卑，卑可移。寿夭贫富，无徒归也。皆有理在焉。衔命者，朱批：《形势解》作“衔令”。君之尊也。受辞者，名之运

也。言受君之辞以出命，则名必运。运，行也。

上无事则民自试，试，用也。抱蜀不言而庙堂既修。抱，持也。蜀，祠器也。君人者，但抱祠器，以身率道，虽复静然不言，庙堂之政既以修理矣。朱批：蜀解为器，他所未见，祭者亦不抱器也。蜀，独也。俞云，“独”同“楬”。楬、韣、椟同字，藏宗器之物也。《语》曰：龟玉毁于椟中。宋本音释曰：“蜀”音“独”。鸿鹄锵锵，唯民歌之。感德化也。济济多士，殷民化之。纣之失也，戒纣之失，故化文王。飞蓬之问，不在所宾；燕雀之集，道行不顾。蓬飞因风动摇不定，喻二三之声问，明主所不宾敬。燕雀翔集，事之常细也，故行道之人忽而不顾。谓小事非大人所宜知。墨批：黄本“问”作“间”，注“雀”作“爵”。无。朱批：《形势解》：无仪法程式，蜚摇而无所定，谓之蜚蓬之问。牺牷圭璧，不足以飨鬼神。鬼神享德，不在圭璧。主功有素，宝币奚为！主能立功，可谓有素。有素，则诸侯不敢犯，宝玉、币帛何所为乎！羿之道，非射也；造父之术，非驭也；奚仲之巧，非斫削也。羿之射，贵其肆武服戎，不在其落乌中鹄。造父之驭，贵其军容致远，不在辙迹遍天下也。奚仲之巧，贵其九车以载，不在斫削成光鉴也。墨批：黄本注“鹄”作“鹄”。朱批：无此。召远者使无为焉，亲近者言无事焉，唯夜行者独有也。远使无为，所以优远方也。亲于近者，贵于恩厚，不在于虚言。夜行，谓阴行其德，则人不与之争，故独有之也。墨批：黄本注无“虚言”二字。

平原之隰，奚有于高？言平隰之泽，虽有小封，不成于高，喻人有大失，小善不成其美。隰，下泽也。大山之隈，奚有于深？隈，山曲也。言山既大矣，虽有小隈，不成为深。喻人有高行，虽有小过，非不肖也。訾讆之人，勿与任大。訾，毁贤；讆，誉恶也。如此之人，则乱大邦也。譕朱批：“譕”同“谟”，谋也。臣者可以远举，言行莫先，谓之譕臣。有大言行者，可与（举）［朱批：图］国之远也。顾忧者可与致道。顾忧，谓忠事勤臣道。有如此者，可致于道者也。墨批：黄本注“举”作“图”。下“忠事”作“忘事”。朱批：无此。其计也速，而忧在近者，往而勿召也。小人之计，得之虽速，祸败寻至，则忧及之。此人亲近，推之令去，不须召也。朱批：往，已往也，以已往为鉴。举长者，可远见也。举用长利，众皆见之，故曰远见。墨批：黄本注“利”作“和”。裁大者，众之所比也。裁，断也。能断大事，众必比之。朱批：俞云，“裁”同“材”。美人之怀，定服而勿厌也。欲令人贵美而怀归者，须安定服行道德，勿有疲厌。朱批：《形势解》：欲民之怀乐己者，必服道德而勿厌也。俞云，“美”当作“欲”，“定”当作“必”。必得之事，不足赖也；必诺之言，不足信也。言人于事，莫为疑动，言必得应诺，如此，虚诞者耳，不足赖信也。小谨者不大立，訾食者不肥体。言人无弘量，但有小谨，不能大立也。訾，恶也。恶食之人，忧嫌致瘠，故不能肥丰。有无弃之言者，必参于天地也。言无可弃，动为法则，若天地之无不容载，故曰参之天地。

坠岸三仞，人之所大难也，而猿猱饮焉。猿遇坠岸而能饮，喻智者逢祸而能息也。朱批：猿以连臂饮也。故曰：伐矜好专，举事之祸也。墨批：黄本有“故曰”字。不行其野，不违其马。马有识道之性，不违马而自得涂。喻未经其事，问其所经。朱批：违，离也。虽不行野，不可去马，故不可弃言也。能予而无取者，天地之配也。天地施生，不求所报。与而不取，可以配天地也。怠倦者不及，倦怠之人，触涂废滞，故多不及。无广者疑神。神者在内，不及者在门。无得以己及不及，疑神不神。神虽无形，常在于内，故曰在内也。不及外见，故曰在门也。墨批：黄本注“以己”下无“及”字，“不神”作“不祐”，“虽”上无“神”字。在内者将假，在门者将待。将假，谓神将借己也。待，谓须自厉以待。曙戒勿怠，后稚逢殃。每曙而戒，所以戒此日之事。以待曙戒，戒勿为倦怠也。朱批：“勿”同“忽”。俞云，“勿”当作“夕”。朝忘其事，夕失其功。邪气入内，正色乃衰。君不君，则臣不臣。父不父，则子不子。上失其位，则下逾其节。上下不和，令乃不行。衣冠不正，则宾者不肃；进退无仪，则政令不行。且怀且威，则君道备矣。

莫乐之，则莫哀之。常能乐人，及其有难，人必哀之。墨批：黄本注“哀之”下有“也”字。莫生之，则莫死之。常能生人，及其有危，人必死之。往者不至，来者不极。此往情不至，则彼来意不极也。墨批：黄本注“彼”作“复”，“极”作“然”，均误。道之所言者一也，而用之者异。道之所言，其理不二，但用之不同，其事遂异也。有闻道而好为家者，一家之人也；虽闻道，但好理家，此但一家之人耳，言无广远。有闻道而好为乡者，一乡之人也；有闻道而好为国者，一国之人也；有闻道而好为天下者，天下之人也；此亦仁者见之谓之仁，智者见之谓之智也。有闻道而好定万物者，天下朱批："下"当作"地"。之配也。此则君子体斯道也。道往者，其人莫来；道来者，其人莫往；道之所设，身之化也。道者，均彼我，忘是非，故无来往之体。然道之所设，身必与之化也。墨批：黄本作“道往者，其人莫往；道来者，其人莫来”。朱批：无此。持满者与天，安危者与人。失天之度，虽满必涸。上下不和，虽安必危。能持满者，则与天合。能安危者，则与人合。不合于天，虽满必涸。不合于人，虽安必危。欲王天下，而失天之道，天下不可得而王也。得天之道，其事若自然。失天之道，虽立不安。其道既得，莫知其为之。其功既成，莫知其释之。墨批：黄本“释”作“泽”。藏之无形，天之道也。

疑今者察之古，不知来者视之往。万事之生也，异趣而同归，古今一也。生栋覆屋，朱批："生"当为"主"，主栋无知，故不怨怒；或者读为“立”者，如生之主，人方立栋而覆，既不怨栋，亦不怒人，以初立而覆，是其常也。朱批：生栋，湿木未干者。怨怒不及。弱子下瓦，慈母操棰。言人以生栋造舍，虽至覆屋，但自咎而已，不敢怨及他人。至弱子下瓦，所损不多，慈母便操棰而怒之。喻人主过由己作，虽大而吞声；过发他人，虽小而振怒也。天道之极，远者自亲。天道平分，远近无二，故远者自亲也。人事之起，近亲造怨。人事则爱恶相攻，故有近亲造怨也。万物之于人也，无私近也，无私远也，动物则有识而无知，植物则有生而无识，故于人也，无私远近。巧者有余，而拙者不足。万物既无私于人，故巧者用之有余，拙者用之不足。其功顺天，者天助之；其功逆天者，天违之。墨批：黄本"违"皆作"围"。朱批：无此。天之所助，虽小必大；天之所违，虽成必败。顺天者有其功，逆天者怀其凶，不可复振也。

乌鸟之狡，虽善不亲。狡，谓猜也。言乌鸟之性多猜，初虽相善，后终不亲。朱批：狡，驯也。《牧民解》作"鸟集之交"。《形势解》作"乌集之交"。仍以作"交"为定。不重之结，虽固必解。道之用也，贵其重也。毋与不可，毋强不能，毋告不知。与不可，强不能，告不知，谓之劳而无功。见与之交，几于不亲；见，谓不忘而恃之也。与，亲与也。朱批：几，近也。见哀之役，朱批：哀，爱也。几于不结；役而哀之，虽有恻然，见而不忘，故彼不结［朱批：也］。朱批：《解》作"见与之友""见爱之交"。见施之德，几于不报。虽有恩施之德，然见而不忘，故彼不报也。四方所归，心行者也。心行能不见，则四方归之。独王之国，劳而多祸。独王，谓无四邻之援也。朱批：《解》"王"作"任"。此当作"王"。独国之君，卑而不威。自媒之女，丑而不信。未之见而亲焉，可以往矣。未见而亲。亲必无终，故［朱批：焉］可往矣。朱批：焉、安，同用字，言不可也。久而不忘焉，可以来矣。朱批：注全与《解》违。日月不明，天不易也；山高而不见，地不易也。日月无不明，假令不明，是天有云气而不易也。山高无不见，假令不见，是地多崄阻不平易也。朱批：虽不明不见，天地无异也。言而不可复者，君不言也；行而不可再者，君不行也。谓臣有忠言，不可复言者，则由君不言故也。臣有善行，不可再行者，则由君不行故也。朱批：君言而不复行，一事而不可再，则国威亵矣。凡言而不可复，行而不可再者，有国者之大禁也。言而不可复者，其言不信也；行而不可再者，其行贼暴也。墨批：黄本“禁也”下无“言而不可复”四句注。

权修第三权者，所以知轻重也。君人者，必知事之轻重，然后国可为，故须修权。 经言三

万乘之国，兵不可以无主。无所主，则无所统一也。土地博大，野不可以无吏。无吏，则不厉于垦辟。百姓殷众，官不可以无长。无长，则无禀令也。操民之命，朝不可以无政。地博而国贫者，野不辟也。民众而兵弱者，民无取也。兵无主，故无所取则。故末产不禁，则野不辟；赏罚不信，则民无取。野不辟，民无取，外不可以应敌，内不可以固守。故曰：有万乘之号，而无千乘之用，而求权之无轻，不可得也。国号万乘，及其兵用，不满于千，如此者，权必自轻也。

地辟而国贫者，舟舆饰台榭广也。赏罚信朱批：三字误。而兵弱者，轻用众，使民劳也。舟车饰，台榭广，则赋敛厚矣。轻用众，使民劳，则民力竭矣。赋敛厚，则下怨上矣。民力竭，则令不行矣。下怨上，令不行，而求敌之勿谋己，不可得也。

欲为天下者，必重用其国。欲为其国者，必重用其民。欲为其民者，必重尽其民力。重为矜惜之也。无以畜之，则往而不可止也。往，谓亡去也。无以牧之，则处而不可使也。人虽留处，无畜牧之道，故不可使也。远人至而不去，则有以畜之也。民众而可一，则有以牧之也。见其可也，喜之有征。征，验也。必有恩锡以验，见喜无空然矣。墨批：黄本注“喜”作“善”。朱批：无此。见其不可也，恶之有刑。朱批：俞云，“刑”同“形”。赏罚信于其所见，虽其所不见，其敢为之乎！所见之处，赏罚既信，则所不见，惧而从教，不敢为

非。见其可也，喜之无征；见其不可也，恶之无刑。赏罚不信于其所见，而求其所不见之为之化，不可得也。朱批：俞云，《荀子》作“求所不见之外”。厚爱利足以亲之，明智礼足以教之。上身服以先之，服，行也。凡所欲教人，在上必身自行之，所以率先于下也。审度量以闲之，所以防闲其奸伪也。乡置师以说道之，然后申之以宪令，劝之以庆赏，振之以刑罚，振，整也。故百姓皆说为善，则暴乱之行无由至矣。

地之生财有时，民之用力有倦，而人君之欲无穷。以有时与有倦，养无穷之君，而度量不生于其间，度量不生，则赋役无限也。则上下相疾也。上疾下之不供，下疾上之无穷。是以臣有杀其君，子有杀其父者矣。故取于民有度，用之有止，国虽小必安；取于民无度，用之不止，国虽大必危。地之不辟者，非吾地也。民之不牧者，非吾民也。凡牧民者。以其所积者食之，不可不审也。其积多者其食多，其积寡者其食寡，无积者不食。或有积而不食者，则民离上；有积多而食寡者，则民不力；有积寡而食多者，则民多诈；有无积而徒食者，则民偷幸。故离上、不力、多诈、偷幸，举事不成，应敌不用。故曰：察能授官，班禄赐予，使民之机也。

野与市争民，民务本业，则野与市争民。家与府争货，下务藏积，则家与府争货。金与粟争贵，所宝惟谷，故金与粟争贵。乡与朝争治。官各务其职，故乡与朝争治。故野不积草，农事先也。府不积货，藏于民也。市不成肆，家用足也。朝不合众，乡分治也。故野不积草，府不积货，市不成肆，朝不合众，治之至也。人情不二，故民情可得而御也。审其所好恶，则其长短可知也；观其交游，则其贤不肖可察也。二者不失，则民能可得而官也。二者，谓好恶、交游也。地之守在城，城之守在兵，兵之守在人，人之守在粟，故地不辟则城不固。有身不治，奚待于人？待，谓将治之言，身既不能自治，则无以治人也。有人不治，奚待于家？有家不治，奚待于乡？有乡不治，奚待于国？有国不治，奚待于天下？天下者，国之本也。国者，乡之本也。乡者，家之本也。家者，人之本也。人者，身之本也。身者，治之本也。故上不好本事，则末产不禁；末产不禁，则民缓于时事而轻地利；轻地利，而求田野之辟，仓廪之实，不可得也。商贾在朝，则货财上流；若桓、灵之卖官也。妇言人事，则赏罚不信；妇者，所以职其蚕织，此之不为，辄言人事，妇人之性险诐，故赏罚不信矣。墨批：黄本注"职"作"休"，"诐"误作"诀"。朱批：无此。"言人"当作"人言"。男女无别，则民无廉耻。货财上流，赏罚不信，民无廉耻，而求百姓之安难，兵士之死节，不可得也。朝廷不肃，贵贱不明，长幼不分，度量不审，衣服无等，上下凌节，而求百姓之尊主政令，不可得也。上好诈谋间欺，间，隔也。有所隔碍而欺诳也。臣下赋敛竞得，使民偷壹，偷取一时之快。则百姓疾怨，而求下之亲上，不可得也。有地不务本事，本事，谓农。君国不能壹民，而求宗庙社稷之无危，不可得也。

上恃龟筮，好用巫医，则鬼神骤祟。墨批：黄本"祟"作"崇"。故功之不立，名之不章，为之患者三：苟功不立、名不章，必为三患，下独王、贫贱、日不足，是也。有独王者，谓无党也。有贫贱者，有日不足者。有日不足之费也。一年之计，莫如树谷；十年之计，莫如树木；终身之计，莫如树人。树人谓济而成立之。一树一获者，谷也；一树十获者，木也；果木过十年，渐就枯悴，故曰十获也。一树百获者，人也。人有百年之寿，虽使无百年，子孙亦有嗣之而报德者，故曰百获也。我苟种之，如神用之，一种百获，近识者莫能测其由，故曰如神用也。举事如神，唯王之门。王者贵神，道设教也。

凡牧民者，使士无邪行，女无淫事。士无邪行，教也。女无淫事，训也。教训成俗而刑罚省，数也。所角反。凡牧民者，欲民之正也。欲民之正，则微邪不可不禁也。微邪者，大邪之所生也。微邪不禁，而求大邪之无伤国，不可得也。凡牧民者，欲民之有礼也。欲民之有礼，则小礼不可不谨也。小礼不谨于国，而求百姓之行大礼，不可得也。凡牧民者，欲民之有义也。欲民之有义，则小义不可不行［朱批：也］。小义不行于国，而求百姓之行大义，不可得也。凡牧民者，欲民之有廉也。欲民之有廉，则小廉不可不修也。小廉不修于国，而求百姓之行大廉，不可得也。凡牧民者，欲民之有耻也，欲民之有耻，则小耻不可不饰也。小耻不饰于国，而求百姓之行大耻，不可得也。凡牧民者，欲民之修小礼，行小义，饰小廉，谨小耻，禁微邪，此厉民之道也。民之修小礼，行小义，饰小廉，谨小耻，禁微邪，治之本也。

凡牧民者，欲民之可御也。欲民之可御，则法不可不审。法者，将立朝廷者也。将立朝廷者，则爵服不可不贵也。爵服加于不义，则民贱其爵服；民贱其爵服，则人主不尊；人主不尊，则令不行矣。法者，将用民力者也。将用民力者，则禄赏不可不重也。禄赏加于无功，则民轻其禄赏；民轻其禄赏，则上无以劝民；上无以劝民，则令不行矣。法者，将用民能者也。将用民能者，则授官不可不审也。授官不审，则民间其治；民间其治，则理不上通；理不上通，则下怨其上；下怨其上，则令不行矣。法者，将用民之死命者也。用民之死命者，则刑罚不可不审；刑罚不审，则有辟就；有辟就，则杀不辜而赦有罪；杀不辜而赦有罪，则国不免于贼臣矣。故夫爵服贱，禄赏轻，民间其治，贼臣首难，此谓败国之教也。

立政第四　经言四

国之所以治乱者三，杀戮刑罚不足用也。三，谓三本也，谓治、乱法各有三也。国之所以安危者四，城郭险阻不足守也。四谓四固。国之所以富贫者五，轻税租，薄赋敛，不足恃也。五，谓五事。治国有三本，而安国有四固，而富国有五事。五事，五经也。自三本已上总其目。君之所审者三：一曰德不当其位，二曰功不当其禄，三曰能不当其官。此三本者，治乱之原也。故国有德义未明于朝者，则不可加于尊位；功力未见于国者，则不可授以重禄；临事不信于民者，则不可使任大官。故德厚而位卑者谓之过，德薄而位尊者谓之失。宁过于君子，而毋失于小人。过于君子，其为怨浅；失于小人，其为祸深。朱批：法家言可以治国在此。是故国有德义未明于朝而处尊位者，则良臣不进；有功力未见于国而有重禄者，则劳臣不劝；有临事不信于民而任大官者，则财臣不用。三本者审，则下不敢求。三本者不审，则邪臣上通，而便辟制威，如此则民墨批：黄本“民”作“明”。朱批：一本作“明”。塞于上而治壅于下，正道捐弁朱批：弃。而邪事日长。三本者审，则便辟无威于国，道涂无行禽，无禽兽之行。朱批：禽，苑囿所畜，道涂无者，谓不增求鹰犬。疏远无蔽狱，孤寡无隐治。故曰：刑省治寡，朝不合众。

右三本。

君之所慎者四：一曰大德不至仁，不可以授国柄；德虽大而仁不至，或苞藏祸心，故不可授国柄。朱批：《群书治要》“大德”引作“大位”。仁，亲也，居大位而不能与同列相亲，则不可为相。二曰见贤不能让，不可与尊位；三曰罚避亲贵，不可使主兵；四曰不好本事，不务地利，而轻赋敛，不可与都邑。此四务者，安危之本也。故曰：卿相不得众，国之危也。大臣不和同，国之危也。兵主不足畏，国之危也。民不怀其产，国之危也。故大德至仁，则操国得众。见贤能让，则大臣和同。罚不避亲贵，则威行于邻敌。好本事，务地利，重赋敛，则民怀其产。

右四固。

君之所务者五：一曰山泽不救于火，草木不植成，国之贫也。二曰沟渎不遂于隘，鄣水不安其藏，国之贫也。三曰桑麻不植于野，墨批：黄本均作“殖”。朱批：无此。朱批：“植”同“殖”。五谷不宜其地，国之贫也。四曰六畜不育于家，瓜瓠荤菜百果不备具，国之贫也。五曰工事竞于刻镂，女事繁于文章，国之贫也。故曰：山泽救于火，草木（植）[朱批：殖] 成，国之富也。沟渎遂于隘，障水安其藏，国之富也。桑麻植于野，五谷宜其地，国之富也。六畜育于家，瓜瓠荤菜百果备具，国之富也。工事无刻镂，女事无文章，国之富也。

右五事。

分国以为五乡，乡为之师。分乡以为五州，州为之长。分州以为十里，里为之尉。分里以为十游，游为之宗。十家为什，五家为伍，什伍皆有长焉。筑障塞匿，匿，隐。一道路，博出入，审闾闬，慎管鍵。墨批：黄本作“键”，此刊讹也。朱批：鍵非古字，当作“键”。管藏于里尉，置闾有司，以时开闭。闾有司观出入者，以复于里尉。复，白。凡出入不时，衣服不中，圈属羊豕之类也。群徒众作役也。不顺于常者，闾有司见之，复无时。若在长家子弟、臣妾、属役、宾客，朱批：长家，即什伍长之家，而什伍又谯之者，谓五家内有大家而非伍长家。则里尉以谯于游宗，谯，责让也。游宗以谯于什伍，什伍以谯于长家。谯敬而勿复，既谯，能敬而从命，无事可白，则是教令行。朱批：在长家，有可稽察，但谯警之，不必复白于上也。言受者敬听，不得回答它语。一再则宥，三则不赦。凡孝悌、忠信、贤良、俊材，若在长家子弟、臣妾、属［朱批：役］、宾客，则什伍以复于游宗，游宗以复于里尉，里尉以复于州长。州长以计于乡师，计，上计也。乡师以著于士师。著，标著也。凡过党，其在家属，及于长家。及，坐及也。墨批：黄本无“计，上计也”“著，标著也”“及，坐及也”三句注。其在长家，及于什伍之长。其在什伍之长，及于游宗。其在游宗，及于里尉。其在里尉，及于州长。其在州长，及于乡师。其在乡师，及于士师。三月一复，六月一计，十二月一著。凡上贤不过等，谓上贤虽才用绝伦，无得过其劳级。使能不兼官，罚有罪不独及，罪必有首从及党与也。赏有功不专与。孟春之朝，君自听朝，论爵赏校官，终五日。季冬之夕，君自听朝，论罚罪刑杀，亦终五日。正月之朔，百吏在朝，君乃出令，布宪于国。宪，法也。五乡之师，五属大夫，皆受宪于太史。大朝之日，五乡之师，五属大夫，皆身习宪于君前。太史既布宪，入籍于大府，入籍者，入取籍于太府也。宪籍分于君前。五乡之师出朝，遂于乡官，致于乡属，及于游宗，朱批：俞读“官”为“馆”。乡馆在国中，致以文书致之属为，州长下有里尉，故云及于游宗。皆受宪。宪所以察时令，籍所以视功过。宪既布，乃反致令焉，致令于君。然后敢就舍。宪未布，令未致，不敢就舍。就舍谓之留令。罪死不赦。五属大夫，皆以行车朝，出朝不敢就舍，遂行。至都之日，五属之都。遂于庙，致属吏，皆受宪。朱批：都有庙，则乡亦有庙，而乡不于庙致吏者，远也。宪既布，乃发使者，致令以布宪之日，蚤晏之时。宪既布，使者以发，然后敢就舍。宪未布，使者未发，不敢就舍。就舍谓之留令，罪死不赦。宪既布，有不行宪者，谓之不从令，罪死不赦。考宪而有不合于太府之籍者，侈曰专制，不足曰亏令，罪死不赦。首宪岁朝之宪。既布，然后可以布宪。宪，谓月朝之宪。

右首宪。

凡将举事，令必先出，曰事将为。其赏罚之数，必先明之，立事者，谨守令以行赏罚。计事致令，复赏罚之所加。有不合于令之所谓者，虽有功利，则谓之专制，罪死不赦。首事既布，然后可以举事。

右首事。

修火宪，敬山泽林薮积草，夫财之所出，以时禁发焉。使民于宫室之用，墨批：俞云，"民"当作"足"，"所"字衍。薪蒸之所积，虞师之事也。决水潦，通沟渎，修障防，安水藏，使时水虽过度，无害于五谷，岁虽凶旱，有所粉扶门反。获，朱批：湘楚打谷曰"粉禾"，音若"班"，去声。司空之事也。相高下，视肥垸，观地宜，明诏期，前后农夫，以时均修焉，使五谷桑麻，皆安其处，由田之事也。行乡里，视宫室，观树艺，简六畜，以时钧修焉，劝勉百姓，使力作毋偷，怀乐家室，重去乡里，乡师之事也。论百工，审时事，辨功苦，墨批：黄本"辨"作"辩"。上完利，监壹五乡，以时钧修焉，使刻镂文采，毋敢造于乡，工师之事也。

右省官。

度爵而制服，量禄而用财，饮食有量，衣服有制，宫室有度，六畜人徒有数，舟车陈器有禁。修生则有轩冕、服位、谷禄、田宅之分，死则有棺椁、绞衾、圹垄之度。虽有贤身贵体，毋其爵，不敢服其服；虽有富家多资，毋其禄，不敢用其财。天子服文有章，而夫人不敢以燕、以飨庙。将军大夫以朝，官吏以命，士止于带缘。散民不敢服杂采，百工商贾不得服长鬈求圆反。貂，刑余戮民不敢服絻，一本作丝。不敢畜连乘车。朱批：服长，服长衣也。鬈貂，貂冠也。鬈，围也。连，辇也。

右服制。

寝兵之说胜，则险阻不守。言事者竞陈寝兵，其说见用而得胜，则武术（不）［朱批：必］偃，虽有险阻，不能守矣。墨批：黄本注“不偃”作“必偃”。兼爱之说胜，则士卒不战。兼爱之说胜，则徐偃弱而行仁，宋襄惑而慕古也。全生之说胜，则廉耻不立。全生之说胜，则王孙自奉千金，何侯日食一万。私议自贵之说胜，则上令不行。群徒比周［朱批：之说胜，则贤不肖不分；金玉货财］之说胜，则爵服下流。朱批：《解》以“金玉”在“群徒”前。观乐玩好之说胜，则奸民在上位。观乐玩好之说胜，则费仲以奉奇异而居显位，董贤以柔曼而处朝谒也。请谒任举之说胜，则绳墨不正。谄谀饰过之说胜，则巧佞者用。

右九败。

期而致，使而往，百姓舍己，以上为心者，教之所期也。始于不足见，终于不可及，一人服之，万人从之，训之所期也。谓君将行令，始独发于心，故不足见。终则功成事遂，故不可及也。未之令而为，未之使而往，上不加勉，而民自尽竭，俗之所期也。君既尽心于俗，所以能期于心也。好恶形于心，百姓化于下，罚未行而民畏恐，赏未加而民劝勉，诚信之所期也。君之好恶，才形于心，百姓已化于天下。为而无害，成而不议，得而莫之能争，天道之所期也。君能奉顺天道，所以能期于此。为之而成，求之而得，上之所欲，小大必举，事之所期也。令则行，禁则止，宪之所及，俗之所被，被，合也。谓俗与宪合。如百体之从心，政之所期也。朱批：上四期由浅而深，下三期由天而人。

右七观。

乘马第五　经言五

凡立国都，非于太山之下，墨批：黄本“太”作“大”。必于广川之上。高毋近旱，而水用足；下毋近水，而沟防省。因天材，就地利，故城郭不必中规矩，道路不必中准绳。

右立国。

无为者帝，为而无以为者王，为而不贵［朱批：者］霸。墨批：黄本“贵”下有“者”字。不自以为所贵，则君道也。贵而不过度，则臣道也。

右大数。

地者，政之本也。政从地生。朝者，义之理也。义因朝起。市者，货之准也。市所以准货之轻重。黄金者，用之量也。诸侯之地，千乘之国者，器之制也。五者其理可知也，为之有道。地者，政之本也，是故地可以正政也。地平可以正政。地不平均和调，则政不可正也。不均平和调，则地利或几于息，故不可不正也。政不正，则事不可理也。墨批：黄本“有道”下及“理也”下，皆空行另题。光案，文意脉注，自是一篇，不当分段，或抄写误析耳。朱批：不。

春秋冬夏，阴阳之推移也。夏秋推阳以生阴，冬春推阴以生阳。时之短长，阴阳之利用也。必长短相摩，然后成阴阳之用也。日夜之易，阴阳之化也。昼热夜寒，交易其气，此阴阳之化也。然则阴阳正矣，虽不正，有余不可损，不足不可益也，假令时有盈缩不正，则百六之运数当然也，虽有尧、汤之圣，不能免之，故不可损益也。天地莫之能损益也。天地亦准阴阳，不可损益也。然则可以正政者，地也，故不可不正也。正地者，其实必正，长亦正，短亦正，小亦正，大亦正，长短大小尽正。墨批：黄本“大小”作“小大”，总结上文较顺。朱批：

不。正不正则官不理，谓天地之正不正，官不可得理。官不理则事不治，事不治则货不多。是故何以知货之多也？曰：事治。何以知事之治也？曰：货多。货多事治，则所求于天下者寡矣，为之有道。

右阴阳。

朝者，义之理也。是故爵位正而民不怨，民不怨则不乱，然后义可理。理不正则不可以治，而不可不理也。故一国之人，不可以皆贵，皆贵则事不成而国不利也皆贵则无为［朱批：事］者，故事不成也。［朱批：为］事之不成，国之不利也，使无贵者则民不能自理也。是故辨于爵列之尊卑，则知先后之序，贵贱之义矣。为之有道。

右爵位。

市者，货之准也。是故百货贱则百利不得，谓不得过常之利也。百利不得则百事治，墨批：今之治者，欲求百利而日思其货之贵，故不治也。夫货贵而得利，是谓之偷。百事治则百用节矣。是故事者生于虑，谋虑则事生也。成于务，专务则事成也。失于傲。轻傲则失事也。朱批：傲，遨也。游惰为遨。不虑则不生，不务则不成，不傲则不失。故曰：市者可以知治乱，可以知多寡，而不能为多寡。为之有道。

右务市事。

黄金者，用之量也。辨于黄金之理则知侈俭，知侈俭则百用节矣。故俭则伤事，侈则伤货。俭则金贱，金贱则事不成，故伤事。侈则金贵，金贵则货贱，故伤货。货尽而后知不足，是不知量也。事已而后知货之有余，是不知节也。不知量，不知节，不可谓之有道。

天下乘马服牛而任之，轻重有制。有壹宿之行，一宿有定准，则百宿可知也。道之远近有数矣。是知诸侯之地，千乘之国者，所以知地之小大也，所以知任之轻重也。重而后损之，是不知任也；轻而后益之，是不知器也。不知任，不知器，不可谓之有道。

地之不可食者，山之无木者，百而当一。涸泽，百而当一。地之无草木者，百而当一。樊棘杂处，民不得入焉，百而当一。薮，镰缠得入焉，墨批：黄本“缠”作“纆”。朱批：无此。九而当一。(曼)［朱批：蔓］山，墨批：黄本“曼”作“蔓”。其木可以为材，可以为(辅)［朱批：轴］，墨批：“辅”当从黄本作“轴”。斤斧得入焉，九而当一。泛山，其木可以为棺，可以为车，斤斧得入焉，十而当一。流水，网罟得入焉，五而当一。林，其木可以为棺，可以为车，斤斧得入焉，五而当一。泽，网罟得入焉，五而当一。命之曰地均，以实数。方六里，命之曰暴，五暴命之曰部，五部命之曰聚。聚者有市，朱批：五十里有市。今制，方十五里有市。无市则民乏。墨批：黄本“乏”误作“之”。五聚命之曰某乡，四乡命之曰方，官制也。官成而立邑。五家而伍，十家而连，五连而暴，五暴而长，命之［朱批：曰］某乡，四乡命之曰都，邑制也。邑成而制事。四聚为一离，五离为一制，五制为一田，二田为一夫，三夫为一家，事制也。事成而制器。方六里为一乘之地也。一乘者，四马也。一马，其甲七，其蔽五。蔽所以捍车马。四乘，其甲二十有八，其蔽二十。白徒三十人奉车两，器制也。

方六里，一乘之地也。方一里，九夫之田也。黄金一镒，百乘一宿之尽朱批：同赆。也。无金则用其绢，季绢三十三，三等其下者曰季。季绢，细绢也。制当一镒。朱批：三十三丈也。布帛四丈为匹，今季绢减一丈谓之一制。墨批：郑注，丈八尺曰制。俞据以为五十九丈四尺为一镒，非。无绢则用其布，经暴布百两，暴布，白布也。朱批：漂布也。当一镒。朱批：所市之谓三制布，市为一镒金也。一镒之金，食百乘之一宿，则所市之。朱批：下言田税。

地六步一斞，一本作一升。朱批：斞当为升。地六步出谷一升，以易布绢。命之曰中岁，有市、无市则民不乏矣。朱批：六里可得一镒金，无论用兵与否，民可不乏也。方六里，名之曰社，有邑焉，名之曰央亦。朱批：央，中也。亦，旁也，下言市征。"央亦"言或在中或在旁。

关市之赋。命出关市之赋。黄金百镒为一篋，其货一谷笼为十篋。朱批：谷笼未详容多少，一谷笼可货金十篋。其商苟在市者三十人，其正月、十二月黄金一镒，朱批：三十人在市，十二月则赋金一镒。命之曰正分。朱批：下总言比稽。

春曰书比，立夏曰月程，秋曰大稽。与民数得亡。墨批：俞云，"与"读为"举"。三岁修封，五岁修界，十岁更制，经正也。

十仞见水不大（续）［朱批：潦］，大潦，一本作大续，继也，预贮水也。五尺见水不大旱。朱批：言地之高下也，地高于川八丈，不患潦而患旱，愈高则山地矣。十一仞见水，轻征，征，税也。十分去二三，谓去十仞之二三。二则去三四，谓去十仞之三。四则去四，谓去十仞之四。五则去半，比之于山。五尺见水，言平地五仞见水，同于山五尺见水。十分去一，四则去三，八尺曰仞，分九仞，则屈每分有二仞二尺。去其三，则余有一丈八尺。三则去二，二则去一，三尺而见水，比之于泽。

距国门以外，穷四竟之内，丈夫二犁，童五尺一犁，以为三日之功。正月令农始作，服于公田，农耕及雪释，耕始焉，芸卒焉。士闻见博学意察，而不为君臣者，与功而不与分焉。贾知贾之贵贱，日至于市，而不为官贾者，与功而不与分焉。此人学以为君之臣也，然以高尚其事而不为。若此者，预食农收之功，而不受力作之分也。朱批：恶夫无用也，有用而不为国用，是奸人也。征其功，不分与田。工治容貌功能，日至于市，而不为官工者，与功而不与分焉。不可使而为工，则视（货）［朱批：贷］离之实而出夫粟。墨批：黄本

“货”作“贷”。朱批：贷离，或贷或离也。《月令》曰：宿离不贷。离，丽也；贷，差也，犹分合也。工当为功，不能力作，则出粟自赎，士贾工当各丽其职，而今贷焉，必有故也，故当视之。是故智者知之，愚者不知，不可以教民。教民必以有智者。巧者能之，拙者不能，不可以教民。教人为工，必以巧者，欲令愚智之人尽晓知之，然后可以教人也。非一令而民服之也，不可以为大善。非夫人能之也，不可以为大功。是故非诚贾不得食于贾，非诚工不得食于工，非诚农不得食于农，非信士不得立于朝。是故官虚而莫敢为之请，墨批：黄本“莫”作“其”。朱批：无此。君有珍车珍甲而莫之敢有。君举事，臣不敢诬其所不能。君知臣，臣亦知君知己也。故臣莫敢不竭力，俱操其诚以来。

道曰：均地分力，使民知时也。民乃知时日之蚤晏，日月之不足，饥寒之至于身也。是故夜寝蚤起，父子兄弟不忘其功，为而不倦，民不惮劳苦。故不均之为恶也，地利不可竭，民力不可殚。不告之［朱批：以］时而民不知，墨批：黄本“不告”之下有“以”字。不道之以事而民不为。与之分货则民知得正矣，审其分则民尽力矣，是故不使而父子兄弟不忘其功。朱批：“道曰”引道书也，故班氏列管子于道家。

右士农工商。

圣人之所以为圣人者，善分民也。善令人知分，故名为圣人。圣人不能分民，则犹百姓也，于己不足，安得名圣！不能令人知分，则己尚不足，何名为圣人？是故有事则用，用，谓人也。无事则归之于民，谓令人复归而居也。唯圣人为善托业于民。谓托人以成功业也。民之生也，辟则愚，从其淫辟则昏愚也。闭则类。类，善也。闭其淫辟则自善。墨批：俞云，辟，开也。上为一，下为二。下之效上，必倍之也。

右圣人。

时之处事精矣，不可藏而舍也。时至则为之，不可藏而舍息也。故曰：“今日不为，明日忘货。”言不为则失时。墨批：黄本“忘”作“亡”。朱批：无此。昔之日已往而不来矣。言日既往，不还来也。

右失时。

上地方八十里，万室之国一，千室之都四。中地方百里，万室之国一，千室之都四。下地方百二十里，万室之国一，千室之都四。以上地方八十里，与下地方百二十里，通于中地，方百里。

右地里。

卷二

七法第六谓则、象、法、化、决塞、心术、计数。　经言六

言是而不能立，言非而不能废，谓之是，不能立［朱批：其］人而用之。谓之非，不能废其人而退之。墨批：黄本注“立”下有“其”字。有功而不能赏，有罪而不能诛，若是而能治民者，未之有也。是必立，非必废，有功必赏，有罪必诛，若是安治矣，未也。能此四者，可以安治矣，而犹未者，则以未具下事故。朱批：安、焉通用字。是何也？曰：形势器械未具，犹之不治也。形势器械具，四者备，治矣。四者备，谓立是、废非、赏功、诛罪。不能治其民，而能强其兵者，未之有也。能治民，然后能强兵。能治其民矣，而不明于为兵之数，犹之不可。虽能治民，而欲强兵，必明于为兵之数然后可。不能强其兵，而能必胜敌国者，未之有也。能强其兵，而不明于胜敌国之理，犹之不胜也。虽能强兵，其欲胜敌国，必须明审其理。理之不明，犹是不胜也。兵不必胜敌国，而能正天下者，未之有也。兵必胜敌国矣，而不明正天下之分，犹之不可。故曰：“治民有器，为兵有数，胜敌国有理，正天下有分。”器、数、理、分，即下之七法也。则、象、法、化、决塞、心术、计数，此七法之目也。朱批：孔子言，管仲器小，谓其言治民徒在胜正也。根天地之气，寒暑之和，水土之性。人民、鸟兽、草木之生，物虽不甚多，皆均有焉，而未尝变也，谓之则。根，元也。生万物者，天地之元气也。义也，名也，

时也，似也，类也，比也，状也，谓之象。义者，所以合宜也。名者，所以命事也。时者，名有所当也。似、类、比、状，谓立法者必有所仿效，不徒然也。尺寸也，绳墨也，规矩也，衡石也，斗斛也，角量也，谓之法。角亦器量之名。凡此十二事，皆立政者所以为法也。渐也，顺也，靡也，久也，服也，习也，谓之化。渐，谓（草）[朱批：革]物当以渐也。顺也，靡也，谓物顺教而风靡也。久也，服也，习也，谓人习服教命之久。墨批：案注“草”当作“革”。予夺也，险易也，利害也，难易也，开闭也，杀生也，谓之决塞。凡此十二事，皆为政者所以决断而窒塞也。实也，诚也，厚也，施也，度也，恕也，谓之心术。凡此六者，皆自心术生也。刚柔也、轻重也、大小也、实虚也、远近也、多少也、谓之计数。凡此十二事，必计之以知其数也。不明于则，而欲出号令，明则然后可以出号令。犹立朝夕于运均之上，担竿而欲定其末。均，陶者之输也。立朝夕，所以正东西也。今均既运，则东西不可准也。担，举也，夫欲定末者，必先静其本，今既举竿之本，其末不定也。不明于象，而欲论材审用，犹绝长以为短，续短以为长。鹤胫非所断，凫胫非所续也。不明于法，[朱批：而欲]治民一众，犹左书而右息之。息，止也。左手为书，右手从而止之，则无时成书矣。朱批：成而即坏也。人右手能书，而左手不能书也，今反用左手书，而右手息而不动，倒行逆施之譬。墨批：俞云，息，灭也。朱批：“灭”谓之“点”。不明于化，而欲变俗易教，犹朝揉轮而夕欲乘车。朱批：速不达也。不明于决塞，而欲驱众移民，犹使水逆流。朱批：功难也。不明于心术，而欲行令于人，犹倍招而必拘之。物有背叛，而招之者必有以慰悦之，令其感服。今反招留之，则彼愈叛矣。朱批：事反也。不明于计数，而欲举大事，犹无舟楫而欲经于水险也。朱批：不济也。故曰：错仪画制，不知则，不可。论材审用，不知象，不可。和民一众，墨批：案上文，“和”当作“治”。不知法，不可。变俗易教，不知化，不可。驱众移民，不知决塞，不可。布令必行，不知心术，不可。举事必成，不知计数，不可。

右七法。

百匿伤上威，百，百官也。言百官皆匿情为私，则上威伤。奸吏伤官法，奸民伤俗教，贼盗伤国众。盗贼之人常欲损败于物也。威伤则重在下，君威伤则臣反得尊重。法伤则货上流，教伤则从令者不辑，众伤则百姓不安其居。重在下则令不行，货上流则官徒毁。官者，既不以德进，但以货成，故官徒毁。徒，事也。从令者不辑，则百事无功。百姓不安其居，则轻民处而重民散。轻民，谓为盗者。用盗致富，故处。重民，谓务农者。为盗破产，故散。轻民处、重民散则地不辟，地不辟则六畜不育，六畜不育则国贫而用不足，国贫而用不足则兵弱而士不厉兵弱而士不厉。厉，奋也。则战不胜而守不固，战不胜而守不固则国不安矣。故曰：常令不审则百匿胜，官爵不审则奸吏胜，符籍不审则奸民胜，刑法不审则盗贼胜。国之四经败，人君泄，见危。谓常令、官爵、符籍、刑法四者为政之经。四者既败，则是君泄其事。君泄其事，则其位危矣。人君泄则言实之士不进，言实之士不进则国之情伪不竭于上。下皆隐实言虚，则是国情不竭于上。世主所贵者实也，墨批：王、俞云，“实”当为“宝”。朱批：“实”即财货也，不必改字。所亲者戚也，所爱者民也，所重者爵禄也。亡君则不然，墨批：俞云，“亡”当作“良”。致所贵非实也，致所亲非戚也，致所爱非民也，致所重非爵禄也。故不为重宝亏其命，故曰令贵于宝。重宝而全命，则当弃，是令贵于宝。不为爱亲危其社稷，故曰社稷戚于亲。社稷者，身之存亡，故弃亲而存社稷。不为爱人枉其法，故曰法爱于人。法者，崇替所由，故弃所爱，而存其法。不为重禄爵分其威，故曰威重于爵禄。威者，人君所以服海内，必不得已，宁散爵禄，不可分威也。墨批：黄本“君”下无“所”字。朱批：无此。不通此四者，则反于无有。不达于四者，用非其国，故曰反于无有。故曰治人如治水潦，治水潦者，必峻其堤防也。养人如养六畜，养六畜者，必致其闲皂，坚其羁绊。用人如用草木。用草木者，时入山林，轮辕不失其宜，樵苏各得其所。居身论道行理，则群臣服教，百吏严断，莫敢开私焉。君之于民，其犹居身，治之、养之、用之三者各得其宜，论道而行理，则无私不服也。论功计劳未尝失法律也，便辟、左右、大族、尊贵大臣不得增其功焉，疏远、卑贱、隐不知之人不忘其劳。故有罪者不怨上，罪得其人故不怨。爱赏者无贪心，赏不逾等，故息其贪也。则列陈之士皆轻其死而安难以要上事，赏罚不滥，则立功要功之士知其不诬，故竞而为之。本兵之极也。为兵之本，其极要者，在于明赏罚也。

右四伤百匿。

为兵之数，存乎聚财而财无敌，存，谓专立意存之。君无财，士不来，故存意于聚财，则彼国之财不能敌也。存乎论工而工无敌，工者，所以造军之器用者也。存乎制器而器无敌，器，谓兵器。存乎选士而士无敌，存乎政教而政教无敌，政教，军中号令。存乎服习而服习无敌，服，便也，谓便习武艺。存乎遍知天下而遍知天下无敌，遍知天下，谓遍知其地形险易，主将工拙，士卒勇怯。存乎明于机数而明于机数无敌。机者，发内而动外，为近而成远，不疾而速，不行而至，见其为之，不知其所以为。有数存焉于其间，故曰机数也。故兵未出境，而无敌者八。朱批：如是则无所用兵矣。是以欲正天下，财不盖天下，不能正天下。财，谓货财。不能盖天下，无以正天下也。财盖天下，而工不盖天下，不能正天下。工盖天下，而器不盖天下，不能正天下。财虽盖天下，而工与器不能盖，则无以正天下。余皆仿此。器盖天下，而士不盖天下，不能正天下。士盖天下，而教不盖天下，不能正天下。教盖天下，而习不盖天下，不能正天下。习盖天下，而不遍知天下，不能正天下。遍知天下，而不明于机数，不能正天下。

故明于机数者，用兵之势也。大者，时也。小者，计也。王者，征伐能立大功者，在于合天时也。至小者捷胜，亦在人计谋也。王道非废也，而天下莫敢窥者，朱批：不废人修王道也。此似言周室共主，虽非废，不可窥也。王者之正也。大宝之位，神器也，古今所共传，非有暂废。而天下莫敢窥窬者，以王者当乐推之运，应天人之正。衡库者，天子之礼也。衡者所以平轻重，库者所以藏宝物，不令外知者也，言王者用心，常当准平天下。既知轻重审用于心，无令长耳目者所得，此则天子之礼然也。是故器成卒选，则士知胜矣。选，谓简其精练。遍知天下，审御机数，则独行而无敌矣。所爱之国而独利之，所恶之国而独害之，则令行禁止，是以圣王贵之。贵，谓贵兵。胜一而服百，则天下畏之矣。立少而观多，则天下怀之矣。立少，谓兴亡国虽少，天下共观之，故曰观多。桓公救邢迁卫，用此术也。或曰"观"当为"勤"。罚有罪，赏有功，则天下从之矣。故聚天下之精财，论百工之锐器，春秋角试，以练精锐为右。右，上也。成器不课不用，不试不藏。兵器虽成，未经课试，则不用不藏。收天下之豪杰，有天下之骏雄，故举之如飞鸟，动之如雷电，发之如风雨，莫当其前，莫害其后，独出独入，莫敢禁圉。成功立事，必顺于礼义，故不礼不胜天下，不义不胜人。故贤知之君必立于胜地，故正天下而莫之敢御也。

右为兵之数。

若夫曲制时举，不失天时，制虽委曲，顺天而举，不失天时也。毋圹地利。其数多少，其要必出于计数。圹，空也。天之所覆空。地，谓山河陂泽，所以营作而兴利者也。必计数其多少之要，然后度材而用之。故凡攻伐之为道也，计必先定于内，然后兵出乎境。计未定于内，而兵出乎境，是则战之自胜，攻之自毁也。自胜，谓自胜于己，其败可知也。是故张军而不能战，围邑而不能攻，得地而不能实，三者见一焉，则可破毁也。故不明于敌人之政，不能加也。不明敌故，未可加兵。不明于敌人之情，不可约也。不明敌情，未可约士约誓。朱批：约，约盟也。不明于敌人之将，不先军也。不明于敌人之士，不先阵也。是故以众击寡，以治击乱，以富击贫，以能击不能，以教卒练士击驱众白徒。白徒，谓不练之卒，无武艺。故十战十胜，百战百胜。故事无备，兵无主，则不蚤知。既无备无主，故敌来攻，不能先知之。野不辟，地无吏，则无蓄积。官无常，下怨上，而器械不功。功，谓坚利。朝无政，则赏罚不明。赏罚不明，则民幸生。侥幸以偷生也。故蚤知敌人如独行，蚤知敌人，则有［朱批：以］备之。敌人望风自退，故曰独行也。墨批：黄本注“有”下有“以”字。朱批：独行无敌也。有蓄积则久而不匮，器械功则伐而不费，赏罚明则人不幸，人不幸则勇士劝之。故兵也者，审于地图，谋十官。地图，谓敌国险易之形，军之部置。十官，必伍什则有长，故曰十官，又须谋得其人也。曰：量蓄积，齐勇士，遍知天下，审御机数，兵主之事也。故有风雨之行，故能不远道里矣。行疾如风雨，故不以道里为远。有飞鸟之举，故能不险山河矣。轻捷如飞鸟，故不以山河为险。有雷电之战，故能独行而无敌矣。雷电，天之威怒，故莫敢为敌。有水旱之功，故能攻国救邑。谓其功可以为彼水旱。有金城之守，故能定宗庙，育男女矣。有一体之治，故能出号令，明宪法矣。谓上下同心，其犹一体。风雨之行者，速也。飞鸟之举者，轻也。雷电之战者，士不齐也。惧雷电之威，故彼士不齐。水旱之功者，野不收，耕不获也。能令彼有水旱，故不得使收获。金城之守者，用货财，设耳目也。货财所以养敢死之士，耳目所以听邻国之动静，令必知之。一体之治者，去奇说，禁雕俗也。奇说，谓谲诳之言。雕俗，谓浮伪之俗。不远道里，故能威绝域之民。不险山河，故能［墨批：服］恃固之国。墨批：黄本“恃”上有“服”，据补。独行无敌，故令行而禁止。故攻国救邑，不恃权与之国，故所指必听。虽有权与之国，不顾而恃之。权与，谓权为亲与也。定宗庙，育男女，天下莫之能伤，然后可以有国。制仪法，出号令，莫不响应，然后可以治民一众矣。

右选陈。

版法第七选择政要载之于版，以为常法。　经言七

凡将立事，立经国之事。正彼天植，谓顺天道以种植，必令得其正。风雨无违，君道不亏，则风雨无违也。远近高下各得其嗣。高下，犹多少也。谓君之赋税，因其远近之别，以多少之差，轻重合宜，故可嗣之以常行。嗣，续也。三经既饬，君乃有国。三经谓上天植、风雨、高下也。是三者既以饬整，故君可以有国也。喜无以赏，怒无以杀。朱批：此下十句，《解》误入《经》。喜以赏，怒以杀，怨乃起，令乃废。骤令不行，民心乃外。有外叛之心也。外之有徒，祸乃始牙。徒，谓党与也。外叛者有党与，祸由是生，故曰始牙。众之所忿，置不能图。众忿难犯，故必置之，谁能图之。朱批：《解》作"寡"是也，"置"字误。

举所美必观其所终，凡人之情，靡不有初，鲜克有终，故须观之。废所恶必计其［朱批：所］穷。蜂虿有毒，故必计其所穷。知困兽犹斗，其所终将何为也？庆勉敦敬以显之，人有敦敬，则庆勉以显之也。富禄有功以劝之，人之有功，则富贵以劝之。爵贵有名以休之。贤者有名，则爵贵以休之。兼爱无遗，是谓君心。墨批：黄本"谓君"句无"是心"二字。朱批：无此。必先顺教，万民乡风。上之敦敬，有功名之士，必爵禄顺而与之，所以教之急也。如此，则民乡风而从也。旦暮利之，众乃胜任。有功名之士，既旦暮得利，众自厉而胜任。取人以己，成事以质。将欲取人，必先审己才略能用彼不。质，谓准的，将欲成事，必先立其准的。事不违质，然后为善。审用财，慎施报，察称量。故用财不可以啬，用力不可以苦。用财啬则费，啬于用财，不以赏赐，则立功之

士懈怠，敌人来侵，其费更多［朱批：也］。啬，吝［朱批：也］。用力苦则劳。民不足，令乃辱。民不足则令不行，故辱也。民苦殃，令不行。施报不得，祸乃始昌。祸昌不寤，民乃自图。谋为叛己。正法直度，罪杀不赦。夫正直之法度，罪杀有过，终不免赦。杀僇必信，民畏而惧。武威既明，令不再行。

顿卒怠倦以辱之，顿卒，犹困苦。其有怠倦不勤，则困苦以辱。朱批：卒、捽，古今字。罚罪宥过以惩之，杀僇犯禁以振之。植固不动，倚邪乃恐。言执法必当深植而固守，则不可动移。若乃顿倚而邪，则法乱而身危，故可恐也。倚革邪化，令往民移。既能正倚化邪，归于正直。如此化出，令才往则民移。法天合德，天之资始，无有私德。象（法）［朱批：地］无亲，地之资生，无所亲私。参于日月，日月无私耀也。佐朱批：（伍）［佐］，《解》作“伍”，是。于四时。赏以春夏，刑以秋冬。悦在爱施，将悦于下，在［朱批：有］于施无令有。众在废私，将欲齐众，在于废私。召远在修近，修近则远者至。闭祸在除怨，除怨则祸端塞。修长在乎任贤，任贤则国祚长。安高在乎同利。与下同利则高位安。

卷三

幼官第八幼，始也，陈从始辅官齐政之法。　经言八朱批：曹镜初郎中说幼官即九府也。九举之本谓之官府。

若因夜虚守静，人物则皇。言欲候气听声，以知吉凶，必因夜虚之时，守其安静，以听候人物。此时人物则皇暇，故吉凶之验不妄。墨批：光案，图作“处”，此“夜”疑形近而讹。又据《图》，此衍“人物”二字。朱批：则皇，谓法皇极也。此皆《洪范》五行之言，故以此题之人即谓君物谓服食行事之节。五和时节，土生数五。土气和，则君顺时节而布政。君服黄色，味甘味，听宫声，此土王之时，故服黄、味甘、听宫也。然土虽均三四季，而正位在六月也。治和气，土主和，故治和气。用五数，饮于黄后之井，中央井也。以倮兽之火爨。倮兽，谓浅毛之兽，虎豹之属。藏温濡，藏，谓包之。在心君之所藏者，温和濡缓，所以助土气。濡，古软字。墨批：黄本“濡”皆作“儒”，无“濡，古软字”句注。朱批：无此。行驱养，谓禽兽之属能为苗害者，时驱逐之，所以养嘉谷也。墨批：俞云，“驱”读为“呕”。坦气修通。坦，平也。平土政，则其气修通。

凡物开，静形生理，常至命。凡土王之时所生之物，但开通安静，则其形自生。既循理之常，则无残（于）［朱批：尽］于所赋之命也。墨批：黄本注“残”下有“尽”字。朱批：以下别说，不与上下相连，“常至命”字有误脱，当是“尚中主命”。此句五时皆有以通气开物为本，静其形生其理，以合天道也。注谬，不必抄。尊贤授德则帝，帝者之臣，其实师也，故尊贤授德，则可为帝也。［朱批：身］仁行义、服忠用信则王，服，行。审谋章礼、选士利械则霸，章，明。定生处死、谨贤修伍则众，生者安定之，死者处置之，敛葬其柩。信赏审罚、爵材禄能则强，有材者爵之，有能者禄之。计凡付终、务本饬末则富，凡，谓都数也。付终，谓财。日月既终，付之后人。明法审数、立常备能则治，常，谓五常也。备能，谓才能之士备有之。同异分官则安。同异之职，分官而治。通之以道，畜之以惠，亲之以仁，养之以义，报之以德，结之以信，接之以礼，和之以乐，期之以事，攻之以官，攻，治。发之以力，威之以诚。一举而上下得终，谓初会诸侯，上下得终其礼。自此至九举，说九合诸侯之所致。再举而民无不从，三举而地辟散成，成，谓诸侯自盟要，不事于齐。至三会，则诸侯散其成而朝齐。四举而农佚粟十，四会之后，徭役减省，故农人佚乐，而粟得十全。五举而务轻金九，五会之后，兵战既息，事务转轻，而金得九分一以供官也。六举而絜知事变，絜，围度也。七举而外内为用，外，谓诸侯。八举而胜行威立，九举而帝事成形。九会之后，威行海内，虽居侯伯，帝王之事既以成形。九本搏大，人主之守也。自九本已下，管子但举其目，或有数在于他篇。但此书多从散逸，无得而知。然九本所以搏击强大，故人主守之。八分有职，卿相之守也。七官饰胜备威，将军之守也。六纪审密，贤人之守也。五纪不解，庶人之守也。

动而无不从，静而无不同。强动弱必从，强静弱必同。治乱之本三，卑尊之交四，富贫之终五，盛衰之纪六，安危之机七，强弱之应八，存亡之数九。练之以散群傰署，傰，犹曹也。凡上之诸数既已精练，然后散之于众，使傰曹署著其名以司之。朱批：《周官》为“邦傰”，“傰”即“朋”也。署，部也。群聚使散部分，又使朋言操纵在上也。凡数财署，数，谓用之数。使财者署。朱批：数，计也，凡计财计部有二术也。杀僇以聚财，或因亡国，或因灭家，莫不藉没其财，故曰“杀僇以聚财”也。劝勉以选众，墨批：黄本“选”为“迁”，注同。朱批：无此。使二分具本。使（七）［朱批：上］之傰署、财署分知其事，各具其名藉之本，则财署知聚财，傰署知选众。朱批：选亦具也。聚财法，秋杀则物成；具众法，春宜令劝勉。二者分而各有本也。发善必审于密，执威必明于中。发善，谓行赏。执威，谓行刑。此居图方中。此立时之政，管氏别五其图，谓之分图，而上位居中。墨批：黄本注“分”作“方”，“上”作“土”。朱批：此东方本图实副图也。当以八举为本图。

春行冬政肃，肃，寒也。冬气乘之故也。行秋政雷，春阳秋阴，阴乘阳，故雷。行夏政阉。春既阳，夏又阳，阳气猥并，故掩闭也。十二地气发，戒春事。自此以下之数，日辰之名，于时国异政，家殊俗。此但齐独行，不及天下。且经秦焚书，或为煨烬，无得而详焉，阙之以待能者。十二小卯，出耕。十二天气下，赐与。十二义气至，修门闾。十二清明，发禁。十二始卯，合男女。十二中卯，十二下卯，三卯同事。谓三卯所用事同。他皆仿此。朱批：春八举，故有十二者八。八举时节，木成数八。木气举，君则顺时节布气。君服青色，味酸味，听角声，此木王之时，故服青，味酸，听角。治燥气，春多风而旱，故治燥气。用八数，八亦木成数也。饮于青后之井，东方井。以羽兽之火爨。羽（数）［兽］，南方朱鸟，用南方之火，故曰羽兽之火。藏不忍，行驱养，坦气修通。凡物开，静形生理。合内空外。春主行，故所藏者不忍之，理合聚于内，出空于外。强国为圈，弱国为属。强国所以禁御弱国，弱国圈然也。朱批：“合内空外”，合中国不事四夷也；或作“周外”，皆所谓“圈”。动而无不从，静而无不同。强动弱必从，强静弱必同。举发以礼，时礼必得。强国举发，必当以礼。时也礼也，必得其宜。和好不基，贵贱无司，事变日至。邻国和好不基，贵贱之位无司存，如此，事变日至，无宁居。基，渐。此居于图东方方外。

夏行春政风，春箕宿，多风。行冬政落，寒气萧杀，故凋落也。重则雨雹，其灾重则雨雹，水寒所致。行秋政水。秋毕宿，多霖雨。十二小郢，至德。十二绝气，下爵赏。十二中郢，赐与。十二中绝，收聚。十二大暑至，尽善。十二中暑，十二小暑终，朱批：小暑，即处暑。三暑同事。朱批：夏七举，十二者七。郢，逞也，即小满。七举时节，火成数七，火气举，君则顺时节而布政。君服赤色，味苦味，此火王之时，故服赤，味苦也。听羽声，羽，北方声也。火王之时，不听徵而听羽者，所以抑盛阳。治阳气，用七数，七亦火之成数。饮于赤后之井，南方井也。以毛兽之火爨。毛兽，西方白虎。用西方之火，故曰毛兽之火。藏薄纯，盛阳之性，失在奢纵，故所藏者省薄纯素也。行笃厚，阳性宽和，故行笃厚。坦气修通。凡物开，静形生理。物形既生，自然修理而长育。定府官，明名分，而审责于群臣有司，则下不乘上，贱不乘贵，法立数得，而无比周之民，则上尊而下卑，远近不乖。此居于图南方方外。

秋行夏政叶，盛阳气乘之，故卉木生叶。朱批：叶，渫薄也。墨批：俞云，《淮南子》作"荣"。行春政华，少阳气乘之，故卉木更生。行冬政耗。盛阳肃杀，故虚耗。十二期风至，朱批：期，斯也，凉也。戒秋事。十二小卯，薄百爵。朱批：薄，簿也。十二白露下，收聚。十二复理，赐与。十二始节，赋事。十二始卯，合男女。十二中卯，十二下卯。三卯同事。朱批：秋九和，十二者九，此少一。"卯"当作"酉"。九和时节，金成数九。金气和，君则顺时节而布政。君服白色，味辛味，听商声，此金玉之时，故服白，味辛，听商。治湿气，秋多霖雨水，故治湿。用九数，九亦金之成数。饮于白后之井，西方井。以介虫之火爨。介虫，北方玄武。用北方之火，故曰介虫之火。藏恭敬，金性廉洁，故所藏者恭敬也。行搏锐，兑金性劲锐，时方肃杀，故曰以劲锐搏击听，以顺杀气也。坦气修通。凡物开，静形生理。间男女之畜，男女之畜，有内外之异，故须间之。修乡闾之什伍，杀气方至，可以出师征伐，故修什伍。量委积之多寡，定府官之计数。养老弱而勿通，老少异粮，故其养勿通。朱批：勿通者，不与丁壮通计。信利周而无私。申布秋利，既令周遍，无得有私。此居于图西方方外。

冬行秋政雾，秋多阴雾。行夏政雷，盛阳乘盛阴，故雷。行春政烝泄。少阳乘阴，故烝泄。十二始寒，尽刑。十二小榆，赐予。十二中寒，收聚。十二中榆，大收。十二寒至，静。十二大寒之阴，十二大寒终，三寒同事。朱批：冬六行，十二者六，此多一。六行时节，水成数六。水气行，君则顺时节而布政。君服黑色，味咸味，此水王之时，故服黑，味咸。听徵声，不听羽而听徵者，亦所以抑盛阴也。治阴气，不治则盛太过，过太过则治阴气也。用六数，六亦水之成数。饮于黑后之井，北方井也。以鳞兽之火爨。鳞兽，东方青龙。用东方之火，故曰鳞兽之火。藏慈厚，君人者好生恶杀，故于刑杀之时，藏于慈厚，所以示其不忍也。行薄纯，冬物朴素，故行省薄纯俭。坦气修通。凡物开，静形生理。器成于僇，冬行刑之时，故成僇器也。墨批：俞云僇，𦑣也。细文也。教行于钞。钞，末也。冬为四时之末，岁之将终。墨批：钞，眇也。“于”读为“而”，下云器成不守，教习不著，谓治国务藏也。此器成教行亦谓修备具矣，而僇然、钞然不可测知也。管子书以“妙”为“眇”，传写误作“钞”，下注云“钞，深远也”，是也。此云“钞，末”，非也。动静不记，行止无量。记动静则行止可量。戒审四时以别息，息，生也，四时生物，各有不同，故须别之。异出入以两易，出入既异，又并令无差，故曰两易。明养生以解固，固，谓护吝也。生既须养，则物不可吝，故曰解固。审取予以总之。又恐所养过时，故审取与之多少以总统之。一会诸侯，令曰：“非玄帝之命，毋有一日之师役。”玄帝，北方之帝。齐桓初会，命诸侯不使非时出师，故令曰：若非玄帝有命之时，毋得有一日之师役。一日尚不可，况多乎！墨批：黄本“方”为“帝”。朱批：不。再会诸侯，令曰：“养孤老，食常疾，收孤寡。”三会诸侯，令曰："田租百取五，百分取五分。市赋百取二，关赋百取一，毋乏耕织之器。"四会诸侯，令曰："修道路，偕度量，一称数，偕，同也。称，斤两也。数，多少也。朱批：后图有"毋征"二字，此脱。薮泽以时禁发之。"草木零落，然后入山林。獭祭鱼，然后修泽梁。五会诸侯，令曰："修春秋冬夏之常祭，食天壤山川之故祀，必以时。"常所祭，常所食，各有时物也。朱批：食，为也，饬也。六会诸侯，令曰："以尔壤生物共玄官，玄官，主体天之官也。请四辅，四辅即三公四辅也，所以助祭行礼。将以礼上帝。"七会诸侯，令曰："官处四体而无礼者，流之焉莠命。"官处，谓处官也。处官位而四体无礼者，谓之莠命而流放焉。莠命者，谓秽乱教命，若莠之秽苗也。朱批：四体，股肱大臣也。八会诸侯，令曰："立四义而毋议者，尚之于玄官，听于三公。"四义者，谓无障谷，无贮粟，无易树子，无以妾为妻，诸侯能顺命而无异议者，则尚之于天子玄官，听三公之锡命。尚，上也。九会诸侯，令曰："以尔封内之财物、国之所有为币。"为币礼。九会，大命焉出，朱批：命，《图》作"令"。常至。谓上九会既出大令，故天下诸侯常至。非此之外，则朝聘之数远近各有差也。千里之外，二千里之内，诸侯三年而朝，习命；因朝而习教命。二年，三卿使四辅；诸侯三乡使天子四辅，以受节制也。一年，正月朔日，令大夫来修，受命三公。习所受命于三公。二千里之外，三千里之内，诸侯五年而会，至，习命；因会而至，以习命也。三年，名卿请事；二年，大夫通吉凶；十年，重適入正礼义。重適，谓承重也。適，诸侯之世子也。五年，大夫请受变。请所变更之教令也。墨批：俞云，"五年"二句当在"世一至"下。三千里之外，诸侯世一至，道路既远，故世一至。置大夫以为廷安，其远国大夫，则为置廷馆。每来，于此以安之。朱批：廷安居天子之廷，若朝大夫。入（其）［朱批：共］受命焉。入（其）［朱批：共］国所有，因以受命。墨批：黄本"其"为"共"。注同。朱批：共，贡也。此居于图北方方外。

必得文威武官，习胜之善胜敌者，必得文德之威，武艺之官，与之练习士卒，则可以胜之。务，时因胜之时，是也。务是因修，不逆于理，可以得胜也。终，朱批：胜之终，谓既胜之后，以时因之。无方胜之从始至终，计出无方者胜。幾，幾，察也。行义胜之庶几行义者可以胜。理，名实［朱批：胜］之整理名实不谬妄，可以得胜。急，时分胜之败敌所得之物，应受分者急分与之，可以得胜。事，察伐胜之伐功行赏之事，必察有功，不令无功者妄受，可以得胜。行，备具胜之行师用兵，必备其攻战之具，可以得胜。原，无象胜之奇计若神，无象可原者胜。本。定独威胜，用师之本定，能独威者胜。定计财胜，计谋财用，先审定者胜，定闻知胜，闻知敌谋，能审定者胜，定选士胜，精选士卒，能审定者胜。定制禄胜，制禄与有功，能审定者胜。定方用胜，异方所用，各有不同，能审定者胜，定纶理胜。经纶之理，能审定者胜。定死生胜，定成败胜，定依奇胜，所依奇策，能审定者胜。定实虚胜，定盛衰胜。举机诚要则敌不量，发举兵机，诚得其要，则敌不能量也。用利至诚则敌不校，用兵使利，又能至诚，则敌不敢校也。明名章实则士死节，明忠义之名，章功劳之实，士则死节，不求苟生。奇举发不意则士欢用，奇谋之举，发彼不意，则士乐为用。交物贸易。因方则械器备，交质之物，因方之有，则器械备具。墨批：交，俞读为“校”。因能利备则求必得，因彼所能所利而以备之，则所求必得。执务明本则士不偷。执所营之务，明所为之本，则士不苟且。备具无常，无方应也。其所备具无有常者，所以应敌无方。听于钞故能闻未极，钞，深远也。所听在于深远，故能闻于极理，朱批：“钞”当作“妙”。道书“妙”字本作“眇”。视于新故能见未形，未形者，新事将起，所视者在新，故（鬼）［见］未形也。思于浚故能知未始，未始者，事之深浚者，所思在深，故知未始。发于惊故能至无量，发举可惊，故敌不能量。动于昌故能得其宝，举动昌盛，故敌惧而输宝也。立于谋故能实不可故也。其所建立，皆用深谋，故常坚实，不复衰故。朱批：故，因其坏而败之，字同“蛊”。器成教守则不远道里，器用完成，教令坚守，故欲往则至，不惮道里之远也。号审教施则不险山河，号令审悉，教命施行，则赴汤火而不顾，岂险难于山河也。博一纯固则独行而无敌，德博而一，行纯而固，则仰我如时雨，欢我如椒兰，谁能敌之？慎号审章则其攻不待。慎号令，审旗章，则攻者争先登，岂顾后而相待乎？权与明必胜则慈者勇，权谋明略，必能胜敌，则慈仁者犹致勇奋，况恶少哉！器无方则愚者智，器用无方，应卒必备，则愚者习而成智，况不愚乎！攻不守则拙者巧，我攻既妙，彼不能守，则拙者习而成巧，况不拙乎！数也。数也，当为句。墨批：黄本“数也”下无注。动慎十号，兵既数动，必慎十号九章等。此有数，在他篇。墨批：黄本注“有”下有“因其”二字。朱批：无。明审九章，饰习十器，善习五官，谨修三官，必设常主，计必先定。军之主将，既必有常，军之计谋，亦须先定。求天下之精材，精材可以为军之器用者。论百工之锐器，器成角试否臧。收天下之豪杰，有天下之称材，称材，谓材称其所用也。说行若风雨，发如雷电。此居于图方中。此中图之副也。

旗物尚青，木用事，故尚青。兵尚矛，象春物之芒锐。刑则交寒害釱。其行刑戮，则于初早夜尽之交。其时尚寒主春，人不得已而行刑，故离害而釱禁。釱或为钹。朱批：交寒，当作“交塞”。“害”同“割”。春物方生而有交塞，割釱伤人物者，刑之也。釱，断指也。交塞，谓樊塞为陷阱。器成不守，器用既成，则敌能围守也。经不知。经，朱批：过也。法也。用兵之法，敌不能知也。教习不著，我之教习，敌不能著。著，犹明著。发不意。其所举发，出敌不意。经不知，故莫之能圉；发不意，故莫之能应；莫之能应，故全胜而无害；莫之能害，故必胜而无敌。四机不明，不过九日，而游兵惊军；四机，即上下不守、不知、不著、不意也。障塞不审，不过八日，而外贼得间；障塞者，所以防守要路也。由守不慎，不过七日，而内有谗谋；由守，所由而防守也。墨批：俞云，“由”当作“申”，申画郊圻，慎固封守。诡禁不修，不过六日，而窃盗者起；诡禁，所以禁诡常也。死亡不食，不过四日，而军财在敌。死亡者不享食，鬼神必怨怒，故军财在敌。墨批：食，饬也。《月令》曰“饬死事”。此居于图东方方外。此东图之副也。

旗物尚赤，火用事，故尚赤。兵尚戟，象夏物之森声。刑则烧交疆郊。其用刑，则于疆郊焚烧而交也。朱批：夏禁用火，而有烧积柴于疆郊者，刑之也。必明其一，一，谓号令不二。必明其将，必明其政，必明其士。四者备，则以治击乱，以成击败。数战则士疲，数胜则君骄。骄君使疲民，则国危。至善不战，用兵之善者，其唯不战乎！其次一之。其次善者，虽战而号令一。大胜者积众，积众然后可以大胜。胜无非义者焉，积众胜至焉为句。可以为大胜。所以胜皆大义，故成大胜也。大胜，无不胜也。此居于图南方方外。此南图之副也。

旗物尚白，金用事，故尚白。兵尚剑，象金性之利也。刑则绍昧断绝。其用刑，则继昼之昧，断绝而戮之也。朱批：绍昧，细小也。秋收成有不待物长而绝之。始乎无端，卒乎无穷。始乎无端，道也。卒乎无穷，德也。道不可量，德不可数。不可量则众强，不能图不可数则为诈不（可）［朱批：敢］乡。墨批：为，伪也。《兵法》篇正作“伪”。两者备施，两者，谓道德也。动静有功。畜之以道，养之以德。畜之以道则民和，养之以德则民合，和合故能习，墨批：黄本“民合”无“和合”二字。朱批：无。习故能偕，偕，谓同为事。偕习以悉，悉，尽也。莫之能伤也。此居于图西方方外。此西图之副也。

旗物尚黑，水用事，故尚黑。兵尚胁盾。象时物之闭，盾或署之于胁，故曰胁盾。刑则游仰灌流。其用刑，则游纵之所使仰药死，而既乃投之于灌流。朱批：冬水竭，方动宜静，云有游之仰之，使道性灌流，则刑之也。察数而知治，审器而识胜，明谋而适胜，通德而天下定。定宗庙，育男女。宗庙存，则男女育也。官四分，则可以立威行德，制法仪，出号［朱批：令。］择才授官，四面分设。至善之为兵也，非地是求也，罚人是君也。至善之兵，不求其地，所以君可罚人，若桀、纣之人，比屋可诛也。墨批：黄本“君”下无“也”字。朱批：无。朱批：是，正也。罚人而正其君，不夺其地。立义而加之以胜，至威而实之以德，守之而后修胜，心焚海内。既获敌人之国，顺而守之，然后修其法制。如此，则强胜之心可以焚灼于海内。朱批：“焚”当作“楙”，藩也。民之所利立之，所害除之，则民人从。立利、除害，则人从也。立为六千里之侯，则大人从。既九会之后，天子加命，立为侯伯，面各三千里，四方相距六千里。大人，谓天子三公四辅也。使国君得其治，则人君从。国君，谓天下同盟诸侯。朱批：能服天下，故王国大臣从之。会请命于天地，知气和，则生物从。谓郊祀天地神祇，使之合德，则四气和可知，故生物从之。计缓急之事，则危危而无难。缓急之事，皆计定，则二者之危无所难。缓急之事，皆有可危之理，故曰危危。明于器械之利，则涉难而不变。察于先后之理，则兵出而不困。通于出入之度，则深入而不危。审于动静之务，则功得而无害。著于取与之分，则得地而不执。谓不吝执。墨批：“吝执”当为“怯慹”。慎于号令之官，则举事而有功。此居于图北方方外。此北图之副也。

幼官图第九朱批：此已见前图，又载之耳。　经言九

若因处虚守静，人物则皇。五和时节，君服黄色，味甘味，听宫声，治和气，用五数，饮于黄后之井，以倮兽之火爨。藏温濡，行驱养，坦气修通。凡物开，静形生理，常至命。尊贤授德则帝，身仁行义、服忠用信则王，审谋章礼、选士利械则霸，定

生处死、谨贤修伍则众，信赏审罚、爵材禄能则强，计凡付终、务本饰末则富，明法审数、立常备能则治，同异分（宫）［官］则安。通之以道，畜之以惠，亲之以仁，养之以义，报之以德，结之以信，接之以礼，和之以乐，期之以事，攻之以言，墨批：光案：《幼官》篇“言”作“官”。发之以力，威之以诚。一举而上下得终，再举而民无不从，三举而地辟散成，四举而农佚粟十，五举而务轻金九，六举而絜知事变，七举而外内为用，八举而胜行威立，九举而帝事成形。九木搏大，人主之守也。八分有职，卿相之守也。十官饰胜备威，将军之守也。六纪审密，贤人之守也。五纪不解，庶人之守也。动而无不从，静而无不同。治乱之本三，卑尊之交四，富贫之终五，盛衰之纪六，安危之机七，强弱之应八，存亡之数九。练之以散群傰署，凡数财署，杀僇以聚财，劝勉以选众，使二分具本，发善必审于密，执威必明于中，此居图方中。

右中方本图

必得文威武官，习胜之务，时因胜之终，无方胜之幾，行义胜（也）［朱批：之］理，名实胜之急，时分胜之事，察伐［朱批：胜］之行，备具胜之原，无象胜之本。定独威胜，定计财胜，定知闻胜，定选士胜，定制禄胜，定方用胜，定纶理胜，定死生胜，定成败胜，定依奇胜，定实虚胜，定盛衰胜。举机诚要则敌不量，用利至诚则敌不校，明名章实则士死节，奇举发不意则士欢用，交物因方则械器备，因能利备则求必得，执务明本则士不偷。备具无常，无方应也。听于（钞）［朱批：眇］故能闻无极，视于新故能见未形，思于浚故能知未始，发于惊故能至无量，动于昌故能得其宝，立于谋故能实不可故也。器成教守则不远道里，号审教施则不险山河，博一纯固则独行而无敌，慎号审章则其攻不待权与，明必胜则慈者勇，器无方则愚者智，攻不守则拙者巧，数也。动慎十号，明审九章，饰习十器，善习五官，谨修三官，必设常主，计必先定。求天下之精材，论百工之锐器，器成角试否臧。收天下之豪杰，有天下之称材，说行若风雨，发如雷电。此居于图方中。

右中方副图。

春行冬政肃，行秋政雷，行夏政则阉。十二地气发，戒春事。十二（小）［下］卯，出耕。十二天气下，赐与。十二义气至，修门闾。十二清明，发禁。十二始卯，合男女。十二中卯，十二小卯，三卯同事。八举时节，君服青色，味酸味，听角声，治燥气，用八数，饮于青后之井，以羽兽之火爨。藏不忍，行驱养，坦气修通。凡物开，静形生理。合内空周外，强国为圈，弱国为属。动而无不从，静而无不同。举发以礼，时礼必得。和好不基，贵贱无司，事变日至。此居于图东方方外。

右东方本图。

旗物尚青，兵尚矛，刑则交寒害釱。朱批：“交”即“校”也。“寒”当为“塞”。害，割也。釱，釱左趾。器成不守，经不知。教习不著，发不意。经不知，故莫之能圉。发不意，故莫之能应。莫之能应，故全胜而无害。莫之能圉，故必胜而无敌。四机不明，不过九日，而游兵惊军。障塞不审，不过八日，而外贼得间。由守不慎，不过七日，而内有谗谋。诡禁不修，不过六日，而窃盗者起。死亡不食，不过四日，而军财在敌。此居于图东方方外。

右东方副图。

夏行春政风，行冬政落，重则雨雹，行秋政水。十二小郢，至德。十二绝气下，下爵赏。十二中郢，赐与。十二中绝，收聚。十二大暑至，尽善。十二中暑，十二小暑终，三暑同事。七举时节，君服赤色，味苦味，听羽声，治阳气，用七数，饮于赤后之井，以毛兽之火爨。藏薄纯，行笃厚，坦气修通。凡物开，静形生理，定府官，明名分，而审责于群臣有司，则下不乘上，贱不乘贵。法立数得，而无比周之民，则上尊而下卑，远近不乘。此居于图南方方外。

右南方本图。

旗物尚赤，兵尚戟，刑则烧交疆郊。朱批：烧校，未祥。疆郊，使为工徒修封疆也。必明其一，必明其将，必明其政，必明其士，四者备，则以治击乱，以成击败。数战则士疲，数胜则君骄，骄君使疲民，则危国。至善不战，其次一之。大胜者积众，胜而无非义者焉，墨批：光案，《幼官》篇“胜”下无“而”字。可以为大胜。大胜，无不胜也。此居于图南方方外。

右南方副图。

秋行夏政叶，行春政华，行冬政耗。十二期风至，戒秋事。十二小卯，薄百爵。十二白露下，收聚。十二复理，赐予。十二始前节，第赋事。十二始卯，合男女。十二中卯，十二下卯，三卯同事。九和时节，君服白色，味辛味，听商声，治湿气，用九数，饮于白后之井，以介虫之火爨。藏恭敬，行搏锐，坦气修通。凡物开，静形生理，间男女之畜，修乡里之什伍，量委积之多寡，定府官之计数，养老弱而勿通，信利害而无私。此居于图西方方外。

右西方本图。

旗物尚白，兵尚剑，刑则绍昧断绝。始乎无端，卒乎无穷。始乎无端，道也。卒乎无穷，德也。道不可量，德不可数。不可量则众强不能图，不可数则为诈不敢乡。两者备施，动静有功。畜之以道，养之以德。畜之以道则民和，养之以德则民合，和合故能习，习故能偕，偕习以悉，莫之能伤也。此居于图西方方外。

右西方副图。

冬行秋政雾，行夏政雷，行春政烝泄。十二始寒，尽刑。十二小榆，赐予。十二中寒，收聚。十二中榆，大收。十二寒至，静。十二大寒之阴，十二大寒终，三寒同事。六行时节，君服黑色，味咸味，听徵声，治阴气，用六数，饮于黑后之井，以鳞兽之火爨。藏慈厚，行薄纯，坦气修通。凡物开，静形生理。器成于僇，教行于钞，动静不记，行止无量。戒审四时以别息，异出入以两易，明养生以解固，审取与以总之。一会诸侯，令曰："非玄帝之命，毋有一日之师役。"再会诸侯，令曰："养孤老，食常疾，收孤寡。"三会诸侯，令曰："田租百取五，市赋百取二，关赋百取一，毋乏耕织之器。"四会诸侯，令曰："修道路，偕度量，一称数，毋征薮泽，墨批：光案，《幼官》篇及各本均无"毋征"二字。朱批：各本皆有。以时禁发之。"五会诸侯，令曰："修春秋冬夏之常祭食，天壤山川之故祀必以时。"六会诸侯，令曰："以尔壤生物共玄官，请四辅，将以祀上帝。"七会诸侯，令曰："官处四体而无礼者，流之焉莠命。"八会诸侯，令曰："立四义而无议者，尚之于玄官，听于三公。"九会诸侯，令曰："以尔封内之财物，国之所有为币。"九会，大令焉出，朱批：令，前作"命"。常至。千里之外，二千里之内，诸侯三年而朝，习命；二年，三（乡）[朱批：卿]使四辅。一年，正月朔日，令大夫来修，受命三公。二千里之外，三千里之内，诸侯五年而会，至，习命；三年，名卿请事；二年，大夫通吉凶；七年，重適入正礼义；五年，大夫请变。三千里之外，诸侯世一至，置大夫以为廷安，入共受命焉。此居于图北方方外。

右北方本图。

旗物尚黑，兵尚胁盾，刑则游仰灌流。察数而知治，审器而识胜，明谋而适胜，通德而天下定。定宗庙，育男女，官四分，则可以立威行德，制法仪，出号令。至善之为兵也，非地是求也，罚人是君也。立义而加之以胜，至威而实之以德，守之而后修，胜心焚朱批：当作“樊”。海内。民之所利立之，所害除之，则民人从。立为六千里之侯，则大人从。使国君得其治，则人君从。会请命于天地，知气和，则生物从。计缓急之事，则危危而无难。明于器械之利，则涉难而不变。察于先后之理，则兵出而不困。通于出入之度，则深入而不危。审于动静之务，则功得而无害也。著于取与之分，则得地而不执。慎于号令之官，则举事而有功。此居于图北方方外。

右北方副图。

五辅第十谓六兴、七体、八经、五务、三度，此五者，可以辅弼国政也。 外言一

古之圣王所以取明名广誉，厚功大业，显于天下，不忘于后世，非得人者未之尝闻。不得于人，而能使名誉显当时，功业流后世者，则未尝闻。暴王之所以失国家，危社稷，覆宗庙，灭于天下，非失人者未之尝闻。不失于人，而能使失国覆宗者，亦未尝闻。今有土之君，皆处欲安，动欲威，战欲胜，守欲固。大者欲王天下，小者欲霸诸侯，言诸侯欲大利则王天下，欲小利则霸诸侯也。而不务得人。是以小者兵挫而地削，大者身死而国亡，既不务得人，故必致祸，小则地削，大则国亡。故曰：人不可不务也，当务得之于人。此天下之极也。曰：然则得人之道，莫如利之。利之之道，莫如教之以政。故善为政者，田畴垦而国邑实，朝廷闲而官府治，公法行而私曲

止，仓廪实而囹圄空，贤人进而奸民退。其君子上中正而下谄谀，其士民贵武勇而贱得利，贱苟得之利也。其庶人好耕农而恶饮食，恶费用之饮食。于是财用足好耕农故财用足。而饮食薪菜饶。省费用，则薪菜饶。是故上必宽裕而有解舍，解，汝也。舍，免也。下必听从而不疾怨，上下和同而有礼义。故处安而动威，战胜而守固，是以一战而正诸侯。不能为政者，田畴荒而国邑虚，朝廷凶小人竞进，故凶。而官府乱。小人用法，故乱。公法废而私曲行，仓廪虚而囹圄实，贤人退而奸民进。其君子上谄谀而下中正，其士民贵得利而贱武勇，其庶人好饮食而恶耕农，于是财用匮而饮食薪菜乏。上弥残苟居上位者小人，故残贼苟且。而无解舍，下愈覆鸷伏匿悖戾。而不听从，覆，察也。鸷，疑也。上既贼苟而不舍，故下伺察而怀疑。鸷，敕吏反。上下交引而不和同。上引下以供御，下引上以恩覆，二俱不得，故不和同也。故处不安而动不威，战不胜而守不固，是以小者兵挫而地削，大者身死而国亡。故以此观之，则政不可慎也。

德有六兴，义有七体，礼有八经，法有五务，权有三度。所谓六兴者何？曰：辟田畴，利坛宅，坛，堂基。修树艺，劝士民，勉稼穑，修墙屋，此谓厚其生。上六者，可以厚养其生也。发伏利，利人之事积久隐伏者，发而用之。输墆积，墆，贮积也。修道途，便关市，谓所置关市，皆令要便也。慎将宿，将送货财，必慎止宿。此谓输之以财。上五者，皆生财之术，故曰输财，所以纳财于民。导水潦，利陂沟，决潘渚，潘，溢也。渚潘溢者，疏决之令通。潘，音翻。溃泥滞，泥涂为滞者，亦溃决之令通也。通郁闭，郁闭，亦谓川渎有遏塞者。慎津梁，此谓遗之以利。上之六者，所以遗利于民。薄征敛，轻征赋，弛刑罚，赦罪戾，宥小过，此谓宽其政。上之五者，所以宽裕其政。养长老，慈幼孤，恤鳏寡，问疾病，吊祸丧，此谓匡其急。上之五者，所以救民之急。衣冻寒，食饥渴，匡贫窭，赈罢露，疾惫裸露者，有赈救之。资乏绝，此谓赈其穷。上之五者，所以赈民之穷乏。凡此六者，德之兴也。六者既布，则民之所欲，无不得矣。夫民必得其所欲，然后听上，听上然后政可善为也。故曰：德不可［朱批：不］兴也。

曰：民知德矣，而未知义，然后明行以导之义。行即七义。义有七体。七体者何？曰：孝悌慈惠以养亲戚，恭敬忠信以事君上，中正比宜以行礼节，比，合也。行既中正，而又合宜也。整齐撙诎以辟刑僇，撙，节也。言自节而卑屈也。纤啬省用以备饥馑，纤，细也。啬，吝也。既细又吝，故财用省也。敦蒙纯固［朱批：以备］祸乱，蒙，厚也。音莫江反。和协辑睦以备寇戎。凡此七者，义之体也。夫民必知义然后中正，中正然后和调，和调乃能处安，处安然后动威，动威乃可以战胜而守固。故曰：义不可不行也。

曰：民知义矣，而未知礼，然后饰八经以导之礼。所谓八经者何？曰：上下有义，贵贱有分，长幼有等，贫富有度。凡此八者，礼之经也。故上下无义则乱，贵贱无分则争，长幼无等则倍，倍，乖戾也。贫富无度则失。失其节制。墨批：失，俞读为“佚”。上下乱，贵贱争，长幼倍，贫富失，而国不乱者，未之尝闻也。是故圣王饬此八礼，以导其民。八者各得其义，则为人君者中正而无私，为人臣者忠信而不党，为人父者慈惠以教，为人子者孝悌以肃，为人兄者宽裕以诲，为人弟者比顺以敬，比，和。为人夫者敦蒙以固，为人妻者劝勉以贞。夫然，则下不倍上，臣不杀君，贱不逾贵，少不陵长，远不间亲，新不间旧，小不加大，淫不破义。凡此八者，礼之经也。夫人必知礼然后恭敬，恭敬然后尊让，尊让然后少长贵贱不相逾越，少长贵贱不相逾越，故乱不生而患不作。故曰：礼不可不谨也。

曰：民知礼矣，而未知务，然后布法以任力，任力有五务。

五务者何？曰：君择臣而任官，大夫任官辩事，辩，明也。能明所任之事也。官长任事守职，士修身功材，材，谓艺能。士既修身，必于艺能有功也。墨批：俞读“功”为“攻”。庶人耕农树艺。君择臣而任官，则事不烦乱；大夫任官辩事，则举措时；官长任事守职，则动作和；士修身功材，则贤良发；庶人耕农树艺，则财用足。故曰：凡此五者，力之务也。夫民必知务然后心一，心一然后意专，心一而意专，然后功足观也。故曰：力不可不务也。

曰：民知务矣，而未知权，然后考三度以动之。所谓三度者何？曰：上度之天祥，下度之地宜，中度之人顺，此所谓三度。故曰：天时不祥，则有水旱；地道不宜，则有饥馑；人道不顺，则有祸乱。此三者之来也，政召之。曰：审时以举事，时则天祥、地宜、人顺之时也。得其时则事可成。以事动民，事成则以民可动。以民动国，民昌则国可动。以国动天下，国强则天下可动也。天下动然后功名可成也。故民必知权然后举错得，权，谓能知三度。举错得则民和辑，民和辑则功名立矣。故曰：权不可不度也。

故曰：五经既布，然后逐奸民，诘诈伪，屏谗慝，而毋听淫辞，毋作淫巧。若民有淫行邪性，树为淫辞，作为淫巧，以上谄君上而下惑百姓，移国动众以害民务者，其刑死流。大罪死，小罪流。故曰：凡人君之所以内失百姓，外失诸侯，兵挫而地削，名卑而国亏，社稷灭覆，身体危殆，非生于謟淫者，未之尝闻也。何以知其然也？曰：淫声謟耳，淫观謟目，朱批：謟，疑也。耳目之所好謟心，心之所好伤民，民伤而身不危者，未之尝闻也。

曰：实圹虚，垦田畴，修墙屋，则国家富。节饮食，撙衣服，则财用足。举贤良，务功劳，布德惠，则贤人进。逐奸人，诘诈伪，去谗慝，则奸人止。修饥馑，墨批：俞云，“修”当为“备”。《版法》篇“修长”后《解》作“备长”。救灾害，赈罢露，则国家定。

明王之务，在于强本事，去无用，然后民可使富。本事，谓农桑也。无用，谓末作也。论贤人，用有能，而民可使治。薄税敛，无苟于民，谓无苟取于民。待以忠爱，而民可使亲。三者，霸王之事也。事有本，而仁义其要也。今工以朱批：已。巧矣，而民不足以备用者，其悦在玩好。君悦玩好，则民务末作，故备用不足。墨批：俞云，“悦”皆当为“说”。农以劳矣，而天下饥者，其悦在珍怪，方丈陈于前。方丈陈前，则役用广，故农劳而不免于饥。女以巧矣，而天下寒者，其悦在文绣。君悦文绣，则女工伤成天下寒。是故博带梨，梨博带以就狭也。梨，割也。大袂列，列大袂以从小。文绣染，染文绣为（丝）［朱批：纯］色，墨批：光案，注“丝”当为“纯”。刻镂削，削刻镂为纯素。雕琢采。采雕琢为纯缦。梨，刊也，谓刊落。列、裂同，决之也。刻镂，刻去其镂饰之器也。削雕，削毁其雕巧之具也。琢采，琢磨也，采色之物则磨而灭之也。数者皆去奢就俭之事。朱批：“采”读若“采椽不斫”，当雕琢者采之而已，采因其本质也。墨批：案，黄本无“梨，刊也”以下注文。关幾而不征，幾，察也。但使察非常，而不征赋也。市廛而不税。廛，市中置物处。但籍知其数，不税敛。古之良工，不劳其知巧以为玩好。是故无用之物，守法者不失。或为无用物，守法者必得而诛之，不使漏失也。

朱批：同治十三年夏四月癸酉朔校笺。

墨批：十四年秋八月辛卯用俞樾本补校笺。

朱批：光绪廿八年春分后三日复阅增删。

卷四

宙合第十一古往今来曰宙也，所陈之道既通往古，又合来今，无不苞罗也。朱批：此篇先列目，后说义。诸子多如此，此当时说士夹袋本之式，无精义也。 外言二

左操五音，右执五味，弟一举目。怀绳与准钩，多备规轴，减溜朱批："咸留"加"水"旁，以其义别，下解云，尽发也。大成，是唯时德之节。弟二举目。春采生，秋采蓏，夏处阴，冬处阳，弟三举目。大贤之德长。此弟三举目。房注弟三举目，终于冬非也。案：后解春采生，秋采蓏，夏处阴，冬处阳，引微子不与纣之难，后世不绝，下接云：大贤之德长。可见此句属上文无疑矣。朱批：戴又不校，何也？明乃哲，哲乃明，奋乃苓，明哲乃大行。弟四举目。毒而无怒，怨而无言，欲而无谋。弟五举目。大揆度仪，若觉卧，若晦明，若敖之在尧也。弟六举目。毋访于佞，毋蓄于谄，毋育于凶，毋监于谗，不正广其荒。弟七举目。不用其区区，朱批：下不重。鸟飞准绳，弟八举目。譓火县反。充末衡，朱批：下解云，言心也。譓即谲也，谲者充之，故曰心欲忠。末为耳目则未闻。易政利民，弟九举目。毋犯其凶。毋迩其求，而远其忧。高为其居，危颠莫之救。弟十举目。可浅可深，可浮可沉，可曲可直，可言可默。弟十一举目。天不一时，地不一利，人不一事，朱批：此为一节，注误连下。可正而视，定而履，深而迹。弟十二举目。夫天地一险一易，若鼓之有撐，宅耕反。擿丁历

反。挡丁用反。则击。朱批：此又一条。天地万物之橐，宙朱批：宙，合入也。合有朱批：下注云，有，又也。橐天地。第十三举目。

左操五音，右执五味，此言君臣之分也。左阳，君道；右阴，臣道，故曰君臣之分也。君出令佚，故立于左。君但出令，故曰佚。凡右无为用事，故左佚而右劳。臣任力劳，故立于右。臣则任力，故曰劳。夫五音不同声而能调，此言君之所出令无妄也，五音虽有不同，乐师尽能调之。喻百度虽各有别，君则尽能裁之，故所出无妄。而无所不顺，顺而令行政成。君出令，皆顺奉之，则政成。五味不同物而能和，此言臣之所任力无妄也，五味，宰夫能和之。百职，臣守任之，而无妄也。而无所不得，得而力务财多。臣能任职，得宜务而财必多也。故君出令，正其国而无（斋）[朱批：齐] 其欲，民欲既异，常随其欲而教之也。墨批：齐，疾也。一其爱而无独与是，王臣其爱，宜一率土周之，无所独与，则是爱不一、毋独与是也。墨批：案注，"王"当作"正"。朱批：不。王施而无私，则海内来宾矣。臣任力，同其忠而无争其利，不失其事而无有其名，分敬而无妒，则夫妇和勉矣。君失音则风律必流，流，谓荡散。流则乱败。臣离味则百姓不养，臣离味，百职旷，故百姓不养也。百姓不养则众散亡。君臣各能其分，则国宁矣。故名之曰不德。朱批："不"字误。

怀绳与准钩，多备规轴，减溜大成，是唯时德之节。夫绳扶拨以为正，墨批：拨，曲也。读若弓不发。准坏险以为平，准必坏旧高峻，而后以为平也。钩入枉而出直。工人用钩，则沉枉取直也。此言圣君贤佐之制举也。言制以举贤之法用钩也。博而不失，因以备能而无遗。所举既博，则枉直咸尽，故无所失。虽鸡鸣狗盗，无所不取，皆有所长，故能备之。国犹是国也，民犹是民也，桀、纣以乱亡，汤、武以治昌。汤之国人，亦桀之国人。武之国人，亦纣之国人。桀、纣以之亡，乱之故也。汤、武以之昌，治之故也。章道以教，明法以期，民之兴善也如此，墨批：黄本“此”作“化”。朱批：不。汤、武之功是也。汤、武之昌，教化明也。人之兴善，亦章明也。多备规轴者，成轴也。规者，正圆器。轴者，转规。大小悉须备，故多备。方主严刚，圆主柔和。今用规者，欲施恩引物也。夫成轴之多也，其处大也不究，其入小也不塞，究，穷也。大轴用大处，小用小处。因物施宜，故有大小也。犹迹求履之宪也，迹者，履之所出。善者，恩之所生。宪，法也。拟迹而求履法，履法可得；施恩而求善心，善心可生也。夫焉有不适善？以恩驱善，故无不适也。适善，备也，仙也，是以无乏，仙，轻顺貌。既皆适善能备，以恩为善者轻顺，人君善既备顺，何所乏哉？则求者无不善也。朱批：“仙”即“迁”。故论教者取辟焉。辟，法也。取为规矩也。墨批：黄本“论”为“谕”。朱批：作“论”是。天淯阳，无计量，地化生，无法崖。淯，古育字。天以阳气育生万物，物生不可计量。地以阴气化万物，物之生化，无有崖畔。君之恩，法天地之广厚也。朱批：加水以别于“育”字耳，非古字也。所谓是而无非，非而无是，亦既行恩，又须顺物。当顺而是之，不得有非；当顺而非之，不得有是也。是非有，必交来。朱批：有与必均来所正也。苟信是，以有不可先规之，是非既有，必使二者俱来，得以验之。是既信之有矣，非则不可掩，故先以恩义令息改也。朱批：以，古“已”字。必有不可识虑之，然将卒而不戒。不可识，谓其非谋隐伏，意在不测。或苞藏祸心，故必有以防虑之。如其事将终，即必当阴备待之，不可告戒于彼也。故圣人博闻多见，畜道以待物。以道待物，物无不容也。物至而对，形曲均存矣。对，配也。物至矣，以多少之恩，配大小之形。如此，则均平皆在于恩，而无遗失也。朱批：《中庸》云：“其次致曲，成则形。”减，尽也。溜，发也。言遍环毕，莫不备得，故曰：减溜大成。减溜，尽发。君既均施以恩，故物尽发于善，亦既尽善，君教不偏减，顺圜圆之周，无不备得也。成功之术，必有巨获。巨，大也。功，大成大获。“巨获”作“矩获”。必周于德，审于时。时德之遇，事之会也，若合符然。故曰：是唯时德之节。德既周，时又审，二者遇会，若合符契，则何功而不成也？

春采生，秋采蓏，夏处阴，冬处阳，此言圣人之动静、开阖、诎信、浧弋（浧）［朱批：徎］反。濡、浧濡犹言滑滞。取与之必因于时也。时则动，不时则静，是以古之士有意而未可阳也，故愁其治，言含愁而藏之也。有意济世，时乱方殷，未可明论，故曰：理代之言，阴愁而藏之。朱批：愁，揫也，愀也。贤人之处乱世也，知道之不可行，则沉抑以辟罚，静默以侔免。侔，取也。辟之也，犹夏之就清，七性反。冬之就温焉，可以无及于寒暑之菑矣，夏不就清，冬不就温，更以寒暑致灾，终无益也。喻贤者不避乱世，更招刑谴，何荣之可得哉！非为畏死而不忠也。贤人之避乱世，岂畏死而不忠哉！但以无益而徒死也。夫强言以为僇，而功泽不加，时非所言，必致刑僇。既刑僇矣，何功泽之加哉！进伤为人君严之义，臣进而遇伤，人君因此益加其严酷也。朱批："严"即父也。退害为人臣者之生，退而不遇害，而人臣因此转更偷生也。其为不利弥甚。不避乱世而遇害，则君益其严酷，臣亦偷生，不利弥甚。故退身不舍端，朱批：端，墙干也。修业不息版，版，牍也。朱批：业，大版也。以待清明。贤者虽复退身，终不舍其端操。不息修业亦不息其版藉，所以俟乱世清明，候风云以举翼也。故微子不与于纣之难，而封于宋，以为殷主，先祖不灭，后世不绝。故曰：大贤之德长。可久可大，则贤人之德业。

明乃哲，哲乃明，奋乃苓，明哲乃大行，此言擅美主盛自奋也。以琅汤琅，音浪。汤，音玚。凌轹人，人之败也常自此。是故圣人著之简策，传以告后进曰：奋盛苓落也。盛而不落者，未之有也。故有道者不平其称，不满其量，不依其乐，不致其度。有道者，则汤、武也。所以不平称、满量、依乐、致度者，所以晦其明。爵尊则肃士，墨批：黄本"则"作"即"。禄丰则务施，功大而不伐，业明而不矜。墨批：高诱注，"明犹盛也"。

夫名实之相怨久矣，是故绝而无交。有名有实，必为人怨，其来久。所以绝四邻之好，杜宾客之交，恶其名实之闻也。惠者知其不可两守，乃取一焉。故安而无忧，名实不可两守，故但存其一。怨从此而息，所以安然而无忧也。［朱批：毒］而无怒，此言止忿速，济没法也。毒者阴为赋害，从而怒之，彼知其所以行毒，怨恨续赴，其行毒之法没而不用。今不为怒者，所以止此忿速济断没法也。朱批："没法"字有误。怨而无言，言不可不慎也。言不周密，反伤其身。言怨怒，但可藏之在心，不言之口，以泄其恨。阴怀他计，反被伤身也。故曰：欲而无谋。言谋不可以泄，谋泄菑极。既欲其事，方始图之，无使谋泄。泄谋灾必至，故曰灾极。夫行忿速，遂没法，贼发言，轻谋泄，菑必及于身。故曰：毒而无怒，怨而无言，欲而无谋。

大揆度仪，若觉卧，若晦明，言人君材质虽不慧，但大揆度仪法，有疑则问之贤，若觉而卧，若从晦而视明，可以成大也。言渊色以自诘也。朱批：诘，劾也，固也。静默以审虑，依贤可用也。君有所未晤，当渊寂其色，以自穷诘，静默其神，以审思虑。有所不晤，依贤以问之，故其为可用也。仁良既明，通于可不朱批：否。利害之理，循发蒙也。问于仁良，其事既明，见利害之理则通晤，循而用之，其蒙自发明也。朱批："循"当作"犹"。故曰：若觉卧，若晦明，若敖之在尧也。敖，尧子丹朱，慢而不恭，故曰敖。敖在尧时，虽凡下材，但以圣人在上，贤人在下位，动而履规矩，常自礼法，竟以改邪为明，故宾虞朝，让德群后。《书》曰："无若丹朱敖。"

毋访于佞，言毋用佞人也，用佞人则私多行。毋蓄于谄，言毋听谄，听谄则欺上。毋育于凶，言毋使暴，使暴则伤民。毋监于谗，言毋听谗，听谗则失士。夫行私、欺上、伤民、失士，此四者用，所以害君义失正也。夫为君上者，既失其义正，而倚以为名誉，为臣者不忠而邪，以趋爵禄，乱俗败世，以偷安怀乐，虽广其威可损也。墨批：北宋本"损"作"须"。黄本即作"须"。朱批：

须，误也。故曰：不正广其荒。是以古之人阻其路，塞其遂，守而物朱批：同“勿”。修。故著之简策，传以告后世人曰：其为怨也深，是以威尽焉。

不用其区区者虚也，人而无良焉，故曰虚也。凡坚解而不动，陼堤而不行，其于时必失，失则废而不济。失植之正而不谬，墨批：俞云，“失植”当作“夫植”。不可贤也。植而无能，不可善也。所贤美于圣人者，墨批：“美”当作“善”。以其与变随化也。渊泉而不尽，微约而流施，是以德之流，润泽均加于万物。故曰：圣人参于天地。

鸟飞准绳，此言大人之义也。鸟飞准绳，曲以为直。大人之义，权而合道。夫鸟之飞也，必还山集谷，不还山则困，不集谷则死。山与谷之处也，不必正直，而还山集谷，曲则曲矣，而名朱批：若。绳焉。以为鸟起于北，意南而至于南；起于南，意北而至于北。苟大意得，不以小（缺）[朱批：缺] 为伤。鸟意将集南北，亦随山谷而曲飞，苟遂南北之大意，不以曲飞小缺为伤。圣人行权，亦犹是也。苟得合义之大致，不以反经小过而为伤也。故圣人美而著之，美飞鸟之事，著之简策也。曰：“千里之路，不可扶以绳。绳直千里路必穷也。万家之都，不可平以准。”平准万家，居必塞也。言大人之行，不必以先帝常义立之谓朱批：为。贤。守常违变，道必踬也。故为上者之论其下也，议欲理也。不可以失此术也。此术，权道。

譾远也。充，言心也，心欲忠。末衡，言耳目也，耳目欲端。中正者，治之本也。耳司听，听必顺闻，闻审谓之聪。耳之所闻既顺且审，故谓之聪。目司视，视必顺见，见察谓之明。目之顺视曰明。心司虑，虑必顺言，言得谓之知。心之所虑，既顺且得，故谓之智。聪明以知则博，博而不惛，所以易治也。政也。聪也，明也，智也。三者既博，故事无过，举乃得中，可制礼作乐，易先古政。政易民利，利乃劝，劝则告。民既劝勉，故可以礼乐告之。听不顺，不审不聪，不审不聪则缪。视不察不明，不察不明则过。虑不得不知，不得不知则昏。缪过以昏则忧，忧则所以伎苛，伎苛所以险政。政险民害，害乃怨，怨则凶。故曰：譿充末衡，易政利民也。毋犯其凶，言中正以蓄慎也。

毋迩其求，言上之败常贪于金玉马女，而吝爱于粟米货财也。厚藉敛于百姓，则万民怼怨。“远其忧”，言上之亡其国也。常迩其乐，朱批：“乐”“立”字误。立优美，而外淫于驰骋田猎，内纵于美色淫声，下乃解怠惰失，百吏皆失其端，则烦乱以亡其国家矣。“高为其居，危颠莫之救”，此言尊高满大，而好矜人以丽，主盛处贤，而自予雄也。言君主豪盛，处己以贤，自许以为英雄。予，许也。故盛必失而雄必败。夫（主）［朱批：上］既主盛处贤，以操士民，国家烦乱，万民心怨，此其必亡也。犹自万仞之山播而入深渊，其死而不振也必。故曰：毋迩其求，而远其忧，高为其居，危颠莫之救也。

“可浅可深，可浮可沉，可曲可直，可言可默”，此言指意要功之谓也。凡此深浅曲直诸事，皆可详之。言之指意，要必得此，然可以成功。天不一时，春夏秋冬，各有其时。地不一利，五土十地，各有其利。人不一事，士农工商，各有其事。是以著业不得不多，人之名位不得不殊。天时地利犹有不一，况于人之所著事业及其名位，岂得不多而殊乎！方明者察于事，朱批：方明，祭坛所设之神主。故不官官，主也。于物，而旁通于道。方，谓法术。言法术通明之士，察于天地，知不可专一，故云不主一物，功用无方，旁通于道也。道也者，通乎无上，详乎无穷，运乎诸生。诸物由道而生。是故辩于一言，察于一治，攻于一事者，可以曲说，而不可以广举。言寡能之人，但辩一言，察一理，攻一事，如此者，唯可以示一曲之说，未足以广苞也。圣人由此知言之不可兼也，故博为之治而计其意。知一言不可兼群言，故博为理众言，而复计度所言之意，以告喻之也。知事之不可兼也，故名为之说而况其功。又知一事不足以兼众事，故每事皆立名而为之说。又恐未明其功，故比况而晓告之。岁有春秋冬夏，月有上下中旬，日有朝暮，夜有昏晨，半星星半隐半见也。朱批：夜昏，夜晨夜半也。辰序各有其司，故曰：天不一时。此以上各举天时不一。半星辰序，言其星辰昼隐夜出，常见半至于次序，有司以为法也。山陵岑岩，渊泉闳流，泉逾瀷而不尽，瀷，凑漏之流也。薄承瀷而不满。泉逾而前，瀷随而后，欲其流不尽。至溪谷，小既停，薄随至而泄，虽承瀷而常不满之流也。墨批：俞云，“薄”同“泊”，浅水也。高下肥硗，物有所宜，故曰：地不一利。此以上略言地利不一也。乡有俗，国有法，食饮不同味，衣服异采，世用器械，规矩绳准，称量数度，品有所成，故曰：人不一事。此以上举人之事不一也。此各事之仪，其详不可尽也。此天地人三者之仪，但略举之故，其详不尽也。

可正而视，言察美恶，审别良苦，不可以不审。操分不杂，故政治不悔。定而履，言处其位，行其路，为其事，则民守其职而不乱，故葆统而好终。深而迹，言明墨章书，道德有常，则后世人人修理而不迷，故名声不息。

夫天地一险一易，若鼓之有椁，椁当为响。擿挡则击。险易犹否泰。夫天地否泰，应德而至，犹鼓之含响，应击而鸣者也。椁，鼓枹也，擿挡鼓声，犹镗鞳也，言鼓之有擿挡之声，由枹有以击之也。朱批：擿，“掷”正字，“掷”当言用椁者当其处，则椁必击鼓也。言苟有唱之，必有和之，和之不差，因以尽天地之道。唱则击也。小则小和，大则大和，故曰和击而不差。应击为响，象天地应德为否泰也。景不为曲物直，响不为恶声美。物曲则影曲，声恶则响恶，亦况天道福善祸淫随事而至也。是以圣人明乎物之性者，必以其类来也。恶声往则恶响来，犹积善余庆，积恶余殃。故君子绳绳乎慎其所先。

天地，万物之橐也，君子知善恶必报，绳绳戒慎，先天地以类善，天地万物从而应之。则善在先，应在后，如橐之成物也，故曰天地万物之橐。宙合有橐天地，宙合之道，教以先天地行善，故橐天地也。有，又也。天地苴子余反。万物，故曰：万物之橐。苴裹万物，在天地之中，故为橐也。宙合之意，上通于天之上，下泉于地之下，朱批："泉"当为"𥥛"，穿也。外出于四海之外，合络天地以为一裹，宙合，广积善以通天上，入地下，包络天地为一裹也。墨批："裹"当作"里"。散之至于无闲，不可名而山。宙合之裹故散，其终上能无偷观，犹不可得其名，若山然也。墨批："山"当作"止"。里止为韵。是大之无外，小之无内，故曰：有橐天地。

其义不传。苟非其人，道不虚行，故其义不可妄传也。一典品之，不极一薄，然而典品无治也。典，常也。宙合之道专一而能常行，则不有穷。若乃轻薄不能崇重，则此道或几乎息矣。常品之人，不能重理也。朱批：典，仑也，理也。天地虽大，以伦理品第之，不过室坐之地，而可知矣。薄，席也，极尽也。此下发明条目之义。多内则富，时出则当，而圣人之道，贵富以当。奚谓当？本乎无妄之［朱批：治］，运乎无方之事，应变不失之谓当。朱批："不"字补。当，物以无妄为本，物虽杂至不敢分。变无不至，无有［朱批：不］应，当句。本错，不敢忿。当，谓行赏以当功。当功所以错而不用者，则以变不至也。故虽不用物，不敢忿怒也。朱批：应也，"忿"读为"分"。故言而名之曰宙合。寻古（贵）［朱批：遗］言之立名，名曰宙合也。

枢言第十二

枢者，居中以运外，动而不穷者也。言，则虑心而发口，变而无主者也。其用若枢，故曰枢言。

外言三

管子曰：道之在天者，日也。日者，万物由之以煦，万象由之以显，功莫大焉，故谓之道也。其在人者，心也。心者，万物由之以虑，万理由之以断，云为莫大焉，故谓之道。故曰：有气则生，无气则死，生者以其气。日与心以生成为功，而生成以气为主。此言气者，道之用也，尤宜重也。有名则治，无名则乱，治者以其名。物既生成，须立法以治之，在于名实相副，故实称其名则治，名重其实则乱。枢言曰："爱之，利之，益之，安之。"四者道之出。四者从道而生，故曰道之出也。帝王者用之而天下治矣。帝王者审所先所后，先民与地则得矣，民者，君之地；君者，民之天。先此二者，则无所不得也。先贵与骄则失矣。贵而不已则骄，骄而不已则亡。先此二者，则无所不失矣。是故先王慎贵在所先所后。人主不可以不慎贵，不可以不慎民，不可以不慎富。慎贵在举贤，慎民在置官，慎富在务地。故人主之卑尊轻重，在此三者，不可不慎。慎三则尊以重，忽三则卑以轻。

国有宝，有器，有用。城郭、险阻、蓄藏，宝也。城郭完，险阻修，则寇盗息。蓄藏积，民无饥，故为宝也。圣智，器也。圣无不通，智无遗策，二者可操以成事，故曰器。珠玉，末用也。珠玉者，饥不可食，寒不可衣，费多而益少，故为末用也。先王重其宝器，而轻其末用，故能为天下。生而不死者二，谓宝与器。立而不立者四。人君虽欲自立而重珠玉，则不令得立者四，谓喜怒恶欲。喜也者，怒也者，恶也者，欲也者，天下之败也，而贤者宝之。为善者，非善也，非善，此珠玉也。故善无以为也，故先王贵善。贵善蓄藏。朱批：民为善，而非主所善，则无人为善矣。王主积于民，无不足。霸主积于将战士，卒奋勇。衰主积于贵人，益其骄。亡主积于妇女珠玉，速其亡也。故先王慎其所积。疾之疾之，万物之师也。为之为之，万物之时也。强之强之，万物之指也。墨批：黄本“指”为“脂”。

凡国有三制，有制人者，有为人之所制者，有不能制人、人亦不能制者。何以知［朱批：其然］？德盛义尊，而不好加名于人，加名于人者，人亦加之。人众兵强而不以其国造难生患，患难于人者，人亦患难之。天下有大事而好以其国后，谦受益也。如此者，制人者也。下人者在人上。德不盛，义不尊，而好加名于人；人不众，兵不强，而好以其国造难生患；恃与国，幸名利，言恃党与之国，又不为推让，每辄幸其名利也。如此者，人之所制也。陵人者，人反陵之。息侯伐郑之比。人进亦进，人退亦退，人劳亦劳，人佚亦佚，进退劳佚，与人相胥，胥，视也。常视人与之俱进退劳佚也。如此者，不能制人、人亦不能制也。

爱人甚而不能利也，爱甚不利，生其怨心。憎人甚而不能害也。憎甚不害，生其贼心。故先王贵当爱必利，憎必害。贵周。深密不测则周也。周者不出于口，不见于色，一龙一蛇，一则为龙，一则为蛇，喻人行藏。一日五化之谓周。行藏五变，故曰五化。故先王不以一过二，以众少（喻）［朱批：逾］多，［朱批：人］所惊也。先王不独举，不擅功。独举擅功，人之所疾。先王不约束，不结纽。约束则解，有束，故可得而解。结纽则绝，有纽，故可得而绝。故亲不在约束结纽。相亲，从心生也。先王不货交，货交，则人心有亲疏。不列地，列地，则人心有向背。以为天下。天下不可改也，亲疏向背，是其改也。改为分别。而可以鞭棰使也。若乃不改，而以鞭棰威之，则无思不服。墨批：黄本“棰”为“箠”。朱批：改其好恶也。时也，利也，出为之也。先王有所出为，必上得天时，下尽地利。余目不明，余耳不聪。苟非时利，虽目视有余，不用其明；耳听有余，不用其聪也。是以能继天子之容。天子之容，时利而已。官职亦然。亦时利也。时者得天，义者得人，义即利也。既时且义，故能得天与人。先王不以勇猛为边竟则边竟安，边竟安则邻国亲，邻国亲则举当矣。人故相（赠）［朱批：憎］也。朱批：故，本也。人之性本相憎。人之心悍，故为之法。法出于礼，礼出于治，治、礼，道也，万物待治、礼而后定。凡万物阴阳两生而参视，先王因其参而慎所入所出。以卑为卑，卑不可得；以尊为尊，尊不可得，桀、舜是也。先王之所以最重（也）［朱批：地］，朱批："地"字校改。得之必生，失之必死者，何也？唯无得之，朱批：唯无得之，唯恐不得也。尧、舜、禹、汤、文、武、孝己斯待以成，朱批："孝己"字误。天下必待以生，故先王重之。一日不食比岁歉，三日不食比岁饥，五日不食比岁荒，七日不食无国土，十日不食无俦类，尽死矣。

先王贵诚信，诚信者，天下之结也。信诚者，所以结固天下之心也。贤大夫不恃宗（至）［室］，士不恃外权，坦坦之利不以功，坦坦之备不为用。坦坦，谓平平。非有超而异者，故不能立功而成用也。故存国家，定社稷，在卒谋之间耳。圣人用其心，沌沌乎博而圜，豚豚乎莫得其门，墨批：黄本"门"下有注云，一本作"沌乎博而圜，豚豚乎莫得而闻也"。纷纷乎若乱丝，遗遗乎若有从治。故曰：欲知者知之，欲利者利之，欲勇者勇之，欲贵者贵之。彼欲贵，我贵之，人谓我有礼。彼欲勇，我勇之，人谓我恭。彼欲利，我利之，人谓我仁。彼欲知，我知之，人谓我慜。戒之戒之，微而异之。人心不同，其犹（而）［朱批：面］焉。令既顺欲获，失时无所收。动作必思之，无令人识之，卒来者必备之。信之者仁也，不可欺者智也。既智且仁，是谓成人。

贱固事贵，不肖固事贤。贵之所以能成其贵者，以其贵而事贱也。贤之所以能成其贤者，以其贤而事不肖也。恶者，美之(克)［朱批：充］也；卑者，尊之充也；贱者，贵之充也，故先王贵之。天以时使，地以材使，人以德使，鬼神以祥使，禽兽以力使。所谓德者，先之之谓也。故德莫如先，应（适）［朱批：敌］莫如后。先王用一阴二阳者霸，尽以阳者王；以一阳二阴者削，尽以阴者亡。量之不以少多，称之不以轻重，度之不以短长，不审此三者，不可举大事。能戒乎？能敕乎？能隐而伏乎？能而稷乎？能而麦乎？春不生而夏无得乎？墨批：稷，春时生；麦，夏时得。“而”读为“如”。众人之用其心也，爱者憎之始也，德者怨之本也。唯贤者不然。先王事以合交，德以合人。二者不合，则无成矣，无亲矣。

凡国之亡也，以其长者也。人之自失也，以其所长者也。故善游者死于梁池，善射者死于中野。命属于食，治属于事，无善事而有善治者，自古及今未尝之有也。众胜寡，疾胜徐，勇胜怯，智胜愚，善胜恶，有义胜无义，有天道胜无天道。凡此七胜者贵众，用之终身者众矣。人主好佚欲、亡其身、失其国者，殆。其德不足以怀其民者，殆。明其刑而贱其士者，殆。诸侯假之威，久而不知极已者，殆。身弥老，不知敬其適子者，殆。蓄藏积陈朽腐，不以与人者，殆。凡人之名三：有治也者，有耻也者，有事也者。事之名二：正之，察之。五者而天下治矣。名正则治，名倚则乱，无名则死，故先王贵名。先王取天下，远者以礼，近者以体。体、礼者，所以取天下；远、近者，所以殊天下之际。日益之而患少者惟忠，日损之而患多者惟欲。多忠少欲，智也，为人臣者之广道也。为人臣者，非有功劳于国也，家富而国贫，为人臣者之大罪也。为人臣者，非有功劳于国也，爵尊而主卑，为人臣者之大罪也。无功劳于国而贵富者，其唯尚贤乎！

众人之用其心也，爱者，憎之始也；爱尽而憎。德者，怨之本。德竭而怨生。其事亲也，妻子具则孝衰矣。其事君也，有好业、家室富足则行衰矣，爵禄满则忠衰矣。唯贤者不然，贤者有始有卒。故先王不满也。人主操逆，人臣操顺。先王重荣辱，荣辱在为。天下无私爱也，无私憎也，为善者有福，为不善者有祸。祸福在为，故先王重为。明赏不费，明刑不暴，赏罚明则德之至者也，故先王贵明。天道大而帝王者用爱恶，爱恶天下可秘，爱恶重闭必固。釜鼓满则人概之，人满则天概之，故先王不满也。先王之书，心之敬执也，而众人不知也。故有事事也，毋事亦事也。吾畏事，不欲为事；吾畏言，不欲为言，故行年六十而老吃也。朱批：年六十者，作《枢言》之人也，管子引之。

卷五

八观第十三　外言四

大城不可以不完，郭周不可以外通，里域不可以横通，横通，谓从旁而通也。闾闬不可以毋阖，阖，扉也。宫垣关闭不可以不修。故大城不完，则乱贼之人谋。郭周外通，则奸遁逾越者作。里域横通，则攘夺窃盗者不止。闾闬无阖，外内交通，则男女无别。宫垣不备，关闭不固，虽有良货，不能守也。故形势不得为非，则奸邪之人悫愿。禁御周固，形势不得为非，则奸邪之人无从生心，而变为悫愿。禁罚威严，则简慢之人整齐。宪令著明，则蛮夷之人不敢犯。赏庆信必，则有功者劝。教训习俗者众，则君民化变而不自知也。习俗而善，不知善之为善，犹入芝兰之室，不知芳之为芳也。是故明君在上位，刑省罚寡，非可刑而不刑，非可罪而不罪也。明君者，闭其门，塞其涂，弇其迹，使民无由接于淫非之地。既闭出非之门，又塞生过之涂，成罪之迹，莫不掩匿。如此，则自然端直，欲接淫非之地，其路无由也。是以民之道正行善也若性然。故罪罚寡而民以治矣。

行其田野，视其耕芸，计其农事，而饥饱之国可以知也。其耕之不深，芸之不谨，地宜不任，草田多秽，耕者不必肥，荒者不必垅，朱批：不肥而耕，虚人力；不垅而荒之，弃地利也。以人猥计其野，猥，众也。以人众之多少，计其野之广狭也。草田多而辟田少者，虽不水旱，饥国之野也。若是而民寡，则不足以守其地；若是而民众，则国贫民饥；以此遇水旱，则众散而不收。彼民不足以守者，其城不固；民饥者，不可以使战；众散而不收，则国为丘墟。故曰：有地君国，而不务耕芸，寄生之君也。故曰：行其田野，视其耕芸，计其农事，而饥饱之国可知也。

行其山泽，观其桑麻，计其六蓄之产，而贫富之国可知也。夫山泽广大，则草木易多也；壤地肥饶，则桑麻易植也；荐子见反。草多衍，则六畜易繁也。荐，茂草也，庄周曰："麋鹿食荐。"山泽虽广，草木毋禁，壤地虽肥，桑麻毋数，荐草虽多，六畜有征，征，赋。闭货之门也。无货可出，若闭门然。故曰：时货不遂。时货，谓谷帛畜产也。金玉虽多，谓之贫国也。故曰：行其山泽，观其桑麻，计其六畜之产，而贫富之国可知也。

入国邑，视宫室，观车马衣服，而侈俭之国可知也。夫国城大而田野浅狭者，其野不足以养其民。城域大而人民寡者，其民不足以守其城。宫营大而室屋寡者，其室不足以实其宫。室屋众而人徒寡者，其人不足以处其室。囷仓寡而台榭繁者，其藏不足以共其费。囷仓所藏，不足以供台榭之费。故曰：主上无积而宫室美，氓家无积而衣服修，氓家，谓民家。乘车者饰观望，步行者杂文采，本资少而末用多者，本资，谓谷帛。侈国之俗也。国侈则用费，用费则民贫，民贫则奸智生，奸智生则邪巧作。故奸邪之所生，生于匮不足；匮不足之所生，生于侈；侈之所生，生于毋度。故曰：审度量，节衣服，俭财用，禁侈泰，为国之急也。不通于若计者，若计，谓"审度量"以下。不可使用国。故曰：入国邑，视宫室，观车马衣服，而侈俭之国可知也。

课凶饥，计师役，视台榭，量国费，而实虚之国可知也。凡田野，万家之众，可食之地方五十里，可以为足矣。万家以下，则就山泽可矣。万家以下，其人少，可以就山泽逐便利。万家以上，则去山泽可矣。万家以上，其人多，则去山泽，就原陆，而山泽有禁也。彼野悉辟，而民无积者，国地小而食地浅也。田半垦，而民有余食，而粟米多者，国地大而食地博也。国地大而野不辟者，君好货而臣好利者也。君臣好货利，则妨农功，故其野不辟。辟地广而民不足者，上赋重，流其藏者也。上赋重，则人藏流散也。故曰：粟行于三百里，赋重则粟贱，故人远行而粜之。或远人来籴也。则国无一年之积；粟行于四百里，则国毋二年之积；粟行于五百里，则众有饥色。其稼亡三之一者，命曰小凶，三分常稼，而亡其一，时有凶灾故也，故谓小凶。小凶三年而大凶，比三年不熟，故曰大凶也。大凶则众有大遗苞矣。时既大凶，无复畜积，虽相振济，但苞裹升斗以相遗也。朱批：下"大"字衍。遗苞，流亡也。墨批：苞，叶也。什一之师，什三毋事，朱批：十一之师，发徒役十取一也，取徒一人，烦费二人，故十三无事。则稼亡三之一。师，法也。十一而税，周礼之通法，今乃十三而税，无事于旧稼亡三之一也。稼亡三之一而非有故盖积也，则道有（损）［朱批：捐］瘠矣。既已亡三之一，又无故积，则道行之人有毁损羸瘠者也。朱批："损"当作"捐"。什一之师，三年不解，非有余食也，则民有鬻子矣。既师十一，三年而不解，此当有余食而不余，则以遇岁凶故也，所以人有鬻子者。故曰：山林虽近，草木虽美，宫室必有度，禁发必有时。是何也？曰：大木不可独伐也，大木不可独举也，大木不可独运也，大木不可加之薄墙之上。凡此必资众力，则妨农事，故宫室须有度，禁发须有时也。故曰：山林虽广，草木虽美，禁发必有时。国虽充盈，金玉虽多，宫室必有度。江海虽广，池泽虽博，鱼鳖虽多，罔罟必有正。多少小大之正。船网不可一财而成也。必多财然后成。非私草木，爱鱼鳖也，恶废民于生谷也。故曰：先王之禁山泽之作者，博民于生谷也。彼民非谷不食，谷非地不生，地非民不动，动，谓发生谷物。民非作力毋以致财，天下之所生，生于用力；天下所以存其生，各由用力也。用力之所生，生于劳身。是故主上用财毋已，是民用力毋休也。财从力生，故用财不已，则用力不休矣。故曰：台榭相望者，其上下相怨也。上怨下不供，下怨上多税。民无余积者，其禁不必止。民饥贫则为盗贼，故禁不止也。众有遗苞者，其战不必胜。战士饥则力屈，故战不胜。道有损瘠者，其守不必固。损瘠则死期将至，故守不固也。故令不必行，禁不必止，战不必胜，守不必固，则危亡随其后矣。故曰：课凶饥，计师役，观台榭，量国费，实虚之国可知也。

入州里，观习俗，听民之所以化其上。君斯作矣，人胥效矣，故人莫不化上。而治乱之国可知也。州里不鬲，无限鬲也。间闬不设，出入毋时，早晏不禁，则攘夺、窃盗、攻击、残贼之民毋自胜矣。自，从也。既不设备，则盗贼无从而胜。食谷水，巷凿井，谷水、巷井，则出汲者生其淫放。朱批：谷水、巷井，劳于汲浣，则男女相杂也。场圃接，邻家子女，易得交通。树木茂，淫非者易为。宫墙毁坏，门户不闭，外内交通，则男女之别毋自正矣。乡毋长游，什长游宗也。里无士舍，士，谓里尉。每里当置舍，使尉居焉。时无会同，乡里每时当有会同，所以结恩好也。丧蒸不聚，蒸，冬祭名。禁罚不严，则齿长辑睦，毋自生矣。乡里长弟当以齿也。故昏礼不谨则民不修廉，论贤不乡举则士不及行，货财行于国则法令毁于官，请谒得于上则党与成于下。乡官无法制，百姓群徒不从，此亡国弑君之所自生也。故曰：入州里，观习俗，听民之所以化其上者，而治乱之国可知也。

入朝廷，观左右，本求朝之臣，谓原本寻求朝之得失。论上下之所贵贱者，而强弱之国可知也。功多为上，禄赏为下，则积劳之臣不务尽力。战功曰多，谓积劳之臣，论其功多，则居于众上。及行禄赏，翻在众下，故不务尽力也。治行为上，爵列为下，则豪杰材臣不务竭能。便辟左右，不论功能而有爵禄，则百姓疾怨非上，贱爵轻禄。左右不论能而有爵禄，则百姓非但疾怨非上，又轻贱爵禄也。金玉货财，商贾之人不论志行而有爵禄也，不论志行，使之在爵禄之位也。则上令轻，法制毁。权重之人，不论才能而得尊位，则民倍本行而求外势。彼积劳之人不务尽力，则兵士不战矣。豪杰材人不务竭能，则内治不别矣。百姓疾怨非上，贱爵轻禄，则上毋以劝众矣。上令轻，法制毁，则君毋以使臣，臣毋以事君矣。民倍本行而求外势，则国之情伪竭在敌国矣。人既倍本求外，则国之情伪尽在于敌矣。竭，尽也。故曰：入朝廷，观左右，本求朝之臣，论上下之所贵贱者，而强弱之国可知也。

置法出令，临众用民，计威严宽惠，行于其民与不行于其民可知也。法虚立而害疏远，谓其立法，但能害疏远，而不行亲近，故曰虚立也。令一布而不听者存，不听者存，是令不行。贱爵禄而毋功者富，无功者富，则有功者贫也。然则众必轻令而上位危。轻令则有无君之心，故上位危。故曰：良田不在战士，三年而兵弱。良田所以赏战士，不赏则士无战志，故兵弱也。赏罚不信，五年而破；上卖官爵，十年而亡；倍人伦而禽兽行，十年而灭。战不胜，弱也。地四削，入诸侯，破也。离本国，徙都邑，亡也。有者异姓，灭也。有其国者异姓之人，则宗庙灭也。故曰：置法出令，临众用民，计威严宽惠，而行于其民不行于其民可知也。

计敌与，量上意，察国本，观民产之所有余不足，而存亡之国可知也。敌国强而与国弱，谏臣死而谀臣尊，私情行而公法毁，然则与国不恃其亲，谓党与之国不恃己以为亲也。而敌国不畏其强，寇敌之国不畏己以为强也。豪杰不安其位，而积劳之人不怀其禄。悦商贩而不务本货，则民偷处而不事积聚；豪杰不安其位，则良臣出；积劳之人不怀其禄，则兵士不用；民偷处而不事积聚，则囷仓空虚。如是而君不为变。不改常而更化。然则攘夺、窃盗、残贼、进取之人起矣。内者廷无良臣，豪杰不安其位。兵士不用，积劳之人不怀其禄故也。囷仓空虚，民偷处而不事积聚故也。而外有强敌之忧，则国居而自毁矣。居然自致灭毁。故曰：计敌与，量上意，察国本，观民产之所有余不足，而存亡之国可知也。故以此八者，观人主之国，而人主无所匿其情矣。

法禁第十四　外言五

法制不议，朱批：议，议轻重也。则民不相私。君出法制，下不敢议，则人奉公，不相与为私。刑杀毋赦，则民不偷于为善。有过必诛，则善恶明，故不为苟且之善。爵禄毋假，则下不乱其上。爵必有德，禄必有功，不妄假人，则人知君我者必贤德，故不乱于上。三者藏于官则为法，施于国则成俗，其余不强而治矣。三者，谓法、刑、爵禄也。藏于官，谓下不得擅其用。如此则法施俗成，自斯之外，虽不勉强，莫不从理矣。君壹置其仪，则百官守其法；上明陈其制，则下皆会其度矣。君之置其仪也不一，则下之倍法而立私理者必多矣。是以人用其私，废上之制，而道其所闻，既废上之制，故竞道其所闻，冀遂其私欲。故下与官列法，而上与君分威，国家之危必自此始矣。下，谓庶人。上，谓权臣。列，亦分也。昔者，圣王之治其民也不然，废上之法制者必负以耻。负，犹被也。废法制者，必被之以耻辱也。朱批：田常以私施倾齐，犹其迹也，始于废上法。财厚博惠，以私亲于民者，正经而自正矣。臣厚财而作福，则正礼经以示之，其人自正矣。乱国之道，易国之常，赐赏恣于己者，圣王之禁也。赐赏者，人君所独用也。臣为君事，故须禁之也。圣王既没，受之者衰，嗣君不德。君人而不能知立君之道，以为国本，则大臣之赘下而射人心者必多矣。越职行恩曰赘，福下者，君之事也，今臣为之，故曰赘臣之作福，所邀射人心，必使归己也。君不能审立其法，以为下制，则百姓之立私理而径于利者必众矣。径，谓邪行以趣疾也。

昔者，圣王之治人也，不贵其人博学也，欲其人之和同以听令也。博学而不听令，奸人之雄也。《泰誓》曰："纣有臣亿万人，亦有亿万之心，武王有臣三千而一心。故纣以亿万之心亡，武王以一心存。"故有国之君，苟不能同人心，一国威，齐士义，通上之治，以为下法，则虽有广地众民，犹不能以为安也。君失其道，则大臣比权重，与权重者相比。以相举于国，小臣必循利以相就也。故举国之士以为亡党，为叛亡之党也。行公道以为私惠。费公以树私也。进则相推于君，退则相誉于民，各便其身，而忘社稷，以广其居，容受博也。聚徒威群。蓄党以威众。上以蔽君，下以索民。求人（饥）［朱批：附］己。此皆弱君乱国之道也。故国之危也，擅国权以深索于民者，圣王之禁也。其身无任于上者，圣王之禁也。进则受禄于君，退则藏禄于室，毋事治职，但力事属，私其所勉力事务者，但属意于私。墨批：但，袒也。袒力属私，谓极力营私也。"事"字衍。王官，私君事，去王之官，私事则营之，君事则去之也。非其人而人私行者，圣王之禁也。臣既非其人，故其人但为私行，所以禁之也。修行则不以亲为本，简孝敬也。治事则不以官为主，邀虚誉言。举无能，进毋功者，圣王之禁也。交人则以为己赐，臣或下交于人，恃之以为己之恩赐。举人则以为己劳，为国举贤，恃之以为己之功劳。仕人则与分其禄者，荐人令仕，得禄与其分者。圣王之禁也。交于利通而获于贫穷，臣所与交通者，皆货利末业，则农桑废，故获于贫穷。轻取于其民而重致于其君，下取于人，轻然不难，上致于君，伪饰成重。削上以附下，枉法以求于民者，削上威用，附下成恩，枉君公法，求人私悦也。圣王之禁也。用不称其人，家富于其列，其禄甚寡而资财甚多者，列，业也。自有用少而家业富，禄寡而资财多，则以枉法取于人故也。圣王之禁也。拂世以为行，非上以为名，常反上之法制，以成群于国者，拂世非上，（天）［反］违法制，以结连朋党，亦所谓奸人之雄也。圣王之禁也。饰于贫穷，而发于勤劳，权于贫贱，内富而外饰于贫穷，内逸而外发于勤劳，可以致势而权于贫穷也。身无职事，家无常姓，列上下之间，议言为民者，圣王之禁也。姓，生也。身既无职事，家又无常生，自列于上下之间，其有言议，每辄为人以求名誉，非纯粹之道，故圣王禁之也。壶士以为亡资，朱批："壶"当为"壹"，犹私也。修田以为亡本，每以壶飧济士，以为亡去之资，若赵孟之为。又修营田业，以为亡去之本也。则生之养私，不死既有所备预，则私养其（士）［朱批：生］，虽亡而不亡也。墨注：注，其士，宋本作"其生"。然后失矫，朱批："则"至"矫"十一字，有讹脱。以深与上为市者。自恃其备，然后君失必矫。其有不从，则示以去就之形而要之，故曰与上为市。圣王之禁也。审饰小节以示民，钓虚誉也。时言大事以动上，示君以不测也。远交以逾群，假爵以临朝者，远交四邻，以越群党，虚假高爵，威临本朝也。圣王之禁也。卑身杂处，不简俦类。隐行辟倚，倚，依也。隐僻其行，以避所依也。侧入迎远，侧身而入国，挺出而迎远。遁上而遁民者，卑身杂处，所以遁（民）［朱批：上］；隐行避倚，所以遁民。圣王之禁也。诡俗异礼，大言法行，大为言誉以为法，使人遵行也。难其所为而高自错者，错，置也。圣王之禁也。守委闲居，博分以致众，守其委积以闲居，博分其财以致众。勤身遂行，说人以货财，勤劳其身，以遂其行。施其货财，以悦于人。济人以买誉，济施人货财，以买其声誉。其身甚静而使人求者，静而多财，故人求之。圣王之禁也。行辟而坚，言诡而辩，术非而博，顺恶而泽者，所顺习者恶事，善（澜）［朱批：润］饰之，令有光泽。墨批：注，"澜"为"润"之误。圣王之禁也。以朋党为友，以蔽恶为仁，朋党有恶，相为隐蔽，用此为仁。以数变为智，以重敛为忠，以遂忿为勇者，圣王之禁也。固国之本，其身务往于上，深附于诸侯者，每国自有其本，臣无境外之交。今虽身务归于上，而心有异，托外深务于诸侯。朱批：国中固本，谓为己营私固位也。务往于上，求进不已也。圣王之禁也。

圣王之身，治世之时，德行必有所是，道义必有所明。故士莫敢诡俗异礼以自见于国，莫敢布惠缓行、修上下之交，以和亲于民，从容养民，谓之缓行。故莫敢超等逾官、渔利苏功，以取顺其君。饰诈以钓君利，谓之渔利。因少构多，谓之苏功。圣王之治民也，进则使无由得其所利，退则使无由避其所害，必使反乎安其位，乐其群，务其职，荣其名，而后止矣。能如上事，则止而寻常也。故逾其官而离其群者，必使有害；不能其事而失其职者，必使有耻。是故圣王之教民也，以仁错之，以耻使之，修其能，致其所成而止。故曰：绝而定，绝邪僻。静而安，安而尊，举错而不变者，圣王之道也。

重令第十五　外言六

凡君国之重器，墨批：君，北宋本作“右”。朱批：误。莫重于令。令重则君尊，君尊则国安。令轻则君卑，君卑则国危。故安国在乎尊君，尊君在乎行令，行令在乎严罚。罚严令行，则百吏皆恐。罚不严，令不行，则百吏皆喜。朱批：此纯乎商鞅之言，管子时无此。故明君察于治民之本，本莫要于令。故曰：亏令者死，益令者死，增益令者，杀无赦。不行令者死，留令者死，令当行而故留之。不从令者死。五者死而无赦，惟令是视。设令者必不赦此五死也。故曰：令重而下恐。为上者不明，令出虽自上，而论可与不可者在下。不明之君，虽日出令，至于可否，必与下论而后定。如此者，臣反制君，何令之为。夫倍上令以为威，则行恣于己以为私，百吏奚不喜之有？倍公则得成私，亏令而喜，不亦宜乎？且夫令出虽自上，而论可与不可者在下，是威下系于民也。可否定于下，则是威下系也。威下系于民，而求上之毋危，不可得也。下强则上危也。令出而留者毋罪，则是教民不敬也。王言如丝，其出如纶，所谓敬也。留者不诛，是教不敬。令出而不行者毋罪，行之者有罪，是皆教民不听也。不行毋罪，行之反诛，人之不听上教之然也。令出而论可与不可者在官，是威下分也。官谓百官。可否定于百官，则是威下分也。益损者毋罪，则是教民邪途也。益，谓增令者，损，谓亏令者。二者不罪，人为邪途，上教之然也。如此，则巧佞之人，将以此成私为交；比周之人，将以此阿党取与；贪利之人，将以此收货聚财；懦弱之人，将以此阿贵事富；便辟伐矜之人，将以此买誉成名。凡此皆上开其隙，则下得缘隙而成奸也。故令一出，示民邪途五衢，五衢，谓上之五死也。死之则五衢塞，生之则五衢开。而求上之毋危，下之毋乱，不可得也。五衢开故也。

菽粟不足，末生不禁，民必有饥饿之色，末生，谓以末业为生者也。而工以雕文刻镂相稚也，谓之逆。稚，骄也。人有饥色，不息末以杀之，反以雕文相骄，故谓之逆。布帛不足，衣服毋度，民必有冻寒之伤，而女以美衣锦绣綦组相稚也，谓之逆。万乘藏兵之国，卒不能野战应敌，社稷必有危亡之患，而士以毋分役相稚也，谓之逆。社稷有危，人人皆当效死，今反以无分役相骄，故谓之逆。爵人不论能，禄人不论功，则士无为行制死节。爵不论能，故不为行制；禄不论功，故不为死节也。而群臣必通外请谒，取权道行，事便辟，以贵富谄事便辟，以得贵福。为荣华以相稚也，谓之逆。不义宝贵，志士所以耻，反以为荣华而相骄，故以为逆。朝有经臣，国有经俗，民有经产。经，常也。何谓朝之经臣？察身能而受官，不诬于上；无能受官谓之诬上。谨于法令以治，不阿党；挠法从私，谓之阿党。竭能尽力，而不尚得；不贵苟得。犯难离患，而不辞死；致身授命。受禄不过其功，不以少求多。服位不侈其能，不以小居大。不以毋实虚受者，有功劳而后受禄。朝之经臣也。何谓国之经俗？所好恶不违于上，从君欲也。所贵贱不逆于令，遵法制也。毋上拂之事，拂，违也。毋下比之说，毋侈泰之养，节而适也。毋逾等之服，礼而度也。谨于乡里之行，信而悌也。而不逆于本朝之事者，行君令也。国之经俗也。何谓民之经产？畜长树艺，畜长，谓畜产也。务时殖谷，力农垦草，禁止末事者，民之经产也。故曰：朝不贵经臣，则便辟得进，毋功虚取，奸邪得行，毋能上通。贱经臣，则邪臣进。国不服经俗，则臣下不顺，而上令难行。俗无常故也。民不务经产，则仓廪空虚，财用不足。轻本务故也。便辟得进，毋功虚取，奸邪得行，毋能上通，则大臣不和。小人好事。臣下不顺，上令难行，则应难不捷；人心不一。仓廪空虚，财用不足，则国无以固守。人饥则逃散也。三者见一焉，则敌国制之矣。见一而制，况兼有乎？

故国不虚重，兵不虚胜，民不虚用，令不虚行。凡国之重也，必待兵之胜也，而国乃重。凡兵之胜也，必待民之用也，而兵乃胜。凡民之用也，必待令之行也，而民乃用。凡令之行也，必待近者之胜也，而令乃行。先胜服近习，令乃得行。故禁不行于亲贵，罚不行于便辟，法禁不诛于严重而害于疏远，庆赏不施于卑贱，二三而求令之必行，不可得也。能不通于官，受禄赏不当于功，号令逆于民心，动静诡于时变，有功不必赏，有罪不必诛，令焉不必行，禁焉不必止，在上位无以使下，而求民之必用，不可得也。将帅不严威，民心不专一，陈士不死制，卒士不轻敌，而求兵之必胜，不可得也。内守不能完，外攻不能服，野战不能制敌，侵伐不能威四邻，而求国之重，不可得也。德不加于弱小，威不信于强大，征伐不能服天下，而求霸诸侯，不可得也。威有与两立，下亦有立威者。兵有与分争，征伐有自诸侯出。德不能怀远国，令不能一诸侯，而求王天下，不可得也。

地大国富，人众兵强，此霸王之本也，然而与危亡之国为邻矣。天道之数，人心之变。所以与危亡为邻，则以天道数终，人心变易故也。天道之数，至则反，终于下者，则反于上。盛则衰。日中则昃，月盈则蚀。人心之变，有余则骄，不足者必谦。骄则缓怠。夫骄者骄诸侯，骄诸侯者，诸侯失于外。天子骄则诸侯叛。缓怠者，民乱于内。缓怠必轻于治，故民乱。诸侯失于外，民乱于内，天道也，骄怠者必失外乱内，此天之道。此危亡之时也。若夫地虽大而不并兼，不攘夺；人虽众，不缓怠，不傲下；国虽富，不侈泰，不纵欲；兵虽强，不轻侮诸侯，动众用兵，必为天下政理。此正天下之本，而霸王之主也。

凡先王治国之器三，攻而毁之者六。明王能胜其攻，故不益于三者而自有国正天下；明王虽胜攻，于三器亦不加益。即胜能自有其国，兼正天下。乱王不能胜其攻，故亦不损于三者而自有天下而亡。乱王既不能胜攻，三器自毁，更不灭此三者，纵有天下之大，而遂灭亡也。三器者何也？曰：号令也、斧钺也、禄赏也。六攻者何也？曰：亲也、贵也、货也、色也、巧佞也、玩好也。三器之用何也？曰：非号令毋以使下，非斧钺毋以威众，非禄赏毋以劝民。六攻之败何也？言六攻能败三器者，谓何也？曰：虽不听而可以得存者，谓亲贵也。虽犯禁而可以得免者，谓货色也。虽无功而可以得富者。谓巧佞玩好也。凡国有不听而可以得存者，则号令不足以使下。有犯禁而可以得免者，则斧钺不足以威众。有毋功而可以得富者，则禄赏不足以劝民。号令不足以使下，斧钺不足以威众，禄赏不足以劝民，若此则民毋为自用。既有罪不诛有功不赏，故人不自用其力也。民毋为自用则战不胜，战不胜而守不固，守不固则敌国制之矣。然则先王将若之何？曰：不为六者变更于号令，不为六者疑错于斧钺，不为六者益损于禄赏。若此则远近一心，远近一心则众寡同力，众寡同力则战可以必胜，而守可以必固。非以并兼攘夺也，以为天下政治也。此正天下之道也。

卷六

法法第十六　外言七

不法法则事无常，不设法以法下，故事无常。法不法则令不行，虽复设法，不得法之宜，故令不行。令而不行，则令不法也。法而不行，则修令者不审也。法既得宜，而犹不行，则以修令者未审之故也。审而不行，则赏罚轻也。修令者既审，而犹不行，则以上轻于赏罚也。重而不行，则赏罚不信也。赏罚既重，而犹不行，则以虽赏罚而不信也。信而不行，则不以身先之也。赏罚既信，而犹不行，则以身不先自行其法也。故曰：禁胜于身，身从禁也。则令行于民矣。闻贤而不举，殆。闻贤不举，不若不闻，所以有殆。闻善而不索，殆。见能而不使，殆。亲人而不固，殆。同谋而离，殆。危人而不能，殆。危人不能，不若不危。废人而复起，殆。既废更起，或发其宿嫌。可而不为，殆。可为而不为，多生后悔。足而不施，殆。足而不施，怨疾必生。幾而不密，殆。幾事不密则害成。人主不周密，则正言直行之士危。所谓君不密则失臣。正言直行之士危，则人主孤而毋内。策谋毋自入也。人主孤而毋内，则人臣党而成群。君子道消，则小人道长也。使人主孤而毋内，人臣党而成群者，此非人臣之罪也，人主之过也。君不密之过也。

民毋重罪［朱批：者］，过不大也。有大过然后有重罪。民毋大过［朱批：者］，上毋赦也。不赦，则惧而修德。上赦小过则民多重罪，积之所生也。所谓积小以成高大。故曰：赦出则民不敬，有罪不诛，则安用敬。惠行则过日益。恃恩不恭，非过而何。惠赦加于民，而囹圄虽实，杀戮虽繁，奸不胜矣。造奸以待赦也。故曰：邪莫如蚤禁之。无使滋蔓，蔓难图也。赦过遗善，则民不励。善即惠也。有过不赦，有善不遗，励民之道，于此乎用之矣。故曰：明君者，事断者也。

君有三欲于民，三欲不节，则上位危。三欲者何也？一曰求，二曰禁，三曰令。求必欲得，禁必欲止，令必欲行。求多者其得寡，无厌则难供，故其得寡。禁多者其止寡，法令滋章，盗贼多有。令多者其行寡。再三则渎，故其行寡。求而不得则威日损，独唱莫和，非损而何。禁而不止则刑罚侮，愈禁愈犯，非侮而何。令而不行则下凌上，不禀其命，非凌而何。故未有能多求而多得者也，未有能多禁而多止者也，未有能多令而多行者也。故曰：上苛则下不听，下不听而强以刑罚，则为人上者众谋矣。为人上而众谋之，虽欲无危，不可得也。

号令已出又易之，礼义已行又止之，度量已制又迁之，刑法已错又移之，如是，则庆赏虽重，民不劝也；杀戮虽繁，民不畏也。故曰：上无固植，植，志。下有疑心，国无常经，民力必竭，数也。数，理也。国无常经，人力必竭，而曰不竭者，此非理之言也。明君在上位，民毋敢立私议自贵者。立私议者，常自恃为贵也。国毋怪严，诡行自亢。朱批："严"当为"庄"，饰也。毋杂俗，毋异礼，士毋私议，国不作奇怪，则严肃而无杂，俗有常礼，士皆公议。倨傲易令，错仪画制，作议者尽诛。易令，谓变令。错仪，谓别置仪。画制，谓更画制。凡此，尽以法诛之。故强者折，锐者挫，坚者破。引之以绳墨，绳之以诛僇，故万民之心皆服而从上。推之而往，引之而来，彼下有立其私议自贵、分争而退者，则令自此不行矣。立议分争，退而不诛，从此之后，令不复行。故曰：私议立则主道卑矣。况（主）［朱批：子］倨傲易令，错仪画制，变易风俗，诡服殊说犹立。立私说，尚能卑主，况其倨傲易风俗而犹有立者乎。上不行君令，下不合于乡里，变更自为，易国之成俗者，命之曰不牧之民。于上不行君令，于下不合乡里，但率意自为，易国之俗，故曰不牧之民，言其不可养也。不牧之民，绳之外也，绳之外诛。使贤者食于能，斗士食于功。贤者食于能，则上尊而民从；斗士食于功，则卒轻患而傲敌。上尊而民从，卒轻患而傲敌，二者设于国，则天下治而主安矣。

凡赦者，小利而大害者也，苟悦众心，故曰小利。人则习而易犯法，故曰大害。故久而不胜其祸。犯法渐广，转欲危君，故曰不胜其祸。毋赦者，小害而大利者也，人初不悦，故曰小害。创而修德，故曰大利也。故久而不胜其福。家正而天下定，则太平可致，故曰不胜其福也。故赦者，奔马之委辔；必致覆佚也。毋赦者，痤徂禾切，疖也。雎朱批：雎，疽也。之矿石也。疾可瘳也。爵不尊，禄不重者，不与图难犯危，以其道为未可以求之也。以其道未可求，故不与尊爵重禄。既与之尊爵重禄，则可与之图难犯危也。是故先王制轩冕所以著贵贱，不求其美。设爵禄所以守其服，不求其观也。使君子食于道，小人食于力。君子食于道，则上尊而民顺；小人食于力，则财厚而养足。上尊而民顺，财厚而养足，四者备体则（胥）［朱批：养］足，上尊时而王不难矣。胥，相也。文有三侑，侑，宽也。武毋一赦。惠者，多赦者也，先易而后难，久而不胜其祸。法者，先难而后易，久而不胜其福。故惠者，民之仇雠也；惠者生其祸，故为仇雠也。法者，民之父母也。法者生其福，故为父母也。太上以制制度，其次失而能追之，能追悔也。虽有过亦不甚矣。明君制宗庙，足以设宾祀，不求其美。为宫室台榭，足以避燥湿寒暑，不求其大。为雕文刻镂，足以辨贵贱，不求其观。故农夫不失其时，百工不失其功，商无废利，民无游日，无闲游之日。财无砥墆，墆，久积也。故曰：俭其道乎！

令未布而民或为之，而赏从之，则是上妄予也。未布而为，所谓先时者也。当刑而赏，故曰妄与也。上妄予则功臣怨，功臣怨而愚民操事于妄作，愚民操事于妄作，则大乱之本也。令未布而罚及之，所谓不令而罚。则是上妄诛也。上妄诛则民轻生，民轻生则暴人兴，轻生故为暴乱。曹党起而乱贼作矣。令已布而赏不从，则是使民不劝勉，不行制，不死节。民不劝勉，不行制，不死节，则战不胜而守不固，战不胜而守不固，则国不安矣。令已布而罚不及，则是教民不听。民不听则强者立，强者立则主位危矣。故曰：宪律制度必法道，号令必著明，赏罚必信密，此正民之经也。

凡大国之君尊，小国之君卑。大国之君所以尊者，何也？曰：为之用者众也。小国之君所以卑者，何也？曰：为之用者寡也。然则为之用者众则尊，为之用者寡则卑，则人主安能不欲民之众为己用也。使民众为己用奈何？曰：法立令行，则民之用者众矣；法不立，令不行，则民之用者寡矣。故法之所立，令之所行者多，而所废者寡，则民不诽议，民不诽议则听从矣。法之所立，令之所行，与其所废者钧，则国毋常经；国毋常经，则民妄行矣。法之所立，令之所行者寡，而所废者多，则民不听，民不听则暴人起而奸邪作矣。计上之所以爱民者，为用之爱之也。为爱民之故，不难毁法亏令，则是失所为爱民矣。夫以爱民用民，则民之不用明矣。夫用人者，当以法令以爱人。废法而用之，则人不可用也。夫至用民者，杀之，危之，劳之，苦之，饥之，渴之。用民者将致之此极也，而民毋可与虑害己者。至，善也。夫善用人者必以法，其不从法，甚者危杀之，其次劳苦饥渴之。将欲用之，必致此极，则奸者不敢为非，善者悦而从命，欲求可与谋害己者，其可得哉？明王在上，法道行于国，民皆舍所好而行所恶。所好者，私欲也。所恶者，公义也。故善用民者，轩冕不下拟，而斧钺不上因。不以下有私宠，妄以轩冕，有所许拟。不因上有私憾，妄以斧钺，有所诛戮也。墨批："因"犹"循"也。逡巡而不敢用。如是，则贤者劝而暴人止，贤者劝而暴人止，则功名立其后矣。蹈白刃，受矢石，入水火，以听上令。上令尽行，禁尽止。引而使之，民不敢转其力。转，犹避也。推而战之，民不敢爱其死。不敢转其力，然后有功；不敢爱其死，然后无敌。进无敌，退有功，是以三军之众皆得保其首领，父母妻子完安于内。故民未尝可与虑始，而可与乐成功。是故仁者、知者、有道者不与大虑始。大，犹众也。

国无以小与不幸而削亡者，朱批：不幸，谓凶灾也。必主与大臣之德行失于身也，官职、法制、政教失于国也，诸侯之谋虑失于外也，故地削而国危矣。言国无以小与不幸而削亡者，其削亡也，则以臣主有失故也。国无以大与幸而有功名者，必主与大臣之德行得于身也，官职、法制、政教得于国也，诸侯之谋虑得于外也，然后功立而名成。言国无以大与幸而有功名者。其有功名也，则以臣主有得故也。然则国何可无道？人何可无求？得道而导之，得贤而使之，将有所大期于兴利除害，期于兴利除害，莫急于身，而君独甚伤也，必先令之失。先身无害而有利，然后可以及物，今君独立无与，则是有害，故甚可伤。所以然者则由先令之失也。人主失令而蔽，失令则为下所蔽塞也。已蔽而（刦）[朱批：劫]，已（刦）[朱批：劫]而弑。凡人君之所以为君者，势也，故人君失势，则臣制之矣。势在下，则君制于臣矣；势在上，则臣制于君矣。故君臣之易位，势在下也。在臣期年，臣虽不忠，君不能夺也。臣得势期年，君虽知其不忠，而不能夺，无如之何也。在子期年，子虽不孝，父不能服也。亦无如之何。故《春秋》之记，《春秋》即周公之凡例，而诸侯之国史也。臣有弑其君，子有弑其父者矣。故曰：堂上远于百里，堂下远于千里，门廷远于万里。今步者一日，百里之情通矣。堂上有事，十日而君不闻。其事适在堂上耳，而君遂十日不闻。此所谓远于百里也。步者十日，千里之情通矣。堂下有事，一月而君不闻，此所谓远于千里也。步者百日，万里之情通矣。门廷有事，期年而君不闻，此所谓远于万里也。故请入而不出，谓之灭，臣有请告，既入而不出，此则左右不为通于下，其事遂消灭也。出而不入，谓之绝。其事既出而不入，此则左右不为通于上，其事遂断绝也。入而不至，谓之侵。其事既入，不得至于君，此则左右侵君事故也。出而道止，谓之壅。其事既出，中道而止，此则左右壅君事故也。灭绝侵壅之君者，非杜其门而守其户也，为政之有所不行也。政之不行，自致侵壅，非由杜门守户也。故曰：令重于宝，社稷先于亲戚，法重于民，威权贵于爵禄。故不为重宝轻号令，不为亲戚后社稷，不为爱民枉法律，不为爵禄分威权。故曰：势非所以予人也。凡此上事，其势不当与人，故君专之。

政者，正也。正也者，所以正定万物之命也。万物之命，由正而定。是故圣人精德立中以生正，德精而不过，其正自生也。明正以治国，故正者所以止过而逮不及也。正者中立，故过者令止之，不及者令逮之。过与不及也，皆非正也。正在于中立。非正，则伤国一也。过犹不及，故伤国一也。勇而不义，伤兵。不及于勇，故伤兵也。仁而不法，伤正。不及于仁，故伤正。故军之败也，生于不义。不义则失宜，故军败。法之侵也，生（而）［朱批：于］不正，不正则入邪，故法侵也。故言有辨而非务者，言辨而浮诞，则非要务也。行有难而非善者。行难而诡怪，故非正善也。故言必中务，不苟为辩；行必思善，不苟为难。规矩者，方圆之正也。虽有巧目利手，不如拙规矩之正方圆也。故巧者能生规矩，不能废规矩而正方圆；虽圣人能生法，不能废法而治国。故虽有明智高行，倍法而治，是废规矩而正方圆也。

一曰，管氏称古言，故曰"一曰"。朱批：一曰者，别本异文也。不知孰为原本，故俱载之。凡人君之德行威严，非独能尽贤于人也，人君之德行，虽当威严，既不能事事尽贤，亦须纳言而自辅，故曰：能自得师者王。曰人君也，故从而贵之，不敢论其德行之高卑？人曰：此人君也。谓其道备德成，不察其是非，即从而贵之，岂敢更论其高卑乎？有故为其杀生急于司命也。乘人君之势，怒则伏尸流血，喜则轩冕塞路，故急于司命也。富人贫人，使人相畜也；人君富人亦可，贫人亦可，使以富畜贫亦可。贵人贱人，使人相臣也。贵人亦可，贱人亦可，使人以贵臣贱亦可。人主操此六者以畜其臣，六者，谓生、杀、富、贵、贫、贱。人臣亦望此六者以事其君。人臣事君，亦望操此六者以临下。君臣之会，六者谓之谋。君臣所以相合，皆欲操此六者。墨批：俞云，谓，为也。谋，媒也。六者在臣期年，臣不忠，君不能夺。在子期年，子不孝，父不能夺。故《春秋》之记，臣有弑其君，子有弑其父者。得此六者而君父不智也，今臣子得此六者，是父君之不智也。六者在臣，则主蔽矣。主蔽者，失其令也，故曰：令入而不出谓之蔽，令出而不入谓之壅，令出而不行谓之牵，牵于左右。令入而不至谓之瑕。君臣相间故曰瑕。牵瑕蔽壅之事君者，非敢杜其门而守其户也，为令之有所不行也。此其所以然者，由贤人不至，而忠臣不用也。故人主不可以不慎其令。令者，人主之大宝也。一曰：贤人不至谓之蔽，忠臣不用谓之塞，令而不行谓之障，禁而不止谓之逆。蔽塞障逆之君者，不敢杜其门而守其户也，为贤者之不至，令之不行也。

凡民从上也，不从口之所言，从情之所好者也。上好勇则民轻死，上好仁则民轻财。故上之所好，民必甚焉。是故明君知民之必以上为心也，故置法以自治，立仪以自正也。故上不行则民不从，彼民不服法死节，则国必乱矣。是以有道之君，行法修制，先民服也。服，行也。先自行法以率人。凡论人有要。论人才行，各有纲要。务物之人，朱批："务"当为"矜"。无大士焉，大士不务，谦而接物。彼矜者，满也；满者，虚也。所谓满招损者也。满虚在物，在物为制也，既满而虚，则制之在物。矜者，细之属也。自矜者，小人之类。凡论人而远古者，无高士焉。高士必顺考古道也。既不知古而易其功者，无智士焉。智士必知而谨功也。德行成于身而远古，卑人也。朱批：卑，不高也。事无资，遇时而简其业者，愚士也。德行虽曰成，而乃远古卑人，则是事无资禀。若遇有道之时，其业必见简弃，如此者，可谓愚士。钓名之人，无贤士焉。贤士必修实而成名。钓利之君，无王主焉。王主必度义而取利。贤人之行其身也，忘其有名也。王主之行其道也，忘其成功也。贤人之行，王主之道，其所不能已也。不能已而后动。明君公国一民，以听于世。贤明之君，必公诚效国，以一其民人之心。忠臣直进，以论其能。忠臣必直道而求进。明君不以禄爵私所爱，唯贤是与。忠臣不诬能以干爵禄。量能而受禄也。君不私国，臣不诬能，行此道者，虽未大治，正民之经也。治虽未大，足成正民之经。今以诬能之臣，事私国之君，而能济功名者，古今无之。诬能之人易知也。诬能之人，功名所以不济，易可知，起下文也。臣度之先王者。臣，管氏自称。舜之有天下也，禹为司空，契为司徒，皋陶为李，古治狱之官，作此李官。李同姓。后稷为田。此四士者，天下之贤人也，犹尚精一德，谓各精一事也。以事其君。今诬能之人，服事任官，皆兼四贤之能，自此观之，功名之不立，亦易知也。结上文也。故列尊禄重，无以不受也。德不足以与其位也。势利官大，无以不从也。直以势利官大，故每举必从之。以此事君，此所谓诬能篡利之臣者也。世无公国之君，则无直进之士；无论能之主，墨批：俞云，"主"当作"士"。则无成功之臣。昔者，三代之相授也，安得二天下而杀之？三代无能授于有能，桀、纣失之，汤、武得之。今之天下即古之天下，岂有二天下而行其刑杀哉！贫民、伤财，莫大于兵；危国、忧主，莫速于兵。此四患者明矣，古今莫之能废也。兵当废而不废，则古今惑也。兵有四患，则当废也。五材并用，则不当废。废兴之理难明，故惑也。此二者不废而欲废之，则亦惑也。二者，谓废与不废。既不废矣，又欲废之，则亦惑也。朱批：二者，公国论能也。此二者，伤国一也。废之，则寇来无以御，固伤国。不废，则费财忧主，亦伤国也，故曰一也。黄帝、唐、虞，帝之隆也，资有天下，制在一人，资，用也。率土之滨，莫非王臣，故曰制在一人。当此之时也，兵不废。今德不及三帝，天下不顺，三帝之时，天下皆服，不须川兵。而求废兵，不亦难乎！故明君知所擅，知所患。国治而民务积，此所谓擅也。擅，专也。君之所专，为在于为家治民务积聚也。动与静，此所患也。动静失宜，则患生也。是故明君审其所擅，以备其所患也。

猛毅之君，不免于外难；懦弱之君，不免于内乱。猛毅之君者轻诛，轻诛之流，道正者不安。轻诛则乖正，故道正之七不安。道正者不安，则材能之臣去亡矣。彼智者知吾情伪，为敌谋我，则外难自是至矣。智者，即道正之士。从此亡之敌国，既知我情，必为敌谋我，所以外难至也。故曰：猛毅之君，不免于外难。懦弱之君者重诛，难为诛罚。重诛之过，行邪者不革，行邪者久而不革，则群臣比周，群臣比周，则蔽美扬恶；蔽君美，扬君恶。蔽美扬恶，则内乱自是起。故曰：懦弱之君，不免于内乱。明君不为亲戚危其社稷，社稷戚于亲；不为君欲变其令，令尊于君；不为重宝分其威，威贵于宝；不为爱民亏其法，法爱于民。

兵法第十七　外言八

明一者皇，察道者帝，通德者王，一者，气质未分，至一者也。德者，道由以成者也。夫皇帝王道，随世立名者也，其实则一也。谋得兵胜者霸。所谋必得，用兵必胜，故霸。故夫兵虽非备道至德也，然而所以辅王成霸。兵者，不祥之器，不得已而用之，故于道则未备，于德则未至。然用之上可以辅王，下可以成霸。今代之用兵者不然，不知兵权者也。权者，所以知轻重。既不知兵权，则失轻重之节。故举兵之日，而境内贫，行师十万，日费千金。战不必胜，胜则多死，虽令得胜，死者已多。得地而国败。虽复得地，既贫且死，所以国败。此四者，用兵之祸者也。四者，谓内贫、不胜、多死、国败也。四祸其国，而无不危矣。一举兵而国四祸，则何为而不危矣。墨批：俞云，当作“四祸具，而国无不危矣”。大度之书曰谓大陈法度之书：“举兵之日，而境内不贫，战而必胜，胜而不死，得地而国不败。”为此四者若何？四者，谓不贫、得胜、不死、不败也。举兵之日而境内不贫者，计数得也。战而必胜者，法度审也。胜而不死者，教器备利而敌不敢校也。得地而国不败者，因其民也。因其利则号制有发也，号令制度，因彼而发。教器备利则有制也，有制则能备利。法度审则有守也，有守，则法度审也。计数得则有明也。有明则计数得。治众有数，自治其军，有数存焉。胜敌有理。胜于敌国，有理存焉。察数而知理，审器而识胜，器备利，则敌可胜也。明理而胜敌。胜敌者，在于明理也。定宗庙，寇宁则宗庙定。遂男女，人安则男女遂。官四分，既定且宁，则四分官以守之。则可以定威德，制法仪，出号［朱批：令］，然后可以一众治民。兵无主则不蚤知敌，兵无主，则人怀苟且，故不能知敌。野无吏则无蓄积，野无田吏，则人惰本业，故无蓄积。官无常则下怨上，官无常，则征赋不节，则下怨上。器械不巧则朝无定，器械不巧，则寇敌见凌，故朝无定。墨批：《七法》篇作“不功”“无政”。赏罚不明则民轻其产。赏罚不明，则人无聊生，故轻其产。故曰：早知敌则独行，有蓄积则久而不匮，墨批：宋本“则”作“而”。器械巧则（代）［伐］而不费，赏罚明则勇士劝也。

三官不缪，五教不乱，九章著明，则危危而无害，穷穷而无难，危危、穷穷，皆重有其事。故能致远以数，纵强以制。有数则远可致，有制则强可纵。墨批：俞云，纵，从也，犹服也。三官：一曰鼓。鼓所以任也，任，犹载也。谓今之俶装也。所以起也，所以进也。二曰金。金所以坐也，所以退也，所以免也。三曰旗。旗所以立兵也，所以利兵也，所以偃兵也。此之谓三官。有三令而兵法治也。五教：一曰教其目以形色之旗，五色之旗，各有所当，若春尚青，夏尚赤之类。二曰教其身以号令之数，谓坐起之数。三曰教其足以进退之度，四曰教其手以长短之利。长兵短兵，各有所利，远用长，近用短也，五曰教其心以赏罚之诚。贪赏畏罚，士乃自厉。五教各习，而士负以勇矣。负，恃也。恃其便习而勇也。九章：一曰举日章则昼行，二曰举月章则夜行，三曰举龙章则行水，四曰举虎章则行林，五曰举鸟章则行陂，六曰举蛇章则行泽，七曰举鹊章则行陆，八（月）［朱批：曰］举狼章则行山，九曰举韟章则载食而驾。韟，韬也。谓韬其章而举之，则载其所食而驾行矣。九章既定，而动静不过。三官、五教、九章，始乎无端，卒乎无穷。无端、无穷，皆出敌不意，彼不能测知也。始乎无端者，道也。卒乎无穷者，德也。道不可量，德不可数也。故不可量则众强不能图，不可数则伪诈不敢向。两者备施，则动静有功。径乎不知，径，谓卒然直指，故敌不知。发乎不意。径乎不知，故莫之能御也。发乎不意，故莫之能应也。故全胜而无害，因便而教，准利而行。

教无常，教既因便，故无常也。行无常，行既准利，故亦无常也。两者备施，动乃有功。两者，谓教与行。器成教施，追亡逐遁若飘风，击刺若雷电，绝地不守，谓孤绝之地，无险固可恃，故不守。恃固不拔，拔恃固之守，必多费而无功也。中处而无敌，令行而不留。用兵之道，常能处可否之中，则彼远避而不能敌，有令必行而不留也。器成教施，散之无方，聚之不可计。教器备利，进退若雷电，而无所疑匮。匮，竭也。墨批：俞读“疑”为“碍”。一气专定，则傍通而不疑；精一其气，专而且定，故不疑。厉士利械，则涉难而不匮。士既厉，械之利，故不匮。进无所疑，退无所匮，敌乃为用。既无疑匮，敌乃服从而为己用。凌山坑不待钩梯，习山故也。历水谷不须舟楫，习水故也。历，谓远历而渡。径于绝地，攻于恃固，独出独入，而莫之能止。见其隟故。宝不独入，朱批：宝，喻用军之能也。（之）[朱批：故] 莫之能止；俘厥宝玉，必选精勇与俱，故曰不独入也。宝不独见，与精勇俱见之。故莫之能敛。宝玉所以礼神，使无水旱之灾，故取之不嫌也。无名之至尽，其取宝玉也，潜伏不名，至能尽获而不匮也。尽而不意，朱批：敌无能名也。尽尽，犹穷穷也。疑神拟度，我之神兵也。墨批：俞云，“不”字衍。故不能疑神。既尽宝玉，皆非彼所意，故不能疑度，谓之神。畜之以道则民和，养之以德则民合。和合故能谐，谐故能辑，谐辑以悉，莫之能伤。我之军士，悉以谐辑，故敌不能伤也。

定一至，行二要，纵三权，施四教，发五机，设六行，论七数，守八应，审九器，章十号，自一至以下，管氏不言其数，无得而知也。朱批：一曰至，二曰要也，非别有数。故能全胜，大胜。全胜，谓全我而胜彼。大胜，谓遍服诸国。无守也，故能守胜。无守，谓不守一数，故能当守其胜也。数战则士罢，数胜则君骄。夫以骄君使罢民，则国安得无危！故至善不战，服之以德。其次一之。虽胜不胜。破大胜强，一之至也。不以胜为胜，故能破大胜强也。乱之不以变，乱敌不设计变也。乘之不以诡，乘敌不以诡计。胜之不以诈，胜敌不以诈谋。一之实也。凡此皆至一之实也。近则用实，远则施号。谓十号。力不可量，强不可度，气不可极，德不可测，一之原也。原，本也。凡此，皆我守其一，彼不能知。众若时雨，寡若飘风，一之终也。用众贵详审，故若时雨之渐。用寡贵机速，故若飘风之卒至。皆以一为本，故能终至此道。利适，器之至也。兵刃利而适者，其器得宜之至。用敌，教之尽也。士卒用命而敌者，则教练之尽。不能致器者不能利适，不能尽教者不能用敌。器既不利，教又不尽，敌则不服，岂能用之哉？不能用敌者穷，既不能用敌，敌则反侵，故穷也。不能致器者困。既不能致器，则无以应敌，故困也。远用兵则可以必胜，兵远用，所以绝，其反顾之心，故必胜。出入异涂则伤其敌。出入异涂，或有所伤也。有迷而失道，故为敌所伤也。深入危之则士自修，深入敌国，其处又危，所谓置之死地，故士自修以求生也。士自修则同心同力。善者之为兵也，使敌若据虚，居常畏惧。若搏景。击无所获。无设无形焉，无不可以成也。无策可以设，无形可以寻，所向皆无，故不可以成功也。无形无为焉，无不可以化也。无形可以睹，无计可以为，所在皆无，故不可以变化也。此之谓道矣。无形迹可寻诘者，道之谓。若亡而存，若后而先，威不足以命之。善用兵者，体道以为变化者也，故若亡者而乃存，若后者而乃先，今以威武命之，去之远矣。

朱批：同治十又三年十月丙子校注一过。

墨批：十四年八月辛卯用俞本再校。

朱批：光绪壬寅二月癸酉既望重阅一过。

卷七

大臣第十八谓以大事匡君。朱批：此下杂记之词，非管子书，又不得名，《大匡》乃妄人乱益之。《短语》有“小征”“大匡”，此与《大匡》不相应。　内言一

齐僖公生公子诸儿、公子纠、公子小白。使鲍叔傅小白，鲍叔辞，称疾不出。管仲与召忽往见之，曰：“何故不出？”鲍叔曰：“先人有言曰‘知子莫若父，知臣莫若君’。今君知臣不肖也，是以使贱臣傅小白也，鲍叔以小白年幼，又不肖而贱，故难为之傅也。贱臣知弃矣。”召忽曰：“子固辞无出，吾权任子以死亡，必免子。”任，保也。君若有疑，我当保子以疾困，至于死亡，此可以免子之身。鲍叔曰：“子如是，何不免之有乎？”言必免也。管仲曰：“不可。以召忽言非。持社稷宗庙者，不让事，不广闲。社稷宗庙至重，故不可让难事而广求闲安。朱批：广、旷，通用字。将有国者，未可知也。于三公子未可的知其人。子其出乎！”召忽曰：“不可。吾三人者之于齐国也，譬之犹鼎之有足也，去一焉则必不立矣，言三人不可异其出处。吾观小白，必不为后矣。”管仲曰：“不然也，夫国人憎恶纠之母，以及纠之身，而怜小白之无母也。诸儿长而贱，事未可知也。夫所以定齐国者，非此二公子者，将无已也。二公子，谓诸儿、子纠。言二子既不能定齐国，而又不立小白，即是将更无所用。谓小白必得立矣。小白之为人，无小智，惕而有大虑。言虽无小智，能惕惧而有大虑。朱

批：愓，慢也。下云“愓而亟骄”。非夷吾莫容小白，小白既无小智，必乖迕于俗人，故非夷吾莫能容。天不幸降祸加殃于齐，纠虽得立，事将不济。非子定社稷，其将谁也？”纠既不济，次在小白，辅小白而定社稷者，非子而谁？子谓召忽。召忽曰：“百岁之后，吾君卜世，犯吾君命而废吾所立，夺吾纠也，虽得天下，吾不生也。吾君卜世，谓僖公之子小白等也。君命，谓僖公之命使立子纠。今而夺焉，我当致死。兄与我齐国之政也，朱批：兄，况也。受君令而不改，奉所立而不济，墨批：言德不济然合义也。是吾义也。”召忽称管仲为兄。与我齐国之政，谓使知政也。今受君令而立子纠，不改其所奉，更有所立，不济而死，是为臣之义也。朱批：小臣而妄欲死齐国，此欲阴破子贡子路诸说耳，类赵宋迂儒所伪撰，不然，则东晋人所为邪？下又杂抄《左传》，益知伪矣。管仲曰：“夷吾之为君臣也，言已立君臣之义，与召忽异。将承君命，奉社稷以持宗庙，岂死一纠哉！言当为宗庙社稷致死，不死于一纠。夷吾之所死者，社稷破，宗庙灭，祭祀绝，则夷吾死之。非此三者，则夷吾生。夷吾生则齐国利，夷吾死则齐国不利。”鲍叔曰：“然则奈何？”管子曰：“子出奉令则可。”子出奉令，则小白有所依，故曰可。鲍叔许诺，乃出奉令，遂傅小白。

鲍叔谓管仲曰：“何行？”问其事君当何所行。管仲曰：“为人臣者，不尽力于君，则不亲信，不为君亲信。不亲信，则言不听。言不听，则社稷不定。夫事君者无二心。”此事君之所行。鲍叔许诺。僖公之母弟夷仲年生公孙无知，有宠于僖公，衣服礼秩如適。言无知之宠与適子同。僖公卒，以诸儿长得为君，是为襄公。襄公立后，绌无知。无知怒，公令连称、管至父戍葵丘，曰：“瓜时而往，及瓜时而来。”期戍，公问不至，请代不许。故二人因公孙无知以作乱。鲁桓公夫人文姜，齐女也。公将如齐，与夫人皆行，公谓桓公。申俞谏曰：“不可，申俞，鲁大夫也。女有家，男有室，女有夫之家，男有妻之室。无相渎也，谓之有礼。”公不听，遂以文姜会齐侯于泺。文姜通于齐侯，桓公闻，责文姜。文姜告齐侯，齐侯怒，飨公，使公子彭生乘鲁侯，胁之，乘，谓扶公升车，拉其胁而杀之。公薨于车。竖曼竖曼，齐大夫也。曰：“贤者死忠以振疑，百姓寓焉。振，救也。贤者死于忠义，以救当时之疑，故百姓有所托焉。寓，寄托也。智者究理而长虑，身得免焉。智者既尽理，而谋虑又长，故免于危亡。今彭生二于君，不以正道辅君，而从之于昏，故曰二。无尽言而谀行，以戏我君，使我君失亲戚之礼命，无尽言，谓不忠谏。襄公通其妹，故曰失亲戚之礼命。又力成吾君之祸，以构二国之怨，恃其多力，拉杀鲁君，故曰力成吾君之祸。彭生其得免乎？祸理属焉。祸败之理，属于彭生。夫君以怒遂祸，君怒鲁（恒）［桓］，彭生则遂成其祸。不畏恶亲，闻容昏生，无丑也，君而通妹，是谓恶亲。不畏此事远闻，而容忍之，然此昏愚之生于不识其类，故曰昏生无丑。丑，类也。朱批：无传无亲也。岂及彭生而能止之哉！及，如也。祸由彭生，则彭生力能止之，今而成祸，故当诛之。朱批：言鲁讨罪及彭生，君不能止。鲁若有诛，必以彭生为说。”二月，鲁人告齐曰：“寡君畏君之威，不敢宁居，来修旧好，礼成而不反，无所归死，请以彭生除之。”齐人为杀彭生，以谢于鲁。五月，襄公田于贝丘，见豕彘。从者曰：“公子彭生也。”公怒曰：“公子彭生安敢见！”射之，豕人立而啼。公惧，坠于车下，伤足亡屦。反，诛屦于徒人费，不得也。诛，责。鞭之见血，费走而出，遇贼于门，胁而束之。费袒而示之背，贼信之，使费先入，伏公而出斗，死于门中。石之纷如死于阶下。孟阳代君寝于床。贼杀之，曰：“非君也，不类。”见公之足于户下，遂杀公，而立公孙无知也。

鲍叔牙奉公子小白奔莒，管夷吾、召忽奉公子纠奔鲁。九年，公孙无知虐于雍廪，雍廪杀无知也。桓公自莒先入，鲁人（代）

[朱批：伐]齐，纳公子纠，战于乾时，管仲射桓公，中钩。鲁师败绩。桓公践位，于是劫鲁，使鲁杀公子纠。劫，谓兴兵胁之。

桓公问于鲍叔曰："将何以定社稷？"鲍叔曰："得管仲与召忽，则社稷定矣。"公曰："夷吾与召忽，吾贼也。"鲍叔乃告公其故图。故图谓管仲本使鲍叔傅小白，将立之。公曰："然则可得乎？"鲍叔曰："若亟召则可得也。不亟，不可得也。夫鲁施伯知夷吾为人之有慧也，其谋必将令鲁致政于夷吾。夷吾受之，则彼知能弱齐矣。夷吾不受，彼知其将反于齐也，必将杀之。"既不受鲁政而反于齐，恐其将为鲁害，故杀之。公曰："然则夷吾将受鲁之政乎，其否也？"鲍叔对曰："不受。夫夷吾之不死纠也，为欲定齐国之社稷也。今受鲁之政，是弱齐也。夷吾之事君无二心，虽知死，必不受也。"君谓桓公。公曰："其于我也，曾若是乎？"曾，则也。能无二心如是乎？鲍叔对曰："非为君也，为先君也。其于君不如亲纠也，言管仲亲纠多于小白也。纠之不死。而况君乎！亲尚不死，疏则可知。君若欲定齐之社稷，则亟迎之。"管仲既志在定齐社稷，须急迎之。公曰："恐不及，奈何？"鲍叔曰："夫施伯之为人也，敏而多畏，多畏则念虑深。公若先反，墨批：俞云，"反"当为"彼"。恐注怨焉。必不杀也。"若先反管仲，而施伯杀之，齐必注怨，故不敢杀。公曰："诺。"从鲍叔之言也。施伯进对鲁君曰："管仲有急，其事不济。今在鲁，君其致鲁之政焉。有急难之事，与小白争国。其事既不济，故来在鲁，可因此事而致政。若受之，则齐可弱也。若不受，则杀之。杀之，以说于齐也。与同怒，尚贤于已。"施伯恐管仲反齐为害，欲杀之。有若与齐同怒，如此犹贤于不杀也。君曰："诺。"鲁未及致政，而齐之使至，曰："夷吾与召忽也，寡人之贼也，今在鲁，寡人愿生得之，若不得也，是君与寡人贼比也。"鲁君问施伯，施伯曰："君与之。臣闻齐君惕而亟骄，虽得贤，庸必能用之乎？庸，犹何也。及齐君之能用之也，管子之事济也。及，犹就也。就令能用之，管子之事必济矣。夫管仲，天下之大圣也。今彼反齐，天下皆乡之，岂独鲁乎！今若杀之，此鲍叔之友也，鲍叔因此以作难，君必不能待也，齐国强，鲍叔贤，故不能待。待，犹疑也。不如与之。”鲁君乃遂束缚管仲与召忽。管仲谓召忽曰：“子惧乎？”召忽曰：“何惧乎？吾不蚤死，将胥有所定也。胥，待。今既定矣，谓小白已定齐。令子相齐之左，必令忽相齐之右。虽然，杀君而用吾身，是再辱我也。君谓子纠。子为生臣，忽为死臣，生则定社稷，死则显忠义。忽也知得万乘之政而死，公子纠可谓有死臣矣。子生而霸诸侯，公子纠可谓有生臣矣。死者成行，死成忠义之行。生者成名。生定社稷之名。名不两立，既成生名，不可又成死名。行不虚至。必至身受命乃谓之行也。子其勉之，死生有分矣。”乃行入齐境，自刎而死。管仲遂入。君子闻之曰：“召忽之死也，贤其生也。召忽之生，不能霸诸侯。管仲之生也，贤其死也。”管仲之死，不成九合之功。

或曰：明年，集书者更闻异说，异说故言“或曰”。明年，襄公立之明年也。襄公逐小白，小白走莒。三年，襄公薨，公子纠践位。国人召小白，鲍叔曰：“胡不行矣？”小白曰：“不可。夫管仲知，召忽强武，虽国人召我，我犹不得入也。”鲍叔曰：“管仲得行其知于国，国可谓乱乎？管仲得行其智于国，国则不乱。今乱，是不得行其智。召忽强武，岂能独图我哉？”国人既召小白，则不与召忽图我。小白曰：“夫虽不得行其知，岂且不有焉乎？直是智不行，不得言无智。召忽虽不得众，其及岂不足以图我哉？”召忽虽不得众，若及独能图我。墨批：云召忽一人追及我，犹足以图我。鲍叔对曰：“夫国之乱也，智人不得作内事，智人作内事，则其国理。朋友不能相合摎，而国乃可图也。”摎，交人也。朋友不能相交合，则党与弱，故乃可图。乃命车驾，鲍叔御，小白乘而出于莒。小白曰：“夫二人者，奉君令，吾不可以试也。”二人谓管仲、召忽。奉君令，则致死拒我，故不可试也。乃将下。鲍叔履其足曰：“事之济也在此时，事若不济，老臣死之，公子犹之免也。”鲍叔言事若不济，则己致死，公子犹可得免也。乃行，至于邑郊，鲍叔令车二十乘先，十乘后。二十乘先，鲍叔欲与之入国。十乘后，令卫公子。鲍叔乃告小白曰：“夫国之疑二三子，莫忍老臣，二三子谓从小白者，不忍违老臣，故相从，中心实疑。事之未济也，老臣是以塞道。”以事未济，故以二十乘先行塞道。朱批：言国人信鲍叔，故以身先行塞当也。鲍叔乃誓曰：“事之济也，听我令。事之不济也，免公子者为上，死者为下，吾以五乘之实距路。”鲍叔于前二十乘，更将五乘先行距路，不令子纠之党得及小白。鲍叔乃为前驱，遂入国，逐公子纠。管仲射小白，中钩。管仲与公子纠、召忽遂走鲁。桓公践位，鲁伐齐，纳公子纠而不能。

桓公二年践位，入国二年，方得践位。召管仲，管仲至，公问曰：“社稷可定乎？”管仲对曰：“君霸王，社稷定。君不霸王，社稷不定。”公曰：“吾不敢至于此其大也，定社稷而已。”管仲又请。君曰：“不能。”管仲辞于君曰：“君免臣于死，臣之幸也。然臣之不死纠也，为欲定社稷也。社稷不定，臣禄齐国之政而不死纠也，墨批：俞云，“禄”读为“录”。臣不敢。既不死纠，空食齐政之禄，而不定社稷，臣则不敢。言将致死。乃走出，至门，公召管仲。管仲反，公汗出，曰：“勿已，其勉霸乎？”必欲令霸王而不已，我将勉力而求霸也。管仲再拜稽首而起曰：“今日君成霸，臣贪承命。”趋立于相位，君既许霸，臣贪于承命，故趋立相位。乃令五官行事。

异日，公告管仲曰：“欲以诸侯之间无事也，小修兵革。”管仲曰：“不可，百姓病，公先与百姓，而藏其兵，百姓困病，当先赋与之，而兵事且可藏。与其厚于兵，不如厚于人，人厚兵自强。齐国之社稷未定，公未始于人而始于兵，外不亲于诸侯，内不亲于民。”公曰：“诺。”政未能有行也。别本注言未尽行也。二年，桓公弥乱，不尽行夷吾之言，故弥乱。又告管仲曰：“欲缮兵。”管仲又曰：“不可。”公不听，果为兵。桓公与宋夫人饮船中，宋夫人，《左传》作“蔡姬”，荡舟事亦不同。夫人荡船而惧公，公怒出之，宋受而嫁之蔡侯。明年，公怒告管仲曰：“欲伐宋。”管仲曰：“不可，臣闻内政不修，外举事不济。”公不听，果伐宋。诸侯兴兵而救宋，大败齐师。宋受而嫁之蔡侯，《左传》作蔡人嫁之，非宋嫁与蔡也。事见鲁僖公三年，乃齐桓公二十九年也。公怒，归告管仲曰：“请修兵革，吾士不练，吾兵不实，诸侯故敢救吾仇，内修兵革。”墨批：俞云，“内”当为“请”。管仲曰：“不可。齐国危矣。内夺民用，士劝于勇，外乱之本也。修兵则用废，故曰夺人用。士所劝者唯勇，则轻敌，故为外乱之本也。外犯诸侯，民多怨也，外犯必多残害，故为人所怨。为义之士，不入齐国，君为不义，故义士不归也。安得无危？”鲍叔曰：“公必用夷吾之言。”公不听，乃令四封之内修兵，关市之征侈之，侈，谓过常也。谓重其税赋。公乃遂用以勇授禄。士勇则与之禄。鲍叔谓管仲曰：“异日者，公许子霸，今国弥乱，子将何如？”管仲曰：“吾君惕，其智多诲，智多则可试诲之也。朱批：诲，悔也。姑少胥，其自及也。”胥，待也。待其自能及道。鲍叔曰：“比其自及也，国无阙亡乎？”管仲曰：“未也。国中之政，夷吾尚微为，焉乱乎？尚可以待。国政微为，则未至乱，可待君自及。外诸侯之佐，既无有吾二人者，未有敢犯我者。”诸侯之佐，既无有如我二人，故不敢犯我。明年，朝之争禄相刺，裚领而刎颈者不绝。裚，谓掣断之也。鲍叔谓管仲曰：“国死者众矣，毋乃害乎？”管仲曰：“安得已然！此皆其贪民也，贪人争禄自残，亦未能自为害也。夷吾之所患者，诸侯之为义者莫肯入齐，齐之为义者莫肯仕。此夷吾之所患也。有义之士，内外不归，乱亡立志，故可患也。若夫死者，吾安用而爱之？”

贪人自相杀伤，吾何能惜之？公又内修兵。

三年，桓公将伐鲁，曰："鲁与寡人近。谓国相（怜）［朱批：邻］于是其救宋也疾，疾，谓先诸侯至。寡人且诛焉。"管仲曰："不可。臣闻有土之君，不勤于兵，不忌于辱，不辅其过，则社稷安。勤于兵，忌于辱，辅其过，则社稷危。"公不听，兴师伐鲁。造于长勺，鲁庄公兴师逆之，大败之。桓公曰："吾兵犹尚少，吾参围之，安能圉我？"吾以三倍之兵围之，则安能圉我！

四年，修兵，同甲十万，同甲，谓完坚齐等。车五千乘。谓管仲曰："吾士既练，吾兵既多，寡人欲服鲁。"管仲喟然叹曰："齐国危矣，君不竞于德而竞于兵，人君当以德义服远，不当竞于兵也。天下之国，带甲十万者不鲜矣。吾欲发小兵以服大兵，欲以齐国服诸侯而致霸王，故曰：以小兵而服大兵也。内失吾众，谓数摇动之，则众疲而散。诸侯设备，数见侵伐，故设备。吾人设诈，力不足，则诈以继之。国欲无危，得已乎？"公不听，果伐鲁。鲁不敢战，去国五十里而为之关。更立国界，而为之关。鲁请比于关内，以从于齐，齐亦毋复侵鲁，服请从服于齐，俱其征求，比于齐之关内。桓公许诺。鲁人请盟曰："鲁，小国也，固不带剑。今而带剑，是交兵闻于诸侯，君不如已，若以交兵闻于诸侯，不如止而不盟也。请去兵。"桓公曰："诺。"乃令从者毋以兵。管仲曰："不可。诸侯加忌于君，君如是以退，可。忌，怨也。诸侯欲以结盟致怨于君，今请不盟，从此即退可也。君果弱鲁君，诸侯又加贪于君，若果弱鲁，诸侯又以贪名加君。后有事，小国弥坚，大国设备，既有贪忌之名，故皆设备。非齐国之利也。"桓公不听。管仲又谏曰："君必不去鲁，胡不用兵？曹刿之为人也，刿，一作沬。下同。坚强以忌，不可以约取也。"不可以盟取信也。桓公不听，果与之遇。庄公自怀剑，曹刿亦怀剑。践坛，庄公抽剑其怀，曰："鲁之境去国五十里，亦无不死而已。"左椹桓公，右自承，曰："均之死也，戮死于君前。"左手举剑，将椹桓公，且以右手自承而言曰："齐迫鲁境亦死，今杀君亦死。同是死也，将杀君，次自杀。"故曰"均之死也，戮死于君前"。管仲走君前，刿抽剑当两阶之间，曰："二君将改图，无有进者。"拔剑当阶，所以拒管仲，言鲁、齐二君将欲改先者之所图，今不当有进者也。管仲曰："君与地，以汶为竟。"桓公许诺，以汶为竟而归。桓公归而修于政，不修于兵革，自圉辟人，以过弭师。既不修其兵革，故出入自圉辟其人，以先者之过，故弭息其师。

五年，宋伐杞，桓公谓管仲与鲍叔曰："夫宋，寡人固欲伐之，无若诸侯何？无若诸侯救宋何。夫杞，明王之后也，杞，夏之后。今宋伐之，予欲救之，其可乎？"管仲对曰："不可，臣闻内政之不修，外举义不信。君将外举义，以行先之，以内行先之。则诸侯可令附。"桓公曰："于此不救，后无以伐宋。"今不救杞，后无辞以伐宋。管仲曰："诸侯之君，不贪于土。贪于土，必勤于兵，勤于兵，必病于民，民病则多诈。夫诈，密而后动者胜，密，静。诈则不信于民，夫不信于民则乱内动，则危于身。是以古之人闻先王之道者，不竞于兵。"兵者，凶器。竞之则危。桓公曰："然则奚若？"管仲对曰："以臣则不以臣之意，则不与君同。而令人以重币使之，以重币使宋，令罢杞兵。朱批："而"读为"如"。不而，不如也。使之而不可，谓宋不从令。君受而封之，受杞告命而建封之。桓公问鲍叔曰："奚若？"鲍叔曰："公行夷吾之言。"公乃命曹孙宿使于宋，宋不听，果伐杞。宋果伐杞。桓公筑缘陵以封之，缘陵，杞城。予车百乘，甲一千。谓与杞也。明年，狄人伐邢，邢君出致于齐，致命于齐以告急。桓公筑夷仪以封之。夷仪，邢城。予车百乘，卒千人。明年，狄人伐卫，卫君出致于虚。虚，地名。诗所谓"升彼虚矣，以望楚矣"。桓公且封之。隰朋、宾胥无谏曰："不可。三国所以亡者，绝以小。小国之亡，理则然矣，不当封也。今君蕲封亡国，朱批：蕲，必也。国尽若何？”国之车尽于封亡国，其若之何？桓公问管仲曰：“奚若？”管仲曰：“君有行之名，安得有其实？既有行封之名，则当虚国而为之，安得有其富实乎？君其行也。”公又问鲍叔，鲍叔曰：“君行夷吾之言。”桓公筑楚丘以封之，与车三百乘，甲五千。

既以封卫，明年，桓公问管仲：“将何行？”更问以所行之政也。管仲对曰：“公内修政而劝民，可以信于诸侯矣。”君许诺，乃轻税，弛关市之征，为赋禄之制。既已，谓已行上事。管仲又请曰：“问病臣，臣有病者，君当慰问之。愿赏而无罚，五年诸侯可令傅。”行此五年，可令诸侯亲附。公曰：“诺。”既行之，管仲又请曰：“诸侯之礼，请诸侯交聘之礼。令齐以豹皮往，小侯以鹿皮报，齐以马往，小侯以犬报。”往重报轻，所谓大国善下小国则取小国。桓公许诺，行之。管仲又请赏于国，以及诸侯。君曰：“诺。”行之。管仲赏于国中，君赏于诸侯。诸侯之君，有行事善者，以重币贺之。从列士以下有善者，衣裳贺之。列士，谓齐之列士。管仲自以衣裳贺之。凡诸侯之臣，有谏其君而善者，以玺问之，以信其言。谓桓公以玺问之，以信验其所谏之言为善。公既行之，又问管仲曰：“何行？”管仲曰：“隰朋聪明捷给，可令为东国，东国，谓自齐东之国。令隰朋理之。宾胥无坚强以良，可以为西土。西土，齐西之土。令胥无之国与士交兵。卫国之教，句。危墨批：危，俞读为“诡”。傅以利。谓其教既高危，且相傅以利，谓以利成俗。公子开方之为人也，慧以给，不能久而乐始，可游于卫。其人性轻率，不能持久，所谓“靡不有初，鲜克有终”，故曰乐始。使此人游于卫，诱动之，令归于齐也。鲁邑之教，好迩而训于礼。既训学于礼，礼者所以饰貌，故曰好迩。迩，近也。季友之为人也，恭以精，博于粮，多小信，可游于鲁。博于粮，谓多委积。楚国之教，巧文以利，不好立大义，而好立小信。蒙孙博于教，而文巧于辞，不好立大义，而好结小信，可游于楚。小侯既服，大侯既附，厚往轻报，所以服小侯。游三人于三国，所以服大侯。夫如是，则始可以施政矣。”君曰：“诺。”乃游公子开方于卫，游季友于鲁，游蒙孙于楚。

五年，诸侯附，狄人伐，谓入伐齐。桓公告诸侯曰：“请救伐。”诸侯许诺。大侯车二百乘，卒二千人，小侯车百乘，卒千人，诸侯皆许诺。齐车千乘，卒先致缘陵，先者使卒戍缘陵，今有狄难，故致之。战于后故，败狄。后故，地名。墨批：《春秋》书“诸侯城缘陵”，此误。据以为救齐，故云致。缘陵，言以卒致师也。战于后，车战也。故犹已也。诸侯无功而分货地及狄县也。缘陵，杞都，此以为狄都，其国谓狄国也。其车甲与货，小侯受之。谓败狄所得车甲及货，尽与小侯。大侯近者，以其县分之，不践其国。近齐之大侯，则以齐县分之，终不践其国以侵之。北州侯莫来，谓不来救齐北州。谓北之州，即幽州、营州等。桓公遇南州侯于召陵，谓伐楚，盟于召陵也。曰：“狄为无道，犯天子令以伐小国，小国，齐自谓。以天子之故，敬天之命令以救伐。言诸侯以敬顺天命，救齐伐狄。北州侯莫至，上不听天子令，下无礼诸侯，寡人请诛于北州侯。”诸侯许诺。桓公乃北伐令支，令支，国名。下凫之山，斩孤竹，孤竹，国名。斩其君。墨批：俞读“斩”为“撕”，取也。遇山戎，顾问管仲曰：“将何行？”管仲对曰：“君教诸侯为民聚食，诸侯之兵不足者，君助之发，如此则始可以加政矣。”既使诸侯足食足兵，然后可以加之政也。桓公乃告诸侯，必足三年之食安，有三年食，然后可安。朱批：安，焉也。“焉”读为“能”。安以然后以也。以其余修兵革。兵革不足以引其事告齐，齐助之发。诸侯兵之不足，当引其事之阙者以告齐，齐当发卒以助之也。既行之，公又问管仲曰：“何行？”管仲对曰：“君会其君臣父子，会，谓考合其君臣父子之宜。则可以加政矣。”公曰：“会之道奈何？”曰：“诸侯毋专立妾以为妻，毋专杀大臣，无国劳，毋专予禄，于国无劳者，不得专予禄。士庶人毋专弃妻，毋曲堤，所谓无障谷也。毋贮粟，毋禁材，山泽之材，当与人共之也。行此卒岁，则始可以罚矣。”行之终岁，而有不从者，可以加刑罚。君乃布之于诸侯，诸侯许诺，受而行之。卒岁，吴人伐穀，穀，齐之下都，后以封管仲。桓公告诸侯未遍，诸侯之师竭至，以待桓公，竭至，言其尽来。桓公以车千乘会诸侯于竟，都师未至，吴人逃。齐都之师尚未至，而吴人逃也。诸侯皆罢。桓公归，问管仲曰：[朱批：“将何行？”管仲曰：]“可以加政矣。”诸侯服从如此，故可以加之政。曰：“从今以往二年，適子不闻孝，不闻爱其弟，不闻敬老国良，其老者，国之贤良也。三者无一焉，可诛也。无一尚可诛，况无三乎。诸侯之臣及国事，三年不闻善，可罚也。及国事，预知国政。三年不闻善，则不贤也，故可罚。君有过，大夫不谏；士庶人有善，而大夫不进，可罚也。士庶人闻之吏，贤孝悌可赏也。”士庶人有贤孝悌闻之于吏，则可赏也。桓公受而行之，近侯莫不请事。近齐之诸侯，皆请齐征赋之事。兵车之会六，兵车之会，谓兴兵有所伐。乘车之会三，乘车之会，谓结好息民之会也。飨国四十有二年。

桓公践位十九年，弛关市之征，征，赋也。五十而取一，取其货贿五十之一。赋禄以粟，案田而税，案知其壤瘠而税之。二岁而税一，率一岁而一税之。上年什取三，中年什取二，下年什取一，岁饥不税，岁饥谓时岁总饥，故不税。岁饥弛而税。此岁饥，谓有饥者，有不饥者，故弛饥而税不饥。桓公使鲍叔识音志。君臣之有善者，晏子识不仕与耕者之有善者，不仕，谓余了未仕者。高子识工贾之有善者。国子为李，李，狱官也。李、理同。隰朋为东国，宾胥无为西土，弗郑为宅，为宅，掌修除宫室。凡仕者近宫，仕者有公事，职务故近宫。不仕与耕者近门，不仕与耕者，当出入田野，故近于外门。工贾近市，三十里置遽委焉，有司职之。遽，今之邮驿也。委，谓当有储拟，以供过者，立官以主之。从诸侯欲通，谓从诸侯欲通于齐。吏从行者，令一人为负以车，其吏从行而来者，遽之有司，当令一人以车为负载其行装。若宿者，令人养其马，食其委。其客若宿，即以所委食之，一作食其委。墨批："从"当为"徒"。徒行者则为负载以车，行者则为食其马，负宿者则食其委。客与有司别契，别契，谓分别其契，以知真伪也。至国八契，自郊至国人契，则二百五十里之郊地，相距为五百里，此周之大国也。墨批："八"当为"入"。至国契还之官。费义数而不当，墨批：费，用费也。义，礼仪也。数，多少也。不当者，以多当少，少当多也。有罪。义，谓供客之礼。徒费义数，而于事不当者，罪之。凡庶人欲通，乡吏不通，七日囚。庶人有所陈诉通于君，乡吏抑而不通，事经七日者，则囚其吏，鞠劾其所以也。

出欲通，吏不通，五日囚。出，谓欲适他国。贵人子欲通，吏不通，三日囚。凡县吏进诸侯士而有善，观其能之大小，以为之赏，有过无罪。赏虽过能，亦不罪也。(今)［朱批：令］鲍叔进大夫，劝国家，外进大夫，令之勉营国家之事。得之成而不悔为上举。得此大夫，故有成功。终然允当，无有可悔。如此者举，善之上。朱批：劝国家和列国及采邑大夫也。成而不悔，监而不叛也。从政治为次。所进大夫，从政而能理者，次上成功也。野为原，朱批：言辟地也。又多不发，墨批：多不发，征役少也。起讼不（骄）［朱批：矫］，朱批：□□□兴讼者不虚矫其情。次之。所进大夫，有能劝勉农人，开辟荒野，皆为原田。又教之和通，不相告发。虽有起而讼者，莫不恭恪，不为骄傲。此又其次也。劝国家，得之成而悔，从政虽治，而不能野原，又多发，墨批：征役多也。起讼骄，行此三者为下。墨批：起讼矫，谓邑有讼师，时行其矫诬也。令晏子进贵人之子，晏子，平仲之先。出不仕，不仕，则乐道深。处不华，不华，则无过失。而友有少长，友有少长，则遵礼经。为上举。全此三者，故为上。得二为次，得二，三之二也。得一为下。士处靖，靖，卑敬貌。敬老与贵，敬老近于亲，敬贵近于君。交不失礼，行此三者为上举，得二为次，得一为下。耕者农，农用力，勤而不惰。应于父兄，孝且义。事贤多，择善而从，故能多。行此三者为上举，得二者为次，得一者为下。令高子进工贾，应于父兄，事长养老，承事敬，承奉君敬而从之也。行此三者为上举，得二为次，得一为下。令国子以情断狱，定罪罚者，贵得其罪。三大夫既已选举，使县行之，三大夫，谓鲍叔、晏子、高子。管仲进而举言，上而见之于君，见三大夫所选举者。此言选举者，国子主断狱，故不在三大夫之数。以卒年君举。卒年，谓终年如此。管仲所进者，君举用之也。管仲告鲍叔曰："劝国家不得成而悔，从政不治，不能野原，又多而发，言相告发。墨批：而发，私发，徒役也。或者当作"发而"。讼骄，既讼而骄。凡三者，有罪无赦。"告晏子曰："贵人子处华，下。处华屋之下，则淫佚。交，好饮食，重交好，则挟朋党。嗜饮酒，则道情薄。行此三者，有罪无赦。士出入无常，不敬老而营富，行此三者，有罪无赦。耕者出入不应于父兄，用力不农，不事贤，行此三者，有罪无赦。"告国子曰："工贾出入不应父兄，承事不敬，而违老治危，危，倾险也。行此三者，有罪无赦。凡于父兄无过，州里称之，吏进之，君用之。无过于父兄，见称于州里，吏进此人，君必用之。有善无赏，有过无罚，吏不进，廉意。有善不能赏，有过不能罚，吏则苟免而已，故不进，廉意也。朱批：廉，察问也。问其不进之意。于父兄无过，于州里莫称，吏进之，君用之。善，为上赏；不善，吏有罚。"虽无过于父兄，而州里不称，吏进此人，君承用之，其人善则吏受上赏，不善则吏当罚。君谓国子："凡贵贱之义，入与父俱，父贵而子贱也。出与师俱，师贵而资贱。上与君俱。君贵而臣贱。凡三者遇贼不死，不知贼，则无赦。（亦）［言］人于此三者所在当致死，所谓在三如一。今贼将害此三者，遇之而不能死，有贼而又不知，则不臣不子也，故无赦。断狱情与义易，义与禄易。凡断狱者，所以止罪邪。止罪邪，所以兴礼义。今犯罪者，非以乖僻易义，则以奸伪易禄也。易禄可无［朱批：可］敛，有可无赦。”奸伪易禄者，既当罚其罪，无敛其禄，然今所有罪必无赦之也。朱批：义当罪则原其情，上不义则夺其禄。至于易禄，禄已尽，无可准罪者，则以平人论也。“禄可无敛”当作“禄无可敛”。下“可”，可其罪也。

卷八

中匡第十九　内言二

管仲会国用，三分二在宾客。二以供宾客。其一在国，管仲惧而复之。复，白也。以宾客之费大半，故白之。朱批：此陋臣之见，以诬管子。悲夫！公曰："吾子犹如是乎？以吾子为贤，当以供宾之义为急务，尚惧而白之乎？四邻宾客，入者说，出者誉，入见礼而悦者，出必为延誉也。光名满天下。入者不说，出者不誉，污名满天下。壤可以为粟，播壤则生粟。木可以货，破木成器则货。粟尽则有生，货散则有聚。君人者，名之为贵，财安可有？有财则失名，故不可有。管仲曰："此君之明也。"公曰："民办军事矣，则可乎？"对曰："不可。甲兵未足也，请薄刑罚以厚甲兵。"于是死罪不杀，刑罪不罚，使以甲兵赎。有罪使出甲兵以赎之。死罪以犀甲一戟，刑罚以胁盾一戟。胁盾也，既出盾，又令出一戟也。过罚以金过误致罚，出金以赎之。军，朱批："军"当作"钧"。金钧，金三十斤。无所计而讼者，成以束矢。不计于军事，而以私讼者，令出束矢，以平其罪。成，平也。公曰："甲兵既足矣，吾欲诛大国之不道者，可乎？"对曰："爱四封之内，而后可以恶竟外之不善者，先施爱于四封之内，则士致死，故可以恶竟外之不善。安卿大夫之家，而后可以危救敌之国。卿大夫家安，则大臣尽力，故以危救敌之国。赐小国地，而后可以诛大国之不道者。举贤良，而后可以废慢法鄙贱之民。是故先王必有置也，而后必有废也。必有利也，而后必有害也。”桓公曰：“昔三王者，既弑其君，今言仁义，必以三王为法度，不识其故，何也？”对曰：“昔者，禹平治天下，及桀而乱之，汤放桀以定禹功也。汤平治天下，及纣而乱之，武王伐纣，以定汤功也。且善之伐不善也，自古至今，未有改之，君何疑焉！”公又问曰：“古之亡国，其何失？”对曰：“计得地与宝而不计失诸侯，计得财委而不计失百姓，计见亲而不计见弃。三者之属，一足以削，遍而有者亡矣。古之隳国家、陨社稷者，非故且为之也，必少有乐焉，不知其陷于恶也。”

桓公谓管仲曰：“请致仲父，仲父者，尊老有德之称。桓公欲尊事管仲，故以仲父之号致之。公与管仲父而将饮之，行饮酒礼以尊显之。墨批：俞云，“与”读为“豫”，戒之。掘新井而柴焉，新井而又柴盖之，欲以洁清，示敬之。十日斋戒，召管仲。管仲至，公执爵，夫人执尊，觞三行，管仲趋出。公怒曰：“寡人斋戒十日而饮仲父，寡人自以为修矣，仲父不告寡人而出，其故何也？”谓不辞而出，所以怒。鲍叔、隰朋趋而出，及管仲于途，曰：“公怒。”管仲反入，倍屏而立，公不与言。少进中庭，公不与言。少进傅堂，公曰：“寡人斋戒十日而饮仲父，自以为脱于罪矣，仲父不告寡人而出，未知其故也。”对曰：“臣闻之，沉于乐者洽于忧，乐过则忧博。厚于味者薄于行，慢于朝者缓于政，害于国家者危于社稷。臣是以敢出也。”公遽下堂曰：“寡人非敢自为修也，仲父年长。虽寡人亦衰矣，吾愿一朝安仲父也。”言俱至于衰老，故欲一朝乐饮而为安。对曰：“臣闻壮者无怠，老者无偷，顺天之道，必以善终者也。三王失之也，非一朝之萃，其所由来者，渐矣，非一朝萃集也。君奈何其偷乎？”管仲走出，君以宾客之礼再拜送之。

明日，管仲朝，公曰：“寡人愿闻国君之信。”对曰：“民爱之，邻国亲之，天下信之，此国君之信。”公曰：“善。请问信安始而可？”对曰：“始于为身，中于为国，成于为天下。”公曰：“请问为身。”对曰：“道血气以求长年、长心、长德，长心，谓谋虑远也。长德，谓恩施广也。此为身也。”公曰：“请问为国？”对曰：“远举贤人，慈爱百姓，外存亡国，继绝世，起诸孤，孤，谓死王事者子孙。薄税敛，轻刑罚，此为国之大礼也。法行而不苛，刑廉而不赦，有司宽而不凌，不虐茕独。菀浊困滞，皆法度不亡，郁浊，谓秽塞不洁清者也。困滞，谓疲羸微隐者也。有如此者，皆以法度加之，不令有所失亡也。往行不来，而民游世矣，其行法度者，但往行而进，不却来而退，而人以此自得行于世也。此为天下也。”

小匡第二十　内言三朱批：此全抄《国语》。

桓公自莒反于齐，使鲍叔牙为宰，鲍叔辞曰：“臣，君之庸臣也。君有加惠于其臣，使臣不冻饥，则是君之赐也。若必治国家，则非臣之所能也，其唯管夷吾乎！臣之所不如管夷吾者五：宽惠爱民，臣不如也。治国不失秉，臣不如也。秉，柄也。柄所操以作事。国柄者，赏罚之纪要也。忠信可结于诸侯，臣不如也。制礼义可法于四方，臣不如也。介胄执枹，立于军门，使百姓皆加勇，臣不如也。枹，击鼓槌。夫管仲，民之父母也。将欲治其子，不可弃其父母。”公曰：“管夷吾亲射寡人，中钩，殆于死，今乃用之，可乎？”鲍叔曰：“彼为其君动也，君若宥而反之，其为君亦犹是也。”公曰：“然则为之奈何？”鲍叔曰：“君使人请之鲁。”公曰：“施伯，鲁之谋臣也。彼知吾将用之，必不吾予也。”鲍叔曰：“君诏使者曰：‘寡君有不令之臣，在君之国，愿请之以戮群臣。’戮以徇群臣。鲁君必诺。且施伯之知夷吾之才，必将致鲁之政，既知其材，故授以国政。夷吾受之，则鲁能弱齐矣。夷吾不受，彼知其将反于齐，必杀之。”公曰：“然则夷吾受乎？”鲍叔曰：“不受也。夷吾事君无二心。”公曰：“其于寡人犹如是乎？”对曰：“非为君也，为先君与社稷之故。君若欲定宗庙，则亟请之。不然，无及也。”公乃使鲍叔行成，成，平也。与鲁平。曰：“公子纠亲也，请君讨之。”鲁人为杀公子纠。又曰：“管仲，仇也，请受而甘心焉。”鲁君许诺。施伯谓鲁侯曰：“勿予。非戮之也，将用其政也。用之使知政。管仲者，天下之贤人也，大器也。在楚则楚得意于天下，在晋则晋得意于天下，在狄则狄得意于天下。今齐求而得之，则必长为鲁国忧，君何不杀而受之其尸？”鲁君曰：“诺。”将杀管仲，鲍叔进曰：“杀之齐，是戮齐也，言戮以徇齐也。杀之鲁，是戮鲁也。弊邑寡君愿生得之，以徇于国，为群臣僇。僇之以诫群臣。若不生得，是君与寡君贼比也，言亲吾贼。朱批：比，没也。言鲁为齐治罪人，则权在鲁。非弊邑之君所谓也，使臣不能受命。”于是鲁君乃不杀，遂生束缚而柙以予齐。柙，槛。鲍叔受而哭之，三举，三举其声，伪哀其将死也。施伯从而笑之。笑其伪也。谓大夫曰：“管仲必不死，夫鲍叔之忍，不僇贤人，言多所容忍，必不戮贤人。其智称贤以自成也。称，举也。鲍叔相公子小白，先入得国，得国人心。管仲、召忽奉公子纠后入，与鲁以战，能使鲁败。谓鲁师与齐战，能使鲁败而齐克也。功足以得天与失天，其人事一也。管仲本图将立小白，今能败鲁而胜齐，是其功也。故于齐为得天，于鲁为失天，至于能成人事则一。墨批：能谓鲍叔也。鲍叔之功，足以得天；管仲之功，足以失天。似不一矣，然管仲不必劣于鲍叔，故人事一也。今鲁惧，杀公子纠、召忽，囚管仲以予齐，鲍叔知无后事，既得管仲，则知后无祸难之事也。必将勤管仲以劳其君，必探管仲本败鲁胜齐之意，以成其功，勤而慰劳其君也。愿以显其功。众必予之。愿君试用管仲，以显其定齐之功。如此，众必与之。与，许也。有得力死之功，犹尚可加也，显生之功，将何如？句。是假令管仲力死成功，但一时之事耳，犹尚可加，是不耻垢辱，忍而生全，齐将得之而霸，以显其本谋之功，何善如之乎！言不可加也。[朱批：昭] 德可 [朱批：以] 贰君也，言昭管仲之德，以为君之副贰。鲍叔之知不是失也。"以鲍叔之智，能及此图，必不失也。至于堂阜之上，堂阜，地名。鲍叔祓而浴之三，祓，谓除其凶邪之气。桓公亲迎之郊。管仲诎缨插衽，示将就戮。使人操斧而立其后。操斧者，将受斧钺之诛也。公辞斧三，然后退之。退操斧者。公曰："垂缨下衽，寡人将见。"管仲再拜稽首曰："应公之赐，杀之黄泉，死且不朽。"言君赐之死，尚感恩不朽，况生之乎！公遂与归，礼之于庙，三酌而问为政焉。

曰："昔先君襄公，高台广池，湛乐饮酒，田猎罼弋，不听国政，卑圣侮士，唯女是崇，九妃六嫔，九妃，谓诸侯所娶九女。天子九嫔，诸侯六也。陈妾数千，食必粱肉，衣必文绣，而戎（上）[朱批：士] 冻饥，戎马待游车之弊，游车弊然后以为戎车。戎士待陈妾之余。陈妾食余，然后以食戎士。倡优侏儒在前，而贤士大夫在后。是以国家不日益，不月长，吾恐宗庙之不扫除，社稷之不血食，敢问为 [朱批：之] 奈何？"管子对曰："昔吾先王周昭王、穆王，世法文、武之远迹，以成其名。合群国 [朱批：叟]，比校民之有道者，设象以为民纪。校试其人有道者，与之设法象而为人纪。式美以相应，比缀以书，原本穷末。其所用美事，必令始终相应，然后次比缉缀，书之简策，故能原其本，穷其末，无不错综也。劝之以庆赏，纠之以刑罚，粪除其颠旄。颠，谓高之顶，人或不垦阙旄者，所以誓勤兵士。言能务农息兵，故粪其颠而除其旄。墨批：《国语》引作"班序颠旄"。俞云"颠旄"，韦昭言顶发之黑白也。此"粪"当作"糞"，今"颁"字。除、叙通用是也。韦解"颠旄"非也。颠旄，尤老者，八十、九十曰旄。颠，犹高也。今俗语凡绝伦者曰“顶”。赐予以镇抚之，以为民终始。”

公曰：“为之奈何？”管子对曰：“昔者，圣王之治其民也，参其国而伍其鄙，定民之居，成民之事，以为民纪，谨用其六秉，如是而民情可得，而百姓可御。”桓公曰：“六秉者，何也？”管子曰：“杀、生、贵、贱、贫、富，此六秉也。”桓公曰：“参国奈何？”管子对曰：“制国以为二十一乡，商工之乡六，士农之乡十五。朱批：《语》无农，是也。公帅十一朱批：五。乡，朱批：此亦不知《国语》制乡之意，而妄加五为十一。高子帅五乡，国子帅五乡，参国故为三军。公立三官之臣，谓三军之官也。市立三乡，工立三族，泽立三虞，山立三衡。自三乡已下，每皆置其官。制五家为轨，轨有长。十轨为里，里有司。四里为连，连有长。十连为乡，乡有良人。三乡一帅。”桓公曰：“五鄙奈何？”管子对曰：“制五家为轨，轨有长。六轨为邑，邑有司。十邑为率，率有长。十率为乡，乡有良人。三乡为属，属有帅。五属一大夫，武政听属，以武为政者，听于属。文政听乡，各保而听，乡属之听，各自保之。毋有淫佚者。”桓公曰：“定民之居，成民之事，奈何？”管子对曰：“士农工商，四民者，国之石民也。四者，国之本，犹柱之石也，故曰石。不可使杂处，杂处则其言哤，其事乱。哤，乱也。是故圣王之处士必于闲燕，处士闲燕，则谋议密。处农必就田野，处工必就官府，处商必就市井。立市必四方，若造井之制，故曰市井。今夫士，群萃而州处，闲燕，每州之士，群萃共处。闲燕，谓学校之处。则父与父言义，子与子言孝，其事君者言敬，长者言爱，幼者言弟，旦昔从事于此，旦昔，犹朝夕也。以教其子弟。少而习焉，其心安焉，不见异物而迁焉。异物，谓异事，非其所当习者。是故其父兄之教，不肃而成，其子弟之学，不劳而能。夫是，故士之子常为士。今夫农，群萃而州处，审其四时权节。于四时中，又权量其节之早晚。具备其械器用，械器皆为田器。比耒耜谷芨，比偶其耒耜及谷芨。谷芨小于耒耜，一人执之，以随耒耜之后，重治其阙遗。“芨”音“插”。朱批：《语》作“枷芟”。及寒，击槁朱批：《语》作“菒”。除田，以待时乃耕，冬寒之月，即击去其草之槁者，修除其田，以待春之耕也。墨批：《齐语》作“待时耕及耕”。深耕均种疾耰，耰，谓复种。既已均种，当疾耰之。先雨芸耨，以待时雨。时雨既至，挟其枪刈耨镈，右掖曰挟。枪，椿也。刈，镰也。耨，镃錤也。镈，锄也。以旦暮从事于田野，税衣就功，脱其常服，以就功役，便事而省费。别苗莠，列疏遬，遬，密也，谓苗之疏密当均列之。首戴苎朱批：《语》作“茅”。蒲，苎，蒋也。编苎与蒲以为笠。身服袯襫，袯襫，调粗坚之衣，可以任苦著者也。沾体涂足，暴其发肤，尽其四支之力，以疾从事于田野。少而习焉，其心安焉，不见异物而迁焉。是故其父兄之教，不肃而成。其子弟之学，不劳而能。是故农之子常为农。朴野而不慝，农人之子，朴质而野，不为奸慝。其秀才之能为士者，则足赖也。农人之子，有秀异之材可为士者，即所谓生而知之，不习而成者也，故其贤足可赖也。故以耕则多粟，以仕则多贤，是以圣王敬畏戚农。以农民能致粟，又秀材生焉，故圣王敬畏农而戚近之。今夫工，群萃而州处，相良材，审其四时，辨其功苦，功，谓坚美。苦，谓滥恶。权节其用，论比计制，朱批：《语》作“协材”。断器尚完利。裁断为器，贵于完利。相语以事，相示以功，相陈以巧，相高以知事，以其能知器用之事相高。旦昔从事于此，以教其子弟。少而习焉，其心安焉，不见异物而迁焉。是故其父兄之教，不肃而成。其子弟之学，不劳而能。夫是，故工之子常为工。今夫商，群萃而州处，观凶饥，审国变，察其四时，而监其乡之货，监，视也。以知其市之贾。负任担荷，服牛辂马，辂，一作轺。朱批：《语》作“轺”。以周四方，料多少，计贵贱，以其所有，易其无，买贱鬻贵。是以羽毛不求而至，竹箭有余于国，奇怪时来，珍异物聚。旦昔从事于此，以教其子弟。相语以利，相示以时，时，《齐语》作“赖”。相陈以知贾。贾知物价，相与陈说。少而习焉，其心安焉，不见异物而迁焉。是故其父兄之教，不肃而成。其子弟之学，不劳而能。夫是，故商之子常为商。相地而衰其政，则民不移矣。相地沃埆，以差其政，则人安其沃埆而不移。衰，差也。政，《齐语》作“征”。正旅旧，则民不惰。国之军旅，正之以从旧贯，则禀令而不惰。山泽各以其时至，则民不苟。苟，谓非时入山泽也。陵陆丘井田畴均，则民不惑。惑，《齐语》作“憾”。无夺民时，则百姓富，牺牲不劳，则牛马育。”过用谓之劳。劳，《齐语》作“略”。

桓公又问曰：“寡人欲修政以干时于天下，其可乎？”干，求也。时时见曰会。欲求天下诸侯修时见之会。管子对曰：“可。”公曰：“安始而可？”管子对曰：“始于爱民。”公曰：“爱民之道奈何？”管子对曰：“公修公族，家修家族，使相连以事，相及以禄，则民相亲矣。相连以事则人惯狎，相及以禄则恩情生，故有亲也。放旧罪，修旧宗，立无后，则民殖矣。放旧罪则全人命，修旧宗则收散亲，立无后则继绝世，故人殖。殖，生也。省刑罚，薄赋敛，则民富矣。乡建贤，士使教于国，则民有礼矣。出令不改，则民正矣。此爱民之道也。”公曰：“民富而以亲，则可以使之乎？”管子对曰：“举财长工，以止民用。工能积财，举而长之，民则慕而不费用矣。陈力尚贤，以劝民知。贤能陈力而崇上之，民则劝而学知矣。加刑无苛，以济百姓。行之无私，则足以容众矣。出言必信，则令不穷矣。此使民之道也。”

桓公曰：“民居定矣，事已成矣，吾欲从事于天下诸侯，其可乎？”欲从会事。管子对曰：“未可，民心未吾安。”公曰：“安之奈何？”管子对曰：“修旧法，择其善者，举而严用之，严，《齐语》作“业”，皆敬也。慈朱批：《语》作“滋”。于民，予无财。贫无财者，当施与之。宽政役，敬百姓，则国富而民安矣。”公曰：“民安矣，其可乎？”管子对曰：“未可。君若欲正卒伍，修甲兵。则大国亦将正卒伍，修甲兵，君有征战之事，则小国诸侯之臣有守圉之备矣。然则难以速得意于天下。公欲速得意于天下诸侯，则事有所隐，而政有所寓。”不显习其兵事，故曰事有所隐。军政寓之田猎，故曰政有所寓。公曰：“为之奈何？”管子对曰：“作内政而寓军令焉。为高子之里，为国子之里，为公里。三分齐国，以为三军。择其贤民，使为里君。每里皆使贤者为君。乡有行伍卒长，则其制令。且以田猎，因以赏罪，因田猎之功过行赏罚。则百姓通于军事矣。”桓公曰：“善。”于是乎管子乃制五家以为轨，轨为之长。十轨为里，里有司。四里为连，连为之长。十连为乡，乡有良人。以为军令。是故五家为轨，五人为伍，轨长率之。十轨为里，故五十人为小戎，里有司率之。四里为连，故二百人为卒，连长率之。十连为乡，故二千人为旅，乡良人率之。五乡一（师）[朱批：帅]，故万人一军，五乡之（师）[朱批：帅] 率之。三军，故有中军之鼓，中军则公之里卒也。有高子之鼓，有国子之鼓。春以田曰蒐，振旅。因寓军政，而且整旅。秋以田曰狝，治兵。顺杀气，因治兵。是故卒伍政定于里，军旅政定于郊。内教既成，令不得迁徙。故卒伍之人，人与人相保，家与家相爱，少相居，长相游，祭祀相福，死丧相恤，祸福相忧，居处相乐，行作相和，哭泣相哀。是故夜战其声相闻，足以无乱。昼战其目相见，足以相识。欢欣足以相死。是故以守则固，以战则胜。君有此教士三万人，以横行于天下，教士，谓先教习之士。诛无道，以定周室。天下大国之君，莫之能圉也。

正月之朝，乡长复事，复，白也。公亲问焉，曰：“于子之乡，有居处为义好学，聪明质仁，慈孝于父母，长弟闻于乡里者，有则以告。有而不以告，谓之蔽贤，其罪五。”谓其罪当入于五刑而定其罚。有司已于事而竣。既毕于上事而竣退。公又问焉，曰：“于子之乡，有拳勇股肱之力，筋骨秀出于众者，有则以告。有而不以告，谓之蔽才，其罪五。”有司已于事而竣。公又问焉，曰：“于子之乡，有不慈孝于父母，不长弟于乡里，骄躁淫暴，不用上令者，有则以告。有而不以告，谓之下比，下与有罪者比而掩盖之。其罪五。”有司已于事而竣。于是乎乡长退而修德进贤。桓公亲见之，遂使役之官。谓授之官而役之，所以历试其材能。公令官长期而书伐以告，伐，功也。且令选官之贤者而复之。曰：“有人居我官，有功休德，维顺一作慎。端悫，以待时使，以悫善待时，待可用之时而使之也。使民恭敬以劝。其称秉言，则足以补官之不善政。”谓此人听称柄之言，可以补不善之政。公宣问其乡里，而有考验，宣，遍也。遍问其乡里之人，以考其所行皆有事验。乃召而与之坐，省相其质，以参其成功，成事既有考验，召而与坐，更省视其质体，以参验其所成功之事也。可立，而时设问国家之患而不肉，其人既可，将立之，又时设问国家之患，以知智谋之深浅，不直相其骨肉而已。肉者，所谓皮肉也。《国语》作“设之以国家之患而不疚”。注云：疚，病也，不病不能也。朱批：不肉者，不遽食肉也。位定然后禄也。肉、疚声近通用。退而察问其乡里，以观其［墨批：所］能，而无大过，登以为上卿之佐。为卿大夫之左。名之曰三选。名此人曰三大夫之选。高子、国子退而修乡，朝事既毕，二大夫又如前退修于乡。鲍叔在朝，故不言。乡退而修连，即前一连为乡。连退而修里，即前四里为连。里退而修轨，即前十里为轨。轨退而修家。即前五家为轨。是故匹夫有善，故可得而举也。匹夫有不善，故可得而诛也。政既成，乡不越长，朝不越爵。罢士无伍，罢，谓乏于德义者。周礼所谓罢人不义之众，耻以为伍也。罢女无家。罢女，犹罢士，众不娶之，故无家。士三出妻，逐于境外。三出妻，所谓‘士也罔极，二三其德’。为政者之所忌，故逐于境外也。女三嫁，入于（春）[朱批：舂] 谷。三见出而嫁，是不贞顺者也，故入于舂谷。是故民皆勉为善士。与其为善于乡，不如为善于里。与其为善于里，不如为善于家。家居则乡善矣，所谓家居治理，可移于官。是故士莫敢言一朝之便，皆有终岁之计。莫敢以终岁为议，皆有终身之功。修政则人无苟且。

正月之朝，五属大夫复事于公，择其寡功者而谯之，曰："列地分民者若一，何故独寡功？何以不及人？教训不善，政事其不治。一再则宥，三则不赦。"公又问焉，曰："于子之属，有居处为义，好学聪明质仁，慈孝于父母，长弟闻于乡里者，有则以告。有而不以告，谓之蔽贤，其罪五。"有司已事而竣。公又问焉，曰："于子之属，有拳勇股肱之力，秀出于众者，有则以告。有而不以告，谓之蔽才，其罪五。"有司已事而竣。公又问焉，曰："于子之属，有不慈孝于父母，不长弟于乡里，骄躁淫暴，不用上令者，有则以告。有而不以告者，谓之下比，其罪五。"有司已事而竣。于是乎五属大夫退而修属，属退而修（连）[朱批：县]，连退而修乡，乡退而修卒，卒退而修邑，邑退而修家。是故匹夫有善，可得而举。匹夫有不善，可得而诛。政成国安，以安则固，以战则强。封内治，百姓亲，可以出征四方，立一霸王矣。可谓[朱批：一] 霸王之功也。

桓公曰："卒伍定矣，事已成矣，吾欲从事于诸侯，其可乎？"管子对曰："未可。若军令则吾既寄诸内政矣。夫齐国寡甲兵，吾欲轻重罪而移之于甲兵。"公曰："为之奈何？"管子对曰："制：重罪入以兵甲犀胁二戟，轻罪入兰盾朱批：《语》作"鞼盾"。鞈革二戟，兰，即所谓兰锜，兵架也。鞈革，重革，当心著之，可以御矢。小罪入以金钧，朱批：《语》作"金分"。三十金曰钧。分宥薄罪入以半钧，分宥谓从坐者分其首犯而宽宥之。无坐抑而讼狱者，正三禁之而不直，则入一束矢以罚之。谓其人自无所坐，而被抑屈为讼者，正当禁之三日，得其不直者，则令入束矢也。美金以铸戈剑矛戟，试诸狗马。恶金以铸斤斧鉏夷锯，欘试诸木土。”夷，锄类也。锯欘，钁类也。

朱批：此下《语》无。桓公曰：“甲兵大足矣，吾欲从事于诸侯，可乎？”管仲对曰：“未可，治内者未具也，为外者未备也。”故使鲍叔牙为大谏，所以谏正君。王子城父为将，弦子旗为理，理，狱官。宁戚为田。教以农事，自此以上理内，已下理外。隰朋为行，行，谓行人也，所以通使诸侯。曹宿孙处楚，商容处宋，季劳处鲁，徐开封处卫，匽尚处燕，审友处晋。令此诸贤，各处诸侯之国者，所以讽动之，令归齐也。朱批：安能使处？又何用处？又游士八千朱批：《语》作“十”。人，朱批：此游士之自谋者所伪作。奉之以车马衣裘，多其资粮，财币足之，使出周游于四方，以号召收求天下之贤士。饰玩好，使出周游于四方，鬻之诸侯，以观其上下之所贵好。择其沉乱者而先政之。以政正也。公曰：“外内定矣，可乎？”管子对曰：“未可。邻国未吾亲也。”公曰：“亲之奈何？”管子对曰：“审吾疆(场)［埸］，反其侵地，正其封界，毋受其货财，而美为皮币，以极朱批：当作“亟”，《语》作“骤”。聘頫于诸侯，頫，见也。以安四邻，则邻国亲我矣。”

桓公曰：“甲兵大足矣，吾欲南伐，何主？”谓以何国为征伐之主也。管子对曰：“以鲁为主。反其侵地常、潜，常、潜，地名。使海于有弊，或遇水灾，教令泄于海，使有弊尽也。朱批：弊，蔽也。海以言大，渠弥言小。下作“有”，是也。渠弥于河，朱批：有。陼。后教之宾渠，弥亘于河陼。《国语》注颇明，渠弥，裨海之名，言齐有高山大海，军士可依之为险阻也。綱山于有牢。”教之立国，城必依山以为纲纪，而有牢国。朱批：“綱山”当作“纲山”，言已绝也，大则有蔽，小则有堵，内则有养，言屏蔽之、富足之。贾、韦注《国语》均妄说。桓公曰：“吾欲西伐，何主?”管子对曰：“以卫为主。反其侵地，吉朱批：涉下误。台、原姑与柒里，皆地名也。使海于有弊，渠弥于有陼，綱山于有牢。”桓公曰：“吾欲北伐，何主?”管子对曰：“以燕为主。反其侵地柴夫、吠狗，亦地名也。使海于有弊，渠弥于有陼，綱山于有牢。”四邻大亲。既反其侵地，正其封疆，地南至于岱阴，谓岱山之北。西至于济，北至于海，朱批：《语》作“河”。东至于纪随，纪随，地名。朱批：随，《语》作“酅”。地方三百六十里。三岁治定，四岁教成，五岁兵出，有教士三万人，革车八百乘。诸侯多沉乱，不服于天子，于是乎桓公东救徐州，分吴半，分吴地之半。存鲁蔡陵，蔡陵，地名。墨批：蔡陵，当为“陵蔡”。俞云，当云“筑蔡鄢陵”。割越地，南据宋、郑，既割越地，又据宋、郑之国，以为亲援也。征伐楚，济汝水，伐楚时渡汝水。逾方地，谓方城之地。望文山，楚山也。使贡丝于周室，使贡楚丝，即所谓檿丝者也。堪为琴瑟弦。成周反胙于隆岳，周室有事，归胙于齐。齐，太岳之后，故言隆岳。荆州诸侯，莫不来服。中救晋公，禽狄王，败胡貉，破屠何，屠何，东胡之先也。而骑寇始服。比狄以骑为寇。北伐山戎，制泠支，墨批：《齐语》作“刜令支”。斩孤竹，而九夷始听。海滨诸侯，莫不来服。西征，攘白狄之地，遂至于西河。谓龙门之西河。方舟投柎，乘桴济河。至于石沈，石沈，地名。县车束马，逾大行。与卑耳之貉，朱批：《语》作“溪”。拘秦夏。与卑耳之貉共拘秦夏之不服者。西服流沙西虞，西虞，地名。而秦戎始从。故兵一出而大功十二。自救徐州已下有十二也。故东夷、西戎、南蛮、北狄、中诸侯国，莫不宾服。与诸侯饰牲为载书，书，谓要盟之辞，载之于策。以誓要于上下，荐神，谓以上下之神祇为盟誓，又以其牲荐之于神。然后率天下定周室，大朝诸侯于阳谷。故兵车之会六，乘车之会三，九合诸侯，一匡天下。甲不解垒，兵不解翳。翳所以蔽兵，谓胁盾之属。不解甲于垒，不解兵于翳，言不用也。韬无弓，服无矢，韬，弓衣也。无弓无矢，言不用也。寝武事，行文道，以朝天子。葵丘之会，天子使大夫宰孔致胙于桓公，曰："余一人之命，有事于文、武，有祭事于文王、武王之庙也。使宰孔致胙。"且有后命曰："以尔自卑劳，以尔自卑而劳弊。谓尔伯舅，毋下拜。"桓公召管仲而谋。管仲对曰："为君不君，君命臣毋下拜，是不君也。为臣不臣，臣承命而不让，是不臣也。乱之本也。"桓公曰："余乘车之会三，兵车之会六，九合诸侯，一匡天下。北至于孤竹、山戎、秽貉，拘秦夏。西至流沙，西虞。南至吴、越、(巳)[朱批：巴]、牂牁、𢊍、朱批："长瓜"是"牁"字音，误作二字。不庾、朱批：不庾，当作"不庚"，即"不羹"也。雕题、黑齿，皆南夷国号也。荆夷之国，莫违寡人之命，而中国卑我。中国之人，不尊崇乐推，使居臣位，是卑我也。昔三代之受命者，其异于此乎?"管子对曰："夫凤凰鸾鸟不降，而鹰隼鸱枭丰。庶神不格，庶神不至，则未歆其祭享。守龟不兆，守龟，国之守龟。不兆，谓不以信诚告之。握粟而筮者屡中，长者不告而短者告，是德之不至。《传》曰：龟长筮短。《诗》曰：握粟出卜。时雨甘露不降，飘风暴雨数臻。五谷不蕃，六畜不育，而蓬蒿藜藋墨批：俞云，"藋"当作"藋"，《庄子》"藜藋"或作"藋"。徒吊反。并兴。夫凤皇之文，前德义，后日昌。前包德义，后有日昌，明先德义，乃可以日昌也。昔人之受命者，龙龟假，假，至也。河出图，雒出书，地出乘黄，乘黄，神马也。坤利牝。马之贞，故从地出，若汉之渥洼神马之比。今三祥未见有者。三祥，谓龟龙、图书、乘黄也。虽曰受命，无乃失诸乎?"桓公惧，出见客，曰："天威不违颜咫尺，小白承天子之命，而毋下拜，恐颠蹶于下，以为天子羞。"遂下拜，登受赏。服大路，龙旗九游，渠门赤旂，渠门，旗名。天子致胙于桓公而不受，天下诸侯称顺焉。

桓公忧天下诸侯。鲁有夫人、庆父之乱，而二君弑死，庆父通庄公夫人姜氏，弑子般，又弑闵公。国绝无后。桓公闻之，使高子存之。男女不淫，淫，乱杂也。马牛选具，选择其善者以成具，凡欲以贡齐也。执玉以见，请为关内之侯，请为齐关内之侯。而桓公不使也。狄人攻邢，桓公筑夷仪以封之。男女不淫，马牛选具，执玉以见，请为关内之侯，而桓公不使也。狄人攻卫，卫人出旅于曹，旅，客也。客居曹也。桓公城楚丘封之，其畜以散亡，故桓公予之系马三百匹，谓马在闲厩系养之，言其良也。天下诸侯称仁焉。于是天下之诸侯知桓公之为己勤也，是以诸侯之归之也，譬若市人。桓公知诸侯之归己也，故使轻其币而重其礼，故使天下诸侯以疲马犬羊为币，疲，谓瘦也。齐以良马报。诸侯以缕帛布鹿皮四分以为币，谓四分其鹿皮。齐以文锦虎豹皮报。诸侯之使，垂橐而入，捃丘粉反。载而归。垂橐，言其空也。捃，收拾也。故钧之以爱，致之以利，结之以信，示之以武。是故天下小国诸侯，既服桓公，莫之敢倍而归之，喜其爱而贪其利，信其仁而畏其武。桓公知天下小国诸侯之多与已也，于是又大施忠焉。可为忧者为之忧，可为谋者为之谋，可为动者为之动，伐谭、莱而不有也，诸侯称仁焉。通齐国之鱼盐东莱，自东莱通鱼盐于诸侯。使关市幾而不正，壥而不税，幾，察也。察其奸非，而不征税。以为诸侯之利，诸侯称宽焉。筑蔡、鄢陵、培夏、灵父丘，皆邑名。墨批：培，《齐语》作“负”。朱批：《语》作“葵兹、晏、负夏、领釜丘”。以卫戎狄之地，所以禁暴于诸侯也。筑五鹿、中牟、邺盖与社朱批：《语》作“牡”。丘，以卫诸夏之地，所以示（劝）[朱批：权] 于中国也。教大成，是故天下之于桓公，远国之民望如父母，近国之民从如流水。故行地滋远，得人弥众，是何也？怀其文而畏其武，故杀无道，定周室，天下莫之能圉，武事立也。定三革，车、马、人皆有革甲，曰三革。偃五兵，朝服以济河，而无怵惕焉，谓乘车之会，朝服济河，以与西诸侯盟也。文事胜也。是故大国之君惭愧，小国诸侯附比。是故大国之君，事如臣仆，小国诸侯，欢如父母。夫然，故大国之君不尊，不以国大加其尊礼。小国诸侯不卑。不以国小而卑其敬。是故大国之君不骄，小国诸侯不慑。(施)［朱批：于］是列广地以益狭地，损有财以与无财。周其君子，不失成功。周给君子，得其力用，故不失成功也。周其小人，不失成命。周给小人，怀德而归，故不失成命也。夫如是，居处则顺，出则有成功，不称动甲兵之事，以遂文、武之迹于天下。既以朝服济河，故不称甲兵，文德成也。大国畏成，事如臣仆，武功立也。桓公能假其群臣之谋，以益其智也。其相曰夷吾，大夫曰宁戚、隰朋、宾胥无、鲍叔牙。用此五子者何功？言何功而不成。墨批：《齐语》作“伯功立”。度义光德，继法绍终，以遗后嗣。贻孝昭穆，大霸天下，名声广裕，不可掩也，则唯有明君在上，察相在下也。

初，桓公郊迎管子而问焉。朱批：此又一记与《齐语》异者，故录附后。管仲辞让，然后对以参国伍鄙，立五乡以崇化，建五属以厉武，寄兵于政，因罚备器械，加兵无道诸侯，以事周室。桓公大说，于是斋戒十日，将相管仲。管仲曰：“臣斧钺之人也，幸以获生，以属其腰领，属，缀连也。臣之禄也。若知国政，非臣之任也。”公曰：“子大夫受政，寡人胜任，言子受政而辅我，我则胜君之任也。子大夫不受政，寡人恐崩。”管仲许诺，再拜而受相。三日，公曰：“寡人有大邪三，其犹尚可以为国乎？”朱批：已相矣，何又问此？对曰：“臣未得闻。”公曰：“寡人不幸而好田，晦夜而至禽侧。言夙兴晦夜之时，已至禽之侧畔也。田莫不见禽而后反。其田必见禽，多获而后反。诸侯使者无所致，百官有司无所复。”既专于田，故使者不得致命，有司不得自事。对曰：“恶则恶矣，然非其急者也。”公曰：“寡人不幸而好酒，日夜相继，诸侯使者无所致，百官有司无所复。”对曰：“恶则恶矣，然非其急者也。”公曰：“寡人有污行，不幸而好色，而姑姊有不嫁者。”对曰：“恶则恶矣，然非其急者也。”公作色曰：“此三者且可，则恶有不可者矣！”此三者尚以为可，岂更有不可于此者。对曰：“人君唯优与不敏为不可，优谓逶随不断。优则亡众，不敏则不及事。”公曰：“善。吾子就舍，异日请与吾子图之。”对曰：“时可将与夷吾，何待异日乎？”可言之时，正与夷吾，不可待他日。公曰：“奈何？”对曰：“公子举，为人博闻而知礼，好学而辞逊，请使游于鲁，以结交焉。公子开方，为人巧转而兑利，请使游于卫，以结交焉。曹孙宿之为人，小廉而苛忕，音“逝”，苛密、忕察也，言多所惯习也。足恭而辞结，其辞能与人定交结。正荆之则也。言此人立行正与荆俗同，使之游荆，必得其欢心，上二人亦然。请使往游，以结交焉。”遂立行三使者而后退。使三使行出然后退。相三月，请论百官。公曰：“诺。”管仲曰：“升降揖让，进退闲习，辨辞之刚柔，臣不如隰朋，请立为大行。大行，大使之官。垦草入邑，辟土聚粟，多众尽地之利，臣不如宁戚，请立为大司田。平原广牧，广远可牧之地。车不结辙，士不旋踵，鼓之而三军之士视死如归，臣不如王子城父，请立为大司马。决狱折中，不杀不辜，不诬无罪，臣不如宾胥无，请立为大司理。犯君颜色，进谏必忠，不辟死亡，不挠富贵，臣不如东郭牙，请立以为大谏之官。此五子者，夷吾一不如，于五子各不如其一。然而以易夷吾，夷吾不为也。以五子之能，易夷吾之德，由夷吾所不能。君若欲治国强兵，则五子者存矣。若欲霸王，夷吾在此。”桓公曰：“善。”

王言第二十一阙　内言四

卷九

霸形第二十二陈霸言之形容。　内言五

桓公在位，管仲、隰朋见，立有间，有贰鸿飞而过之。桓公叹曰："仲父，今彼鸿鹄，有时而南，有时而北，有时而往，有时而来，四方无远，所欲至而至焉。非唯有羽翼之故，是以能通其意于天下乎？"管仲、隰朋不对。桓公曰："二子何故不对？"管子对曰："君有霸王之心，而夷吾非霸王之臣也，是以不敢对。"桓公曰："仲父胡为然，盍不当言，寡人其有乡乎？何不陈当言，令寡人有所归向。朱批：当言，昌言也。寡人之有仲父也，犹飞鸿之有羽翼也，若济大水有舟楫也。仲父不一言教寡人，寡人之有耳，将安闻道而得度哉？"言何以自度得至于霸王哉。

管子对曰："君若将欲霸王，举大事乎，则必从其本事矣。"桓公变躬迁席，拱手而问曰："敢问何谓其本？"管子对曰："齐国百姓，公之本也。人甚忧饥，而税敛重。人甚惧死，而刑政险。人甚伤劳，而上举事不时。公轻其税敛，则人不忧饥。缓其刑政，则人不惧死。举事以时，则人不伤劳。"桓公曰："寡人闻仲父之言，此三者闻命矣。不敢擅也，将荐之先君。不敢专擅，自发此命，将进之宗庙，告先君而后行。所谓以神道设教者也。于是命百官有司，削方墨笔。方，谓版牍也。凡此欲书其所定令也。明日皆朝于太庙之门。朝定，令于百吏。因朝庙而定百吏之令也。使税者百一钟，假令百石而

取一钟。孤幼不刑，泽梁时纵，故人入，不设禁。关讥而不征，市书而不赋。书，谓录其名籍。近者示之以忠信，远者示之以礼义。行此数年，而民归之如流水。

此其后，宋伐杞，狄伐邢、卫，桓公不救，裸体纫胸称疾，纫，犹摩也。自摩其胸若有所痛患也。召管仲曰："寡人有千岁之食，而无百岁之寿。今有疾病，姑乐乎！"朱批：此言桓公伪疾、伪淫乐，而阴谋以怠诸侯也。管子曰："诺。"于是（今）［朱批：令］之县钟磬之榱，于元反。榱所以严饰之。墨批：《说文》无"榱"，《玉篇》"榱"，或作"篕"，络丝籰也。陈歌舞竽瑟之乐，日杀数十牛者数旬。群臣进谏曰："宋伐杞，狄伐刑、卫，君不可不救。"桓公曰："寡人有千岁之食，而无百岁之寿，今又疾病，姑乐乎！且彼非伐寡人之国也，伐邻国也，子无事焉。"宋已取杞，狄已拔邢、卫矣。桓公起行笋虡之间，管子从，至大钟之西，桓公南面而立，管仲北乡对之。大钟鸣。桓公视管仲曰："乐夫，仲父！"管子对曰："此臣之所谓哀，非乐也。臣闻之，古者之言乐于钟磬之间者，不如此。言脱于口，而令行乎天下。脱，出也。游钟磬之间，而（有）［朱批：无］四面兵革之忧。今君之事，言脱于口，令不得行于天下，在钟磬之间，而有四面兵革之忧。此臣之所谓哀，非乐也。"桓公曰："善。"于是伐钟磬之县，伐，谓斫断也。并歌舞之乐，并，除也。宫中虚无人。不令人掌守之。桓公曰："寡人以伐钟磬之县，并歌舞之乐矣，请问所始，于国将为何行？"管子对曰："宋伐杞，狄伐邢、卫，而君之不救也，臣请以庆，以不救为是，故庆之。臣闻之：诸侯争于强者，勿与分于强，若救三国，是分于强。今君何不定三君之处哉？"三君既失国，当定其居处也。于是桓公曰："诺。"因命以车百乘，卒千人，以缘陵封杞。车百乘，卒千人，以夷仪封邢。车五百乘，卒五千人，以楚丘封卫。桓公曰："寡人以定三君之居处矣，今又将何行？”管子对曰：“臣闻诸侯贪于利，勿与分于利，君何不发虎豹之皮、文锦以使诸侯，令诸侯以缦帛、鹿皮报。”桓公曰：“诺”。于是以虎豹皮、文锦使诸侯，诸侯以缦帛、鹿皮报，则令固始行于天下矣。

此其后，楚人攻宋、郑。烧焫熯（楚）［朱批：焚］郑地，使城坏者不得复筑也，屋之烧者不得复葺也，令其人有丧雌雄，失男女之偶。居室如鸟鼠处穴，朱批：屋多焚，故不能别内外。要宋田夹塞两川，使水不得东流，楚人又遮取宋田，夹两川筑堤而壅塞之，故水不得东流。两川，盖睢、汴也。东山之西，水深灭垝，垝，败墙也。四百里而后可田也。楚欲吞宋、郑而畏齐，日思人众兵强能害己者必齐也，于是乎楚王号令于国中曰：“寡人之所明于人君者，莫如桓公。所贤于人臣者，莫如管仲。明其君而贤其臣，寡人愿事之。既以其君臣为明贤，故愿事之。谁能为我交齐者，寡人不爱封侯之君焉。”于是楚国之贤士，皆抱其重宝币帛以事齐。桓公之左右，无不受重宝币帛者。于是桓公召管仲曰：“寡人闻之，善人者，人亦善之。今楚王之善寡人一甚矣，寡人不善，将拂于道。拂，违也。若不报善之，是违于道也。仲父何不遂交楚哉？”管子对曰：“不可。楚人攻宋、郑，烧焫熯焚郑地，使城坏者不得复筑也，屋之烧者不得复葺也。令人有丧雌雄，居室如鸟鼠处穴。要宋田夹塞两川，使水不得东流，东山之西，水深灭垝，四百里而后可田也。楚欲吞宋、郑，思人众兵强而能害己者必齐也，是欲以文克齐，以宝币赂齐，而齐自服，故曰以文克齐。而以武取宋、郑也，楚取宋、郑而不知禁，墨批：宋本作“不止禁”，止、知，皆当作“之”。是失宋、郑也。禁之则是又不信于楚也。知失于内，兵困于外，非善举也。”桓公曰：“善。然则若何？”管子对曰：“请兴兵而南存宋、郑。而令曰：无攻楚。言与楚王遇，冬会曰遇。至于遇上，而以郑城与宋水为请。楚若许，则是我以文令也。楚若不许，则遂以武令焉。”桓公曰：“善”。于是遂兴兵而南存宋、郑，与楚王遇于召陵之上，而令于遇上曰：“毋贮粟，毋曲堤，无擅废適子，无置妾以为妻。”因以郑城与宋水为请于楚。楚人不许，遂退七十里而舍。使军人城郑南之地，立百代城焉。取其虽百代而无敢毁者也。曰：“自此而北，至于河者，郑自城之。”而楚不敢隳也。东发宋田，夹两川，使水复东流，而楚不敢塞也。遂南伐，及逾方城，济于汝水，望汶山。汶，音岷。岷山，江水所从出。南致楚、越之君，而西伐秦，北伐狄，东存晋公于南，自伐秦而遂存晋。于晋之南，故曰东存。北伐孤竹，还，存燕公。兵车之会六，乘车之会三，九合诸侯，反位已霸，修钟磬而复乐。管子曰：“此臣之所谓乐也。”

霸言第二十三谓此言足以成霸道。　　内言六

霸王之形，象天则地，谓象天明，则地义。化［朱批：治］人易代［朱批：世］谓美教化，移风俗。朱批：唐本避改。创制天下，与之更始。等列诸侯，列爵惟五，各得其宜。宾属四海，宾礼四夷，以恩属之。时匡天下。时一会而正之。大国小之，曲国正之，强国弱之，重国轻之，乱国并之，并乱所以总其威权。暴王残之。僇其罪，卑其列，维其民，然后王之。其王之凶暴者则残灭之，于国戮其首罪，卑其爵列，维持其人众。夫丰国之谓霸，但自丰其国者，霸也。兼正之国之谓王。兼能正他国者王。墨批：正之，“之”字衍文。夫王者有所独明，德共者不取也，道同者不王也。大能王天下者，必有独见之明，群物之所不违。若彼德与我共，彼道与我同，则不取而且不王。夫争天下者，以威易危，暴王之常也。若以兵威易彼危乱，此固暴王之常也，非霸王之道也。君人者有道，有常道也。霸王者有时。必遇其时，然后霸王。国修而

邻国无道，霸王之资也。我修而彼暴，可以取乱侮亡，故曰资也。夫国之存也，邻国有焉。虽存而国小弱，必事邻国以为安，故曰邻国有焉。国之亡也，邻国有焉。因其亡而取之。邻国有事，邻国得焉。邻国有征伐之事，因而败绩，故邻得焉。邻国有事，邻国亡焉。或有征伐之事，大胜而多获，遂亡邻国。天下有事，则圣王利也。必有非常之事，然后有非常之人。国危，则圣人知矣。怀独见之明，故先知。夫先王所以王者，资邻国之举不当也。举事皆当，则我无因为功。举而不当，此邻敌之所以得意也。不当所以资我，故得意也。

夫欲用天下之权者，必先布德诸侯。诸侯怀德而归，欲求无权，其可得乎？是故先王有所取，有所与，所谓将欲取之，必姑与之。有所诎，有所信，所谓尺蠖之屈，以求伸也。然后能用天下之权。妙于前四事，故能用天下之权。夫兵幸于权，权幸于地。兵革在于有权，权从在于得有地。幸，犹胜也。故诸侯之得地利者，权从之。失地利者，权去之。夫争天下者，必先争人。人惟邦本。明大数者得人，审小计者失人。得天下之众者王，得其半者霸，是故圣王卑礼以下天下之贤而王之，均分以钓天下之众而臣之。既王有地，均分其禄，用此以引天下之众，故可得而臣之也。故贵为天子，富有天下，而（伐）［朱批：代］［朱批：世］不谓贪者，其大计存也。得地均分，可以臣彼。地自利彼，于我何贪。此其大计也。以天下之财，利天下之人，以明威之振。利天下之人，还用天下之财，于我无所减削，更可以明威权之振，所谓惠而不费者也。合天下之权。以遂德之行，结诸侯之亲。合天下之权，皆令在己。权总则德遂，德遂则亲成也。以奸佞之罪，刑天下之心。所谓惩一而劝百。因天下之威，以广明王之伐。明天下所欲亡而亡之，则明王之伐自广。攻逆乱之国，赏有功之劳，封贤圣之德，明一人之行，而百姓定矣。赏加一人而天下劝，罚加一人而天下畏，故曰：明一人之行而百姓定矣。

夫先王取天下也术。非术则无以取天下也。术乎，大德哉！物利之谓也。术可以取天下，故曰大德。然术之所归，在于令物得利也。夫使国常无患，而名利并至者，神圣也。神圣则多所感致。国在危亡，而能寿者，墨批：俞云，韦注《楚语》："寿，保也"，《说文》："㩬，保也"。明圣也。明圣则不失事机。是故先王之所师者，神圣也。其所赏者，明圣也。赏，谓乐玩也。夫一言而寿国，用其言，故寿也。不听而国亡。若此者，大圣之言也。

夫明王之所轻者马与玉，其所重者政与军。若失主不然，轻与人政，而重予人马；轻予人军，而重与人玉。重宫门之营，而轻四竟之守，所以削也。夫权者，神圣之所资也。独明者，天下之利器也。独断者，微密之营垒也。谓独断可以而即定，故曰营垒。此三者，圣人之所则也。圣人畏微，而愚人畏明。圣人能知吉凶之先见，故曰畏微。愚人近火方知热，履冰乃知寒，故曰畏明也。圣人之憎恶也内，愚人之憎恶也外。圣人知心胸之奸谋，故憎恶内。愚人兵在颈方惧，故憎恶外也。圣人将动必知，愚人至危易辞。圣人之动必暗知。愚者至危不知祸之将至，尚有慢易之辞。然后汤、武之师起也。圣人能辅时，不能违时，圣人能因时来，辅成其事，不能违时而立功。不有桀、纣之暴，则无汤、武之功。智者善谋，不如当时。精时者，日少而功多。夫谋无主则困，事无备则废。是以圣王务惧其备，而慎守其时。以备待时，以时兴事。时而举，举兵绝坚而攻国，其兵超绝而又坚利，故能攻国。破大而制地，大本而小标，标，末也。本大而末小，则难崩。（垒）［朱批：全］近而攻远。所全之近地，故能攻远而有归，若高光之有关中、河内也。以大牵小，以强使弱，以众致寡，德利百姓，威振天下，令行诸侯而不拂。近无不服，远无不听。

夫明王为天下正理［朱批：也］，朱批：修正理而动，故能成天下之功也。按强助弱。按，抑也。圉暴止贪，存亡定危，继绝世。此天下之所载也。德义如此，故为天下所载。诸侯之所与也，与，亲也。百姓之所利也。是故天下王之。天下乐推以为王。知盖天下，继最一世，其继败续亡，能成天下之功也。墨批：下云“强最一伐”，宋本作“强最一代”。朱批：是也。最，绝也。财振四海，王之佐也。千乘之国得其守，诸侯可得而臣，天下可得而有也。万乘之国失其守，国非其国也。天下皆理，己独乱，国非其国也。诸侯皆令，皆从霸者之令。己独孤，国非其国也。邻国皆险，己独易。易，平易，不牢固，谓无守御之备也。国非其国也。此三者，亡国之征也。夫国大而政小者，国从其政。小政蹙国，故国从其政。国小而政大者，国益大。大政开国，故国益大。大而不为者复小，大而不为则日损，故复小。强而不理者复弱，强而不理，则纲纪乱，故复弱也。众而不理者复寡，众而不理，则人散，故复寡。贵而无礼者复贱，贵而无礼，则位夺，故复贱也。重而凌节者复轻，重而凌节，则威丧，故复轻。富而骄肆者复贫。富而骄肆，则财竭，故复贫也。故观国者观君，君为化主。观军者观将，将为兵本。观备者观野。野有障塞，则国不侵。其君如明而非明也，外明而内暗。其将如贤而非贤也，外贤而内患。其人如耕者而非耕也，虽耕而卤莽。三守既失，国非其国也。三守，谓明贤耕。既失，谓是而非。地大而不为，命曰土满。谓土广而功狭也。人众而不理，命曰人满。谓人多而政少。兵威而不止，命曰武满。所谓亢之为言也，知进而不知退也。三满而不止，国非其国也。三满不止，败亡立至。地大而不耕，非其地也。地大不耕，则无所获。卿贵而不臣，非其卿也。卿贵不臣，化为敌也。谓卿大夫。人众而不亲，非其人也。人众不亲，欲亡者也。夫无土而欲富者忧，无土欲富，犹缘木而求鱼，故忧也。无德而欲王者危，无德而王，犹欲进而却行，故危。施薄而求厚者孤。施薄求厚，人必不应，故孤。夫上（夹）［朱批：狭］而下苴，苴，苞，裹也。上既狭，故为下所苞。国小而都大者弑。此二者，当存篡弑之祸。

主尊臣卑，上威下敬，令行人服，理之至也。使天下两天子，天下不可理也。一国而两君，一国不可理也。一家而两父，一家不可理也。凡此所谓两权必争，乱之本也。夫令不高不行，不摶朱批：即“专”字。不听，摶，聚也。君命不高不聚而听之。尧、舜之人，非生而理也。化之而理。桀、纣之人，非生而乱也。效之而乱。故理乱在上也。夫霸王之所始也，以人为本。本理则国固，本乱则国危。故上明则下敬，政平则人安，（士）［朱批：土］教和则兵胜敌，使能则百事理，亲仁则上不危，任贤则诸侯服。霸王之形，说霸王之形容。德义胜之，智谋胜之，兵战胜之，地形胜之，动作胜之，故王之。有此五胜，故可以王。夫善用国者，因其大国之重，以其势小之。因强国之权，以其势弱之。因重国之形，以其势轻之。凡大强重，皆国之盈盛者也。然盛者有时而衰，盈者有时而息，故因其衰息之势，大者小之，强者弱之，重者轻之。强国众，合强以攻弱，以图霸。谓时强国众多，吾国虽强，亦可图霸。强国少，合小以攻大，以图王。谓时强国既少，我则合众聚小，以攻强大之国，如此者，可以图王。强国众而言王势者，愚人之智也。非言王之时。强国少而施霸道者，败事之谋也。非施霸之时。夫神圣视天下之形，知动静之时，视先后之称，知祸福之门。强国众，先举者危，后举者利。强国众，先举必为强者所图，故危。强国少，先举者王，后举者亡。朱批：若曹、袁也。战国众，后举可以霸。战国少，先举可以王。夫王者之心方而不最，心虽方直，未为其最。列不让贤，虽列爵位，不让贤俊。贤不齿弟，朱批：齿弟，长幼也。择众，虽称为贤，无优劣齿弟，又非选众而举也。是贪大物也。大物，谓大宝之位。有此数者，是定贪大位之利，而无得位之实也。是以王之形大也。不可以小数得。夫先王之争天下也，以方心，心方而最，故可以争天下也。其立之也以整齐，整而齐之，故可立也。其理之也以平易。平而易之，故可理。立政出令用人道，政令须合人心。施爵禄用地道，地道平而无私。举大事用天道。心应天时，然后可以举大事。是故先王之伐也，伐逆不伐顺，伐险不伐易，伐过不伐［朱批：不］及。伐其大过者。四封之内，以正使之。以正使之，则人无怨。诸侯之会，以权致之。以权致之，则不敢不来。近而不服者，以地患之。侵削其地则自服。远而不听者，以（刑）［朱批：形］危之，兴师以征之。一而伐之，武也。守一不移，兴师伐之，此其武也。服而舍之，文也。既服舍之，绥之以德，此其文也。文武具满，德也。唯文武诸功可以满其德。

夫轻重强弱之形，诸侯合则强，孤则弱。骥之材而百马（伐）［朱批：代］之，骥必罢矣。强最一（伐）［墨批：代］，而天下共之，国必弱矣。强国得之也以收小，其失之也以恃强。小国得之也以制节，制度合节故得。其失之也以离强。离强，则乖节者也，故失。夫国小大有谋，强弱有形。服近而强远，谓用强兵威远国，故曰强远。王国之形也。

合小以攻大，敌国之形也。以负海攻负海，谓以蛮夷攻蛮夷，蛮夷负海以为固，故曰负海。中国之形也。折节事强以避罪，小国之形也。自古以至今，未尝有先能作难，违时易形，以立功名者，无有。言无有此事。常先作难，违时易形，无不败者也。夫欲臣伐君，以臣伐君，若汤、武之于桀、纣也。正四海者，不可以兵独攻而取也。谓当兼下事。必先定谋虑，便地形，利权称，亲与国。视时而动，王者之术也。夫先王之伐也，举之必义，用之必暴，其用师必加于暴乱。相形而知可，谓相其乱亡之形。量力而知攻，攻得而知时。是故先王之伐也，必先战而后攻，先攻而后取地。故善攻者，料众以攻众，量我众寡，可敌彼众，然后攻。余仿此。料食以攻食，料备以攻备。以众攻众，众存不攻。彼众存，则我不能亡之，故不攻。以食攻食，食存不攻。以备攻备，备存不攻。释实而攻虚，知其实而避之。释坚而攻膬，释难而攻易。夫抟国不在敦古，在于合今时之宜。抟，聚也。理世不在善攻，在于权宜。霸王不在成曲。在于全大体。夫举失而国危，刑过而权倒，刑罚过理，则权柄倒错。谋易而祸反，谋事数易，祸必反求。计得而强信，音申。功得而名从，权重而令行，固其数也。数，犹理也。夫争强之国，必先争谋，争刑，朱批："刑"当为"形"，下同。争权。先此三争，然后争强。令人主一喜一怒者，谋也。谋得则喜，谋失则怒。令国一轻一重者，刑也。刑得则重，刑失则轻。令兵一进一退者，权也。权重则进，权轻则退。故精于谋，则人主之愿可得，而令可行也。精于刑，则大国之地可夺，强国之兵可圉也。精于权，则天下之兵可齐，诸侯之君可朝也。夫神圣视天下之刑，知世之所谋，知兵之所攻，知地之所归，知令之所加矣。夫兵攻所憎而利之，此邻国之所不亲也。兵攻所憎之国，而以攻得为利。德义不施，邻国必怨而不亲。权动所恶，而实寡归者强。其威权既动移所恶，而德义之实少为人所归，如此但强而已，不能至霸王也。擅破一国，强在后世者王，今能专破一国，常守其强，传之后世，如此者王也。擅破一国，强在邻国者亡。既破一国，不能守强，令邻国得之，如此者亡也。

问第二十四谓为国所当察问者。　内言七

凡立朝廷，问有本纪。所问之事，必有根本纲纪。爵授有德，则大臣兴义。禄予有功，则士轻死节。上帅士以人之所戴，则上下和。上帅其士所为者，皆人之所戴仰，故上下和。授事以能，则人上功。有能然后得事，故人上功。审刑当罪，则人不易讼。易，犹交也。所刑皆当其罪，故人不交相讼。无乱社稷宗庙，则人有所宗。社稷宗庙，各得其正，则人知所宗。毋遗老忘亲，则大臣不怨。大臣非国老，则君亲

令不遗亡，故不怨。举知人急，则众不乱，朱批：举事知民缓急也。行此道也，急，谓困难也。举困难之事以示人，则人不复行此道。国有常经，人知终始，此霸王之术也。国有常经，则人知终始之所归，如此者，霸王之术也。然后问事。事先大功，先问大功，则劳臣怨。政自小始。为政先小，从微而至著。

问死事之孤，其未有田宅者有乎？未有则给与之，死事孤，谓死王事之子孙。问少壮而未胜甲兵者几何人？知其数，则预有所准。问死事之寡，其饩廪何如？寡，谓其妻。饩廪，言给其饩廪。饩，生食。廪，米粟之属。问国之有功大者，何官之吏也？问何官之吏，欲知其材之所当。问州之大夫也，何里之士也？问何州里，欲知其风俗所好尚。今吏亦何以明之矣？问吏所明，欲知其优赏厚薄。问刑论有常，以朱批：已。行不可改也，今其事之久留也何若？罪既论决，国有常科，当奉而行之。此不可改易者也，今乃久留其事，将如之何？问五官有度，制官都，其有常断？今事之稽也何待？官都，谓捴摄诸司者也。五官既各有制度，官都复自有常断，今乃稽其事而不行，将何待乎？问独夫、寡妇、孤寡、疾病者几何人也？知其人数，当有所廪饩。问国之弃人，何族之子弟也？弃人，谓有过不齿，投之四裔者也。问知其族，欲有所收也。问乡之良家，其所收养者几何人矣？良家，谓善营生以致富者。牧养，谓其人不能自存，良家全活之。知其所养之数，欲有所复除也。问邑之贫人，债而食者几何家？债而食，谓从富者出息以供食。知其家数，欲有所矜免也。问理园圃而食者几何家？人之开田而耕者几何家？士之身耕者几何家？问乡之贫人，何族之别也？知从何族而别，或从公族，当有所收恤也。问宗子之收昆弟者，以贫从昆弟者几何家？以贫故从昆弟以求养者，与之从者各有几家也。余子仕而有田邑，今入者几何人？谓收入其税者。子弟以孝闻于乡里者［墨批：几何人？余子父母存，不养而出离者］几何人？出离，谓父母在分居者。士之有田而不使者几何人？吏恶何事？不使，谓不用。其吏不恶此等，当恶何事？朱批：有田而不使，谓不使入官也。吏恶之，故不使。士之有田而不耕者几何人？身何事？既不耕，此人身为何事？君臣有位而未有田者几何人？外人之来从而未有田宅者几何家？国子弟之游于外者几何人？贫士之受责朱批：债。于大夫者几何人？贫士无资而被大夫责者有几人。官贱行书身，士以家臣自代者几何人？其人居官，乃贱自行文书，身任士职，辄以家臣自代，亦须知其数也。朱批："贱行"为贱人之行也。"书身"以文书自鬻。代，亦鬻也，有赎时，故曰贷。官承吏无田饩而徒理事者几何人？承吏，谓摄官无饩而空理事。群臣有位事官大夫者几何人？群臣自有位事，乃左官于大夫。外人来游在大夫之家者几何人？外人，谓外国人。乡子弟力田为人率者几何人？既自力田，又能率人。国子弟之无上事，衣食不节，率子弟不田弋猎者几何人？既无上事，乃率子弟不田农，但弋猎。男女不整齐，乱乡子弟者有乎？谓不以礼交者。问人之贷粟米，有别券者几何家？别券，谓分契也。问国之伏利，其可应人之急者几何所也？伏利，谓贫利隐蔽不见，若铜银山及沟渎可决而灌溉者。

人之所害于乡里者何物也？人之为害者害何物。问士之有田宅，身在陈列者几何人？余子之胜甲兵，有行伍者几何人？问男女有巧伎，能利备用者几何人？能利备器之用。处女操工事者几何人？能操女工之事，谓绮绣之属也。冗国所开口而食者几何人？言其不农作，直开口仰食。墨批：冗、问，草书相近而误。"冗"当为"问"。问一民有几年之食也？问兵车之计，几何乘也？牵家马、轭家车者几何乘？牵家马，言直有马。轭家车，言直有车。相配以成乘。处士修行，足以教人，可使帅众莅百姓者几何人？士之急难可使者几何人？谓士之可以急难使者。工之巧，出足以利军伍，处可以修城郭、补守备者几何人？其人既有技巧，出用则能利军，居处则可以修城补备也。城粟军粮，其可以行，几何年也？行，由径也。城粟，谓守城之粟。军粮，谓出军之粮。二者可经几年？吏之急难可使者几何人？大夫疏器，疏，谓饰画也。甲兵、兵车、旌旗、鼓铙、帷幕、帅车之载几何乘？载，谓其车盖。疏藏器，疏画而可以藏者。朱批：疏，书其数于册者。弓弩之张，弓弩之可以张者。衣夹铗，铗，两刀铍也。衣夹，谓其衣也。钩弦之造，钩弦所以挽弦。戈戟之紧，紧，谓其坚强者。其厉何若？其淬厉可用何如？其宜修而不修者故何视？视，比也。其器物宜修者，于故物何比？而造修之官，出器处器之具，宜起而未起者何待？出器，谓可出用之器。处器，谓贮库而为备者。起，谓其材所经日月可起用者也。乡师车辎造修之具，其缮何若？辎，谓车之有防蔽可以重载者。工尹伐材用，毋于三时，群材乃植，而造器定冬，完良备用必足。工尹，工官之长。三时，谓春、夏、秋，此时木方生植，不坚，故不可伐材。其伐材必以冬也。人有余兵，诡陈之行，以慎国常。方战，有余兵不用，且诡而陈之，以为行伍，当慎而听命，遵国之常令也。时简稽帅马牛之肥膌，其老而死者皆举之。军之统帅，常时简选稽考之，以知其能不，而有黜陟。至于马牛肥膌，及老而死者，皆举之，以知其数也。其就山薮林泽食荐者几何？荐，草之美者。出入死生之会几何？会，谓合其数。若夫城郭之厚薄，沟壑之浅深，门闾之尊卑，宜修而不修者，上必幾之。幾，察也。君必察知之。守备之伍，器物不失其具，淫雨而各有处藏。器物遇雨不藏，必致腐败，故当有藏处。问兵官之吏，国之豪士，其急难足以先后者几何人？官吏国豪，有急难可令之先后者，当知其数。相导前后曰先后，诗曰：予曰有先后。夫兵事者，危物也，不时而胜，不义而得，未为福也。必合于时义然后为福。失谋而败，国之危也，慎谋乃保国。问所以教选人者何事？其教人及选人者，问以何事，欲知其勤，且观其材用也。问执官都者，其位事几何年矣？执官都之职者，问其官位及执事，并建立之年数。所辟草莱有益于家邑者几何矣？所封表以益人之生利者何物也？谓其事业最可以益人者，遂封表以示之，问知是何物也。所筑城郭，修墙闭，绝通道阨阙，深防沟，以益人之地守者何所也？墙闭，谓筑墙有所遮闭，虽通路而为防碍者，绝塞之。阨阙，空之处亦当绝之。凡此，守地者所以省其功费，故曰益地守。所捕盗贼，除人害者几何矣？

制地。君曰：理国之道，地德为首。当制地之时，君为此言，故言曰：法地以为政。故曰地德以为首。君臣之礼，地有高下，君臣之礼也。父子之亲，高地下覆，下地上承，父子之亲也。覆育万人，百货出于地，人得以生焉，故曰覆育万人。官府之藏，强兵保国，城郭之险，外应四极，四极，谓国之四鄙也。自官府以下，非地则无所容居。具取之地，凡此皆因地而成，故曰具取之地。而市者天地之财具也，求天地之财，不登山，不入海，于市求而得之，故曰天地之财具。而万人之所和而利也，和，谓交易也。万人因市交易而得利。正是道也。言市正合道之理。民荒无苛。句。人尽地之职，一保其国，欲理荒人，无得苛虐，但使尽地之职，自然齐一而保国也。各主异位，毋使谗人乱普而德，营。句。九军之亲。自君以下，其位既异，当各主之，无使谗人交乱，普废其德。如此，则九事之亲自营也。关者，诸侯之陬隧也，谓陬隅之道也。而外财之门户也，他国之财，因之而入。万人之道行也。谓因此出入。明道以重告之，当明道路之令，再重而告之。征于关者勿征于市，征于关，谓行商。征于市者勿征于关，征于市，谓坐贾。虚车勿索，索虚车，益其烦扰。徒负勿入，徒负货既寡，故勿令入其位。以来远人，关征如此，可以来远人。十六道同。齐国凡有十六道，皆置关，并同此令。身外事谨，则听其名，谓出入于关者，身之外事既谨，而从令皆当听其名之虚伪也。视其名，视其色，既知其名，又须视其色之是非。是其事，稽其德，既知其色，又须是正其事，以考合其德也。以观其外，既知其德，又观其外，以校量之。则无敦于权人，以困貌德。敦，犹厚也。校察如此，则权诈之人无以成其厚。校察行，则困厚奸非因而不生，故曰以困貌德。国则不惑，行之职也。国无奸人，所以不惑，凡此掌行者之职。问于边吏曰，小利害信，小怒伤义，边信伤德，边人失信，故伤德也。墨批：边，偏也。俞云，当为“篾”，蔑也，小也。厚和构四国，以顺貌德，敦厚而和，可以构结四国。四国之来，皆以诚信，故曰以顺貌德。后乡四极，既结四国，然后向四极而抚安之。令守法之官（日）［朱批：曰］行，又令守法之官，日行边鄙无关塞。度必明，［朱批：毋］失经常。其巡行之时，必明其制度，无得失于经常。

谋失第二十五阙　内言八

朱批：同治十三年十月丁丑至庚辰校注讫。

墨批：十又四年八月壬辰用俞氏本校。

朱批：此本多附会托词，唯《霸言》《问第》可备说。光绪壬寅二月十六日校改。

卷十

戒第二十六所以陈戒桓公。朱批：此亦后人杂抄，不宜次此。 内言九

桓公将东游，问于管仲曰："我游犹轴转斛，言我之游必有所济，犹轴之转载斛石。南至琅邪。朱批：转斛，《孟子》作"转附"，齐地名。犹，欲也。轴，由也，从也。欲从转附至琅琊为远游。司马曰：'亦先王之游已。'何谓也？"春游而南行，故司马正令之为先王之游，公未达其意，故问管仲。管仲对曰："先王之游也，春出，原农事之不本者，朱批：原，除也。农不本，无牛种者，除其息而贷之。谓之游。原，察也，农事不依本务，当原察之。秋出，补人之不足者，谓之夕。秋，谓西成，尚有不足者，当补之。夫师行而粮食其民者，谓之亡。师行无成功，空费粮食，如此者必亡。从乐而不反者，谓之荒。先王有游夕之业于人，无荒亡之行于身。"桓公退再拜，命曰："宝法也。"谓其法，可宝也。管仲复于桓公曰："无翼而飞者声也，出言门庭千里必应，故曰：无翼而飞。无根而固者情也，同舟而济，胡越不患异心，知其情也，故曰无根而固。无方而富者生也。生全则万方，辐凑生尽则鸿毛不振，故曰无方而富也，莫知生所在，故曰无方也。公亦固情谨声，以严尊生，言当固物，情谨声教，严为防御，以尊其生。此谓道之荣。"谓此三者，顺道而光荣。桓公退，再拜，请若此言。若，顺也。管仲复于桓公曰："任之重者莫如身，万事万行，非身不举，故曰任重。涂之畏

者莫如口，枢机之发，荣辱之主，故可畏也。期而远者莫如年。殇夭日，闻期愿，实寡。故曰远期也。以重任行畏涂，至远期，唯君子乃能矣。”桓公退，再拜之，曰：“夫子数以此言者教寡人。”管仲对曰：“滋味动静，生之养也。好恶喜怒哀乐，生之变也。聪明当物，生之德也。非礼勿视听，故曰当物。是故圣人齐滋味而时动静，所以养其生。御正六气之变，所以循其变也，六气，即好、恶、喜、怒、哀、乐。禁止声色之淫。所以成其德。邪行忘乎体，违言不存口。体无邪行，口言必顺。静然定生，圣也。欲静则生，定如此者，圣也。仁从中出，义从外作。仁自心生，故曰中出，义因事断，故曰外作。仁故不以天下为利，义故不以天下为名。若以天下为名利，则非仁义也。仁故不代王，不以道辅君，而代之王者，非仁也。义故七十而致政。老而不致政，贪冒者耳，非义也。是故圣人上德而下功，尊道而贱物。物谓名利之事。道德当身，故不以物惑。身苟有道德，岂名利之物能惑哉？是故身在草茅之中，而无慑意，道德为量，何惧之有。南面听天下，而无骄色。神器傥来，何骄之有。如此，而后可以为天下王。所以谓德者，不动而疾，德必冥通，故不动而疾。不相告而知，不出户牖，以知天下。不为而成，无为而无不为。不召而至，是德也。同声相应，同气相求，如此者，可谓至德也。故天不动，四时云下，朱批：云，旋也。而万物化；天常无为，故曰不动。然四时云下，故万物化云，运动貌也。君不动，政令陈下，而万功成；君亦常无为，故曰不动。然政令陈列而下，故万物成也。心不动，使四肢耳目，而万物情。心亦当无为，故曰不动。然四肢耳目自心，使万物莫不得其情也。寡交多亲，谓之知人。以其知人，故能交寡而亲多。寡事成功，谓之知用。以其知用，故能事寡而功成。闻一言以贯万物，谓之知道。以其知道，故能闻一言而得物贯也。多言而不当，不如其寡也。故曰：狗不以善吠为良，人不以多言为贤。博学而不自反，必有邪。博学而不反修于其身，心曼衍者，故必有邪行。孝弟者，仁之祖也。仁，从孝弟生，故为仁祖。忠信者，交之庆也。有忠信之心，故能有庆，交友之善。内不考孝弟，言不仁。外不正忠信，言不友。泽其四经而诵学者，朱批：泽，释也。释孝弟忠信而自谓学者，是闻人华士也。是亡其身者也。”四经，谓《诗》《书》《礼》《乐》，既无孝弟忠信，空使四经流泽，徒为诵学者，即四经可以亡身也。桓公明日弋在廪，廪所以盛米粟，禽鸟或多集焉，故于此弋也。管仲隰朋朝，公望二子，弛弓脱钎，钎所以杆弦。朱批：此与《霸形》重复，传闻之异。而迎之曰：“今夫鸿鹄春北而秋南，而不失其时，夫唯有羽翼以通其意于天下乎？今孤之不得意于天下，非皆二子之忧也。”二子不能为羽翼所以当忧。朱批：“也”读为“邪”。桓公再言，二子不对，桓公曰：“孤既言矣，二子何不对乎？”管仲对曰：“今夫人患劳，而上使不时，人患饥，而上重敛焉。人患死，而上急刑焉，如此，而又近有色，亲冶容。而远有德。疏贤俊。虽鸿鹄之有翼，济大水之有舟楫也，其将若君何？”不飞，虽羽翼无益；不济，虽舟楫徒施；不听，虽谠言空设。故曰其将若君何。桓公蹴然逡遁。管仲曰：“昔先王之理人也，盖人有患劳，而上使之以时，则人不患劳也。人患饥，而上薄敛焉，则人不患饥矣。人患死，而上宽刑焉，则人不患死矣。如此，而近有德而远有色，则四封之内，视君其犹父母邪！四方之外，归君其犹流水乎！”公辍射，援绥而乘，自御，管仲为左，隰朋参乘。朔月三日，进二子于里官，里官谓里尉也，齐国之法，举贤必自里尉始。故令里官进二子，将旌别而用之。再拜顿首曰：“孤之闻二子之言也，耳加聪而视加明，于孤不敢独听之，荐之先祖。”谓陈其所言，以荐祖庙。管仲、隰朋再拜顿首曰：“如君之王也，君能如此，可以王也。此非臣之言也，君之教也。”此虽臣言，必君用之，然后成教。故曰君之教。于是管仲与桓公盟誓，为令曰：“老弱勿刑，参宥而后弊，老弱犯罪者，无即刑之，必三宽宥而后断罪。三宥即周礼三宥。一曰不识，二曰过误，三曰悖耄也。关幾而不正，市正而不布。布谓钱也，即其物而正之，不必分钱。山林梁泽，以时禁发，而不正也。”獭祭鱼，然后入泽梁。豺祭兽，然后入山林。草封泽盐者之归之也譬若市人。草封泽，谓泽多，草刈积成封，可用煮盐者也。其处既多盐，故归者譬若市人，言不设禁也。三年教人，四年选贤以为长，五年始兴车践乘，遂南伐楚，门傅施城。施城，楚城名。谓附至其下。北伐山戎，出冬葱与戎叔，布之天下，山戎有冬葱、戎菽。今伐之，故其物布天下。戎叔，胡豆。果三匡天子而九合诸侯。

桓公外舍而不鼎馈。外舍，谓出宿于外。不以鼎馈食，言其馔不盛也。中妇诸子谓宫人：“盍不出从乎？君将有行。”中妇之子，内宫之号。君将有行，何不出乎。宫人皆出从。公怒曰：“孰谓我有行者？”宫人曰：“贱妾闻之中妇诸子。”公召中妇诸子曰：“女焉闻吾有行也？”对曰：“妾人墨批：妾人，妾之通称。《长门赋》：“妾人窃自悲兮。”闻之，君外舍而不鼎馈，非有内忧，必有外患。今君外舍而不鼎馈，君非有内忧也，妾是以知君之将有行也。”公曰：“善！此非吾所与女及也，而言乃至焉，言我未不与汝及此谋，今汝言乃能至于此，谓能知我谋也。吾是以语女。吾欲致诸侯而不至，为之奈何？”我欲诸侯之至而乃不至，今欲令其至，如何乎？中妇诸子曰：“自妾之身之不为人持接也。为犹与也，言妾身在深宫之中，未尝得出与人相持而接对。朱批：接，机杼之类，以织者入室则不复持接人，亦不以布至矣。未尝得人之布织也。意者更容不审耶？”宫中既少织纴之事，又不得外人之布织。言此者，既昧于人事，不当访以军谋，盖托不知以止君之行也，故言更当容我思其不审之事。朱批：意者君未审于致诸侯之道邪？明日，管仲朝，公告之，管仲曰：“此圣人之言也，君必行也。”谓中妇诸子止君不行，此合圣人之言也，令君行之。

管仲寝疾，桓公往问之曰：“仲父之疾甚矣，若不可讳也，不幸而不起此疾，彼政我将安移之？”管仲未对。桓公曰：“鲍叔之为人何如？”管仲对曰：“鲍叔君子也，千乘之国，不以其道予之，不受也。虽与千乘之国，不以其道，彼必不受。虽然，不可以为政，其为人也，好善而恶恶已甚，已犹太也，言憎恶恶人太甚。见一恶，终身不忘。”桓公曰：“然则孰可？”管仲对曰：“隰朋可，朋之为人，好上识而下问，好上识谓好知远大之事。臣闻之，以德予人者，谓之仁；以财予人者，谓之良；以善胜人者，未有能服人者也。以善胜人，人亦生胜己之心，故不服。以善养人者，未有不服人者也。于国有所不知政，于家有所不知事，必则朋乎！若皆知之，则事钟于己，将不胜任而败。朋能有所不知，故可以移政。且朋之为人也，居其家不忘公门，居公门不忘其家，事君不二其心，亦不忘其身。举齐国之币，握路家五十室，其人不知也。大仁也哉，其朋乎！”握，持也。或有举齐国之币，持与路旁之家五十室，言其事大而且易显，此皆自有主司朋，能不干预而强知此，所谓于国有所不知，政合于天地之无不容载，故曰“大仁哉，其朋乎”已。朱批：朋为大行人，故总领齐之币。“握”当为“幄”字，本作“楃”，楃路，帷幕乘车也，其车服可以为五十室之家，言其富厚。公又问曰：“不幸而失仲父也，二三大夫者，其犹能以国宁乎？”管仲对曰：“君请矍已乎。矍已谓有所惊惧而问未止也。墨批：“矍”当为“瞿”。瞿，渠也，言犹未已。鲍叔牙之为人也好直，宾胥无之为人也好善，宁戚之为人也能事，孙在之为人也善言。”公曰：“此四子者，其孰能一人之上也？寡人并而臣之，则其不以国宁，何也？”言四子，皆有超绝之材，无人能过其上，今吾并得臣之国尚不宁，何也？墨批：人谁能在其上，而云“孰能一人之上”，此不词。“孰”字有误。对曰：“鲍叔之为人也，好直而不能以国诎，不能为国以屈其直也。宾胥无之为人也，好善而不能以国诎。宁戚之为人，能事而不能以足息。宁戚善于农植，贪于积聚，不能知足而息也。孙在之为人，善言而不能以信默。其所陈言，既见信用，尚不能默。凡此四子皆矜能太过，不能与时屈伸，故国不宁也。臣闻之，消息盈虚，与百姓诎信，然后能以国宁。勿已者，朋其可乎！朋之为人也，动必量力，举必量技。”言终，喟然而叹曰：“天之生朋，以为夷吾舌也。其身死，舌焉得生哉？”言朋亦将随己早亡，不得久理齐政，故哀叹也。以先知未然，夷吾所以称圣也。管仲曰：“夫江黄之国近于楚，为臣死乎，二国既近于楚，必臣于楚，岂为齐臣而死乎？朱批：为，若也，若己死则不能及远。君必归之楚而寄之。以二国归楚若寄托然，则楚不得为私，而齐犹有望。君不归楚，必私之，私之而不救也则不可，救之则乱自此始矣。”楚既私二国，二国有难，齐必不救，一为不救，则不可救。此救彼不臣，则构怨矣。故曰乱自此始。桓公曰：“诺。”管仲又言曰：“东郭有狗嘊嘊，旦暮欲啮我豭，而不使也。今夫易牙，子之不能爱，将安能爱君？君必去之。”公曰：“诺。”东郭之狗喻易牙，言其人残忍，同于狗矣。豭谓以木连狗。取声为义，即国家也。言易牙终能亡，曰灭家，此不当使，必须去之也。管子又言曰：“北郭有狗嘊嘊，旦暮欲啮我猳，朱批：豭，豚也。而不使也。墨批：不使，不从人令也。注读“豭”为“枷”，谬。今夫竖刁，其身之不爱，焉能爱君。君必去之。”公曰：“诺。”管子又言曰：“西郭有狗嘊嘊，旦暮欲啮我豭，而不使也。今夫卫公子开方，去其千乘之太子，而臣事君，是所愿也得于君者，是将欲过其千乘也。开方在卫当嗣君之位，今弃而事齐，则所望不只千乘也，其意必得齐国，然后称所量也。君必去之。”桓公曰：“诺。”管子遂卒。卒十月，隰朋亦卒。桓公去易牙、竖刁、卫公子开方。五味不至，于是乎复反易牙。宫中乱，复反竖刁。利言卑辞不在侧，复反卫公子开方。桓公内不量力，外不量交，而力伐四邻。公薨，六子皆求立，易牙与卫公子，内与竖刁，因共杀群吏，而立公子无亏。故公死七日不敛，九月不葬。孝公奔宋，宋襄公率诸侯以伐齐，战于甗，大败齐师，杀公子无亏，立孝公而还。襄公立十三年，桓公立四十二年。

地图第二十七朱批：此篇专言兵。　短语一

凡兵主者，必先审知地图。轘辕之险，谓路，形若辕，而又轘曲，缑氏东南有轘辕道是也。滥车之水，其水深渺能泛车。名山、通谷、经川、谓常川也。陵陆、丘阜之所在，苴草、林木、蒲苇之所茂，苴草，谓其草深茂能有所覆藏。道里之远近，城郭之大小，名邑、废邑、困殖之地，困，谓其地垸埆，不可种艺。殖，谓壤田可播殖者也。必尽知之。凡此皆兵主所当知。地形之出入相错者，尽藏之。藏，谓苞蕴在心。然后可以行军袭邑，举错知先后，不失地利，此地图之常也。人之众寡，士之精粗，器之功苦，尽知之，此乃知形者也。形，谓兵之形。知形不如知能，知能不如知意，故主兵必参具者，主明、相知、将能之谓参具，明智能三者合，故谓之参具。故将出令发士，期有日数矣。宿定所征伐之国，宿，犹先也。使群臣大吏父兄便辟左右，不能议成败，人主之任也。事之成败，明王独断于心，故其臣不能议。论功劳，行赏罚，不敢蔽贤。不敢蔽隐贤能。有私行，用货财，供给军之求索，言相室或用私财供军所求，若窦婴、李牧之为也。使百吏肃敬，不敢解怠行邪，以待君之令，相室之任也。缮器械，选练士，为教服，设教令，使士服习。连什伍，使其什伍各相钩连，有所统属。遍知天下，审御机数，此兵主之事也。

参患第二十八太强亦有患太弱亦有患，必参详强弱之中，自[朱批：致于无患也]。　短语二

朱批：此兵家言。凡人主者，猛毅则伐，懦弱则杀。猛毅者何也？轻诛杀人之谓猛毅。懦弱者何也？重诛杀人之谓懦弱。此皆有失彼此。凡轻诛者杀不辜，而重诛者失有辜。[朱批：罪]故上杀不辜，则道正者不安；上失有罪，则行邪者不变。道正者不安，则才能之人去亡。行邪者不变，则群臣朋党。才能之人去亡，则宜有外难。能士去亡，必构邻来伐，故有外难也。群臣朋党，则宜有内乱。群臣朋党，则狗变为虎，篡杀常因是生，故有内乱也。故曰猛毅者伐，懦弱者杀也。君之所以卑尊，国之所以安危者，莫要于兵。故诛暴国必以兵，禁辟民必以刑。然则兵者外以诛暴，内以禁邪。故兵者尊主安国之经也，不可废也。若夫世主则不然。外不以兵，而欲诛暴，则地必亏矣。无兵诛暴，暴必内侵，故地亏。内不以刑，而欲禁邪，则国必乱矣。无刑禁邪，邪必上侵，故国乱。故凡用兵之计，三惊当一至，惊，谓耀威示武，能惊敌使惧。如此者三，可当师之一至敌国。朱批：惊，警也，戒也。三至当一军，师之三至，可当一军之用。三军当一战。军之三用，可成一战之功。故一期之师，十年之蓄积殚；师行一期，能尽十年之蓄积。一战之费，累代之功尽。倾国一战，能尽累代之功。今交刃接兵而后利之，则战之自胜者也。交刃接兵，必卒丧刃折，货财空耗，虽未被敌胜，先已自胜。攻城围邑，主人易子而食之，析骸而爨之，则攻之自拔者也。主人食子爨骸，攻者必智穷力竭，财殚士丧，城虽未攻，先已自拔。凡此皆庸主之师，非善计者。是以圣人小征而大匡，不失天时，不空地利，用日维梦，墨批：梦，暮也，用一日之力必至暮，所谓惜寸阴。其数不出于计。小征，谓诛暴国。

大匡，谓正天下。既合天时，又得地利，用吉日，袭吉梦，其数从何而生，皆出于计谋也。故计必先定，而兵出于竟。计未定而兵出于竟，则战之自败，攻之自毁者也。

得众而不得其心，则与独行者同实。不得其心，则叛亡至，故与独行同实也。兵不完利，与无操者同实。甲不坚密，与俴者同实。俴，谓无甲单衣者。弩不可以及远，与短兵同实。射而不能中，与无矢者同实。中而不能入，与无镞者同实。将徒人，与俴者同实。徒人，谓无兵甲者。俴，单也，人虽众，无兵甲，则与单人同也。短兵待远矢，与坐而待死者同实。远矢至，短兵不能应，则坐而受死也。故凡兵有大论，必先论其器，论其士，论其将，论其主，故曰："器滥恶不利者，以其士予人也，士不可用者，以其将予人也；将不知兵者，以其主予人也；主不积务于兵者，以其国予人也。故一器成，往夫具，而天下无战心。一器，谓师之器。其器既成，敢往之夫又具，则天下不敢生心与战也。二器成，惊夫具，而天下无守城。二器，谓军之器，其器既成，惊敌之夫又具，则天下不敢守城而御也。三器成，游夫具，而天下无聚众。"三器，谓一国之器，其器既成，游务之夫又具，则天下之众惧而自散也。所谓无战心者，知战必不胜，故曰无战心。所谓无守城者，知城必拔，故曰无守城。所谓无聚众者，知众必散，故曰无聚众。

制分第二十九　短语三

凡兵之所以先争。谓欲用兵所当先而争为者，谓下事。圣人贤士，不为爱尊爵。有圣人贤士，则以尊爵加之，而不爱惜也。道术知能，不为爱官职。有道术智能，则以官职加之。巧伎勇力，不为爱重禄。聪明耳目，不为爱金财。故伯夷叔［朱批：齐］，非于死之日而后有名也，其前行多修矣。由前行多修，故死后有名。武王非于甲子之朝而后有胜也，其前政多善矣。由前政多善，故甲子之朝，一战大胜。故小征千里遍知之，小征，谓以诸侯之众有所征。古者诸侯大国有五百里者，今既举众而征，已国与敌国，皆当知之，故遍知千里。筑堵之墙，十人之聚，日五间之。间，谓私候之。假令筑一堵之墙，或十人聚作，主者犹日五候之，况戎事之大，可以不遍知哉。大征遍知天下，大征，谓以天下之众有所征伐，天子以天下为家，故遍知天下也。日一间之。散金财，用聪明也。夫动众，当令主者日一间候之。其间候之也，或散金财，有所慕赏，或用聪明，度其不虞也。故善用兵者，无沟垒而有耳目。沟垒，防御小。耳目，视听远。兵不呼儆，不苟聚，不妄行，不强进。呼儆则敌人戒，苟聚则众不用。无事徒聚，众必不用，若周幽之伪烽也。朱批：李次青每战必自鼓噪，以此出则败。妄行则群卒困，强进则锐士挫。故凡用兵者，攻坚则轫，轫，牢固之名也。所攻既坚，则轫而难入。朱批：轫，不进也。乘瑕则神。瑕，谓虚脆也。所乘既脆，繣然瓦解，故若神。攻坚则瑕者坚，所攻虽坚，能令脆者，则以士卒坚强故也。乘瑕则坚者瑕。所乘虽脆，却为坚者，则以士卒脆弱故也。故坚其坚者瑕其瑕者。谓强卒攻坚，弱卒攻脆。屠牛坦朝解九牛，而刀可以莫铁，莫，犹削也。则刃游间也。刃游理间，则刀不亏。故天道不行，屈不足用兵者必顺天道，若及天道之不行，必屈竭而不足。朱批：行、屈，行军、屈枉也，足从恃众，自足也。从。人事荒乱，以十破百。敌国人事，既荒且乱，故十可破百。器备不行，以半击倍。敌国器备，不可施行，故此虽半，可以击彼之倍。故军争者不行于完城池，行，谓先觇之也。欲以军争而行其城池，彼则知而备之也。有道者不行于无君。觇彼无君，亦恐知而有备。朱批：有道无君，则莫之用。故莫知其将至也，既不先觇以潜袭，所以不知其将至。至而不可圉。莫知其将去也，不可圉者，必潜而近，故不知其将去，楚幕有鸟之比。去而不可止。敌人虽众，朱批：此小注误入正文。不能止。去既不可止，虽众何能止。待治者所道富也，朱批：道，由也。治而未必富也，有所待而治其道，当然未必能富。必知富之事，然后能富。富者所道由也。强也，而富未必强也，富者其道当强，而未必能强也。必知强之数，然后能强。强者所道胜也，而强未必胜也，必知胜之理，然后能胜。胜者所道制也，而胜未必制也，必知制之分，然后能制。是故［朱批：治］国有器，富国有事，强国有数，胜国有理，制天下有分。

君臣上第三十朱批：此篇论政。　短语四

为人君者，修上官之道，而不言其中。君在众官之上，但修此官上之道而已，至于官中之事，则有司存，非所言也。为人臣者，比（宫）［官］［朱批：中］之事，而不言其外。比，谓校次之也，若言官外，则为越职。君道不明，则受令者疑。权度不一，则修义者惑。民有疑惑贰豫之心，而上不能匡，则百姓之与间，间，谓隔碍不通也。人心有疑，君不能正，故其所与为多碍而不通也。朱批：与间，与为间谍。犹揭表而令之止也。揭，举也。表，谓以木为标，有所告示也。既使举于表，又令止之，是示不一也，故以况人心之疑也。朱批：揭表，所以趣军，仆表则止。是故能象其道于国家，加之于百姓，而足以饰官化下者，明君也。象，法也，谓能本道而立法。能上尽言于主，下致力于民，而足以修义从令者，墨批：修，下文作“循”。忠臣也。上惠其道，下敦其业，上下相希，言相希准以为法也。墨批：俞云，“希”读若“睎”，望也。若望参表，则邪者可知也。参表，谓立表所以参验曲直。吏啬夫任事，吏啬夫，谓检束群吏之官也，若督邮之比也。人啬夫任教。人啬夫，亦谓检束百姓之官。教在百姓，论在不挠。论百姓有不从教，论其

罪罚，不挠法以行私。赏在信诚，体之以君臣。其诚也，以守战。既赏信罚，必君臣合体，莫不至诚，故人可以守城，出可以野战也。如此，则人啬夫之事究矣。吏啬夫尽有訾程事律，訾，限也。程，准也。事律，谓每事据律而行也。论法辟，衡权斗斛，文劾不以私论，而以事为正。辟，刑也。文劾，言据文而举劾，谓论法刑已下，皆据事以为正，不曲从其私也。如此，则吏啬夫之事究矣。人啬夫成教，吏啬夫成律之后，则虽有敦悫忠信者，不得善也。人啬夫之教既成，则人皆忠信。故无有独得善者也。朱批：不得再使之善，言已善也。而戏豫怠傲者，不得败也。吏啬夫之律既成，人皆惧法，不敢为非，虽有豫怠，不敢为败也。如此，则人君之事究矣。是故为人君者，因其业，谓因人啬夫之业也。乘其事，谓乘吏啬夫之事。而稽之以度。又以国之法度考此二者。有善者，赏之以列爵之尊，田地之厚，而民不慕也。善自应赏，故不善者不敢横慕。有过者，罚之以废亡之辱，僇死之刑，而民不疾也。过自应罚，故人不敢疾怨。杀生不违，而民莫遗其亲者，或罚而杀之，或赏而生之，皆不违其理，则人知主德之有常，不轻为去就，故人不遗其亲也。此唯上有明法而下有常事也。

天有常象，悬象著明，不改其贞。地有常形，山泽通气，不改其静。人有常礼，尊君父，卑臣子，其仪不易。一设而不更，此谓三常。兼而一之，人君之道也。人君无官，兼统众官，故曰“兼而一之”。分而职之，各有司存。人臣之事也。君失其道，无以有其国。臣失其事，无以有其位。然则上之畜下不妄，而下之事上不虚矣。上之畜下不妄，则所出法制度者明也。下之事上不虚，则循义从令者审也。上明下审，上下同德，代相序也。代，更也。谓上明下审，更相序。君不失其威，下不旷其产，而莫相德也。君以威覆下，下以产供上，各有所恃，故不相德。是以上之人务德，而下之人守节。义礼成形于上，而善下通于民，则百姓上归亲于主，而下尽力于农矣。

故曰："君明、相信、五官肃、士廉、农愚、商工愿，则上下体，上下各得其体也。而外内别也。"民性因而三族制也。三族，谓农、商、工也。言因上下有体，内外有别，故此三族各得其制也。朱批：因，亲也。夫为人君者，荫德于人者也。君者，以德荫人。为人臣者，仰生于上者也。臣者，仰君而生。为人上者，量功而食之以足。量其功之多少，制禄以食之，各得足也。为人臣者，受任而处之以教。受任者必设教。布政有均，民足于产，则国家丰矣。以劳受禄，则民不幸生。有劳者必得禄，人则致死以立功，不徼倖而偷生也。刑罚不颇，则下无怨心。名正分明，则民不惑于道。刑名职分明，则人于道不惑也。道也者，上之所以导民也。是故道德出于君，德从君出。制令传于相，令因相传。事业程于官，官各以其事业程于君也。百姓之力也，胥令而动者也。胥，视也。视令而动，则所举不妄。是故君人也者，无贵如其言，君以言制下无言，则下无所禀令，故言最贵也。人臣也者，无爱如其力。臣则宣力事君，故其力最可爱也。言下力上，君言下于臣，臣力上于君也。而臣主之道毕矣。是故主画之，相守之。画，谓分别其所授事。君既画其事，相则守而行之也。相画之，官守之。官画之，民役之。官既画之，人则役力以行其事。则又有符节、印玺、典法、策籍以相揆也。符节、印玺，所以示其信也。典法、策籍，所以示之制也。凡此，可以考其真伪，定其是非，故曰"以相揆也"。此明公道而灭奸伪之术也。论材、量能、谋德而举之，谋知其德，然后举用之。上之道也。专意一心，守职而不劳。不以职事为劳苦。下之事也。为人君者，下及官中之事，则有司不任。下及官中之事，则君夺臣职，故有司不任也。为人臣者，上共专于上，则人主失威。臣当上供，从君之命，今乃专上之权，故主失威。是故有道之君，正其德以莅民，而不言智能聪明。智能聪明者，下之职也。所以用智能聪明者，上之道也。谓用下之智能聪明。上之人明其道，下之人守其职，上下之分不同任，而复合为一体。君为元首，臣为股肱，故曰一体。是故知善，人君也。知善则谋虑深远，故可以为人君也。身善，人役也。身善则材能可任，故为人役也。君身善则不公矣。君身善则智浅，故不公人也。人君不公，常惠于赏，而不忍于刑。不公则不识理之正，故惠赏而不忍刑也。是国无法也。治国无法，则民朋党而下比，饰巧以成其私。法制有常，则民不散而上合，墨批：俞云，“不散”当为“散”，后人妄增“不”字。竭情以纳其忠。是以不言智能，而顺事治，国患解，大臣之任也。不言于聪明，而善人举，奸伪诛，视听者众也。是以为人君者，坐万物之原，而官诸生之职者也。谓授诸生之官，而任之以职也。生，谓知学之士也。选贤论材，而待之以法，举而得其人，坐而收其福，不可胜收也。得人则福多，故不可胜收。官不胜任，奔走而奉，其败事不可胜救也。不胜任则败广，故不可胜救。而国未尝乏于胜任之士，上之明适不足以知之。是以明君审知胜任之臣者也。故曰：主道得，贤材遂，百姓治，治乱在主而已矣。墨批：俞云，主，当为“立”。下文云“身立”“德正”。故曰：主身者，正德之本也。官治者，耳目之制也。官禀君命而后行，若耳目待上制而后用，故曰“官者耳目之制”。身立而民化，德正而官治。治官化民，其要在上。是故君子不求于民，立身正德而已。是以上及下之事，谓之矫。及，犹预也。矫，伪也。上预下事，则伪有余而实不足也。下及上之事，谓之胜。下预上事，则威权胜君故也。为上而矫，悖也。为下而胜，逆也。国家有悖逆反迕之行，迕，背。有土主民者失其纪也。

是故别交正分之谓理，别上下之交，正君臣之分。顺理而不失之谓道，道德定而民有轨矣。有道之君者，善明设法，而不以私防者也。而无道之君，既已设法，则舍法而行私者也。为人上者，释法而行私，则为人臣者，援私以为公。公道不违，则是私道不违者也。臣之所以为公者，乃是私也。名曰不违公道，便是不违私道也。行公道而托其私焉，浸久而不知，奸心得无积乎？既久行私而不知，则是奸心之积也，故言“奸心岂复无积乎”。奸心之积也，其大者有侵逼杀上之祸，其小者有比周内争之乱。此其所以然者，由主德不立，而国无常法也。主德不立，则妇人能食其意。君意委曲，随于女谒，若食之充口，故曰“妇人能食其意”。墨批：蚀，侵也。国无常法，则大臣敢侵其势。大臣假于女之能以规主情，假，因也。因女之能食主意，以规度主之情也。妇人嬖宠假于男之知以援外权。妇人既得君之嬖宠，又因大臣之智以引其外权，则何为而不成也？于是乎外夫人而危太子，女宠既隆，又挟大臣之助，故夫人被外，太子见危。兵乱内作，以召外寇，此危君之征也。

是故有道之君，上有五官以牧其民，则众不敢逾轨而行矣。下有五横以揆其官，则有司不敢离法而使矣。横，谓纪察之官得入人罪者也。五官各有其横，曰五横。朝有定度衡仪，以尊主位。衡，正。衣服緷絻，尽有法度，緷絻，古“衮冕”字。则君体法而立矣。体，犹依也。君据法而出令，有司奉命而行事，百姓顺上而成俗，著久而为常。著明而且久，积习而为常也。犯俗离教者，众共奸之，众以离教为奸而罪之也。则为上者佚矣。天子出令于天下，诸侯受令于天子，大夫受令于君，子受令于父母，下听其上，弟听其兄。此至顺矣。衡石一称，斗斛一量，丈尺一綧制，所谓同律度量衡也。綧，古“准”字。准节律度量也，谓丈尺各有准限也。戈兵一度，书同名，车同轨，此至正也。从顺独逆，从正独辟，此犹夜有求而得火也。众皆从顺而有独逆者，众皆从正而有独僻者，必为顺正者所伏也。奸伪之人，无所伏矣，此先王之所以一民心也。是故天子有善，让德于天。诸侯有善，庆之于天子。诸侯有善，让于天子而庆也。大夫有善，纳之于君。民有善，本于父，庆之于长老。此道法之所从来，是治本也。道法以让为主。是故岁一言者君也，谓正岁之朝，布之悬象。时省者相也，月稽者官也，务四支之入，修耕农之业以待令者，庶人也。是故百姓量其力于父兄之间，听其言于君臣之义，而官论其德能而待之。谓百吏之官，各论其德能以待君命。大夫比官中之事，不言其外，而相为常具以给之。具论众官之法制也。相总要者，相无常官，所以总统百吏之要。官谋士，量实义美，匡请所疑。士，事也。官各谋其职事也。又当量实宜其有美善者，用匡于所疑，必陈而请之也。而君发其明府之法瑞以稽之，府，谓百吏所居之官曹也。立府必有明法，故曰明府之法。瑞，君所与臣为信者，珪璧之属也。又必合其瑞以考之也。立三阶之上，南面而受要。君之路寝前有三阶。要，谓百吏之目也。是以上有余日，上唯受要，故有余日。而官胜其任，各理其职，故能胜任。时令不淫，而百姓肃给，言其敬而供士。唯此上有法制，下有分职也。

道者，诚人之姓也，非在人也。姓，生也。言道立人之生，人之所从出，故非在人。而圣王明君，善知而道之者也。道，犹言也。圣王善知道理，故言而相告也。是故治民有常道，而生财有常法。道也者，万物之要也。为人君者，执要而待之，则下虽有奸伪之心，不敢（杀）［朱批：设］也。不敢杀君。夫道者虚设，道无形而善应，故曰“虚设”。其人在则通，其人亡则塞者也。非兹是无以理人，非兹是无以生财。前“兹是”，谓其道。民治财育，其福归于上，是以知明君之重道法而轻其国也。得道之真以理身，绪余以理国家，故重道而轻国。故君一国者，其道君之也。道可为君，故君一国。王天下者，其道王之也。道可王，故王天下。大王天下，小君一国，其道临之也。其道足以临国与天下也。是以其所欲者能得诸民，君之所欲，人则顺之令得。其所恶者能除诸民。君之所恶，亦顺之而除。所欲者能得诸民，故贤材遂。所恶者能除诸民，故奸伪省。如冶之于金，陶之于埴，制在工也。废置之由君，若金埴之由工也。

是故将与之，惠厚不能供。谓欲与人，虽有惠厚之意，财不能(洪)［供］。将杀之，严威不能振。谓欲杀人以致其理，然而严或销缩，不能振起也。严威不能振，惠厚不能供，声实有间也。或有声无实，或有实无声，声实间碍，故不供不振也。有善者不留其赏，故民不私其利。善必得赏，私利何为？有过者不宿其罚，故民不疾其威。宿，犹停也。罚得其过，则人不疾其威。疾，怨也。威罚之制，无逾于民，因人所欲罚而罚之，故不逾于人也。则人归亲于上矣。如天雨然，泽下尺，生上尺。泽从上降，润有一尺，则苗从下生，上引一尺。泽下降，苗上引，犹君恩下流，人心上就也。是以官人不（家）［官］，事人不事，独立而无［朱批：留］稽者，人主之位也。君者，与人之官而不自官，授人之事而不自事，独立于无过之地，臣下莫得而稽之，如此者，人主之位也。先王之在天下也，民比之神明之德，先王善牧之于民者也。夫民别而听之则愚，别而听之，则各信其一方，暗莫之发，故愚。合而听之则圣。合而听之，则得夫相辅，可否相济。刍荛之言，贤圣不能易，故圣也。虽有汤武之德，复合于市人之言，是以明君顺人心，安性情，而发于众心之所聚。聚，谓同所归凑。是以令出而不稽，稽，留也。刑设而不用。人不犯法，故无所用刑。先王善与民为一体。以百姓心为心，故曰一体。与民为一体，则是以国守国，以民守民也。一国同一意，万人同一心。然则民不便为非矣。为非则失利，故不便。虽有明君，百步之外，听而不闻，耳听有所极。间之堵墙，窥而不见也。目视有所穷。而名为明君者，君善用其臣，臣善纳其忠也。君能善用，臣能善纳，则何听而不闻，何视而不见。耳目不壅，非明而何也。信以继信，善以传善。君信而臣继之，君善而臣传之。是以四海之内，可得而治。是以明君之举其下也，尽知其短长，知其所不能益，若任之以事。夫任人以事者，必择其可否。君之举臣，亦犹是也。

墨批：若，俞云，“乃”也。贤人之臣其主也，尽知短长与身力之所不至，谓知君之短长及其身力所不至也。若量能而授官。夫授人官者，亦择其可否。臣之择事，亦犹是也。上以此畜下，择其可畜而畜之。下以此事上，择其可事而事也。上下交期于正，君有贤臣，臣有令主，欲求不正，其可得乎？则百姓男女皆与治焉。君臣正，则百姓无自为淫僻也。

卷十一

君臣下第三十一　短语五

古者未有君臣上下之别，未有夫妇妃匹之合，兽处群居，以力相征，若野兽之处，以群而居，力强者征于弱也。于是智者诈愚，强者凌弱，老幼孤独，不得其所。故智者假众力以禁强虐，而暴人止。智者，即圣王也。为民兴利除害，正民之德正人之邪德。而民师之。师智者也。是故道术德行，出于贤人。贤人，知道术德行者也。其从义理，兆形于民心，则民反道矣。道术既出，故莫不从义而顺理，理之极，则无奸僻之事，始见于人心。则人无不道矣。名物处违，是非之分，则赏罚行矣。人既反道，故以正其善恶之物，处其背理之违，则为是非者自分矣。是非既分，故行赏罚以当其功过也。上下设，民生体，而国都立矣。上下既设，人则生其贵贱之礼，故国都立也。是故国之所以为国者，民体以为国，贵贱成礼，方乃为国。君之所以为君者，赏罚以为君。无赏罚，则君不足贵。致赏则匮，致罚则虐，罚而无节则虐。财匮而令虐，所以失其民也。是故明君审居处之教，而民可使。人从教，故可使。居［朱批：处］治，战胜守固者也。居处既治，战则胜，守则固。夫赏重则上不给也，赏重则费用多，故不给也。罚虐则下不信也。令虐，则人无所措手足，故不信也。是故明君饰食饮吊伤之礼，饮食，谓享燕。伤，谓丧祭也。而物属之者也。礼行则物亲也。是故厉之以八政，八政，谓《洪范》之八政。旌之以衣服，衣服所以表贵贱也。富之以国裹，裹，谓财货所苞裹而藏也。贵之以王禁，禁令行，然后知常者之可贵也。则民亲君可用也，民用则天下可致也。

天下道其道，则至。君得名道，则天下至。不道其道，则不至也。夫水波而上，尽其摇而复下，其势固然者也。言水波涌而上，既尽其势，还复摇动归下而止。此自然之势，喻人怀德而来，畏威不去者也。故德之以怀也，威之以畏也，则天下归之矣。有道之国，发号出令，而夫妇尽归亲于上矣。布法出宪，而贤人列士尽功能于上矣。墨批：俞云，功，贡也。“易以贡”又作“易以功”。千里之内，束布之罚，束，谓帛也。布，谓钱也。古者罚刑，或令出钱帛也。一亩之富，尽可知也。贤人为之视听，故无不知。治斧钺者不敢让刑，让，犹拒也。当其罪，不敢让刑也。墨批：让，攘也。治轩冕者不敢让赏，赏当其功，故不让也。坟然若一父之子，若一家之实，义礼明也。坟，顺貌。或刑赏之，莫敢违逆。若子之从父，家之从长。如此者，礼义明故也。夫下不戴其上，臣不戴其君，则贤人不来，上下不交，则贤人隐。贤人不来，则百姓不用，百姓无贤人，则不知所归，故百姓不用也。百姓不用，则天下不至。百姓不用，则天下无邦，将何至哉？故曰：德侵则君危，君德见侵，不危何待。论侵则有功者危，论议侵理，则功过不明，故有功者危。令侵则官危，令侵则法不行，故官危也。刑侵则百姓危。刑侵则无辜受戮，故百姓危也。而明君者，审禁淫侵者也。上无淫侵之论，则下无冀幸之心矣。为人君者，倍道弃法，而好行私，谓之乱，为人臣者，变故易常，而巧官以谄，谓之腾。腾，谓凌驾于君。乱至则虐，腾至则北，腾至则摧降，故败北。四者有一至，败，敌人谋之。四者，则上之四危也。则故施舍优犹以济乱，则百姓悦。言施恩厚，舍罪罚，二者优厚，虽非用法，犹能济乱，故百姓悦之也。选贤遂材而礼孝弟，则奸伪止。遂，达。要淫佚，别男女，则通乱隔。要，谓遮止之也。言能止淫佚，别男女，则虽先通乱，令能隔厄也。贵贱有义，伦等不逾，则有功者劝。国有常式，故法不隐，则下无怨心。隐，谓伏而不行。此五者，兴德匡过，存国定民之道也。

夫君人者有大过，臣人者有大罪：国所有也，国之所有也。民所君也，民者，己之所君。有国君民，而使民所恶制之，此一过也。言民恶君之制己，此亦君之过。民有三务，不布其民，非其民也，三务，谓春夏秋务农。人不务三，则馁饿成变，故民非其民也。民非其民，则不可以守战，此君人者二过也。夫臣人者，受君高爵重禄，治大官，倍其官，遗其事，穆君之色，穆，犹悦也。墨批：俞云，《决疑要》云：穆，顺也。从其欲，阿而胜之，阿，曲也。巧言令色，委曲从君，至于动也。刚斩以胜之，其终或至于篡杀，故曰阿而胜之也。此臣人之大罪也。君有过而不改，谓之倒。臣当罪而不诛，谓之乱。君为倒君，臣为乱臣，国家之衰也，可坐而待之。是故有道之君者执本，相执要，大夫执法，以牧其群臣，群臣尽智竭力，以役其上。谓给上之役也。四守者得（其）［朱批：则］治，易则乱，故不可不明设而守固。明设上四法，固而守之。昔者圣王，本厚民生，审知祸福之所生，是故慎小事微，违非索辩以根之，谓有违非，必寻索分辩，得其根而止之也。然则躁作奸邪伪诈之人，不敢试也。不敢为非以尝君。此礼正民之道也。制礼者用此道，以正人也。

古者有二言，墙有耳，伏寇在侧。墙有耳者，微谋外泄之谓也。伏寇在侧者，沉疑得民之道也。微谋之泄也，狡妇袭主之请，而资游慝也，袭，入也。谓狡妇妖蛊人主，遂行请谒。所请既从外资游说为奸慝者也。朱批：此韩非家言，管子自为相，必不言此。沉疑之得民也者，前贵而后贱者，为之驱也。所驱役之人，前得贵宠，今忽沦贱。然贱者必思贵，常伺君以兴福，故谓之伏寇也。明君在上，便僻不能食其意，便僻者不能谄君以得意，故曰“不能食其意”也。刑罚亟近也。既不能得君意，故刑罚数也。大臣不能侵其势，不能侵君之势。比党者诛，明也。君明，故比党者诛之。为人君者，能远谗谄，废比党，淫悖行食之徒，行食，游食。无爵列于朝者，此止诈拘奸、厚国存身之道也。为人上者，制群臣百姓，通中央之人和，中央之人，谓君之左右也。左右与君和之也。是以中央之人，臣主之参。左右之人，在臣主之间，参会其事者也。制令之布于民也，必由中央之人。中央之人，以缓为急，急可以取威；君虽曰缓，左右行之乃为急，故能取威也。以急为缓，缓可以惠民。君虽曰急，左右行之为缓，故能惠人。威惠迁于下，则为人上者危矣。贤不肖之知于上，必由中央之人；财力之贡于上，必由中央之人。能易贤不肖，实贤谓之不肖，实不肖谓之贤，故曰"易贤不肖"也。而可威党于下。有朱批：又。能以民之财力上陷其主，而可以为劳于下。用人财力，上以陷主，即于下以为劳。兼上下以环其私，上则擅君之柄，下则用人财力。上下之利皆用绕身，故曰"环其私"也。爵制而不可加，则为人上者危矣。势既凌君，故爵制不能加也。先其君以善者，侵其赏而夺之实者也。先君行善，则是侵君之赏，夺君之富实也。先其君以恶者，侵其刑而夺之威者也。讹言于外者，胁其君者也。假说妖妄之言以惑众，如此者欲胁君也。郁令而不出者，幽其君者也。郁，塞也。君之令而不出行者，将欲幽君也。四者一作而上下不知也，则国之危可坐而待也。神圣者王，仁智者君，武勇者长，此天之道人之情也。天道人情，通者质，宠者从，此数之因也。质，主也。能通于天道人情者，可以为主。其不能通，但宠贵之者，可以为从，从，谓臣也。言臣主数，因此通而立也。是故始于患者，不与其事，亲其事者，不规其道。言初始谋虑而忧患者，乃行其事，令人为之而不自预，此谓君也。是以为人上者，患而不劳也，百姓劳而不患也，君臣上下之分素，则礼制立矣。是故以人役上，人，谓百姓。百姓劳其身供上之役也。以力役明，谓臣勤力役，用其明而理职位。以刑役心，刑，法也。君则役心以出法制也。此物之理也。心道进退，心则度量可不，故进退也。而刑道滔赶。滔，谓充也。赶，谓逡巡曲也。设法有当不，故有合成也。赶，区言切，走也。进退者主制，君心进退，所以主为制令。滔赶者主劳。主劳者方，主制者圆。君臣之道主得制者，其事必有方有圆也。圆者运，运者通，通则和。圆，谓君道也。圆而不滞，必运而无碍，通者必畅，故和之也。方者执，执者固，固则信。方，谓臣道也。方而有常，故执而不舍则固，固而不妄则信也。君以利和，君道和则利也。臣以节信，臣则守节。则上下无邪矣。故曰：君人者制仁，臣人者守信，此言上下之礼也。君之在国都也，若心之在身体也。道德定于上，则百姓化于下矣。戒心形于内，戒慎之心成形于内。则容貌动于外矣。正也者，所以明其德。必正然后德明。知得诸己，知得诸民，从其理也。于己既不失，于人必不妄，如此者，从理故也。知失诸民，退而修诸己，反其本也。有失于人，必修己自责，如此者，反其本也。所求于己者多，故德行立。求己多者，必进德修业，故德行立也。所求于人者少，故民轻给之。求人者少，必薄赋敛，故人轻于给也。在君人者上注，臣人者下注。上注者，纪天时，务民力。上注，谓注意于上天，故纪要天时，务全人力也。下注者，发地利，足财用也。下注，谓注意于下地，故发兴地利，足于财用也。故能饰大义，审时节，上以礼神明，下以义辅佐者，所用辅佐，皆得其宜，明君之道。能据法而不阿，上以匡主之过，下以振民之病者，忠臣之所行也。明君在上，忠臣佐之，则齐民以政刑。牵于衣食之利，君明臣忠则国理，国理则人重生，故人皆以养其形，而牵系于衣食之利也。故愿而易使，愚而易塞。塞，止也。易用法止也。君子食于道，小人食于力，分民。食道力不同，故曰“分民”也。威无势也无所立，必有势然后有所立。事无为也无所生。必有为，然后有所生。若此则国平而奸省矣。君子小人既食于道力，邪恶之人复无所立生，故国平而奸省。君子食于道，则义审而礼明。义不审，则无所食也。义审而礼明，则伦等不逾，虽有偏卒朱批：睾。之大夫，墨批："偏卒"当为"偏倅"，盖孽大夫之名。不敢有幸心，则上无危矣。国既明礼义，伦等不逾，虽有大夫偏独出，伏罪而怨，不敢有幸乱心。齐民食于力，则作本，作本者众，农以听命。是以明君立世，民之制于上，犹草木之制于时也。草木必得时然后生。故民迂则流之，人太迂曲不行，则流通之。民流通则迂之。人太流荡，则迂屈之。决之则行，塞之则止，虽有明君能决之，又能塞之。决之则君子行于礼，塞之则小人笃于农。君子行于礼，则上尊而民顺；小人笃于农，则财厚而备足。上尊而民顺，财厚而备足，四者备体，谓备具而成体。顷时而王不难矣。四肢六道，身之体也。四肢，谓手足也。六道，谓上有四窍，下有二窍也。四正五官，国之体也。四正，谓君臣父子。五官，谓五行之官也。四肢不通，六道不达，曰失。四正不正，五官不官，曰乱。是故国君聘妻于异姓，设为侄娣命妇宫女，尽有法制，所以治其内也。明男女之别，昭嫌疑之节，所以防其奸也。是以中外不通，谗慝不生，妇言不及官中之事，而诸臣子弟无宫中之交，此先王所以明德圉奸，昭公威私也。墨批：俞云，"威"当为"灭"。明立宠设，不以逐子伤义。明立正嫡，设其贵宠子，不令逐而废之，故不伤义也。礼私爱欢，势不并伦。嫡子者，所以传重也，故礼许私爱，虽欢之超异，可也。余子之势终不得与之并伦也。爵位虽尊，礼无不行，言嫡子爵位虽复尊异，必须行之以礼也。选为都佼，冒之以衣服，旌之以章旗，所以重其威也。所立之嫡，必选其都雅佼好者，又以美衣丽服覆习之，章表旌帜旌异之。凡此，皆所以重嫡子之威也。然则兄弟无间郄，谗人不敢作矣。嫡威重则兄弟和，故谗人无所作其谗矣。故其立相也，陈功而加之以德，论劳而昭之以法，参伍相德而周举之，尊势而明信之。其谓国相，则功德两兼，劳法获美，于此四者参验伍偶，相与俱得。其事既周，然后举周之。既用之，尊势而明信之也。是以下之人无谏死之諰，君明相贤，必从说如流，故无谏死之諰也。而聚立者无郁怨之心。聚立，谓天下会同也。各得其所，故无怨望也。如此，则国平而民无慝矣。慝，奸恶者也。其选贤遂材也。举德以就列，不类无德。举有德者以就列位，不以无德之人为类。举能以就官，不类无能。以德弇劳，不以伤年。有德者超于上列，使在有功劳者之前，故曰有德掩劳。苟有德，虽年未至，而亦将用之，不以年少为之伤也。如此，则上无困而民不幸生矣。有功能必赏用之，故人不以苟生为幸也。国之所以乱者四，其所以亡者二。内有疑妻之妾，此宫乱也。庶有疑適之子，此家乱也。朝有疑相之臣，此国乱也。任官无能，此众乱也。四者无别，无别，谓妻妾嫡庶等不分别也。四者，即上四乱也。主失其体，群官朋党以怀其私，则失族矣。国亡则宗族随之，故曰"失族"也。国之幾臣，阴约闭谋以相待也，则失援矣。为国之机，臣下阴为要结，其所谋者闭而不泄，以此相待，人必怀疑而不相亲矣，故失其援矣。失族于内，失援于外，此二亡也。故妻必定，子必正，相必直立以听，官必中信以敬。故曰：有宫中之乱，有兄弟之乱，有大臣之乱，有中民之乱，中民，谓百吏之属也。有小人之乱，五者一作，则为人上者危矣。宫中乱曰妒纷，言积妒纷然，所以乱。兄弟乱曰党偏，党偏，则强弱相凌，故乱也。大臣乱曰称述，各称述其己德之长而不相让，则乱也。中民乱曰奢谆，谓以智诈奢恐，诈质则乱。小民乱曰财匮。赋税重，则财匮，故乱。财匮生薄，财不供，则礼义息，故薄也。奢谆生慢，不重淳质，而智诈恐奢之，此其慢也。称述、党偏、妒纷生变。此三者或生篡君弑主，能为大变也。故正名稽疑，刑杀亟近，则内定矣。正嫡庶之名，稽妻妾之疑，不正者之党数，取其逼近者而刑杀之，如此则党偏妒纷之变息，故内定。顺大臣以功，顺中民以行，顺小民以务，顺用其务农也。则国丰矣。三者各称其所顺，故国丰也。审天时，天时各有宜也。物地生，以辑民力。禁淫务，绣文刻镂，淫务。劝农功，以职其无事，无事者皆令得职也。则小民治矣。上稽之以数，谓上欲有所征发，必考其定数以命之也。下十五以征，既得其定数，下其十伍名以征之也。近其罪伏，以固其意。日期既近，尚有不供者，则加之罪，以权伏之，所以固供者之意。乡树之师，以遂其学。每乡必立之师，以遂之也。官之以其能，及年而举，则士反行矣。举而有材能者，则授之以官。既有年矣，则举其功过而考察之，如此则皆反其行矣。称德度功，劝其所能，若墨批：俞云，若，乃也。稽之以众风，若任以社稷之任，既称其德，又度其功，则其材能不可不知矣。既知其能，顺而考之，或使之莅众，以立风化。其初能尤高者，或授之以社稷之任者也。若此，则士反于情矣。有能必任之以职，故士反于情也。

小称第三十二称，举也。小举其过，则当权而改之。短语六

管子曰：身不善之患，毋患人莫己知。言但患身之不善耳，无患人不知己也。丹青在山，民知而取之；朱批：此本言所有。美珠在渊，民知而取之。丹青与珠，各有可用之性，故虽在山泉而藏，人犹知而取之。况在于人怀善而不知乎？是以我有过为，而民毋过命。我身有过，为人必知而名之，毋有过而妄命者也。民之观也察矣，不可遁逃。有过必知，故不可以遁逃。以为不善。故我有善则立誉我，我有过则立毁我。当民之毁誉也，则莫归问于家矣。人既毁誉，则己之善恶审矣，故不复问家。问家，则左右（佞）［佞］媚者，善掩其过而饰其非也。故先王畏民。民之毁誉，必当其过善，故畏之。操名从人，无不强也。谓君自行善，持名使之延誉，故强也。操名去人，无不弱也。君既行恶，即是持名去人，无善可称，故弱。虽有天子诸侯，民皆操名而去之，则捐其地而走矣。皆持其名而去于人，则过恶日闻，人共畏之，故弃其地而走也。

故先王畏民。无善名则弃之走，故畏人。在于身者孰为利？气与目为利。气也者，所以生全其形。目也者，所以独见其运。为功用莫大焉，故最莫利也。圣人得利而托焉，故民重而名遂，圣人之圣，精而又神，托而行善，则誉满天下，故人重而名遂也。我亦托焉。圣人托可好，我托可恶以来美名，墨批："来"当作"求"。又可得乎！我托可恶，我虽托，气浊而不神，所行皆可恶，用此招来美名，其可得乎？爱且不能为我能也。托气既浊，虽令人爱，犹不得美名，况于恶之乎？毛嫱西施，墨批：此西施，西周人也。抑或其徒至战国，犹有传之者乎？何其文之似庄子。天下之美人也，盛怨气于面，不能以为可好。嫱、西虽美，而面有怨气，亦不能为可好。喻圣人外见其恶，亦不得美名。我且恶面，而盛怨气焉。怨气见于面，恶言出于口，去恶充所往去于人者，皆以恶事充。以求美名，墨批："去"当为"夫"。俞云，充，实也；"求"当为"来"。又可得乎？喻人君既内无圣德，外皆行恶，必无美之名也。甚矣，百姓之恶人之有余忌也！恶人不善，更有余忌。是以长者断之，短者续之，满者洫之，虚者实之。洫，虚也。长满者，人所忌，故或断之，或虚之。短虚者，人之所好，故或续之，或实之也。所谓无过不及也。

管子曰：善罪身者，民不得罪也。成汤罪己，故人不罪之也。不能罪身者，民罪之。桀纣罪人，故人罪之。故称身之过者，强也。称身之过，即是谦受益也。治身之节者，惠也。怀智之人，然后理身节，故曰"惠"。不以不善归人者，仁也。不以不善之事归之于人，如此者，仁也。故明王有过，则反之于身；有善，则归之于民。有过而反之身，则身惧。过反于身，则惧而修德也。有善而归之民，则民喜。民得善，故喜也。往喜民，善往则人喜也。来惧身，过来则惧身也。此明王之所以治民也。今夫桀纣则不然，有善则反之于身，有过则归之于民。归之于民，则民怒；反之于身，则身骄。往怒民，来骄身，此其所以失身也。故明王惧声以感耳，人以恶声惧己，耳闻而感，则心不敢念非。惧气以感目，人以恶气惧己，目见而感，则身不敢造恶。以此二者，有天下矣，可毋慎乎？匠人有以感斤欘，故绳可得料也。羿有以感弓矢，故彀可得中也。造父有以感辔策，故遬兽可及，远道可致。彀，谓射质栖皮者也。感，谓深得其妙，有应于心者也。天下者，无常乱，无常治，不善人在则乱，善人在则治，在于既善所以感之也。既，尽也。天下所以理，在于君人内外尽善，感之于人也。

管子曰：修恭逊敬爱辞让，除怨无争，以相逆也，逆，迎也。谓用此恭逊等以相迎接也。则不失于人矣。逊以接人，有何失乎？尝试多怨争利，相为不逊，则不得其身。苟为不逊，身尚不得，况于人乎?。大哉，恭逊敬爱之道！吉事可以入祭，凶事可以居丧，大矣朱批：以。理天下而不益也，直用恭逊敬爱，足以理天下，更不须益。小以治一人而不损也。虽复一身，用恭逊敬爱理之，才可足耳，亦不须损也。尝试往之中国诸夏蛮夷之国，以及禽兽昆虫，皆待此而为治乱。有恭逊敬爱则理，无之则乱也。泽之身则荣，去之身则辱，恭逊敬爱，身之粉泽也，故在身则荣，去身则辱也。审行之身毋怠，虽夷貉之民，可化而使之爱。夷貉之人残戾凶暴，苟以恭逊敬爱化之，可使生爱。审去之身，虽兄弟父母，可化而使之恶。父母兄弟，恩情结固，苟无恭逊敬爱化之，可令生恶。故之身者使之爱恶，之，是也。同是此身，有恭逊敬爱则爱，无之则恶。名者使之荣辱。同是此身之名，有恭逊敬爱则荣，无之则辱也。此其变名物也，如天如地，言恭敬逊爱可以变化爱恶荣辱。名物之善恶，如天地之生杀也。故先王曰道。道者，贵作变化也。朱批：此下可删。

管仲有病，桓公往问之，曰："仲父之病病矣，若不可讳而不起此病也，仲父亦将何以诏寡人?"管仲对曰："微君之命臣也，故臣且谒之。谒，谓有所告之也。虽然，君犹不能行也。"恐其不从，故以此言抑之。公曰："仲父命寡人东，寡人东；令寡人西，寡人西。仲父之命于寡人，寡人敢不从乎？"管仲摄衣冠起，对曰："臣愿君之远易牙、竖刁、堂巫、公子开方。夫易牙以调和事公，公曰惟烝婴儿之未尝，于是烝其首子而献之公。人情非不爱其子也，于子之不爱，将何有于公？公喜官而妒，竖刁自刑而为公治内。人情非不爱其身也，于身之不爱，将何有于公？公子开方事公十五年，不归视其亲，齐卫之间，不容数日之行。臣闻之，务为不久，务时为事，久必发扬之也。盖虚不长。覆盖虚妄，不得长掩，谓上三士皆务为盖虚者，其奸情终当彰露也。其生不长者，其死必不终。"其所行之行，所长之性，其至于死，必将改复本情，未有能终为意也。言三士之忠，皆伪忠耳，必将复其不忠。桓公曰："善。"管仲死，已葬，公憎四子者，废之官。逐堂巫而苛病起兵，苛，烦躁也。巫善，令既逐之。而公有烦苛之病，起兵妄征伐，无使疗之也。逐易牙而味不至，逐竖刁而宫中乱，朱批：昔病大作，民为乱，至于起兵以定之。逐公子开方，而朝不治。桓公曰："嗟！圣人固有悖乎？"四子既逐而有四阙，故以管仲为悖。乃复四子者。处期年，四子作难，围公一室不得出。置公一室之中而围之，故不得出也。有一妇人，遂从窦入，得至公所，公曰："吾饥而欲食，渴而欲饮，不可得，其故何也？"妇人对曰："易牙、竖刁、堂巫、公子开方四人分齐国，涂十日不通矣。"既有兵难，故国之道涂行旅十日不得通也。公子开方以书社七百下卫矣，古者群居二十五家则共置社，谓以社数书于策。谓用此七百之书社降下于卫矣。食将不得矣。作乱欲公之死，故不给之食。公曰："嗟兹乎！圣人之言长乎哉！言其所见者远。死者无知则已，若有知，吾何面目以见仲父于地下。"乃援素幭以裹首而绝。幭，所以覆軨也。死十一日，虫出于户，乃知桓公之死也，葬以杨门之扇。谓用门扇以掩尸也。桓公之所以身死十一日，虫出户而不收者，以不终用贤也。

桓公、管仲、鲍叔牙、宁戚四人饮，饮酣，桓公谓鲍叔牙曰：“阖不起为寡人寿乎？”奉尊者酒，祝令增寿。鲍叔牙奉杯而起，曰：“使公毋忘出如莒时也，使管子毋忘束缚在鲁也，使宁戚毋忘饭牛车下也。”桓公辟席再拜曰：“寡人与二大夫能无忘夫子之言，则国之社稷必不危矣。”

四称第三十三谓称有道之君、无道之君、有道之臣、无道之臣。 短语七朱批：此或本书所有。

桓公问于管子曰：“寡人幼弱惛愚，不通诸侯四邻之义，仲父不当尽语我昔者有道之君乎？吾亦鉴焉。”管子对曰：“夷吾之所能与所不能，尽在君所矣，君胡有辱令？”言已能不皆尽之于君，无所隐藏。今何劳辱君令，而后己言之乎？桓公又问曰：“仲父，寡人幼弱惛愚，不通四邻诸侯之义，仲父不当尽告我昔者有道之君乎？吾亦鉴焉。”管子对曰：“夷吾闻之于徐伯曰：‘昔者有道之君，敬其山川宗庙社稷，及至先故之大臣，收聚以忠而大富之。先故之臣，谓祖考时旧臣也。今以忠诚收聚而赒恤之，令其大富也。固其武臣，宣用其力。圣人在前，贞廉在侧。竞称于义，上下皆饰。形正明察，四时不贷。民亦不忧，五谷蕃殖。外内均和，诸侯臣伏。国家安宁，不用兵革。受其币帛，以怀其德。昭受其令，以为法式。’邻国以币帛来聘，当取之，以怀来有德，其或以制令来告者，则君受之，以为法式乎。此亦可谓昔者有道之君也。”桓公曰：“善哉！”

桓公曰：“仲父既已语我昔者有道之君矣，不当尽语我昔者无道之君乎？吾亦鉴焉。”管子对曰：“今若君之美好而宣通也，既官职美道，又何以闻恶为？”言君既美好宣通，官又合于美道，修而行之自可，为理何须闻于恶事乎？以此抑桓公，欲观其意也。桓公曰：“是何言邪？以繡缘繡，朱批：繡，缋也。吾何以知其美也？以素缘素，吾何以知其善也？仲父已语我其善，而不语我其恶，吾岂知善之为善也？”管子对曰：“夷吾闻之于徐伯曰：‘昔者无道之君，大其宫室，高其台榭。良臣不使，谗贼是舍。舍，止也。谓止谗贼于其旁，与之近也。有家不治，借人为图。言自不能理其家，借他人图也。政令不善，墨墨若夜。言其昏暗之甚也。辟若野兽，无所朝处。野兽各恣意为生，不相统属，故无朝处也。不修天道，不鉴四方。有家不治，辟若生狂。狂惑者失其性，不分善恶也。众所怨诅，诅，祝之也。希不灭亡。进其谀优，繁其钟鼓。流于博塞，戏其工瞽。诛其良臣，敖其妇女。唯与妇女为敖从也。獠猎毕弋，暴遇诸父。其所接遇诸父，惟以凶暴。驰骋无度，戏乐笑语。式政既輮，刑罚则烈。言其法式之政既已輮曲，至于刑罚惟益酷烈。内削其民，以为攻伐。反以削生为伐功也。辟犹漏釜，岂能无竭？’漏釜则江海不能满，故必有竭也。此亦可谓昔者无道之君矣。”桓公曰：“善哉！”

桓公曰：“仲父既已语我昔者有道之君与昔者无道之君矣，仲父不当尽语我昔者有道之臣乎？吾以鉴焉。”管子对曰：“夷吾闻之徐伯曰：‘昔者有道之臣，委质为臣，不宾事左右，宾，敬也。君知则仕，不知则已。若有事，必图国家，遍其发挥。良臣皆私其所有，必能于国家，及其发，又普遍之也。循其祖德，辩其顺逆。推育贤人，谗慝不作。事君有义，使下有礼。贵贱相亲，若兄若弟。忠于国家，上下得体。居处则思义，语言则谋谟，动作则事。居国则富，处军则克。临难据事，虽死不悔。近君为拂，远君为辅。义以与交，廉以与处。临官则治，酒食则慈。一作“辞”。不谤其君，不毁其辞。君若有过，进谏不疑。君若有忧，则臣服之。’服，行也。此亦可谓昔者有道之臣矣。”桓公曰：“善哉！”

桓公曰：“仲父既以语我昔者有道之臣矣，不当尽语我昔者无道之臣乎？吾亦鉴焉。”管子对曰：“夷吾闻之于徐伯曰：‘昔者无道之臣，委质为臣，宾事左右。执说以进，不蕲亡己。执佞说以进于君，专固宠位，无求去也。遂进不退，所谓知进而不知退。假宠鬻贵。假，因也。因君之宠，必能鬻其贵。尊其货贿，卑其爵位。未必能贵其爵位，但尊其货贿而已。进曰辅之，退曰不可。进于君则言己能为辅弼，退而私议，则曰君不可辅。以败其君，皆曰非我。由斯之人不肖，故君有败，乃更推过于君，云此非我。不仁群处，以攻贤者。小人所忌者君子，故其群处，常有陷贤之见。见贤若货，其见贤人，无恭敬之心，反欲规利，若求货然。见贱若过。其见贱人，无矜恤之心，萧然不顾，若行者之过。贪于货贿，竞于酒食。不与善人，唯其所事。人有曲而事己与之交也。倨敖不恭，不友善士。谗贼与斗，墨批：“斗”一作“通”。不弥人争。其人见争则恣令斗，无弥缝之心。唯趣人讼。人有制命，不问可不，则向而顺之，言其接谀。诏，一本作讼。湛面于酒，行义不从。从，顺也。不修先故，变易国常。擅创为令，迷或其君。生夺之政，生犹夺政，况于死后乎？保贵宠矜。惧宠而矜夸者，则保依而贵重。迁损善士，善士则迁改而损弃之。捕援货人。其所捕追而援引者，唯财货之人。墨批：捕，搏也。搏，抟字之误，迁、捐、抟、援，叠韵为义。入则乘等，出则党骈。其货贿之人，与之同国则同乘而等，至其出也，又用党而骈并。货贿相入，酒食相亲。俱乱为君。君若有过，各奉其身。’奉身自洁，推过于君也。此亦谓昔者无道之臣。”桓公曰：“善哉！”

正言第三十四阙　短语八

墨批：初校未记月日。

墨批：同治十四年八月戊寅用俞氏本再校注。

朱批：光绪壬寅二月十六日阅。

卷十二

侈靡第三十五　短语九

朱批：一、古时章。全。问曰："古之时与今之时同乎？"曰："同。"天地四时既无所易，故曰同。"其人同乎？不同乎？"曰："不同。古淳而今浇，古质而今浮，故不同也。可与政其诛。言今虽不同古。可为政诛其不法以复古。朱批："其"字衍文。古人可政，今人可诛，故不同。俈尧之时，混吾之美在下，其道非独出人也。俈，帝俈也。言二帝之时，比屋可封，美俱在下。其能若此，亦言非有出人之道，修古而已。混，同也。朱批：混吾，伯主昆吾也。皇帝及伯君皆下，其道不敢上人，故不出人也。山不童而用赡，泽不弊而养足。山无草木曰童。弊，竭也。耕以自养，以其余应良天子，故平。以其自养之余应天子之食，故天下平。有时而赋曰良。朱批：俞云，"良"当作"养"。牛马之牧不相及，各自足则不相及也。人民之俗不相知，人至老死不相往来，故不相知。不出百里而来足，行者不出百里，而来者所求足故也。故卿而不理，静也。虽立公卿，不理其事，以人静故。其狱一踦腓一踦屦而当死。诸侯犯罪者，令著一只屦以耻之，可以当死刑。今周公断指满稽，断首满稽，断足满稽，而民死不服，非人性也，敝也。今周公，谓时所用法也。稽，考也。罪满而断，则从而考之。首满其罪者，亦从而考之。应断足所罪满者，又从而考之。凡此欲以为慎审也。罪定者死之，然人尚不服其罪，岂人性之然乎？时爽故也。朱批：周公指，谓周盛时。稽，计也，满其稽簿。

地重人载，毁敝而养不足，事末作而民兴之，载，生也。今地利既重，人之生殖谷物，君则从而毁夺弊尽之，所以养有不足。人既惰于本业，故竞起而事末作。是以下名而上实也。谓下但有农作之名，不得自用，而实皆归于上也。圣人者，省诸本而游诸乐，圣人察人之本，游之于富寿之域，则借、尧以前为然也。大昏也，博夜也。"夜，谓暗昧之行也。令人主至于大昏者，则以博为夜事故也。朱批：朱长春曰，俗人昭昭，我独若昏。

朱批：二、兴时章。全。问曰："兴时化若何？"谓度时兴也，其理若何也？"莫善于侈靡。侈靡，谓珠玉之用也。管氏以为珠玉者，饥不可食，寒不可衣，然时共贵之。君若不重，则强者守之以招人，故度时兴化，莫若重珠玉以为侈靡。朱批：善，甚也。贱有实，敬无用，则人可刑也。有实，谓谷帛可贵而贱之。无用，谓珠玉可贱而敬之。若此，则人之贤不肖可刑也。朱批："刑"当作"形"，形犹隐也，犹乱之为治耳，隐其术以愚人。故贱粟米而如敬珠玉，朱批：而、如一字，当注误入耳。本作"如敬珠玉"，读为"而"也。好礼乐而如贱事业，本之始也。言粟，常人贱之，贤者贵之，如常人之敬珠玉。末业，常人贵之，贤人贱之。今则贤者之好礼乐，如常人贵末业，若此者，可谓务本之始。珠者，阴之阳也，故胜火。珠生于水而有光鉴，故为阴之阳，以向日则火烽，故胜火。玉者，阴之阴也，故胜水。玉生于山而藏于山，故为阴之阴，以向月则水流，故胜水。其化如神。言珠玉能致水火，故曰如神也。故天子臧珠玉，诸侯臧金石，大夫畜狗马，百姓臧布帛。朱批：臧在上，则强智无所用其力。不然，朱批：不然者，反言之以申上之意。则强者能守之，智者能收之，贱所贵而贵所贱。粟米可贵而贱之，珠玉可贱而贵之。朱批：贱所贵，则弱者可得其所贱，而粟货流通则不能得也。不然，鳏寡独老不与得焉，均之始也。"君不贵而藏之，则利积于强智，虽务鳏寡独老，无所与之。今藏之者，所以赈贫乏，故为均之始。

朱批：三、政教章。全。"政与教孰急？"政者立法以齐物，教者训诱以感心，用二者，何先也？管子曰："夫政教相似而殊方。若夫教者，摽然若秋云之远，动人心之悲；摽，高举貌。秋云凄惨，有愁悴之容，高置且远，能生人之悲心。喻教者忧人之不令见其戚容，人亦为之伤悼之。蔼然若夏翡翠云之静，乃及人之体；鵤然若謞之静，蔼，油润貌。鵤然，和顺貌。夏云之起，油然含润，将降其泽，及人之体，去除热气而和顺，虽有謞躁之人，亦皆恬静。喻教者洒之温辞，而强梁者亦能感服之。朱批：俞云，鵤，窎字之误。"謞之"当作"高山"。动人意以怨；荡荡若流水，教者若秋云之动人意，人意既动，则自怨而荡摇，自怨而荡摇，则从教若流水也。使人思之。人所生往，教之始也，身必备之。教者若夏云之顺适，故其人使人思之。人既思之，则生其善心。教人之始，必备此二者，然后可也。辟之若秋云之始见，贤者、不肖者化焉。教者既若秋云，始见而哀怜之，又若夏云之起而润悦之，则天下之贤与不肖无不化焉。朱批：化其贤不肖之见，乃肯教不肖也。敬而待之，爱而使之，若樊神山祭之。既从圣化，人则敬而来待，爱而后使，尊卫其君，若樊落神山，设祭而祈福者也。朱批：神山，大山，无所不有，不以中有奸兽而不祭也。贤者少，不肖者多，使其贤，朱批：皆以为贤，而教使之也。不肖恶得不化；贤与不肖，皆教而使之，则不得不化也。今夫政则少则，即皆从教，则人无所犯，故于为政少用为则也。若夫成形之征者也，（去）［朱批：夫］则少可使人乎？"欲成太平之形，以知其征验者，全能去则而使人，斯太平之先兆也。朱批：政不如教，以政之法少，不能尽民之事也，如人成形，始见征而已。"去"亦当为"夫"，言政之法少，不可使人，不如教也。

朱批：四、用贫章。全。"用贫与富，何如而可？"问贫富之中适。曰："甚富不可使，甚富则骄，故不可使。甚贫不知耻。甚贫则滥窃，故不知耻也。水平而不流，无源则遬竭。平而不流，谓水也。停水无源，必速竭。云平而雨不甚，无委云，雨则遬已。平云少雨，又无委云以助之，其雨必遬。已上二事为下有比例。朱批：委，对原言之，雨者云之委，无委则遬已。"云雨"二字，后人误加。政平而无威则不行，此则为政者威以为本也。爱而无亲则流。但行泛爱，无所偏亲，则其爱流漫，贤智不尽力。亲左有用，朱批："左"当为"在"。无用则辟句。之，若相为有兆怨。虽曰当有所亲，而用亲之理僻左，则有为用者。不为用者辟，犹言有中不中此。但为怨兆而已，亲之无益也。朱批：之若，犹若是也，有，又也。言不但辟，又兆怨也。上短下长，无度而用则危。本不称或复上得短，而下持长，其役用之不以度，如此者，或能怀怨以败国，故曰"危本不称"也。朱批：下云尊谭，末胜其本。谭、坫，通用字，坫所以承尊也。本不称，即所谓末胜本也。祀坫祭祀置尊者，次、即通用字。朱批：五、"本不称"八句，衍误。而祀谭次祖，犯诅朱批：约盟，即祖庙为质，今不信，是犯诅也。渝盟伤言。谭，延也。国败绝祀之事，延及次祖，更有犯诅渝盟伤言之罪。(朱批：本不称而犯谭则诅。诅，"沮"字之误，止也，称举也。谭，坫也，坫以置尊者，下云尊谭。祀，校者作"犯"，祖，校作"诅"，后又误入正文，次、即同用字。即，则也。渝盟伤言，校者误解犯谭为伤言也。）敬祖祢，尊始也。祖祢，人之始也。齐约之信，论行也。朱批：齐，《周官》作"剂"。诅盟欲为整齐要束之信，所以论行也。尊天地之理，所以论威也。"天地以秋冬肃杀，雷震电耀为威，为政者所取则，故威不可弛之也。朱批：结约必信，非为人也。所以尊天地之理，始如天行大地也，已尊天地，乃有威矣。

朱批：六、薄德章。五句。薄德之君之府，囊也。凡尊始论行论威，为政者所当行。德薄之君，皆囊而藏之，故有败亡之祸。必因成形而论于人，朱批：言王者恃德不恃富，强之成形也。朱批：虽富如贫，探而可取也。此政行也，可以王乎？必因王事之成形，论考于人事。此为政所行也，遵而勿失，故可以王也。

朱批：七、用民力章。全。"请问用之若何？"问用政何如也？"必辨于天地之道，然后功名可以殖。天地有尊卑恩威之序，故明之，然后可以立功名也。辩于地利，而民可富。通于侈靡，而士可戚。戚，亲也。贵珠玉以赏士，故士可亲也。墨批：通侈靡，不侈靡也，未有以侈靡亲士者。朱批：上不侈靡则财下逮。君亲自好事，谓好为政之事。强以立断，强立其志，以断是非。仁以好任。所谓悦以使民。人君寿以政年，君所以寿考，由为政以顺年之四时令也。百姓不夭厉，厉，发疾也。六畜遮育，五谷遮熟，遮，犹兼也。朱批：遮，庶也。然后民力可得用。人俱富，而力全可用也。

朱批：八、邻国章。全。邻国之君俱不贤，然后得王。若俱贤，则不可得而制，难以王矣。"俱贤若何？"问之。朱批：伺其间也！易大臣，则心不固；易政事，则民惑。曰："忽然易卿而移，黜不肖，立仁贤。忽然易事而化，去故而取新。变而足以成名，革变旧弊，故成名。承弊而民劝之，承先代之弊而成能名，故民劝勉之也。慈种而民富。流慈以勉种，故人富。朱批："慈"当为"滋"，言务农息兵也。应言待感，与物俱长，应物而后言，待感而后动，所谓应天顺人者也，故与物俱长也。故朱批：俞云，"故"当作"放"。日月之明，所谓与日月齐其明。朱批：言日月不宜种植，必待风雨。喻明者必待时也。应风雨而种。风时雨若，则以君礼不失故也。朱批：九、天之十一句。天之所覆，地之所载，斯民之良也，君人者，德苞天地。首出庶物，有生莫能逾，故曰"人之良"。朱批：良，首也。不有而丑天地，朱批：朱长春云，丑，类也。不有上事而欲比天地。非天子之事也。不有上事，而又丑恶天地之化，此非天子之事。民变而不能变，是棁之棁反。之傅革。棁，柱也。革，皮也。棁之傅革，则外革而内不革也。今人变而君不能变，亦外革而内不革之类，故取喻焉。朱批：棁杖傅革，金鼓之用。有革而不能革，不可服。可革而不革，则人有轻君之心，故不服之也。朱批：十、民信章，全。民死信，人无信不立，故死在信也。诸侯死化。"变通之以尽利，不化则利竭，故死。朱批：交邻国重货，亦如信也，此偏驳之词。"请问诸侯之化弊。"弊，谓久行而无益者。朱批：化弊，当作货币。"弊也者，家也。言国之弊，则以家习不革。家也者，以因人之所重而行之。非人所重，则当革也。朱批：家，私也。人之所私不以予人者。因人重之而行币。故当重也。吾君长来朱批："来"下有脱文，"吾君"字，疑亦涉下而衍。猎，君长虎豹之皮。君好虎豹皮，故来猎。朱批：长，读若长物之长，余剩也。用功力之君上金玉币，君上用金玉为币，故用功力。好战之君上甲兵。甲兵之本，必先于田宅。有田宅，然后可以充甲兵之赋。今吾君战，则请行，民之所重。"朱批：十一、饮食至畜化。全。饮食者也，侈乐者也，民之所愿也。足其所欲，赡其所愿，则能用之耳。君之于人，必足欲赡愿，然后可用也。今使衣皮而冠角食野草，饮野水，孰能用之？言上既乏于衣食，则君之不能用也。伤心者不可以致功，谓富者奢靡而有余，贫者窘悴而不足，则伤心矣。伤心则无聊而苟且，故不能致功。故尝至味而罢至乐，谓富者先奏至乐，及食至味而罢之。朱批：方甘味不暇听乐也，以喻衣食不足不可用民。而雕卵然后瀹以灼反。之，雕橑力道反。然后爨之。皆富者所为也。橑，薪也。朱批：而、如通用字。瀹卵不必雕。"雕卵"之用，亦不过瀹耳，喻民侈靡亦足为吾用也。雕橑则非以供爨。然爨之用急，橑亦可用也。丹沙之穴不塞，则商贾不处。趋丹穴而求利，故不处也。富者靡之，贫者为之。富者所以得成此侈靡，则重并贫者而为之也。此百姓之怠生，百振而食，朱批：靡以役为，故生怠也。欲均贫富，故畜货于上以振民食。独自为也，百姓既为富者所兼，则怠于作业，故能生此富者之靡。富成此侈靡，亦以百姓振起之故也，岂富者能自为乎？朱批：百振谓百务振起以求足食。俞云，"百"当作"自"，化货也。为之畜化。今欲为此畜贫富之法，当变化富者之用也。朱批：十二、用臣章。全。用其臣者，予而夺之，谓臣富者，今欲化之使贫，或先少与而后多夺之也。使而辍之，既使之多所费用，然后成其功。徒以而富之，或空言其利，而令得富，且取其物终之也。朱批：徒以谓未仕者，空用其身，则空使之富。父系而伏之，或加父罪而系之，子必伏而破产以赎父也。朱批："父"当为"交"，交系多方，系属之也。予虚爵而骄之，或空与爵名而无其位，以骄此人，今有所贵用也。收其春秋之时而消之，富者先贮物，以射春秋之利，今则官自收而消也。有杂礼我而居之，或有废用财物礼于我，若此者，顺其意而居之。朱批：俞云，"有"当为"肴"，"我"当为"义"。时举其强者以誉之。富而又强，则为之作声誉，或令其有所统率。强而可使服事，服，行也。强者服事，事必成。辩以辩辞，其有辩明者，则令辩繁辞。智以招请，富而多智，则使招来而请谒也。廉以摽人。当而清廉，则使为人摽式。朱批：摽，砭也。坚强以乘六，朱批：俞云，"六"当为"下"。广其德以轻上，位能使之而流徙，君能坚意强力，以乘上之六者，可以广其德，又可以分其上上之任，故位轻者也。朱批：上十五者皆失臣，故亡也。流徙，无定。此谓国亡之郄。若不能使任上之六者，乃流移而徙之，斯亡国之郄也。朱批：位能，犹官能也。

故法而守常，谓古法。得其法者则守常，故而不革也。尊礼而变俗，流遁之俗，则当变之。上信而贱文，文虚而寡用，故贱之。好缘而好驵，子朗反。缘，即捐也。驵，马之壮健者。怯恶者必乱，故弃之。喻奸人之雄亦乱国，当绝。朱批：好缘，依注当为"缘怯"。此谓成国之法也。朱批：十三、反性章。全。为国者反民性，然后可以与民戚，戚，亲也。反者，冥也。顺其性欲。必败亡。若能反之，然后有成，可与之亲也。民欲佚而教以劳，劳致于耕凿，则有功。民欲生而教以死。死致于寇难，则有功也。劳教定而国富，积财故也。死教定而威行。致死则莫敢当其锋，故威行也。朱批：十五、圣人章。全。圣人者，阴阳理，言法阴阳之理。故平外而险中。此则含阴于内，发阳于外。故信其情者伤其神，美其质者伤其文，情盛则神灭也。化之朱批：其。美者应其名，实应其名，故化美也。变其美者应其时，事应其时，故变美也。不能兆其端者菑及之。来事之端，不失其兆者，常失于幾，故灾及之也。故［朱批：知］朱批：依下文当有"知"。缘地之利，缘，顺也。承从天之指，指，意也。当承顺天之意也。辱举其死，辱，犹逆也。逆地天以举事则死也。开国闭辱。若能开国以约善言，则辱可闭也。朱批："辱"当为"辰"，时也；"死"当为"外"字之误也。下云"辰其外"是也。下又云"辰举其外者，与其失人同公事，则道必行"，言用敌国之贤才，彼所失而我举之同治官事也，开国招致他国。知其缘地之利者，所以参天地之吉纲也。知能顺地之利，则能参天地之吉纲。承从天之指者，动必明。句。辱朱批：辰。举其死朱批：外。者，与其失人同公事，逆天举事，故与失人同也。则道必行。公事则无拥，故其道必行也。开其国门者，玩之以善言。有善言可玩，故开国以纳之也。奈其斝辱，亦既有辱，当奈之何，唯有报斝爵祭神以谢过耳。朱批：句皆有脱误。知神次者，操牺牲与其圭璧，以执其斝。当令巫祝知神之次秩者，操牲及珪璧，执斝爵以祷神，而谢逆举之罪也。朱批："奈"当作"闲"，盖草书之误。"辱"下当有"者"。杨慎说，斝，爵也，皆因人授爵不可辱。家小害，以小胜大。祭祀之费，家虽有小损，因此小损，以胜大灾。朱批：此当在"有臣甚大"之上，衍入于此。员其中，辰其外，既以谢过，又当员中，心无所专，固有善则从，无失外事之时也。辰，时也。朱批：员，云也，数也。言官人之法，亲其内臣，时举外臣。而复畏强长，朱批：畏，威也。强长，强臣。其虚而物正，其有强大于己者，则当长其谦虚之心而敬畏之也。以视其中情。其于物也，虽见外正，犹未可信，又当视其中情以验之。朱批：而，女也。虚而勿正，虚心待之。勿遽正之，以待其自败也。

朱批：十六、国门章。三句无答。公曰："国门则塞，朱批：则，即也。上云开国门，故问若彼塞之又奈何。百姓谁敢敖，朱批：敢，衍字，谁敖，唯呵游客也。胡以备之？"事至于此如，何救而可？朱批：此下接潭根云云。"择天下之所宥，朱批：此当在"将小察大"之下。谓不为天下之所疾者。择鬼之所当，谓为神所福助者也。择人天之所戴，谓为人所戴仰者也。而亟付其身，此所以安之也。"得此三德之人付其身而任之，虽有寇贼，无若我何，故安。"强与短而立，齐国若之何？"此亦公问之辞。"高予之名而举之，高举其名，则欢悦也。朱批：进旧臣之秩也。重予之官而危之，与之重官，则不避危亡也。朱批：授新臣之权也。“危”犹“尊”也。因责其能以随之。犹傶则疏之，朱批：犹，由也。旧臣也。毋使人图之。责知其能，随而任之，则自课厉而无所顾望。启宠纳侮，使人图之也。犹疏朱批：新臣也。则数之，毋使人曲之。因不宠任而疏己者，则数加恩义以悦之，无使人见怨阴谋，曲求己隙者也。朱批：曲，私也。此所以为之也。”抚人若此可也。“大［朱批：家小害，以小胜大］。有臣甚大，将反为害。谓大臣富有，既臣且甚大，甚大则逼君，故将反为害。吾欲优患除害，将小（能）［朱批：而］察大。为之奈何？”言我且欲宽优此患，渐除其害，每见其小能，则察知其大欲，为此事如何？亦公之问乱也。朱批：言强臣害政也，大家，卿大夫之家，恒受小害，为家臣所害也。家臣之害家，亦犹大臣之害国，然无大臣，又不能除小臣之害，故发问也。“潭根之毋伐，潭，深也。此以大树喻恶也。譬若大树，深根不可伐。大臣根党盘结，未可卒诛。朱批：此当在“国门则塞”之下，言不可强求也。固事之毋入，既未能诛，且固事之，无得入同其恶也。深黨之毋涸，黨谓探其深情，常令见之，毋使涸竭也。朱批：黨，“黨”字之误，水色深黑不可涸也。不仪之毋助，仪，善也。彼为不善，毋得助佐之也。章明之毋灭，当发明不善，令人皆知之，无使昧灭也。生荣之毋失。谓生篡杀之心，若草木之生荣，此其可诛之时，必不得失之。十言者不胜此一，谓令他事有十言之善，不如此一言也。虽凶必吉。”忍而容之. 屈而事之，凶也。恶稔易诛，吉也。朱批：此下多不可读。“故平以满无事，而总以待有事，而为之若何？”总，谓收积也。故使国家从故平安之时满积其财，以无事之时收积，至时散其积而用也。“积者立余日而侈，美车马而驰，多酒醴而靡，积，谓富而积财者。富而侈食，美车多醴，财有所散，因其散而收之。千岁毋出食，此谓本事。”虽复千岁，常令自食其财，无使他外，则富者之财可得而收之，此积之本。

“县人有主，县，谓系属也。言欲系属于人，必有所主，主于财。朱批：朱云，县，乡县。人此治用。官既积财，人则于官取之，以理其器用也。然而不治，积之［朱批：于］市。谓不取官财以理其用，翻乃积之于市，使高价得其利也。一人积之下，一人积之上，此谓利无常。财既入市，则公私共积之，上虽积一分，下亦积一分，可谓利无常也。百姓无宝，以利为首。百姓无他宝，唯以利为宝之首。一上一下，唯利所处。利积多者，百姓则从而归之也。利然后能通，通然后成国。无利而不通，则国亡也。利静而不化，观其所出，从而移之，利而不化者，则由所出不变故也，观而移变之。朱批：此又言御医之法，当在"毋使人曲之"之下。视其不可使，因以为民等。等，谓率而齐之。不可使，谓其人非有文武之材，又不任作役。若此者，使之率兴利之人而齐之也。择其好名，因使长民，其有好虚誉之名者，则择之使为兴利者之长。好而不已，是以为国纪。好名不已，财乃弥积，故为国纪。功未成者，不可以独名。积财之功未成，则无独与之名。事未道者，不可以言名。成功然后可以独名，众共言此人有名。事道然后可以言名，然后可以承致酢。既有独名，又有言名，然后（至）［可］以至于承君之酢报也。先其士者，之为朱批：谓。自犯，人有士行，当推以为先。今反自先之，是为自犯其过也。后其民者之为朱批：谓。自赡。人能兴利，亦当先之充国。今乃后之，是自为其赡，不忧国也。轻国位者国必败，轻国位，则有散居之心，故国败也。疏贵戚者谋将泄。疏贵戚，则有外顾之意，故谋泄。毋仕异国之人，是为失经。异国之人，所谓非我族类者也。今而仕之，其心异，此谓失国之经也。毋数变易，是为败成。数变易，则事繁而无功，故曰败成。大臣得罪，勿出封外，是为漏情。毋数据大臣之家而饮酒，是为使国大消。饮酒于臣家，则威权移焉。物不两盛，故臣强则国消也。三尧在臧于悬，返于连比，若是者，必从是嚻亡乎！虽使三尧在臧，但悬其物而不散施之，终亦不能守。其物之，必不返于连比之臣。臣既得之，自用树福，则国从是嚻败而亡乎？嚻，即"臭"字也。朱批：墨子书多云尧臧，盖贵贱之至殊者。俞云，儡，篆文作“偪”，相败也。籀文鼺，篆作“鸓”是其证。辟之若尊谭，末胜其本，亡流而下。谭，延也。虽尧守藏，不施必亡。犹如尊位将反，而未能胜其本。此位既不可得，自然流而下者也。朱批：尊，酒尊也。谭，盖承尊之物。谭、坫同声，置尊于谭，上重于下，无不覆者。不平令，苟下不治，凡始理下者，必先能平令。令既不平，令虽下而不理者也。高下者不足以相待，自处其高，欲下待上，必不待之也。此谓杀。”

朱批：十七、事立章。全。“事立而坏，何也？兵远而畏，何也？此谓杀君之事。其事既立而后坏如此者，何也？即以德不素积故也。朱批：畏，威也。民已聚而散，何也？人不归无道故。辍安而危，何也？”神不佑故也。皆谓篡弑。“功成而不信者殆，兵强而无义者残。不谨于附近而欲来远者，兵不信，朱批：信，申也。欲来远者必谨于附近，然后远者来信也。近臣合于其远者立。略，礼谓不繁也。言于近则略之，于远则合之，若此者则可以立功。朱批：信，申也。朱批：伸略，谓申威也。亡国之起，毁国之族，则兵远而不畏。先自疏国之宗族，渐以至三者若此，则兵皆逃远。无兵则威息，故不畏也。国小而修大，仁而不利，犹有争名者，累哉是也。不量国之小，好修远大，虽复远大，不遇其利，而犹与他国争名，是必自累者也。乐聚之力，以兼人之强，以待其害，虽聚必散。好自勉以聚力，欲兼他人之强，用此以御危害。如是者，先虽聚，后必散。大王不恃众而自恃，朱批：太王，先王也。百姓自聚，供而后利之，成而无害。大王亶父为狄所攻，乃去豳之岐，杖策而往。百姓曰：“仁君也，不可失。”扶老携幼而从之。一年成邑，二年成都，三年五倍其初。言太王虽有众，不恃，但自恃其德，故百姓随而聚之，供其所须而利之，遂至于成功而无危害者也。疏戚而好外，朱批：疏其亲戚而与外人和好。企以仁而谋泄，贱寡而好大，朱批：下注云，大，犹众也。此所以危。言自疏己亲，好交外人，虽企慕于仁，而所谋多泄漏。既贱且寡，好为迂大，凡此皆危败之道也。

朱批：众约六句，衍误。“众而约，谓与众为约束也。实取而言让，谓实取彼物于言，更成逊让。行阴而言阳，于行实为阴，密在言，更成显阳。利人之有祸，谓因祸而生利。言人之无患，人虽实祸，于言乃为无患。朱批：言字误，大意谓人无患而我可患之，此下无答词。吾欲独有是，若何？”凡此独君之事也，问独有之何如。自“众而约”已下，公问之辞。

朱批：十八、陈财章。全。此言致富之术。“是（故）［朱批：古］之时，陈财之道可以行，此句。今也利散而民察，必于之身然后行。”管氏言，此乃古之陈设致财之道，亦可行求于今，然利散于下，人则察而知之，置之于身，勿令下知，然后可以行放置之言也。公曰：“谓何？”问所以行之。“长丧以𪒠其时，𪒠，黯也。居丧者毁瘠之息，谓增长叛居丧之礼，使人皆𪒠黯之败也。重送葬以起身财。重送葬，则费用广，惰慢则不及事，由人习为精厉，庶事不怠，故能起身之财。［朱批：一］亲往，一亲来，所以合亲也，谓一亲往死，一亲来生，亲无绝时，故曰“合亲”。此谓众约。人皆亲教之，重葬可以起财，故曰众要之也。问：“用之若何？”朱批：二句衍。问用众要。”巨瘗堷，所以使贫民也。瘗堷，谓圹中埋藏处深堷也。贫人虽无财而有力，故教之巨瘗堷以役其力也。美垄墓，所以文明也。垄墓高美，文明而不灭也。巨棺椁，所以起木工也。人习为棺椁，则增长木之工也。多衣衾，所以起女工也。习为衣衾，则增长女工也。犹不尽，故有次浮也。谓上之理犹有不尽也。次浮，谓棺椁垄墓之外游饰也。朱批：“次”当为“坎”。坎浮，盖墓外沟界。有差樊，樊，蕃也。谓垄墓之外树以蕃，其制尊卑之外，此垄墓之次浮也。朱批：“差”当为“槎”。槎，表也。有瘗藏，谓古之樊者，或藏以金玉，或以器物，此棺椁之次浮也。作此相食，朱批：以食百工。然后民相利，守战之备合矣。方丧之时，孝子荒迷，或不举火，邻里为食以相饲。如此，则递相衔亲，恩情结固。至于守战之时，必诚力齐敌而不能当之矣。乡殊俗，国异礼，则民不流矣。流，移也。俗礼殊异，则人各得其所安，故不流移也。不同法，则民不困乡。朱批：各随地肥瘠民强弱而定，故不困于贫乡。丘老不通，朱批："丘"当为"耆"。通、睹，字误，未详。睹诛流散，则人不眺．丘，大也。大老者，各足于其所，不相交通。流散于其乡则诛之。今其睹见如此，则人安其本，不眺望他所而归之。朱批："眺"同"佻"。安乡乐宅享祭，而讴吟称号者皆诛，朱批：讴吟称号，《周礼》所谓行歌哭于道者。所以留民俗也。皆令安乐乡宅，享祭先祖。其有讴吟思于他所者，则诛之。或有称举号咏于他所乡者，皆诛之。凡此，皆欲留止人俗，不令转移。断方井田之数，谓分人之地，每断定其方，而立之田数，屋三为井也。乘马甸之众，每一甸之众，数赋长毂。一乘马四匹，谓之乘马。十六井曰丘，四丘为甸。制之陵溪，立鬼神而谨祭。每大陵深溪，皆有灵焉，立鬼神之祠，使人祭之。朱批：制陵溪以为限也。皆以能别，以为食数，示重本也。人之大小，皆各有材，能多者食众，能少者食寡，故曰"以能别为食数"。凡此皆重人本之事也。朱批：此言制祭祀。九句为一节。天子皆祭，故曰"君无余"。故地广千里者，禄重而祭尊，其君无余。言不修祭，以余地与嗣也。地与他若一者，从而艾之。从，谓次当受封者。艾，谓减削也。言修祭之君，受地与他同，故曰"若一者"。则削减其地与次受封之君也。朱批：谓列国也，艾杀其礼祀，始封君而已。君始者，谓始为君者也。艾若一者，从乎杀，与于杀若一者。言始受封之君，本既无地，故取先受封者。彼或不与，从而杀之。彼或自取，与受而杀之。彼自取与于始封者，今与先受封者地均若一也。从（者）［朱批：诸］"艾，艾若一者，从于杀，与于杀若一者"，朱批：涉上文而衍。从无封始，句。朱批：谓大夫也，既杀诸侯之礼，则始封君，诸子皆同为公子，故曰"艾若一"。祀不得及始封君，故曰"从无封始"。王事者上。句。朱批：涉下而衍。朱批：王者以下十九句连上重本为一节。王者。上事，句。言从者先无封，令始王事，故艾取他国之地，与先者均齐若一则止。霸者生功，言重本，诸侯既受地分，则上事霸主，随政命以生立其功。凡此皆为重本也。是为十禺。朱批：黜时等十事为十禺也。分免而不争，言先人而自后也。禺，犹区也。十禺，谓十里之地。每里为一禺，故曰“十禺”。若他国来分，明劝勉而与之，不敢交争。如此者所以先他人，自取其后。官礼之司，言国官礼各有私。昭穆之离，离，谓次位之别也。先后［朱批：之］功，器事之治，功有大小，器有精粗，各定其先后之差也。尊鬼而守。尊鬼，谓谨其享祭之礼也。故句。战事之任，高功而下死。句。本事战士虽有高下之殊，各令死其本事也。食功而省利，劝臣饲其有功，省其无功，则臣劝也。上义，而不能与小利。上当操大义而主断，不可顾小利而移也。五官者，人争其职，然后君闻。官争理职则国治，故君名闻于天下。祭之时，上贤者也，谓助祭之时，贤者居上为仪而已，非能有所益。故君臣掌。祭者掌礼以行事，所用其智谋，或君有故，使臣摄之，事亦无旷，故曰“君臣掌”也。朱批：俞云，“掌”读为“党”，君臣同服。君臣掌，则上下均，臣能行君事，故曰“上下均”也。此以知上贤无益也，朱批：“此以”上有脱文，言徒尊上之无益，以益敌耳。其亡兹适。祭祀之时，非不上贤，但庸臣亦能行君之事，无损于令主。人虽云“上贤”，而不用其智谋，与祭时适，故曰“无益”。既不贤，则动皆违理，故兹适于危。上贤者亡，谓空上之而已，不能用之也。而役贤者昌。役贤则功成，故国昌。上义以禁暴，义者所以除去不宜，故禁暴也。尊祖以敬祖，祖，始也。尊立祖庙，所以敬始封之君也。聚宗以朝杀，示不轻为主也。”谓聚会也。小之封宗以朝于君，而有亲疏之杀，凡此为主之重者也。

朱批：此下错衍。载祭明置，载，行也。言公将为行祭，至明而置之，欲人不知也。高子闻之，以告中寝诸子，高子，齐大夫。闻君之将行，故告中寝诸子，诸侯诸子之居中寝者。中寝诸子告寡人，舍朝不鼎馈。常礼，退朝常鼎馈而食。今不然，故致怪之。朱批：“高子”以下在戒篇已见，非其次也，又衍于此，亦非其次。中寝诸子告宫中女子曰：“公将有行，故不送公。”言何故不送公也。公言：“无行，女安闻之？”

曰："闻之中寝诸子。"索中寝诸子而问之："寡人无行，女安闻之?""吾闻之先人，句。诸侯舍于朝，不鼎馈者，非有外事，必有内忧。"公曰："吾不欲与汝及若。若不欲与汝论此言也。女言至焉，不得毋与女及若言。至，谓尽理。吾欲致诸侯，诸侯不至若何哉?""女子不辨于致诸侯，妇人无豫于外政，故不明于致诸侯之理。自吾不为污杀之事，朱批："污杀"戒篇作"持棱"，此误字。人布织不可得而衣，污杀言然，人必有所污杀染戮者，所以伏远而来近。今既为人，虽织不为己用，故有布不得而衣。言此者，欲桓公立威以服诸侯也。故虽有圣人恶用之?"服者寡也。后不用威，圣人亦何能用之？尧为匹夫，不能服三家，即其事也。

"能摩故道新道，定国家，然后化时乎?"摩，谓新其事也。故道，为先王之典型。新道，谓度时而制法。言能摩故道以成新道，定国安家，然后可以化时也。朱批：十九、国贫章。全。"国贫而鄙富，苴美于朝，市国。言国朝贫而边鄙富饶，若此者，边鄙之邑必苞苴财货，好遗朝以市权利也。国富而鄙贫，莫尽（如）[朱批：于]市。国富财故富，鄙输货故贫，其取半反也。其物莫如尽入于市，以市人不虚取，故鄙人不虚与故也。朱批："苴"当为"莫"。莫，无也。朝者国人所效法，市在国以通鄙财，使围城中贫，乡野富，则无侈美于朝，美则国人益侈而贫也，使乡野贫则无侈，尽于市朝则鄙财益竭也。市也者，劝也，劝者所以起本，善农者能多致市利，则自劝而本不怠，故能起本也。善而末事起，不侈本事不得立。侈，谓饶多也。末事不饶多，农事不给，故本事不得立。朱批：此段错误不可读。选贤举能不可得，恶得伐不服用？欲伐不服用，必待贤能。百夫无长，不可临也；若无贤，虽百夫之长无人为之。千乘有道，不可修也。虽千乘之国，有道以用之，则不可修营而伐之也。夫纣在上，恶得伐不得？纣在上位，万人仇之，鬼人怒之，虽其旅若林，莫不倒干自伐，故无有伐而不得者也。钧则战，守则攻。言伐纣者力钧则与之野战，城守则固而攻之。百盖无筑，朱批：盖谓民舍也。筑亦社之类。千聚无社，谓之陋。一举而取天下，有一事之时也。言纣人苟且，虽有千聚之夫，不立一社以统之。如此者，为政之陋也。故武王一举取天下而有之，此万代一时之事也。万诸侯钧，万民无听，虽使万诸侯钧引于人，人必不听，此三言者贵。上位不能为功更制，其能王乎？居上位，不独立其功，不更共制之，若此者，必不能王也。缘故修法，以政治道，则约杀子。吾君故取夷吾谓替。”子，君之子也。其能缘顺故常，修理法制，为政不违于道。若此者，可共谋要杀君子之不当立者。吾君所以取夷吾为替者，为有此道也。公曰：“何若？”问何以独取夷吾也。对曰：“以同，以其德智同，故取也。其日久临，可立而待，鬼神不明。谓君子不当立者，虽久临其位，危亡可立而待。其享祭鬼神之礼，又不能明也。囊橐之食无报，明厚德也。此论桓公之隐，虽以囊橐之食遗人，不求其报，所以明厚德也。沉浮，示轻财也。其散施于人，不顾其沉，所以示轻财也。不得其报曰沉，得报曰浮。或曰祭川曰沉浮也。先立象而定期，则民从之，先立法象，与人定期，人则率服，皆顺从也。故为祷。谓先人祷神祈福祥。朝缕绵，明轻财而重名。”缕，帛也。言每于朝置绵以赏赐。所明者，轻财而重名者也。公曰：“同临，所谓同者，其以先后智渝者也。所谓臣德同君者，能先后于君，其遇危难。则智谋变而通之，《诗》所谓“予曰有先后”者也。钧同财，争依则说，假令财与人钧同，人则说而争依于己。十则从服，若财十倍多彼，则服而从之。万则化，成功而不能识。若财万倍多彼，则变化而无不如意，故可以成功，而观者莫能识之。而民期然后成，形而更名则临矣。”言人心期以为主，相与乐推，然后成形于以名前所服之人，则临之以为君矣。

朱批：二十、为边章。全。“请问为边若何？”问所以防御边境。对曰：“夫边日变，不可以常智观也。边者，两国交争，寇敌同郄，日有变，当应机而动，故不可以常智观。民未始变而是变，是为自乱。未变者，应机未发，且当循常而伺之。令人未当变而辄为变，此谓先时也，更益其乱，故曰“是为自乱”也。请问诸边而参其乱，任之以事，因其谋，诸变，则四变也。谓参验知其委变之乱，然后以事任之，因其所谋而用之。此已上，公问之辞也。方百里之地，树表相望者，丈夫走祸，妇人备食。谓百里之国，自国都至边境，每于高险之处，树立其表，使递相望。其有寇贼之祸，丈夫则走而奔命，妇人则备食以给之也。内外相备。外拒寇以防内，内备食以给外，故曰“相备”也。春秋一日，败曰千金，称本而动。春秋种获，九为农要，此二时而有战，但经一日，败费千金，故为国者必当“称本而动”也。候人不可重也，唯交于上，能必于边之辞。候人，谓谒候之来人国者。候人入国，或伺我虚实，觇我动静，不可使重之。唯有能与上交，必定边境之辞至国不易者，其可重也。行人不可有私，句。不有私，所以为内因也。行人，使人也。若何而可？唯不有私耳。无私则意成，故能为国内成事者也。使能者有主矣，而内事。”使人出境，必有所主。其所主者，欲成内国之事。

朱批：此段衍误。万世之国，必有万世之实，无万世之实，不能成万世之国。必因天地之道。天地之道，顺以动者也。无使其内，使其外，应内而外，失外情也。使其小，毋使其大，弃其国宝，应小而失大事之宜。大臣，国之宝也。今非理使之，故曰“弃国宝也”。使其大，贵一与而圣。句。称其宝，使其小，可以为道。谓使其大臣当尊之，一与其事，必无转移。知此则举辍有成，能立圣人之功，谓“称其宝”矣。能则专，专则佚。使得其能，于事必专，专则功成，故佚乐也。椽能逾，则椽于逾。椽，犹梯也。谓凿椽以为梯。凡欲蹈越高远，必因梯而后能。若不因梯，直欲逾之，则不能逾矣。然则逾因梯而逾矣，此逾成功必有良臣贤佐，然后事遂而名立也。能宫则不守而不散，宫，谓防御之国。四国也，能有四国之宫，则不有寇难。若无宫，直欲守之，其众必散也。众能伯，不然将见对。伯，长也。谓材能之士，众必能为之长。若不能长之，豪杰之人将来对己，以两雄角两雄之为也。朱批：廿一、君子章。君子者，勉于纠人者也，君子者，德民之称，故但纠察人，不为人所纠。非见纠者也。故轻者轻，重者重，前后不慈。轻谓臣人，重谓君也。凡君臣所以能相慈者，轻能事重，重能制轻，然后慈惠之心油然生矣。今轻自在轻，重自在重，或前或后，不相交接，否之谓也，何慈之有乎？朱批："慈"字误。凡轻者，操实也。臣须君食，故必操君实也。以轻则可使，轻而操实，则可使也。重不可起轻，重无实，则轻不可起。轻重有齐，重以为国，重者不限，则以为国。轻以为死。以道使轻，可以致死。毋全禄，贫国而用不足。欲全其禄，不以与下，则贤去而人散，故国逾贫而用逾不足也。毋全赏，好德恶句。亡使常。虽曰好德，全赏而不与。虽曰恶亡，所使者乃常人。若此者，败亡之道。

朱批：廿二、先合章。"请问先合于天下而无私怨，谓与天下合同，人皆乐推，故无私怨也。犯强而无私害，虽犯于强，乃以公义，故无私害。谓楚贡苞茅之比也。为之若何？"对曰："国虽强，令必忠以义。令忠以义，虽强必德之也。国虽弱，令必敬以哀。令敬以哀，虽弱必免也。强弱不犯，则人欲听矣。犯虽轻弱，则人违之。先人而自后，而无以为仁也。先人自后，大国礼之。何仁之为也？加功于人而勿得，施功而不求于报也。所橐者远矣，橐货而匮民者，当远之也。所争者外矣。交争无礼者，当遣之外也。明无私交，则无内怨。私交则不公而偏，故内怨起之。与大则胜，能亲与大国，故得胜。私交众则怨，杀夷吾也。使君私交者，夷吾之由，故恐众怨而杀之。如以予人财者，不如无夺时。如以予人食者，不如毋夺其事。不夺其事，则各安其业，食无不足也。此谓无外内之患。"

事故也，财食足，则外内之患忘也。君臣之际也。君臣非有骨肉之亲，但以礼义相接也。礼义者，人君之神也，礼义在，则君尊臣卑，万人以宁，故曰"神"。且君臣之属也。以义相属。亲戚之爱，性也。相亲相爱，性也。使君亲之，察［朱批：索］同索属故也。索，求也。君亲之于臣子，同求其爱敬矣。故，事也。臣虽属君，当以事亲之故事君。使人君不安者，属际也，使君不安其位者，则臣但以义际君，无爱敬故也。不可不谨也。臣无爱敬，或化为仇敌，故不可不谨之也。贤不可威，威贤则邦国殄瘁。能不可留。材能当引用之，不可留之于彼身。朱批：贤者自尊，故不可威。能者急用，故不可留。杜事之于前，易也。水，鼎之洎也，奸凶之事，先其未然而杜塞之，则甚易。犹水之在鼎以烹之，食事亦不扰也。人聚之，壤，地之美也，由是地美，故人聚之也。人死之。若江湖之大也，人所以为君致死者，则君量若湖水之大，无不容纳故也。求珠贝者，不令也。君之于人，有所简择，若求珠贝之为也，人必去而不令之。朱批：人为利死，若泳江湖，以求珠贝，不待令也。逐神而远热，交觯者不处，（见）［朱批：兄］遗利。君之于人也，使敬之若逐神，长之若远热。其逐神者，交觯祭祀，不敢留处。其远热也，虽有兄弟之亲．亦遗利而去。君之尊严莫与大，谁敢窥觎之哉？夫事左，谓人君行事不得正。中国之人，观危国过君，而弋其能者，岂不几于危社主哉？中国，谓得礼义之中国也。弋，取也。中国之人见危国过君，不能用贤道为己用，如此，则过君之社主近于危也。利不可法，故民流。神不可法，故事之。神亦不得其法，不知神之所在，故畏敬事之，所谓阴阳不测之者也。天地不可留，故动，化故从新。天地施化，日夜不息，故能生成不已。以天地变，不可留停，故动。化其故以就其新，然亦循故之四时，周而复始，无所易之也。

是故得天者，高而不崩。谓得天变化日新之理，故能常保其尊高而不崩坏者也。得人者，卑而不可胜。得人则众归之，故虽卑不可胜。是故圣人重之，谓重天也。人君重之。谓重君也。故至贞生至信，句。贞，正也。谓正心生，则至信生而应之也。至言（往）［朱批：生］至绞，句。绞，谓急言私己。今空以言往而无其实，则至绞己言生而应。朱批：言当为信，绞当为佼。生至自有道。正生则信至，言往则绞来，皆有因而然。故曰“至自有道”。不务以文胜情，以文胜情，情弥虚也。不务以多胜小。少是能正众非，故多不能胜之。不动则望有廧，君子俨然不动，则望者如墙焉。旬身行。旬，均也。君子身行，必令均平正直。朱批：皆不可读。“廧”即啬字加广，如禀之为廪也。啬旬身行，谓俭均己身而物自足。法制度量，王者典器也。理国之常器也。执故义道，畏变也。君人执守故义以尊于道者，畏轻躁之人妄有所变也。天地若夫神之动，化变者也，天地之极也。若能祀神而动，化变流弊，天地之极理，善莫大焉。能与化起而王用，则不可以道山也。若能随神化而起，王有天下，其所运用，则不可以常道格之，其富饶取类于山也。朱批：山，误字。盖当作“佡”，同“迁”。仁者善用，智者善用，非其人，朱批：非人用化，则化移人也。则与神往矣。非其人尚能用之，则明无不用。如此者，可谓通灵合契，与神往来也。朱批：廿三，衣食章，言厚葬之意，下有脱文。衣食之于人也，不可以一日违也。一日违衣食，生理或几乎不全也。亲戚可以时大也。谓时大聚会之，以结其恩意。朱批：“大”同“忕”。相亲则有父子不相见，则亦忘之矣。是故圣人，万民艰处而立焉。人者难静而易扰，故圣人处立其土，常有战兢之心，畏难之也。

人死则易云，死则无所为，不忧其为乱，故易云也。朱批：俞云：云，友也，亲也。生则难合也。生者有利欲之心。合而无防，盛生奸谋，故难合。故一为赏，再为常，三为固然。谓一时行其赐，人则欣赖以为赏。频再为之，则人以为常，谓至此时必当有赏。频三为之，则以为理固当然，无怀愧之心。其小行之则俗也，若小行其赏，则人习之以为俗，无过厚之恩也。久之则礼义。久而一行厚赏，则人荷德而怀恩，此礼义之（王）［正］者也。故无使下当上必行之，无使下人每至时承当君上必行之赏也。然后移商人于国，非用人也。下既不希上赏，则专意于市，故商人皆移来入国也。不择乡而处，不择君而使。商人常随利往来，故不择邻，又不择君。出则从利，入则不守。商人出国，唯从利焉。其入国遇寇难，则惬怯而苟免，不为君城守也。国之山林也，则而利之。商人虽不为国用，亦有利于国。犹山林也，随取而得其利，则当容受而取其利也。市尘之所及，二依其本。市则众聚喧嚣，（允）［尤］多尘埃。今使工商二族依之以为本，此亦处物之宜也。故上侈而下靡，得商贾之利，故上侈下靡。而君臣相朱批：脱一字。上下，得商工之用，故依之章著上下之仪。相亲，则君臣之财不私藏。相亲则情公，故不私藏财。然则贪动枳而得食矣。枳棘者，所为拥塞也。农人贪商贾而动者，则多枳塞，其幸者但得贪食而已，无余利也。徙邑移市，亦为数一。其有田邑之人，今移于市，此亦为费数而得一耳也。

问曰："可云？"问多贤之理可言不。朱批：云，犹招致也。对曰："鱼鳖之不食咡者，不出其渊。树木之胜霜雪者，不听于天。霜雪不能杀，是不听于天也。士能自治者，不从圣人。能自理者则有余，不从圣人而求之也。岂云哉？能自理，则虽圣人不能致。自斯之外，何可云者。夷吾之闻也，不欲强能，材能之士，心不慕己，勿强引之也。不服智而不牧。士之材智，上不服则勿养之。若旬虚期于月，津若出于一明，然则可以虚矣。匝一月曰期。津，明润貌。君人之道，当若每旬之虚而任数，自期以来日既至，津然后出一明矣。如此虚而任数，理足自明。人但虚怀接物，贤才自至，亦犹是也。朱批：旬虚，朔虚也。"津"当为"律"。月有小大，以应月行，使朔望之光如一，故有虚也。致士亦然，或吝之，或饶之。故阨其道而薄其所予，则士云矣。士之道艺，则能阨而服之，至人所与，则薄而少之。如此则必自来，其理可言也。不择人而予之，谓之好人。不择人而取之，谓之好利。遇人则与，无所简择，可谓多所爱，所爱多不当。审此两者，以为处行，则云矣。"两者，谓不择取，与不择而取。宁不择而与，用此以为处身之行，则其理可云矣。

不方之政，不可以为国。不方之政，谓邪也。曲静之言，不可以为道。静，谋也。节时于政，与时往矣。凡为节度，当合于时，所施政教，与时俱往。不动以为道，齐以为行。守正不动以为道，齐整肃然，以此为行也。避世之道，不可以进取。苟避世，则晦明藏用。若无所能，故不可进取。阳者进谋，幾者应感。显明其事者，欲进而为谋，幾理之动，唯应所感也。再杀则齐，一杀尚有参差，必再杀然后可齐。文王再驾伐崇，武王再伐纣也。然后运可请也。既齐则天下服，故请问历数之运，将陟帝位也。“阳者进谋”以下，公问之辞也。对曰：“夫运谋者，天地之虚满也。合离也［朱批：者］，言历运之谋，崇替相因，若天地之有满虚合离，乃理之不可已者也。春夏为合，秋冬为虚。春秋冬夏之胜也。若无春秋冬夏之变，则不能相胜而成岁。有道之伐无道，亦犹是也。然有知强弱之所尤，然后应诸侯取交。尤，殊绝也。谓应运而王者，必有智而强，殊绝于众，然后应诸侯之可以取天下之交。故知安危，国之所存。以时事天，以天事神，谓以神礼事也。以神事鬼。谓依时而享鬼也。故国无罪而君寿，而民不杀，智运谋而杂橐刃焉。虽用智运谋，亦须威以成之，故曰杂。橐，韬也。其满为感，感则物应，故满也。其虚为亡。亡则物散，故虚也。满虚之合，有时而为实，满时为实也。时而为动。虚时为动散也。地阳时贷，地在阳，时假贷万物精气以长养也。其冬厚则夏热，其阳厚则阴寒。厚，谓过于寒热。冬有极寒，夏有极热。夏有极热，冬有极寒。是故王者谨于日至，谓冬夏至也。当知二至之寒热也。故知虚满之所在，以为政令。知其寒热之虚，为时令以顺之。已杀生，句。其合而未散，可以决事。时冬时，既有肃杀，其萌芽内发欲生也。然其时方寒合而未有，时可以决断罚罪之事也。将合可以禺，其随行以为兵。禺，谓事端初见也。谓夏末初秋之时，寒凉方至，将凝合初见其禺，随此时而行，可以为兵威也。分其多少，以为曲政。兵之所由，各有多少，随其多少，委曲为政。

“请问形有时而变乎？”谓岁年多吉凶之变可知。对曰：“阴阳之分定，则甘苦之草生也。阴阳之分定于吉，则有甘草生荠是也。定于凶，则苦草生葶苈是也。从其宜，则酸咸和焉，谓从四时之宜，以酸咸之味和而食焉。若春多酸，冬多咸是也。而形色定焉，以为声乐。酸色青，咸色黑。青声（鱼）[角]，黑声羽。言定色而生声。夫阴阳进退，满虚亡时，其散合可以视岁。言阴阳满虚散合，可视知岁之丰荒也。唯圣人不为岁，能知满虚，夺余满，补不足。圣人善识满虚之所在，故夺有余者补于不足。以通政事，以赡民常。或满与虚，万人均平，故能通达政事，赡足于人，使修常道。地之变气，应其所出。谓地见灾变之气，应其所出之处，设法以禳之。水之变气，应之以精，受之以豫。水见灾变之气，则常应之以精诚。其祥不弭，当受之者，须预有所防备之也。天之变气，应之以正。天见灾变之气，唯守正以应之也。且夫天地精气有五，不必为沮。谓五行之时也。其时之气不能必，则为沮败也。其亟而反，其重陔，动毁之进退，即此数之难得者也。其为沮败也，或才有形而违反者，或迟重滞疑久而不去者，或发动而有所毁伤者，或乍进乍退者，凡此皆灾败之数，难得而知之者。此形之时变也。谓岁年之形有变也。"沮平气之阳，若如朱批：而。辞静。言欲沮败平和之阳气，默至无形声，如辞言之静者。余气之潜然而动，爱气之潜然而哀，朱批：朱云，我生曰"余气"，生我曰"爱气"。胡得而治动？"灾之余气，潜然发动，爱怜之气，已潜然而哀，则气（侯）[候]之动难知者也，故曰"胡得而治动"。自"沮平"已下，公问之辞。对曰："得之衰时，位而观之。得其沮气衰败之时，立分位而观察之。朱批：衰，差也。佁美，然后有朱批：又。辉。佁，深思貌。谓深得其美理，然后情魂悦而貌辉然也。修之心，其杀以相待，既知灾气之所召，则修德于心以禳之。其凶杀之至，必有以待之。故有满虚哀乐之气也。当察灾而德禳，或满而乐，或虚而哀也。故书之帝八，神农不与存，为其无位，朱批：神农，土也，土寄四时，故曰"无位"。不能相用。"问："运之合满安臧？"《易》之所序五帝，谓伏羲、神农、黄帝、尧、舜。《书》之所记三王，夏、殷、周。然于八帝之中，神农所存事迹独少，则以不为位，以观灾处，气又不用。公问："自今之后，运之合满，何所藏隐，可得知之乎?”“二十岁而可广，十二岁而聂广，朱批:“可”当为“叵”，颇也。聂，摄也，大也。百岁伤神。管氏对曰:“从今之后二十岁，天下安宁，德义可广。又十二岁，代将乱而摄其广。又百岁之后，天下分崩，鬼神之祀绝矣。”周郑之礼移矣，礼移则俗变也。则周律之废矣。周之法则坏矣。则中国之草木，有移于不通之野者。时既战争，废于农事，稼穑之地，荆棘生焉，故草之属，移变于不通之野。然则人君声服变矣，声，谓乐声。众乱则声服俱变。则臣有依驷之禄。依，称也。代衰则臣富，故臣多养驷马，及其受禄，又以称之。妇人为政，铁之重，反旅金。君幼，则母后为政。铁者，所以为兵器，当重之。谓下流卑识，不重铁，反旅陈于金而玩之也。而声好下曲，食好咸苦，谓声之下而悲者，食多咸苦之味者，妇人至所好。则人君日退。亟则溪陵山谷之神之祭更，应国之称号亦更矣。既使妇人为政，则百度昏，人君之退衰也，岂不亟急哉?更，改也。国衰则神之祀改，其所应祭国之称号亦更矣。市朝既变，后圣既作，故改其国号。视之亦变，旌麾之属，目视而取节，今变矣。朱批:俞云，“亦”当为“天”。观之风气，古之祭有时而星，或祭星以祈风气之和者也。有时而星熺，熺，星之明。或有祭明星者。有时而炬，炬，热甚也。谓旱热甚而祭。有时而朐，朐，远也。或远而为来岁祈福而祭之也。鼠应广之实，阴阳之数也。鼠，忧也。凡此皆君之忧，人故广为祈福祥而祭之，调阴阳为物也。朱批:鼠，小狭也。华若落之名，祭之号也。言祭时为物作美号，若花落也莅物，益其光辉。是故天子之为国，图具其树物也。”

卷十三

心术上第三十六　短语十

心之在体，君之位也。心之在体，当身之中，凡身之运为，皆心之所使，故象君位。九窍之有职，官之分也。九窍则各有职司，不能以此代彼，若百官之有其分也。心处其道，朱批：此似道家言。上目下解，正似《宙合》篇，而注独疑此，何也？九窍循理。心之君处常能顺道，则九窍所司，各循理而应也。嗜欲充益，目不见色，耳不闻声。君嗜欲充益，动违道则九窍失其由，故目有所不见，耳有所不闻也。故曰：上离其道，下失其事。上顺道，则下事得。毋代马走，使尽其力。毋代鸟飞，使弊其羽翼。毋先物动，以观其则。动则失位，静乃自得。道不远而难极也，能走者，马也。能飞者，鸟也。今不任鸟马之飞走，而欲以人代之，虽尽力弊翼，而终竟不能尽。以喻君代臣亦然，故曰“不远”，而不得，故曰“难极也”。与人并处而难得也。虚其欲，神将入舍。但能空虚心之嗜欲，神则入而舍之。扫除不洁，神乃留处。不洁亦喻情欲。朱批：乃宋本作，“不”误。人皆欲智，而莫索其所以智乎。所以智者，虚心以循理也。智乎智乎，投之海外无自夺，但能虚心循理，其智虽复远投海外，虚心用之，他毋从而夺之也。求之者不得处之者，将欲求之智，终不知其处而得之也。夫正人无求之也，智既不可得，故人亦无从而求之。朱批：俞云，“之”者衍文，“夫”当为失，言求者不得，处之亦失正。故能虚无。虚无无形谓之道。化育万物谓之德。君臣父子人间之事谓之义。人事各有宜也。登降揖让，贵贱有等，亲疏之体谓之礼。简物朱批：字脱误。小未一道，杀戮禁诛谓之法。谓简择于物，未有能与道为一者，乃杀戮禁防之，此法之用也。大道可安而不可说。夫道，无形无声者也。体神而安之，则有理存焉。如欲说之，无绪可言。直人之言，不义不顾。朱批：依下当作"莫人"。俞云，"顾"当作"取"。不出于口，不见于色，四海之人，又孰知其则？谓安道之君子，虽人言其不义，惊然不顾。言既不出于口，理又不见于色，言理既绝，四海之人谁有能知其则义哉？天曰虚，地曰静，乃不伐。言能体天而虚，顺地而静，则道德全备，故不可伐也。朱批：俞云，"伐"当作"代"。代，贷也。洁其宫，宫，心之宅，犹灵台也。开其门，门，谓口也。开口使顺理而言。下解门，谓耳目也。去私毋言，谓毋私言。神明若存。宫洁无私则神存。纷乎其若乱，静之而自治。虽纷然而乱，但静而顺之，则自理也。强不能遍立，智不能尽谋。忘强与智，然后所谋立遍而尽。物固有形，形固有名，名当谓之圣人。立名当物，所以称圣。故必知不言无为之事，然后知道之纪。道以不言无事为纪。殊形异势，不与万物异理，故可以为天下始。君人者，必殊形异势，与物同埠，故可以为天下主。人之可杀，以其恶死也。若不恶死，虽杀无益。其可不利，以其好利也。若不好利，虽不利之，亦无惩也。是以君子不怵乎好，怵，止也。不止人好利之情。下解中作"怵"。不迫乎恶。不迫移人恶死之意。恬愉无为，去智与故。其应也，非所设也。其动也，非所取也。故，事也。既忘智，则事自去。过在自用，自用不顺理，则生过。罪在变化。小聪明，变旧章，则成罪也。是故有道之君，其处也若无知，寂泊之至。其应物也若偶之。若符契自然而合也。静因之道也。凡此皆虚静循理之道也。

心之在体，君之位也。九窍之有职，官之分也。此已下，上章之解也，然非管氏之辞。岂有故作难书。而复从而解之？前修之制皆不然矣。

凡此书之解，乃有数篇。《版法》《势》之属皆简错不伦，处非其第。据此，则刘向编授之由曰，谓为管氏之辞，故使然也。今究寻文理，观其体势，一韩非之论，而韩有《解老》之篇，疑此《解老》之类也。耳目者，视听之官也，心而无与于视听之事，则官得守其分矣。夫心有欲者，物过而目不见，声至而耳不闻也。朱批：俞云衍。故曰：上离其道，下失其事。故曰：心术者，无为而制窍者也。心无嗜欲之为，故能制于九窍。故曰：君，无代马走，无代鸟飞，此言不夺能，（能）[朱批：而] 不与下诚也。君之能不预于下之诚，凡为其所能无不诚。毋先物动者，摇者不定，趮者不静，言动之不可以观也。位者，谓其所立也。人主者立于阴，阴者静，静为躁君，故人主立于阴也。故曰动则失位。失君位也。阴则能制阳矣，静则能制动矣，君亦能制臣矣。故曰静乃自得。

道在天地之间也，其大无外，其小无内，所谓大无不包，细无不入也。故曰不远而难极也。虚之与人也无间，虚能贯穿人形，故曰“无间”。唯圣人得虚道，故曰并处而难得。世人之所职者精也，职，主也。言所禀而生者精也。去欲则宣，宣则静矣。宣，通也。去欲则虚自行，故通而静。静则精，精则独立矣。独则明，明则神矣。神者至贵也，故馆不辟除，则贵人不舍焉，故曰不洁则神不处。

人皆欲知而莫索之，其所以知彼也，其所以知此也。有此然后知彼也。不修之此，焉能知彼。无此其具则不得知彼。修之此，莫能虚矣。虚者无藏也。此既修，则彼不能虚，诳者无能藏隐故也。故曰：去知则奚率求矣，率，循也。无知则循理而自求也。无臧则奚设矣，既不能隐藏，则无策谋可以施设也。无求无设则无虑，无虑则反覆虚矣。

天之道，虚其无形。虚则不屈，屈，竭也。无形则无所位牾。牾逆也。无所位牾，故遍流万物而不变。无物与之同，故不变。德者道之舍，物得以生。谓道因德以生物，故德为道舍。生知得以职道之精。得其生者，生由禀道之精也。故德者，得也。得也者，其谓所得以然也。得道之精而然也。以无为之谓道，无为自然者，道也。朱批：俞云，衍“以”。舍之之谓德。道之所舍之谓德也。故道之与德无间。道德同体，而无外内先后之异，故曰“无间”。故言之者不别间之也。同体故能不别。理者，谓其所以舍也。道德之理可间者，则有所舍，所以舍之异也。义者，谓各处其宜也。礼者，因人之情，缘义之理，而为之节文者也。故礼者，谓有理也。理也者，明分以谕义之意也。故礼出乎义，义出乎理，理因乎宜者也。法者所以同出，不得不然者也。有礼则有法，故曰“同出”也。朱批：俞云，“出”当为“世”。故杀僇禁诛以一之也。故事督乎法，督，察也。谓以法察事。法出乎权，权出乎道。权道者，事从之而出。道也者，动不见其形，施不见其德，万物皆以得，然莫知其极。故曰：可以安而不可说也。莫人，言至也。人无能言者，理之至也。朱批：莫人，无人也。所谓“至人无我”，依上当作“直人”，即“正人”也。不宜，言应也。有时宜言，则应物故。应也者，非吾所设，故能无宜也。不顾，言因也。无所顾思者，因旧故。因也者，非吾所顾，故无顾也。因，旧也。非吾所为，故无顾。朱批：俞云，“顾”当为“取”。草书形近。不出于口，不见于色，言无形也。四海之人，孰知其则，言深囿也。不知深浅之囿城也。天之道虚，地之道静。虚则不屈，静则不变，不变则无过，故曰不伐。洁其宫，阙朱批：“阙”当为“辟”。其门，宫者，谓心也。心也者，智之舍也，故曰宫。洁之者，去好过也。去欲好之过也。门者，谓耳目也。耳目者，所以闻见也。物固有形，形固有名，此言不得过实，实不得延名。不得无实，虚延其名。姑形以形，以形务名，督言正名。姑，且也。且言形者以其形也。故曰：圣人不言之言，应也。言则言彼形耳，于我无言。应也者，以其为之人者也。人有所为，故圣人得不应。执其名，务其应，所以成之，应之道也。物既有名，守其名而命合之，则所务自成，斯应物之道。无为之道，因也。因也者，无益无损也。损益者，生有为。以其形，因为之名，此因之术也。见形而后名，非因而可。

名者，圣人之所以纪万物也。万物虽多，立名以纪之也。人者，立于强，必强，然后有所立也。务于善，必善，然后成人也。未于能，能未成者，习而成之。动于故者也。凡所运动，必循于故致也。圣人无之，谓无宰物之心也。无之，则与物异矣。物有我无，故异也。异则虚，异于有，故虚也。虚者，万物之始也，有形生于无形也。故曰：可以为天下始。圣人体虚，故为天下始也。人迫于恶，则失其所好，迫人于恶，故失所好。怵于好，则忘其所恶，为好所惕，故忘其恶。非道也。二者皆非。故曰：不怵乎好，不迫乎恶。恶不失其理，欲不过其情，故曰：君子恬愉无为。去智与故，言虚素也。凡知与言，习从虚素生，则无邪欲也。其应非所设也，其动非所取也，此言因也。因也者，舍己而以物。舍己而随物，故曰“因”。为法者也。感而后应，非所设也。缘理而动，非所取也。过在自用，罪在变化。自用则不虚，不虚则仵于物矣。变化则为生，谓有为于营生。朱批：俞云，“为”同“伪”。为生则乱矣。故道贵因，因者，因其能者，言所用也。就能而用，故曰“因”也。君子之处也，若无知，言至虚也。其应物也，若偶之，朱批：偶，桐人也。如桐木人，随人所适也。言时适也。若影之象形，响之应声也。故物至则应，过则舍矣。舍矣者，言复所于虚也。

心术下第三十七　短语十一

形不正者德不来，有诸内必形于外，故德来居中，外形自正。《诗》云：“抑抑威仪，惟德之隅。”中不精者心不治。精，诚至之谓也。中能诚至心，事自理。正形饰德，万物毕得。翼然自来，神莫知其极。正外形，饰内德，则下观而化矣，故万物尽得其理也。昭知天下，通于四极。因物之义可以逆顺，故能昭知天下，自近以及远，通达于四极。是故曰；无以物乱官，贪贿则官乱也。毋以官乱心，健羡太甚，则心乱也。此之谓内德。官货两忘，则内德也。是故意气定然后反正。无欲则意气定，故能反正也。气者，身之充也。气以实身，故曰“身之充”也。行者，正之义也。行不违中正之宜者也。充不美，则心不得。充不美则气邪，故心乱而不自得也。行不正，则民不服。行不正则邪枉，故人不服。是故圣人若天然，无私覆也；若地然，无私载也。私者，乱天下者也。凡物载名而来，圣人因而财之，而天下治，实不伤。因名而财，则物宜之不爽，故天下之理不伤也。财，同“裁”，字训。不乱于天下，而天下治。天地以及万物皆有理存焉，直莫之乱，则是理矣。专于意，一于心，耳目端，知远之证。但专意一心，则耳目自端，证知远事也。能专乎？能一乎？能毋卜筮而知凶吉乎？惠迪吉，从逆凶，岂劳卜筮而后知乎？能止乎？能已乎？谓能止于己分。能毋问于人而自得之于己乎？诚己自通，问人致惑，故不问而自得也。故曰思之，思之不得，鬼神教之。诚己思而不得，必有鬼神来教。非鬼神之力也，其精气之极也。鬼神虽能教不精极［者］，令有精极，唯思之极，则神不得不教，岂鬼神能致其力也！一气能变曰精，谓专一其气，能变鬼神来教，谓之精。一事能变曰智。能专一其事，能变而动之，谓智也。慕选者，所以等事也。人之来助，或占募之，或选择之，欲令其事齐等也。朱批：俞云，“慕”当为“纂”。《诗》“舞则选兮”。韩作“纂”字，“纂”“选”皆齐也。草书形近。极变者，所以应物也。物穷则变，变而通之，我之所由。令极于变通之理，应物者也。慕选而不乱，慕选则齐洁，故不乱。极变而不烦，极变以顺物宜，故不烦也。执一之君子。执一而不失，能君万物。一，谓精专也。既精且专，故能君万物也。日月之与同光，天地之与同理。所谓与天地合其德，与日月合其明。圣人裁物，不为物使。圣人者裁断于物，而使物不为裁而使己也。

心安是国安也，圣心安，是国安。心治是国治也。圣心治，是国治。治也者，心也；安也者，心也。理与安一在于心，然后国定也。治心在于中，理心在于适中也。治言出于口，则无口过。治事加于民，则无枉事。故功作而民从，则百姓治矣。功成人服，非理而何？所以操者，非刑也；所以危者，非怒也。刑虽能操，怒虽能危，比之于道，犹为末功。物不能离，道无不操，违道必危，是无不危也。民人操，百姓治，道其本至也。必每人皆操道，然后百姓理。如此，则道为人本，岂不至哉？至不至无，无，虚也。所谓至者，虚之道也。非所入而乱。非至虚而为天下主，必乱。朱批：道者，可至之地名也。名为道而不能至，则无入非乱矣。凡在有司执制者之利，非道也。有司执制，常弃本逐末，滞于刑政，非道也。圣人之道，若存若亡。迎之不见其首，随之不见其后，故曰“若存若亡”。援而用之，殁世不亡。道无刑也，无形则无尽时，故殁世不亡也。与时变而不化，应物而不移，日用之而不化。无形则无变移之时。

人能正静者，筋肕而骨强。能静则和气全，故筋骨肕强也。能戴大圆者，体乎大方。必体大方，然后能戴大圆。镜大清者，视乎大明。必视大明，然后能镜大清。正静不失，日新其德，正静者，则理顺而功立，故其德日新。昭知天下，通于四极。既知天下，则远通四极。金心朱批：金心，喻镜也。在中不可匿，金之为物弥精，心之为用弥明，故比心于金。中苟有如金之心，则征见于外，不可隐匿之也。外见于形容，可知于颜色。其见于外，或在形容，或在颜色。善气迎人，亲如弟兄。恶气迎人，害于戈兵。不言之言，闻于雷鼓。至道之君，常言之言，则人无不闻，故同于雷鼓。金心之形，明于日月察于父母。金心无不耀，无不知，故明于日月。察于父母，知子无若于父母，故以言焉。昔者明王之爱天下，故天下可附。暴王之恶天下，故天下可离。故货之不足以为爱，刑之不足以为恶。货者，爱之末也；刑者，恶之末也。爱恶以为心本也，故货刑为末也。凡民之生也，必以正平，正平则能保全其生。所以失之者，必以喜乐哀怒。喜乐哀怒过常，则失其主。节怒莫若乐，节乐莫若礼，乐主和，故能节怒。守礼莫若敬。礼者，敬而已矣，故敬能守礼也。外敬而内静者，必反其性。外敬则合礼，内静则循察，故能反其性。岂无利事哉？我无利心。岂无安处哉？我无安心。亦既反性，则忘其利安，虽有利事安处，蔑不足资也。心之中又有心。动乱之心中，又有静正之心也。意以先言，意感而得言。意然后形，意感其事，然后呈形。形然后思，有形则理可寻，故思之也。思然后知。思然后得理，故能知也。凡心之形过失生，是故内聚以为原。泉之不竭，内聚思虑，则用之不穷，犹泉之有源，其可竭哉？表里遂通；泉之不涸，四支坚固。内和则外道，表里无拥，故若泉之不涸，而四支坚固也。能令用之，被服四固。但能用此道者，则四支坚固，被及其身也。是故圣人一言解之，上察于天，下察于地。解则无不通物，故能穷于上下。

白心第三十八　短语十二

建当立有，句。凡所建，必其当立者。以靖为宗，静则思虑审，为建事之宗。以时为宝，建事非时，虽尽善不成，时为事宝也。以政为仪，政者所以节制其事，故为仪。和则能久。又必当和同，然后能久也。非吾仪，虽利不为。非吾当，虽利不行。非吾道，虽利不取。凡此虽曰有利，非吾仪也、当也、道也，故皆不为之也。上之随天，其次随人。所谓应天顺人也。人不倡不和，人倡而和，事无不成也。天不始不随。后天而奉天时，则举无不违也。故其言也不废，其事也不随。原始计实，本其所生。知其象，则索其形。谓君之出言，人乃顺而不废，其行事则有不随。若此者，当原其初始，计其理实，寻本其所生，则其象可知。象既可知，则其形可索也。缘其理，则知其情。顺理则情自见。索其端，则知其名。索端则名自形。故苞物众者莫大于天地，万物共在天地之中。化物多者莫多于日月，日，阳也。月，阴也。物皆禀阴阳之气，然后化之也。民之所急，莫急于水火。一日无水火，则生理或有不全。然而天不为一物枉其时，冬不为松柏不凋辍其霜雪，夏不为荠麦枯死止其雨露也。明君圣人亦不为一人枉其法。周公不以管蔡之亲休其诛放也。天行其所行，而万物被其利。冬行霜雪，夏行雨露，故万物利也。圣人亦行其所行，而百姓被其利。行赏于善人，行罚于凶人，故天下清而百姓蒙利也。故万物均，既夸众矣。夸，大也。天与圣人无私，故万物均蒙其利，既大而且众也。是以圣人之治也，静身以待之，物至而名，自治之正。循名责实，则下无隐情，故理。朱批：物至而有事，则有名矣。因物名而名之，是自治之正也。名既由于自治，故身邪，则名废。名自治之，奇身名废。奇，谓邪不正，音饥。名正法备，则圣人无事。正名法备，则事无阙滞，故圣人无事也。不可常居也，居必有时而迁。不可废舍也，废舍则百度弛紊也。随变断事也，居变则不壅塞也。知时以为度。事非其时，则不成也。大者宽，小者局。宽则有余，局则不足。物有所余，有所不足。以有余补不足，则事平理均也。兵之出，出于人。人为兵本。朱批：兵，刀也。其人入，入于身。兵而有功，入其赏（阳）［赐］，必反于身。兵之胜，从于适。适，和也。所谓师克在和也。朱批：出于人而入人之身，故胜由适人，无适则无所用兵，不若德之不穷也。德之来，从于身。修身则德立也。故曰：祥于鬼者义于人，义于人者，则鬼祐之，以福祥也。兵不义不可。兵不义而还自害，故不可。强而骄者损其强，弱而骄者亟死亡。违理而骄，无施而可。弱而骄者，则又其戾焉。死之速，不亦宜乎。强而卑义，信其强。信，音申。弱而卑义，免于罪。是故骄之余卑。于骄有余则弱，弱则卑也。卑之余骄。于卑有余则强，强则又骄。道者，一人用之，不闻有余。理才用于一人。天下行之，不闻不足，无不足于其人。此谓道矣。多少皆足者，道也。小取焉，则小得福，大取焉，则大得福。尽行之，而天下服，殊无取焉。则民反其身，不免于贼。殊无取焉，则动皆违道，故人反背之而贼害也。左者出者也。左为阳，阳主生，故为出也，朱批：左，卑也，以道名卑，是出于道。右者入者也，右为阴，阴主死，故为人也。朱批：俞云，“入”当为“人”。上落“伤”字。右道是入于道也。出者而不伤人，入者自伤也。出者既主生，则不当伤人。违而伤人，是还自伤。朱批：出于道而不伤人，言用兵无益也。入于道而自伤，所谓无取，则民反也。言虽有道不可务名也。不日不月，而事以从。但循道而往，不计日月，事已从而成也。不卜不筮，而谨知吉凶。顺道则吉，违道则凶，岂须卜筮而知乎？是谓宽乎形，徒居而致名。守道者，静默而已，故其身宽闲，徒然而居，能致令名。去善之言，为善之事，事成而顾反无名。若能去言善，直能为善事，其事之成，顾反之者默然无名也。能者无名，从者事无事。深能其事者，必不求名，然其从事安然闲暇，若无事然也。审量出入，而观物所载。谓凡出命令当观物载之所堪，然后当量而出之也。孰能法无法乎？始无始乎？终无终乎？弱无弱乎？凡此皆谓为而忘之者也。故曰：美哉岪岪。岪岪，兴起貌。谓能为而不为，有契于道。如此，则功美日兴，故曰“美哉岪岪”也。故曰：有中有中，举事虽得其中而不为中，乃是有中也。朱批：俞云，“有中有中”，上“有”当为“不”。孰能得夫中之衷乎？得于中之损折中者，其唯忘中乎？故曰：功成者隳，名成者亏。故曰：孰能弃名与功，而还与众人同。君弃功名，则与众不异。同于物者，谁能害之也？孰能弃功与名，而还反无成，弃功名则无所成名。无成贵其有成也，能贵无成，乃是成也。有成贵其无成也，若其贵成，乃是无成。日极则仄，月满则亏。极之徒仄满之徒亏，巨之徒灭。谓能立大功也。孰能已无已乎？效夫天地之纪。天地忘形者也。能效天地者，其唯忘己乎？

人言善亦勿听，人言恶亦勿听。誉之不劝，非之不沮。持而待之，空然勿两之，淑然自清，但无心而待，则淑然和美，善恶自清也。无以旁言为事成。察而征之，无听辩，无以旁誉之言，以为事成功，无听其利口之辩言悦之也。万物归之，美恶乃自见。万物之归，当顺而容之，其美之与恶，终自显见也。天或维之，地或载之。天莫之维，则天以坠矣；地莫之载，则地以沉矣。夫天不坠，地不沉，夫或维而载之也夫。天张于上，地设于下，自古及今而不沉坠者，必有神灵维载之故。又况于人，人有治之，辟之若夫雷鼓之动也。必有以而动也。夫不能自摇者，人或摇之。无识之物皆不能自摇。有时而动，则物摇之也。夫或者何？若然者也。风有时摇动，谁使然也？视则不见，听则不闻。谓风。洒乎天下，风之洒散满天下也。满不见其塞。风无壅塞时也。集于颜色，寒者遇风则色惨，热者遇之则清也。知于肌肤。虽肌肤能觉风。责其往来，莫知其时。责问其往来，则不得正时。薄乎其方也，谓遇方则为方。韕乎其圜也，韕，复貌。谓遇圆则为圆也。韕韕乎莫得其门。虽复圆转，终不见其门也。故口为声也，耳为听也，目有视也，手有指也，足有履也，事物有所比也。今天口手目足各有其在，非徒然也，必精神之比。夫事物之动摇，则风使之然，然求风则不得，语神亦不见之也。当生者生，当死者死。或死或生，亦神为之主。言有西有东，各死其乡。虽其所居有东西之异，至于各死其乡，则无不均也。

置常立仪，能守贞乎？人人理则置之常法，立之仪则，而勿失者，可谓正乎？常事通道，能官人乎？有能守其常事，随时变通，不违于道，如此者，可以官于人。故书其恶者，言其薄者。上圣之人，圣，通也。既设法以教之，立官以主之，犹有恶薄而不化者，则书而陈之居上者，然后化而通之也。口无虚习也，手无虚指也，物至而命之。口之习也，手之指也，终不徒然。必以事物之至，或以手指之，或以口命之。耳发于名声，凝于体色，此其可谕者也。名声之至，耳听之，内流于心，外凝结于体色。如此者，性之敏惠，故可以德义告谕也。不发于名声，不凝于体色，此其不可谕者也。不发不凝，所谓顽鄙者也，故不可告谕也。及至于至者，教存可也，教亡可也。谓人可诱令至于所欲至。如此者，存亡教，故教存亦可，教亡亦可也。故曰：济于舟者和于水矣，水和静无有波浪，则能济舟。义于人者祥其神矣。与人理相宜，则神与之福祥也。

事有适，而无适若有适。事虽有所适，可常者若无适然。朱批：俞云，若，乃也。觿解，不可解而后解。虽时有适，潜默周密，人莫知其由然。结必待觿而后解。觿，所以解结也。朱批：王云，“觿”下落“有”字。故善举事者，国人莫知其解。周密若结，故不能知其解。为善乎毋提提，朱批：俞云，“提”读为“媞”。为不善乎将陷于刑。提提，谓有所扬举也。欲为善乎，则人以我谦退无所举。欲为不善，又恐［朱批：陷于］刑罚也。朱批：“将”当作“毋”。此与俗解《庄子》“为恶无近刑”同意，后人窃庄以窜入之语，若误作将，文意浅矣。善不善，取信而止矣。善与不善，足以为物所信，则止矣。此言可以为善不善之取也。若左若右，正中而已矣。悬乎日月无已也。左阳，谓善也。右阴，谓不善也。言处阴阳之中，得其正而止。若能常得中，则名与日月俱悬而无已时也。愕愕者不以天下为忧，愕愕守正者忘天下，故不忧也。刺刺者不以万物为策，刺刺操求，自谓智谋之士。能忘智，当操求物理而经营，切为策也。朱批：俞云，“策”当为“惬”，快也。孰能弃刺刺而为愕愕乎？智者劳而失惠，忘德者佚而归之也。难言宪术，须同而出。凡为法术必重难，须同众心，然后出之矣。无益言，无损言，近可以免。损益之事，当潜而为之。又曰：何谋“，此慎密之至。故曰：知何知乎？谋何谋乎？虽知之，常曰“何知”；虽谋之，常曰“何谋”。此慎密之至。审而出者，彼自来。审而出者，必同于彼，故自来。自知曰稽，自知则能考彼矣。知人曰济。知人则能，可以济同。不以和济同也。知苟适，可为天下周。自知能稽，知人能济，所谓道也。若此，可为天下之周慎也。内固之一，可为久长。适可以知，内自固之，则长久。论而用之，可以为天下王。既固于心，度时论用，如此，可以为天下王。天之视而精，既可王天下，则于天道，故视天能精之也。四璧而知请，四璧，《周礼》所谓"四珪有邸"者也，祭天所奠也，同邸于璧，故曰"四璧"。既能知天，则祭以四璧，而祈请其福祥也。朱批：请，诚也。天子祭天用四璧，而天已知其诚，故视精也。壤土而与生，天既降福，故壤土为之生百谷也。能若夫风与波乎？唯其所欲适。风动波应，大小唯所欲适。天地之应圣人，亦犹是也。故子而代其父曰义也，臣而代其君曰篡也。臣代于君，必是篡夺而取也。篡何能歌？武王是也。武王以臣代君，则非篡也。谓之篡之，岂能使纣之众前歌后舞乎？则武王以臣代君，于理是也。故曰：孰能去辩与巧，而还与众人同道？武王伐纣，所以不为篡者，则以纣恃其辩巧，自异于物，逆天绝理，毒流四海故也。向能去其辩巧，与众同道，何武王之敢窥哉？虽欲代之，故得篡名。故曰：思索精者明益衰，德行修者王道狭，思索太精则矜名，故王道狭也。卧名利者写生危。卧，犹息也。写，犹除也。能息名利，则除身之危。知周于六合之内者，吾知生之有为阻也。周其智于六合则神伤竭，故于其生有阻难也。持而满之，乃其殆也。持满者善覆，故危也。名满于天下，不若其已也。名满于天下，则花扬而实丧。名进而身退，天之道也。未有能名身俱进者。满盛之国，不可以仕任。满盛则败亡，故不可任其仕也。满盛之家，不可以嫁子。嫁子于满盛之家，则与之俱亡。骄倨傲暴之人，不可与交。交于骄暴，则危亡及己也。道之大如天，无不覆也。其广如地，无不载也。其重如石，万人之力不能举也。其轻如羽。一人载之不为重。民之所以知者寡。故曰：何道之近，而莫之与能服也？服，行也。弃近而就远，何以费力也？道近在身，不能求之于己，而望之于人，终无得时，故曰“费力”也。故曰：欲爱吾身，先知吾情。知己情，则能自保其身。君亲六合，以考内身。遍六合之种，一一考之于身，身皆备之。则何须弃身而远之也？朱批：俞云，注以“遍”训“周”。“君”当为“周”。以此知象，乃知行情。于身知象，乃知可行之情。既知行情，乃知养生。知行情则不违理，不违理则生全，故曰“乃知养生”。左右前后，周而复所。行身之道，或从左右，或从前后，行之既周，还复本所也。执仪服象，敬迎来者。执常仪，行常象，将来可行之理，敬而迎之。今夫来者必道其道，上道从也，将来之理，必道而来从也。无迁无衍，朱批：俞云，衍，延也。命乃长久。理既从道而来，但遵而行之，无迁移，无宽衍。动而为之，则命久长也。和以反中，形性相葆。事既安和，反归中理，如此则形全性顺，故能相葆也。一以无贰，是谓知道。将欲服之，必一其端，而固其所守。固守则道自行。责其往来，莫知其时。若责生之往来，则期不定。索之于天，与之为期。求性命之理于天，则期时可知也。不失其期，乃能得之。既不失期，则性命之理得也。故曰：吾语若，大明之极。若，女也。大明之极，谓天也。大明之明，非爱人不予也。爱，惜也。非有所隐惜于大而不与之也。同则相从，反则相距也。与天同则从，反则距也。吾察反相距，吾以故知古，从（之）［朱批：知］同也。察今反则有距，故知古之从者，以其同也。

朱批：老在管后，而此篇皆道家言，疑管先传而老衍之。

卷十四

水地第三十九　短语十三朱批：此盖管子之徒，叙赞其书。

地者，万物之本原，诸生之根菀也，菀，囿城也。美恶贤不肖愚俊之所生也。谓生于地。水者，地之血气，如筋脉之通流者也。言水材美具备，其润泽若气，以支持于地若筋，分流地上若脉也。故曰：水具材也。言水材美具备。何以知其然也？曰：夫水淖弱以清，而好洒人之恶，仁也。淖，和也。恶，垢秽也。视之黑而白，精也。视其色虽黑，及挥扬之则白，如此者，精也。量之不可使概，至满而止，正也。以意量之，则多少不可以概。注于器，满则止，不可加剩。如此者，正也。朱批：满而止，故不可概。唯无不流，至平而止，义也。方圆邪曲，无所不流。平则止，不可增高。如此者，义也。人皆赴高，己独赴下，卑也。卑也者，道之室，王者之器也。道以卑为室，王以卑为器也。而水以为都居。都，聚也。水聚居于下，卑也。准也者，五量之宗也。水可为平准，五量取则焉，故为五量之宗也。素也者，五色之质也。无色谓之素。水虽无色，五色不得不成，故为五色质也。淡也者，五味之中也。无味谓之淡水，虽无味，五味不得不平也，故为五味中也。是以水者，万物之准也，万物取平焉，故曰“准”也。诸生之淡也，能济诸生以适中，故曰“淡”也。违非得失之质也。得亦自水生焉，失亦自水生焉，故为得失之质。朱批：俞云，“淡”当为“赡”，是也。“违”读为

"毴"。是以无不满无不居也，集于天地，雨从天降，而亦有河汉，故水集于天地。而藏于万物，动植之物，皆含液也。产于金石，拣金于水，山石之穴，或有溜泉焉。集于诸生，诸含生类，皆得水而长之。故曰水神。莫不有水焉，不知其所，故谓之神也。集于草木，根得其度，得其生之度。华得其数，得其荣落之数。实得其量，得其生熟之量。鸟兽得之，形体肥大，羽毛丰茂，文理明者，万物莫不尽其幾，幾，谓从无以适有也。朱批：俞云，幾，期也。及其常者，常，谓长育之常数也。水之内度适也。内度，谓潜润之度也。夫玉之所贵者，九德出焉。夫玉温润以泽，仁也。邻以理者，知也。邻，近也。玉文相适近理，各自通，如此知也。朱批：邻，磨也。坚而不蹙，义也。蹙，屈聚也。如此义也。廉而不刿，行也。鲜而不垢，洁也。折而不挠，勇也。瑕适皆见，精也。瑕适，玉病也。以其精神，故不掩瑕适。茂华光泽，并通而不相陵，容也。叩之其音清摶彻远，纯而不杀，辞也。象古君子之辞也。是以人主贵之，藏以为宝，剖以为符瑞，九德出焉。人主所以宝而藏之，为符瑞九德之故。人，水也。男女精气合而水流形。阴阳交感，流布成形也。三月（如）［朱批：而］咀，咀者何？曰五味。五味者何？咀咀，口和嚼之，谓三月之胚浑初凝，类口所嚼食也。曰五藏。五味出于五藏后也。酸主脾，咸主肺，辛主肾，苦主肝，甘主心。五藏已具，而后生肉。脾生隔，隔在脾上也。肺生骨，肾生脑，肝生革，革，皮肤也。心生肉。五肉已具，而后发为九窍。脾发为鼻，肝发为目，肾发为耳，肺发为窍。五月而成，十月而生，生而目视、耳听、心虑。目之所以视，非特山陵之见也，察于荒忽。耳之所听，非特雷鼓之闻也，察于淑湫。朱批：俞云，淑、啾、湫、啾，同用。《说文》：啾，嘆也。啾，小儿声也。心之所虑，非特知于粗。粗也，察于微眇。故修要之精。言精思是理，修要妙之精也。是以（木）［朱批：水］集于玉，而九德出焉。凝蹇而为人，蹇，停也。言精液凝停则为人也。而九窍五虑出焉。五虑，谓耳、目、鼻、口、心也。此乃其精也。九窍五虑，是身之精也。精粗浊蹇，能存而不能（忘）［朱批：亡］者也。谓人之禀气粗浊而蹇，但能存而不能亡也。

伏暗能存而能亡者，蓍龟与龙是也。言龟龙禀气微眇，悠远而暗冥，故能存亡而为变化也。龟生于水，发之于火，谓卜者以火钻灼之。于是为万物先，为祸福正。谓龟得水火之灵，故先知于万物，识祸福之正也。龙生于水，被五色而游，故神。得水不测之灵，故神。欲小则化如蚕蠋，蠋，藿中虫。欲（下）［朱批：大］则藏于天下，言能隐覆天下。欲尚则凌于云气，尚，上也。欲下则入于深泉，变化无日，随时而变，不期于自。上下无时，谓之神龟与龙，伏暗能存而能亡者也。或世见，谓下谷不徙，水不绝之地。或世不见者，谓涸川，水有时而绝。生蟡与庆忌。世见生庆忌，世不见生蟡也。故涸泽数百岁，谷之不徙，水之不绝者，生庆忌。谓涸泽中，有谷有水，谷不徙而水不绝也。庆忌者，其状若人，其长四寸，衣黄衣，冠黄冠，戴黄盖，乘小马，好疾驰，以其名呼之，可使千里外一日反报，此涸泽之精也。涸川之精者，生于蟡。朱批：俞云，“精者”当为“水”。王云，于，衍字。蟡者一头而两身，其形若蛇，其长八尺，以其名呼之，可以取鱼鳖，此涸川水之精也。

是以水之精粗浊蹇，能存而不能亡者，生人与玉。伏暗能存而能亡者，蓍龟与龙，或世见，或不见者，蟡与庆忌。故人皆服之，谓服用水。而管子则之。言管子独能知水法则也。人皆有之，莫不有水。而管子以之。以，用也。言管子独能用水也。是故具者何也？水是也。言水无理不具也。万物莫不以生，得水以生。唯知其托者能为之正。具者，水是也。托，依也。能知水理之所依者，能巧于万物，故理之具者水也。故曰：水者何也？万物之本原也，诸生之宗室也，美恶贤不肖愚俊之所产也。何以知其然也？夫齐之水，道躁而复，故其民贪粗而好勇。以水道回复，故令人贪。以其躁速，故令人粗勇也。楚之水，淖弱而清，故其民轻果而贼。以其淖弱故轻佚，清则明察，故人果贼也。越之水，浊重而洎，故其民愚疾而垢。洎，浸也。浊重故愚，浸则多所渐入，故疾垢也。秦之水，泔最而稽，淤滞而杂，最，绝也。稽，停留也。谓秦水绝甘而味停留，又泥淤沉滞，与水相杂也。故其民贪戾，罔而好事。以其泔而稽，故贪戾。以其滞杂，故诬而好事。齐晋之水，枯旱而运，淤滞而杂，齐晋，谓齐之西而晋之东。枯旱，谓其水惨涩而无光也。朱批：俞云，齐、晋，声近字误，校注作“晋”，因衍。故其民谄谀葆诈，巧佞而好利。以其运，故谄谀。以其枯旱，故葆诈。以其淤杂，故巧佞而好利。燕之水，萃下而弱，沉滞而杂，故其民愚戆而好贞，轻疾而易死。沉故愚戆而好贞，萃杂故轻疾而易死也。宋之水，轻劲而清，故其民闲易而好正。轻故易，清劲故好正也。是以圣人之化世也，其解在水。言解人之邪正，尝水而知。故水一则人心正，一，谓不杂。水清则民心易。一则欲不污，人心既一，故欲不污秽。民心易则行无邪。易直则无邪也。是以圣人之治于世也，不人告也，不户说也，其枢在水。枢，主运转者也。言欲转化于人，但则水之理，故曰“其枢在水”也。

四时第四十　短语十四

管子曰：令有时，王者命令，必有其时。无时，句。则必视顺天之所以来。视，谓观而察之。若不得时，则必观察其所听致，改革以顺天道之来也。朱批：此非《明堂月令》，古政书所重。五漫漫，六惛惛，孰知之哉？漫漫，旷远貌。惛惛，微暗貌。五，谓每时之政，其理旷远。六，谓阴阳四时，其理微暗。既漫且惛，故知之者少也。唯圣人知四时。不知四时，乃失国之基。不知五谷之故，国家乃路。路，谓失其常居也。

故天曰信明，地曰信圣，言能信顺天地之道，则而行之者，曰明曰圣也。四时曰正。顺行四时之令曰正也。其王信明圣，其臣乃正。君明圣，则能用贤材，故圣也。何以知其王之信明信圣也？曰：慎使能而善听信之。谓能听信贤材之人。使能之谓明，使任贤能，则为明也。听信之谓圣。既听其言，又信其事，所以为圣。信明圣者，皆［受］天赏，信明者，天福也。使不能为惛，既使不能，所以为惛。惛而忘也者，皆受天祸。惛忘则动皆违理，故受天殃也。是故上见成事而贵功，则民事接，劳而不谋。谓君见下有成，则能贵赏其功。是上能以恩接人事，故虽下劳，不谋上报其事也。上见功而贱，则为人下者直，恃其功劳，故肆直也。为人上者骄。不恤下功，则以骄悖故也。是故阴阳者，天地之大理也，天地用阴阳为生成。四时者，阴阳之大经也。阴阳更用于四时之间为纬也。刑德者，四时之合也。德合于春夏，刑合于秋冬。刑德合于时，则生福，诡则生祸。然则春夏秋冬将何行？

东方曰星，东方阴阳之气和杂之时，故为星，星亦不定于阴阳也。其时曰春，春，蠢也。时物春而生也。其气曰风。阳动而阴寒为风也。风生木与骨，木为风而发畅，骨亦木之类也。其德喜嬴，而发出节时。句。其德其事，与下一例。出，生也。言春德喜悦长嬴，为发生之节也。其事号令，修除神位，谨祷弊梗。梗，塞也。时方开通，而有弊梗梗塞者，则祷神以通道之。宗正阳，春，阳事，故以正阳为宗。治堤防，夏多水潦，故于春预修堤坑。耕芸树艺，正津梁，谓正桥梁也。修沟渎，甃屋行水，甃者，使之行水也。修屋壤，时方溉灌，依次行而用。解怨赦罪，通四方。凡此皆助发生之气。然则柔风甘雨乃至，柔，和也。百姓乃寿，百虫乃蕃，此谓星德。星以和为德也。星者掌发为风，掌，主也。主以风发生。是故春行冬政则雕，肃杀之气乘之，故雕落也。行秋政则霜，秋霜降时也。行夏政则欲。是故春三月，以甲乙之日发五政。甲乙统春之三时也。一政曰论幼孤，舍有罪。二政曰赋爵列，授禄位。列，次也。三政曰冻解，修沟渎，复亡人。人之逃亡者，还复之。四政曰端险阻，路有险阻，理之使端平也。修封疆，正千伯。千伯，即阡陌也。五政曰无杀麑夭，毋蹇华绝芋。蹇，扳也。芋之属，其根经冬不死，不绝之也。朱批：芋，荂也。五政苟时，春雨乃来。南方曰日，南方太阳，故为日也。其时曰夏，夏，假也，谓时物皆假大也。其气曰阳。夏之气也。阳生火与气，阳为郁热敲蒸，故为火气也。其德施舍修乐。施舍，谓施爵禄，舍逋罪。修乐，谓作乐以修辅也。其事号令，赏赐赋爵，受禄顺乡，顺乡，谓不违土俗之宜也。谨修神祀，量功赏贤，以动阳气。阳气主仁，故行恩赏以助之也。九暑乃至，九暑，谓九夏之暑也。时雨乃降，五谷百果乃登，此谓日德。日以照育为德也。中央曰土，上位在中央，而寄王于六月承火之后，以土火之子故也，而统于夏，所以与火同章也。土德实，辅四时入出，土在四时之李，与之入出。以风雨节土益力。土德雨遍，益其生植之力。土生皮肌肤，土所生木，实成皮与肌肤。其德和平用均，土无不载，无不生，故和而用均也。中正无私，位居中正，无偏私。实辅四时。春嬴育，夏养长，秋聚收，冬闭藏。言土之四时，皆土之所辅成也。大寒乃极，国家乃昌，四方乃服，言上辅四时，使均成，然后寒极而成岁，国昌民服。此谓岁德。言土能成岁之德也。日掌赏，赏为暑。得赏则热，热故为暑。岁掌和，和为雨。和则阴阳交，故为雨。夏行春政则风，风主春故。行秋政则水，行冬政则落。霜气肃杀，故凋落也。是故夏三月，以丙丁之日发五政。一政曰求有功，发劳力者而举之。二政曰开（九）[朱批：久] 坟，久坟瘗之处，开通之也。朱批：坟，水防也。发故屋，辟故窌，以假贷。辟，开也。三政曰令禁扇去笠，禁扇去笠者，不欲令人御盛阳之气。毋扱免，禁扱衽免袒者，亦不欲人恶盛阳之气也。除急漏田庐。田中之庐欲漏之，不欲人恶盛阳之气也。朱批："急"当为"恶"，除去秽臭之物也。四政曰求有德，赐布于民者而赏之。五政曰令禁罝，设禽兽，谓设罝以取禽兽也。毋杀飞鸟。五政苟时，夏雨乃至也。西方曰辰，辰，星月交会也，秋阴阳适中，故为辰。其时曰秋，秋，揫也。时物成熟揫敛之。其气曰阴。秋之气也。阴生金与甲，阴气凝结坚实，故生金为爪甲也。其德忧哀静正严顺，秋气凄恻，故以忧恤哀怜为德。静正，阴之性也。严顺，谓德虽严，然顺时而为之也。居不敢淫佚。顺秋气而静居，不敢为淫佚过失也。其事号令，毋使民淫暴，顺旅聚收，谓顺时理军旅，聚而收之也。量民资以畜聚，赏彼群干，众有武干人，当赏之。聚彼群材，材，谓可以克兵器之材，当收聚之。百物乃收，使民毋怠。时云收敛，出师故聚装，人无懈怠。所恶其察，所欲必得，察所恶之方而伐之，则得其所欲也。我信则克，我既诚信，故能克敌。此谓辰德。辰以收敛杀奸邪为德也。辰掌收，收为阴。收，聚。冬闭藏，故为阴。秋行春政则荣，春发荣也。行夏政则水，夏多行水潦也。行冬政则耗。冬肃杀损耗也。是故秋三月，以庚辛之日发五政。一政曰禁博塞，博塞长奸邪，故禁之。圉小辩，斗译認。小辩则利口覆国，及译传言语相疾忌为斗讼者，皆当禁圉之也。朱批：俞云，“译”同“睪”。《说文》：“令吏将目捕罪人也。”此当云“睪斗忌”。二政曰毋见五兵之刃。时或出师掩袭，故藏五兵之刃也。三政曰慎旅农，趣聚收。四政曰补缺塞拆。师旅营农，当慎收之。秋方闭藏，故令补缺塞拆也。五政曰修墙垣，周门閭。亦所以助闭藏之气。五政苟时，五谷皆入。

北方曰月，北方太阴，故为月也。其时曰冬，冬，中也。言藏收万物于中也。其气曰寒。冬之气也。寒生水与血，寒释则水流。血亦水之类。其德淳越温怒周密。冬时花叶凋落，唯根干存焉，故以淳质为德。越，散也。冬既闭藏，时则入于怯啬，故令散施为德，虽复阴怒，当节之以温。周密者，众阴之闭藏也。朱批：“怒”当为“恕”。其事号令，修禁徙民，令静止，时方休息，故禁人私徙，令为静止也。地乃不泄。冬令行，故地不泄也。断刑致罚，无赦有罪，以符阴气。阴气主杀，故断刑致罪以符之。大寒乃至，甲兵乃强，五谷乃熟，国家乃昌，四方乃备，此谓月德。月以闭藏罚罪为德也。月掌罚，罚为寒。罚则杀物，故为寒也。冬行春政则泄，春，阳气发泄也。行夏政则雷，夏，雷雹行。行秋政则旱。谓冬气早旱也。是故冬三月，以壬水之日发五政。一政曰论孤独，恤长老。二政曰善顺阴，修神祀，赋爵禄，授备位。三政曰效会计，毋发山川之藏。山藏，谓铜银之属藏在山者。川藏，谓珠玉之属藏在川者也。四政曰捕奸遁，得盗贼者有赏。五政曰禁迁徙，止流民，圉分异。分异，谓离居者。五政苟时，冬事不过，所求必得，所恶必伏。是故春凋秋荣，冬雷夏有霜雪，此皆气之贼也。气反时则为贼害也。刑德易节失次，则贼气遬至，贼气遬至，则国多菑殃。是故圣王务时而寄政焉，谓顺时而立政。作教而寄武，因教而习武也。作祀而寄德焉。谓设祭以显德，则神歆也。此三者，圣王所以合于天地之行也。天地之行，唯此三者而已。日掌阳，月掌阴，星掌和。阳为德，阴为刑，和为事。是故日食则失德之国恶之，月食则失刑之国恶之，彗星见则失和之国恶之，失则当受罚，故其所失，各以其所类而兴恶也。风与日争明，则失生之国恶之。日恶风且热，旱灾成矣，方生之物皆枯悴矣。此失生德也，故失生之国恶也。是故圣王日食则修德，月食则修刑，彗星见则修和，风与日争明则修生。此四者，圣王所以免于天地之诛也。信能行之，五谷蕃息，六畜殖而甲兵强，治积则昌，暴虐积则亡。道生天地，道者，自然能生天地也。德出贤人。德者，贤人所修为，故能生贤也。道生德，法道则成德也。德生正，德修则理自正。正生事。正直则事干。是以圣王治天下，穷则反，终则始。德始于春，长于夏；刑始于秋，流于冬。谓刑于冬而休息也。刑德不失，四时如一；皆顺时而成，故如一。刑德离乡，时乃逆行。乡，方也。作事不成，必有大殃。月有三政，月三旬政异，故曰“三政”也。王事必理，以为久长。王者行事，必顺三政之理，然后可以长久。不中者死，失理者亡。中，犹合也。不合三政者则死，违失其理必败亡。国有四时，固执王事。固执四时之政. 以辅行王事。四守有所，谓守四时，令得其所。三政执辅。执月之三政，辅行己德也。

五行第四十一　短语十五

一者本也，本，农桑也。二者器也，器，所以理农桑之具也。三者充也，充，谓人力能称本与器也。治者四也，人既务本，设治以理之也。教者五也，人既奉法，则以礼义教之。守者六也，人既奉法从教，则设官以守之。立者七也，既设官以守之，则能立事。前者八也，既能立功立事，可与前王比隆。终者九也，既能与前王比隆，可谓王道之终也。十者然后具。五官于六府也，立五行之官，分掌六府也。五声于六律也，谓播五声于六律也。六月日至，阳生至六，为夏至。阴生至六，为冬至。是故人有六多，阳至六，为纯阳之多也。阴至六，为纯阴之多也。禀阴阳之纯以生，故曰“人有六多”。六多所以街天地也。街，犹阴阳多也。朱批：刘云，街，通也。天道以九制，九，老阳之数，以老阳制天，所以君长之也。地理以八制，八，少阴之数，以少阴制地，欲以生息也。人道以六制。六者，兼三才之数，人禀天地阴阳之气以生，故以制之。以天为父，以地为母，以开乎万物，父母开通，以生万物。以总一统。总持其本，以统万物也。通乎九制六府三充，而为明天子。言能。总一统九制已下，可谓明天子。修概水上，朱批：王云，“上”当为“土”。以待乎天。堇反五藏，堇，诚也。言天子能以中正自修，以概自平，上待天诚也。以视不亲。又亲反察于五藏，以视知何者不亲也。治祀之下，以观地位。理于祭祀之时，于其所祭之下，观知地位之尊卑也。货曋神庐，合于精气。神庐，谓庙祠也。日所次隅曰曋。言祭神庐之时，或荐珍货，虽已奠于地，复以日次隅之，所以为精祥也。如此者，所以招合鬼神精气之道也。墨批：䁉，“賟”之误字，《广韵》：买物预付钱曰賟。居物为货，以贾喻道也。已合而有常，神既合聚而飨祐，则风雨得其常也。有常而有经。风雨有常，百货成而常经不失也。审合其声，修十二钟，以律人情。不失其经，则庶绩咸通，故可审合理世之声，以成安乐之音，然后十二钟以播其音。音之高下，皆法人情。律，法也。人情已得，万物有极，然后有德。得人情则物理极，极于物理，可谓有德也。故通乎阳气，所以事天也。经纬日月，用之于民。天气以积阳成德，故通阳气然后能事天，又经纬日月之时候，使人用之也。通乎阴气，所以事地也。经纬星历，以视其离。地以积阴成体，故通阴气然后能下地，又经纬星历之节气，视知其离绝也。通若道然后有行，言能通上阴阳天地之道，然后所行不失也。然则神筮不灵。神龟不卜，既通天地之道，则所行无不当，故龟筮不能为卜兆。黄帝泽参，治之至也。黄帝虽通天地之道，不使参问日泽，以得万灵之情，可谓理之至也。朱批：泽，释也。黄帝亦不能参。

昔者黄帝得蚩尤而明于天道，得大常而察于地利，得奢龙而辨于东方，得祝融而辩于南方，得大封而辩于西方，得后土而辩于北方，黄帝得六相，而天地治，神明至。蚩尤明乎天道，故使为当时。谓知天时之所当也。大常察乎地利，故使为廪者。廪，给也。谓开廪以给人也。奢龙辩乎东方，故使为土师。土师，即司空也。朱批：俞云，“土”当为“工”。祝融辩乎南方，故使为司徒。谓主徒众使务农也。大封辩于西方，故使为司马。主兵马以出征。后土辩乎北方，故使为李。李，狱官也，取使象水平之也。是故春者土师也，夏者司徒也，秋者司马也，冬者李也。昔黄帝以其缓急，作五声，调政理之缓急，作五声也。以政五钟。令其五钟：一曰青钟，大音；大音，东方钟名。二曰赤钟，重心；三曰黄钟，洒光；四曰景钟，昧其明；五曰黑钟，隐其常。自大音、重心已下皆钟名，其义则未闻。

五声既调，然后作立五行，以正天时，五官以正人位。人与天调，然后天地之美生。美，谓甘露醴泉之类也。

日至，睹朱批：即“曙”字。甲子，木行御。谓春日既至，睹甲子用木行御时也。天子出令，命左右士师内御，谓内侍之官也。总别列爵，谓总别等列之爵也。论贤不肖士吏，论士吏之贤与不肖，当有所黜陟也。赋秘赐，秘藏之物出而赋赐之也。赏于四境之内。发故粟以田数，故粟，陈也。以田数多少，用陈粟给人，使得务农。出国衡，顺山林，禁民斩木，所以爱草木也。然则冰解而冻释，草木区萌，萌牙区别而生也。赎蛰虫卵菱。赎，犹去也。卵，凫。菱，芡也。皆早春而生也。春辟勿时，春当耕辟，无得不及时也。苗足本。足，犹拥也。春生之苗，当以土拥其本。不疠雏鷇，疠，杀也。雏，随母食者。不夭麑麇，母傅速，麑，鹿子也。言夭伤之。亡伤襁褓，襁褓之婴孩，无得伤损也。时则不凋。若能行上事春，则繁茂而不凋枯也。七十二日而毕。春当九十日，而今七十二日而毕者，则季月十八日属土位故也。

睹丙子，火行御。天子出令，命行人内御，行人，行使之官也。令掘沟浍津旧涂，旧涂，谓先时济水处，当设其津梁也。发臧任君赐赏。任，委也。臧中委积物，当发用之，即以充君之赏赐也。君子修游驰以发地气，游驰，谓游戏驰马也。出皮币，命行人修春秋之礼于天下诸侯，通天下，遇者兼和。春秋三时聘问之礼。然则天无疾风，草木发奋，郁气息。谓郁蒸之气止息也。民不疾而荣华蕃。七十二日而毕。

睹戊子，土行御。天子出令，命左右司徒内御，命司徒御理夏政也。不诛不贞，贞，正也。大阳用事，时方长育，故无所诛戮，无责正，以助养气也。朱批：俞云，“贞”当为“赏”。农事为敬。夏时农事尤盛，顺而敬之也。大扬惠言，言大举仁惠之事也。宽刑死，缓罪人。皆所以助养气也。出国司徒令，命顺民之功力，以养五谷，君子之静居，阴气方生，故静居以遵也。而农夫修，其功力极。然则天为（粤）［朱批：奥］宛，粤，厚也。宛，顺也。天为厚顺，不逆时气也。草木养长，五谷蕃实秀大，六畜牺牲具。民足财，国富，上下亲，诸侯和。七十二日而毕。

睹庚子，金行御。天子出令，命祝宗选禽兽之禁，禁，谓牢。囿圃所养，拟供祭祀也。五谷之先熟者，先熟则黍稷也。而荐之祖庙与五祀，五祀，谓门、行、户、灶、中溜。鬼神飨其气焉，君子食其味焉。然则凉风至，白露下。天子出令，命左右司马，衍组甲、厉兵，组甲，谓以组贯甲也。合什为伍，谓立十人之长为伍。以修于四境之内。谀然告民有事，所以待天地之杀敛也。谀，悦顺貌。有事，谓出师以伐［朱批：不服，象天］地杀敛也。然则书炙阳，夕下露，地竞环，环，多［朱批：实皃］。方秋之时，昼则暴炙，夕则下寒露而［朱批：润之，阴］阳更生，故地交竞而多实。五谷邻熟，邻，紧也。［朱批：阴阳］气足，故紧熟。草木茂实，岁农丰，年大茂。七十二日而毕。睹壬子，水行御。天子出令，命左右使人内御，御其气足，则发而止，使人御理冬政，其闭藏之气足，则发令休止也。其气不足，擱渎盗贼，擱，谓遮禁也。群聚之，谓其闭藏之气不足，则擱防盗贼以助其闭藏之也。数剿竹箭，言数剿削竹箭以为矢也。伐檀柘，伐檀柘，所以为弓也。令民出猎禽兽，不释巨少而杀之，所以贵天地之所闭藏也。贵天地闭藏，故收猎取禽以助也。然则羽卵者不段，段，谓离散不成。朱批：卵，段。毛胎者不殰。殰，谓胎败溃也。孋妇不销弃，孋，古“孕”字。销弃，谓散坏也。草木根本美。闭藏实坚，则根本美。凡此皆顺冬闭藏之政所致也。七十二日而毕。

睹甲子，木行御。天子不赋，不赐赏，而大斩伐伤。此已下言逆时政所致灾祸也。君危，不杀，［朱批：则］太子危，家朱批：当作“冢”。夫人死，若君虽危而不见杀，则又太子危而家人、夫人有死祸也。

不然，则长子死。如无家人、夫人死，则长子死。七十二日而毕。逆气亦毕于七十二日也。睹丙子，火行御。天子敬行急政，旱札、苗死、民厉。札，夭死也。疠，疫死。时当宽缓而乃急，故有旱札疫之灾也。七十二日而毕。睹戊子，土行御。天子修宫室，筑台榭，君危，土方用事，而修宫室以动乱之，故君有危亡之祸。外筑城郭，臣死。筑城郭动土，危，故其臣死。七十二日而毕。土旺在六月而得七十二日者，则每季得十八故也。睹庚子，金行御。天子攻山击石，有兵作，战而败，士死，丧执政。时方收敛，而乃攻山击石，故致兵器之祸也。七十二日而毕。睹壬子，水行御。天子决塞，动大水，王后夫人薨；不然，则羽卵者段，毛胎者殰，䗪妇销弃，草木根本不美。七十二日而毕也。

朱批：同治十有三年校一过。

朱批：十有四年用俞本再校。

朱批：光绪壬寅二月十七日校补。

卷十五

势第四十二　短语十六

战而惧水，朱批：惧水，谓龟兆见水象也。此言占兆之事。此谓澹灭。方战之时，惧致水祸，此必为水所澹而灭亡也。小事不从，大事不吉。苟惧水祸，则事无小大，未见其福也。战而惧险，此谓迷中。方战之时，惧有险碍，进退莫知所从，故曰“迷中”。言在迷惑之中。分其师众，人既迷芒，必其将亡之道。人既迷惑，不知所从，则无所用其力，是以减其师众矣。又况迷惑芒然乎？若是者，必亡其众。凡此二事，皆灭亡之道也。动静者比于死，比，近也。用师之道，我动而敌静者，则静者胜矣，故我近于死亡也。朱批：人静而往动之。动作者比于丑，我先动，敌反作应者，我必无功，故近于丑。朱批：丑，匹也，力相敌也。动信者比于距，我既动，彼能自申以敌我，如此者，近于见距也。动诎者比于避。我既动，而彼屈服者，近于见避。夫静与作，时以为主人，时以为客，贵得度。静作得度，则为主人。其失度者，则为客也。知静之修，居而自利。既多智，而又安静，二者能修，则居然自获其利也。知作之从，每动有功。知其所作，常能从理，如此者，动必有功也。故曰：无为者帝，其此之谓矣。言无心于为，任理之自然，如此者，帝王之道也。

逆节萌生，天地未形，先为之政，其事乃不成，缪受其刑。言将为纂杀凶逆之节，虽萌牙而生，然天地寂泊，不见征应，无从己之形，此则先天而政，天乃违之，故其事不成，则被诛戮，受其刑罪也。天因人，圣人因天。所谓先天而天不违，后天而奉天时。天时不作，勿为客。不因天时而动者，乃为客矣。人事不起，勿为始。不因人事而起，可谓先事为始。慕和其众，以修天地之从。人先生之，天地（刑）[朱批：形] 之，圣人成之，则与天同极。将建大事，必慕和其众。天地既已从，但当修天之意。人先生是心，天地又见其修意，有从顺之形，圣人则发动而成，如此者，可谓与天同极也。正静不争，动作不贰，素质不留，全其素质，无所留者。与地同极。能行正静已下，可谓与地同极也。未得天极，则隐于德。未得与天同极，则隐而修德也。已得天极，则致其力。已得天极，则当致力而成之。若汤之升陑、武王牧野是也。既成其功，顺守其从，人不能代。从，顺也。功成矣，则以顺理守之，所谓逆取顺守者也，则人何能代之乎？朱批：代，忒也。成功之道，嬴缩为宝。嬴缩，犹行藏也。所谓时行则行，时止则止，其道乃著，故以为宝。毋亡天极，究数而止。但尽天之数，则止而勿为。事若未成，毋改其形，毋失其始。形，谓常形也。守常修始，事终有成也。静民观时，待令而起。言事未成之时，但安静其人，谨候其时，待天命令，然后起而应也。故曰：修阴阳之从，而道天地之常。道，从也。嬴嬴缩缩，因而为当。必行藏顺时，然后事当。重言之，殷勤其事也。死死生生，因天地之形。死生，犹隐显也。圣人隐显，必因天地之形。天地之形，圣人成之。因天地之形，则无不成也。小取者小利，大取者大利，但能法则，大小无不利。尽行之者有天下。所谓“唯天为大，唯尧则之”。

故贤者诚信以仁之，慈惠以爱之，端政象，不敢以先人。常执谦以下物。中静不留，中心安静，无所留著。裕德无求，道德饶余，无求于人。形于女色。女之容色，静而不先求者。其所处者，柔安静乐，虽复隐处，常能柔安静乐。行德而不争，以待天下之溃作也。虽复为政行德，常能谦让，不与物争。溃，动乱也。故贤者安徐正静，柔节先定。先定谦柔之节，然后有所兴为也。行于不敢，则人不能与我争勇。而立于不能，则人莫与我争功。守弱节而坚处之。守柔弱之节，而坚明以自处也。故不犯天时，不乱民功。谦顺，故无所犯乱也。秉时养人，持四时之政，以顺养其人。先德后刑。赏以春夏，刑以秋冬。顺于天，微度人。既顺于天，又微度人之所宜以合之。善周者，明不能见也。善于周，周则极也，万物无所至。如此者，虽有明察之人不能尽矣。善明者，周不能蔽也。善于明，明则极也。如此者，则虽善周之人不能自隐蔽，必为善明者所知也。大明胜大周，则民无大周也。明胜大周，则人无能为大周也。大周胜大明，则民无大明也。周胜大明，则人无能为大明。凡此皆欲大周大明，独在君也。大周之先，可以奋信。奋信，振起貌。言既有大周之德，在物之先，则可以振起而有事。大明之祖，可以代天下。有大明之德，可以为物祖，如此则可代天下无道，取其位而君之也。索而不得，求之招摇之下。招摇之星，随斗杓顺时而建者也。天下者，神器，直欲索之则不得，若求之招摇之下，顺时而取，则可也。兽厌走而有伏网罟，兽所以憎厌其走者，恐前有伏网罟。故圣人不敢以直道取天下者，恐力大祸故也。朱批：厌，足也。兽极其走，故中网罟。一偃一侧，不然不得。偃侧，犹倚伏也。圣人之取天下，知云云文设武伏，如其不然，则天位不可得也。大文三曾，而贵义与德。大武三曾，而偃武与力。大文三曾，则文道行也，故能成其德义。大武三曾，则武道行也，故能偃其武力。

正第四十三　短语十七

制断五刑，各当其名。罪人不怨，服罪，故不怨也。善人不惊，曰刑。刑当，故不惊。如此者，所谓刑也。正之所以胜奸正也。服之，所以服不能也。胜之所以胜奸邪。饰之，修饰身也。必严其令，而民则之，曰政。令严，则人作法之。如此者，政也。如四时之不貣，如星辰之不变，如宵如昼，如阴如阳，宵昼阴阳，皆有其常。如日月之明，曰法。法之用，守常不变。爱之生之，养之成之，利民不德，利虽及人，不以为德也。天下亲之，曰德。德用之恩，万物亲之。无德无怨，无好无恶，万物崇一，阴阳同度，曰道。道之用不二者。刑以弊之，政以命之，法以遏之，德以养之，物待德养而成。道以明之。明是非也。刑以弊之，毋失民命。刑断合理，故人命不失也。令之以终其欲，明之毋径。行令所以终人之欲，使之明识正道，不从邪径也。朱批：径，遏直绝正也。遏之以绝其志意，毋使民幸。用法正人之志意，不使人有非分之幸也。养之以化其恶，必自身始，身恶尽则人恶化。明之以察其生，必修其理。恐有不修理，故以明察之。致刑其民，庸心以蔽。庸，用也。不用心以断，则滥及不辜。朱批：庸心，犹“生心”也。生心以壅蔽上欲，避刑也。致政其民，服信以听。服，用也。谓用诚信听理于人。致德其民，和平以静。君德及人，以致和静。致道其民，付而不争。人被道，则相付任而不交争也。罪人当名曰刑，罪当其名，刑之谓也。出令时当曰政，令当于正，时之谓也。当故不改曰法，不改当故，法之谓也。爱民无私曰德，君爱无私，德之谓也。会民所聚曰道。聚，谓众所宜也。能令众宜，道之谓也。立常行政，能服信乎？服信，则政行常立。中和慎敬，能日新乎？苟能和敬，则其德日新也。正衡一静，能守慎乎？衡，平也。言但能守慎，则政平而静一。废私立公，能举人乎？但公而无私，则能举人也。临政官民，能后其身乎？后其身，则能临政官人也。能服信政，此谓正纪。能行信正者，正之纪。能服日新，此谓行理。能行日新，可谓行之理也。守慎正名，伪诈自止。能慎则诈息也。举人无私，臣德咸道。无私则不妄举，故臣德皆合于道也。能后其身，上佐天子。后身则先公，故能上佐天子也。

九变第四十四谓人之情变有九。　短语十八

凡民之所以守战至死，而不德其上者，有数以至焉。或守或战，虽复至死，不敢恃之以德于上，则有数存焉于其间，故能至死也。曰：大者，亲戚坟墓之所在也，一变也。田宅富厚足居也。二变。不然，则州县乡党与宗族足怀乐也。三变。不然，则上之教训习俗慈爱之于民也厚，无所往而得之。君之恩厚，皆在于人，无所他往，故得人之致死。四变。不然，则山林泽谷之利足生也。五变。不然，则地形险阻，易守而难攻也。六变。不然，则罚严而可畏也。不然，则赏明而足劝也。七变。不然，则有深怨于敌人也。八变。不然，则有厚功于上也。功厚则禄多，故亦自为战，而不德于君。九变。此民之所以守战至死而不德其上者也。今恃不信之人，而求以智。用不守之民，而欲以固。将不战之卒，而幸以胜。此兵之三暗也。

任法第四十五　区言一

圣君任法而不任智，任数而不任说，任公而不任私，任大道而不任小物，小物，小事。然后身佚而天下治。失君则不然，舍法而任智，故民舍事而好誉；舍数而任说，故民舍实而好言；舍公而好私，故民离法而妄行；舍大道而任小物，故上劳烦，百姓迷惑，而国家不治。圣君则不然，守道要，处佚乐，驰骋弋猎，钟鼓竽瑟，宫中之乐，无禁圉也。宫中之乐，所以悦体安性，故不禁御之也。不思不虑，不忧不图，但任法数，故无所虑图也。利身体，便形躯，养寿命，垂拱而天下治。但任法数，则事简，故身不劳，寿命长，天下自理。是故人主有能用其道者，道则谓上法数，公正大道。不事

心，不劳意，不动力，而土地自辟，囷仓自实，蓄积自多，甲兵自强，群臣无诈伪，百官无奸邪，奇术技艺之人，莫敢高言孟行，以过其情，以遇其主矣。孟，大也。遇，待也。不敢以谬妄奸言妄行以待其主也。

昔者尧之治天下也，犹埴之在埏也，埏，和也，音膻。唯陶之所以为；犹金之在炉，恣冶之所以铸。其民引之而来，推之而往，使之而成，禁之而止。故尧之治也，善明法禁之令而已矣。黄帝之治天下也，其民不引而来，不推而往，不使而成，不禁而止。比黄帝之于尧，则尧有为而黄帝无为。故黄帝之治也，置法而不变，使民安其法者也。

所谓仁义礼乐者，皆出于法，法行顺，仁义生。此先圣之所以一民者也。法所以齐一于民也。《周书》曰：国法。有国者有法也。法不一，则有国者不祥；法不一则乱，故不祥。民不道法则不祥；道，从。国更立法以典民则［墨批：不］祥；更，改也。典，主也。言能观宜改法以主于人，则国理，故祥也。墨批：注妄解也。明是脱一“不”字。群臣不用礼义教训则不祥；百官服事者离法而治则不祥。服，行也。故曰：法者，不可恒也。法敝则当变，故不恒。存亡治乱之所从出，法顺则存治，法违则乱亡。圣君所以为天下大仪也。君为天下之仪表也。君臣上下贵贱皆发焉。莫不取法于君臣。发，行也。故曰：法古之法也。立法者必师古。世无请谒任举之人，任，保也。以法取人，则无请谒之保举。无间识博学辩说之士，间，杂乱也，法行则博学辩说之人不敢间乱识事也。无伟服，无奇行，伟服、奇行皆过越法制者。今止息者，畏法故也。皆囊于法，以事其主。囊者，所以敛藏也。谓人皆敛藏过行，以顺于法，上事其主。

故明王之所恒者二：一曰明法而固守之，二曰禁民私而收使之。谓以法收敛而使之。此二者，主之所恒也。废此二者则政乱。夫法者，上之所以一民使下也。私者，下之所以侵法乱主也。故圣君置仪设法而固守之。然故谌杵习士、闻识博学之人不可乱也，杵，所以毁碎于物者也。谓奸诈之人为托于谌，以毁君法。习士，谓习法之士。闻识，谓多闻广识。君守法坚，故此等莫能乱也。朱批：谌，碪也。碪杵习士，犹刀笔俗吏也。众强富贵私勇者不能侵也，信近亲爱者不能离也，离，犹违也。珍怪奇物不能惑也，万物百事非在法之中者不能动也。珍怪奇物，此正法为怪僻。故法者天下之至道也，道无越于法者。圣君之实用也。用法为理国之实。今天下则不然，皆有善法而不能守也。然故谌杵习士、闻识博学之士，能以其智乱法惑上；众强富贵私勇者，能以其威犯法侵陵；谓侵陵于君也。邻国诸侯能以其权置子立相；邻国恃权能，废置君之子，援立国相。大臣能以其私附百姓，谓用私恩诱百姓使附也。剪公财以禄私士。谓剪公财以禄私士，此皆以君不守法故也。凡如是而求法之行，国之治，不可得也。谓从失法之后，国不可得理也。圣君则不然，卿相不得剪其私，群臣不得辟其所亲爱。圣君亦明其法而固守之，群臣修通辐辏以事其主，谓各得自通于君，如辐之辏也。百姓辑睦听令道法以从其事。道，从也。故曰：有生法，有守法，有法于法。夫生法者君也，君始制法，故曰“生法”。守法者臣也，臣则守法而行。法于法者民也。人则法君之法。君臣上下贵贱皆从法，此谓为大治。

故主有三术。谓上主、中主、危主也。夫爱人不私赏也，恶人不私罚也。置仪设法以度量断者，上主也。爱人而私赏之，恶人而私罚之。倍大臣，离左右，专以其心断者，中主也。臣有所爱而为私赏之，有所恶而为私罚之，为大臣爱恶之故，而私赏罚也。倍其公法，损其正心，谓损政教之正。专听其大臣者，危主也。故为人主者，不重爱人，不重恶人。重爱曰失德，重恶曰失威。君随臣爱恶，则威德皆在于臣，故曰失也。威德皆失，则主危也。

故明王之所操者六：生之，杀之，富之，贫之，贵之，贱之。此六柄者，主之所操也。主之所处者四：一曰文，二曰武，三曰威，四曰德。此四位者，主之所处也。藉人以其所操，命曰夺柄。藉人以其所处，命曰失位。夺柄失位，而求令之行，不可得也。既至于夺柄失位之后，欲求令行，不可得。法不平，令不全，是亦夺柄失位之道也。法不平，令不全，则柄位不可得而保，故曰夺柄失位之道。故有为枉法，有为毁令，此圣君之所以自禁也。言有枉法毁令，圣君则能禁止之。故贵不能威，富不能禄，贱不能事，近不能亲，美不能淫也。此五事解见下文。植固而不动，奇邪乃恐。所立坚，则不可动。若奇邪，则败亡旋及，故恐。奇音羁。奇革而邪化，令往而民移。君之奇邪，能有革化，则令才往，而人已移心而从善也。故圣君失度量，置仪法，圣君见有失度量，则置仪法以改也。朱批："失"当为"矢"，陈也。如天地之坚，坚，谓尊胜。如列星之固，自古至今，不见天星有亏败也。如日月之明，无私耀临。如四时之信，寒暑之气，来必以时。然故令往而民从之。君能苞上之四事，故令往人从也。而失君则不然，法立而还废之，令出而后反之，枉法而从私，毁令而不全。是贵能威之，富能禄之，贱能事之，近能亲之，美能淫之也。此五者不禁于身。君身不能自禁上也。是以群臣百姓，人挟其私而幸其主。妄布非分之恩。彼幸而得之，则主日侵。臣得不当得之恩，则主日见侵也。彼幸而不得，则怨日产。若不得所幸，则怨毒日生也。夫日侵而产怨，此失君之所慎也。

凡为主而不得用其法，不适其意，顾臣而行，凡有所行，不敢自专顾望其臣而为之也。离法而听贵臣，贵臣虽有离法，亦听从之。此所谓贵而威之也。言贵臣能威于君也。富人用金玉事主而来焉，谓以金玉来事主也。主离法而听之，此所谓富而禄之也。言富人能禄于君也。贱人以服约卑敬悲色告诉其主，服约，谓屈服隐约也。主因离法而听之，所谓贱而事之也。言贱人善谄，君听之。近者以逼近亲爱有求其主，主因离法而听之，此所谓近而亲之也。言近者恃亲以要君，则君从。美者以巧言令色请其主，主因离法而听之，此所谓美而淫之也。言美者能以言色淫动于君，故君亦听之。治世则不然，不知亲疏远近贵贱美恶，以度量断之，其杀戮人者不怨也，杀当其罪，故不怨也。其赏赐人者不德也。以功受赏，故不德于君也。以法制行之，如天地之无私也。是以官无私论，士无私议，民无私说，皆虚其匈以听于上。匈，恐惧貌。朱批：匈、胸，古今字。上以公正论，以法制断，故任天下而不重也。法制行则事简，故不重也。今乱君则不然，有私视也，故有不见也；有私听也，故有不闻也；有私虑也，故有不知也。凡私则不周，故有不见闻知也。夫私者，壅蔽失位之道也。上舍公法而听私说，故群臣百姓，皆设私立方，以教于国。方，谓异道术也。群党比周，以立其私。请谒任举，以乱公法。人用其心，以幸于上。上无度量以禁之，是以私说日益，而公法日损，国之不治，从此产矣。夫君臣者，天地之位也。民者，众物之象也。各立其所职，以待君令，群臣百姓安得各用其心而立私乎？故遵主令而行之，虽有伤败，无罚。遵令而行，败非己致，故无罚也。非主令而行之，虽有功利，罪死。失令有功，法所不赦，故罪死。然故下之事上也，如响之应声也，臣之事主也，如影之从形也。故上令而下应，主行而臣从，此治之道也。夫非主令而行，有功利因赏之，是教妄举也。赏不从令，是教妄为举措。遵主令而行之，有伤败而罚之，是使民虑利害而离法也。群臣百姓，人虑利害，而以其私心举措，则法制毁而令不行矣。

明法第四十六　区言二

所谓治国者，主道明也。主道明，则公法明，故国治。所谓乱国者，臣术胜也。臣术胜，则私事立，故国乱。夫尊君卑臣，非计亲也，以执胜也。令尊君卑臣者，其计非欲使亲君也，但令君执其胜也。百官论职惠也，刑罚必也。必令百官识非公之惠，而不敢受，又知刑罚必行，无妄求免罪也。朱批："识"当作"论职"，抄者合二字书之。故君臣共道则乱，臣行君事，故曰"共道"。专授则失。若君有所授与，不合众心而专之，亦为失也。夫国有四亡：令（求）[朱批：本] 朱批：依《解》改。不出，谓之灭。求不出令则下无所禀，故灭。出而道留，谓之拥。中道而留止，故曰"拥"。下情求不上通，谓之塞。求不上通，则与君隔绝，故曰"塞"也。朱批：情求，请求也。下情上而道止，谓之侵。下情虽欲上通，中道为左右所止，此则臣侵上事也。故夫灭侵塞拥之所生，从法之不立也。是故先王之治国也，不淫意于法之外，淫，游也。不为惠于法之内也。不屈法以成私惠也。动无非法者，所以禁过而外私也。外，遗也。威不两错，臣行君威，为两置。政不二门。臣出政，是为二门也。以法治国，则举错而已。言能以法理国，但举而置之，无不行。是故有法度之制者，不可巧以诈伪；非法度不听，则诈伪何施。有权衡之称者，不可欺以轻重；以权衡称之，轻重立见也。有寻丈之数者，不可差以长短。今主释法以誉进能，则臣离上而下比周矣；比周于下，所以求誉。以党举官，则民务交而不求用矣。交合则自进官，何须求用。是故官之失其治也，是主以誉为赏，以毁为罚也。以毁誉为赏罚，则官自然失理。然则喜赏恶罚之人，离公道而行私术矣。行私术，自然得赏，安用就公道而求乎？比周以相为匿，比周者，凡有公是之事，皆匿而不行也。是故忘主死交以进其誉，交众者誉多。

为交友致死，其誉自进。外内朋党，虽有大奸，其蔽主多矣。是以忠臣死于非罪，朋党共毁之，故忠臣非罪而死。而邪臣起于非功。朋党共誉之，故邪臣非功而起。所死者非罪，所起者非功也，然则为人臣者，重私而轻公矣。私则得利，公而致祸，故重私而轻公矣。十至私人之门，私人之门，谓所与交私为朋党者也。不一至于庭。谓之君庭。百虑其家，不一图国。重私轻公故也。属数虽众，非以尊君也。所属之数虽曰众多，无不党私，故非尊君也。百官虽具，非以任国也。各务私，故不任国事。此之谓国无人。国无人者，非朝臣之衰也，家与家务于相益，不务尊君也。大臣务相贵而不任国，小臣持禄养交，不以官为事，故官失其能。官各失能，则与无人同也。是故先王之治国也，使法择人，不自举也；使法量功，不自度也。设法者自著择人量功之条，故不劳自举度也。故能匿而不可蔽，苟有材能，则法自举之，不可隐蔽也。败而不可饰也。无功而败，法自量之，故不可虚饰也。誉者不能进，无材，虽誉之而不能进也。而诽者不能退也。有功，虽诽之而不能退也。然则君臣之间明别，谓贤不肖有功者，各明白而分别也。明别则易治也。明别则无伪滥，故易治也。主虽不身下为，谓不身为其事。而守法为之可也。但守法则法自为之，不劳身也。

正世第四十七　区言三

古之欲正世调天下者，必先观国政，料事务，察民俗，本治乱之所生，知得失之所在，然后从事。从，为。故法可立而治可行。夫万民不和，国家不安，失非在上，则过在下。今使人君行逆不修道，诛杀不以理，重赋敛，竭民财，急使令，罢民力。使令急，故人力疲也。财竭则不能无侵夺，人财竭，则侵夺以供上税也。力罢则不能毋堕倪。倪，傲也。谓疲堕而傲从也。民已侵夺堕倪，因以法随而诛之，则是诛罚重而乱愈起。夫民劳苦困不足，则简禁而轻罪。如此；则失在上，而上不变，则万民无所托其命。今人主轻刑政，宽百姓，薄赋敛，缓使令，然民淫躁行私，而不从制，饰智任诈，负力而争，则是过在下。过在下，人君不廉而变，廉，察也。则暴人不胜，邪乱不止。暴人不胜，邪乱不止，则君人者势伤而威日衰矣。故为人君者，莫贵于胜。所谓胜者，法立令行之谓胜。法立令行，故群臣奉法守职。百官有常，法不繁匿，万民敦悫，反本而俭力。谓廉啬而勤力也。故赏必足以使，谓使人从善也。威必足以胜，谓胜合奸邪也。然后下从。故古之所谓明君者，非一君也。五帝三王，俱曰明君，故曰非一。其设赏有薄有厚，其立禁有轻有重，迹行不必同，非故相反也，皆随时而变，因俗而动。夫民躁而行僻，则赏不可以不厚，禁不可以不重。既躁而僻则难化，须厚赏以诱之，重禁以威之。故圣人设厚赏，非侈也；立重禁，非戾也。赏薄则民不利，禁轻则邪人不畏。设人之所不利，欲以使则民不尽力；立人之所不畏，欲以禁则邪人不止。是故陈法出令，而民不从。故赏不足劝，则士民不为用；刑罚不足畏，则暴人轻犯禁。民者服于威杀然后从，见利然后用，被治然后正，得所安然后静者也。

夫盗贼不胜，邪乱不止，强劫弱，众暴寡，此天下之所忧，万民之所患也。忧患不除，则民不安其居。民不安其居，则民望绝于上矣。夫利莫大于治，害莫大于乱。夫五帝三王所以成功立名显于后世者，以为天下致利除害也。事行不必同，所务一也。莫不务于理也。夫民贪行躁而诛罚轻，罪过不发，有罪过者，不发举也。则是长淫乱而便邪僻也。有爱人之心，而实合于伤民，轻刑以爱人，奸多反伤人也。此二者不可不察也。二者，谓爱与伤人。夫盗贼不胜，则良民危；良人为盗所害，故危。法禁不立，则奸邪繁。故事莫急于当务，每事当其务，则理也。治莫贵于得齐。齐，谓无非人也。制民急则民迫，民迫则窘，窘则民失其所葆；葆，谓所恃为生者也。缓则纵，纵则淫，淫则行私，行私则离公，离公则难用。故治之所以不立者，齐不得也。谓上有非人也。齐不得，则治难行。故治民之齐，不可不察也。圣人者，明于治乱之道，习于人事之终始者也。其治人民也，期于利民而止。至于利人，则止而勿理也。故其位齐也，不慕古，不留今，留，谓守常不变。与时变，与俗化。夫君人之道，莫贵于胜。胜故君道立，胜则无不服，故君道立也。君道立然后下从，下从故教可立而化可成也。夫民不心服体从，则不可以礼义之文教也。君人者不可以不察也。

治国第四十八　区言四

凡治国之道，必先富民，民富则易治也，民贫则难治也。奚以知其然也？民富则安乡重家，安乡重家则敬上畏罪，敬上畏罪则易治也。民贫则危乡轻家，危，谓不安其所居也。危乡轻家则敢陵上犯禁，陵上犯禁则难治也。故治国常富，而乱国常贫。是以善为国者，必先富民，然后治之。昔年七十九代之君，法制不一，号令不同，然俱王天下者何也？必国富而粟多也。夫国富［朱批：粟］多生于农，故先王贵之。凡为国之急者，必先禁末作文巧。末作文巧禁，则民无所游食。民无所游食，则必农。谓必务农。民事农则田垦，田垦则粟多，粟多则国富，国富者兵强，兵强者战胜，战胜者地广。是以先王知众民、强兵、广地、富国之必生于粟也，故禁末作，止奇巧，而利农事。今为末作奇巧者，一日作而五日食。言取一日之利，可供五日之食也。农夫终岁之作，不足以自食也。然则民舍本事而事末作。舍本事而事末作，则田荒而国贫矣。

凡农者，月不足而岁有余者也。而上征暴急无时，谓（淫）[徭]税不以时。则民倍贷以给上之征矣。倍贷，谓贷一还二也。耕耨者有时，而泽不必足，谓雨泽不足也。则民倍贷以取庸也。泽不足则岁凶，富者倍贷于贫不能还其倍价者，则计所倍而取庸也。秋籴以五，春粜以束，是又倍贷也。谓富者秋时以五籴之，至春出粜，便收其束矣。此亦倍贷之类也。束，十匹也。故以上之征而倍取于民者四。谓上无时之征，一也；泽不足，二也；秋籴春粜，三也；下关市府库之征，四也。关市之租，府库之征，粟什一，厮舆之事，此四时亦当一倍贷矣。府库，谓府之库新有征税，言人供关市府库之征，亦用粟之什一计，四时常丁所用，故亦当一倍贷之。朱批：粟什一，以粟给十一之赋也。粟厮舆，以粟供厮舆也。与租征为四当倍贷，合上三倍贷为四倍贷也。夫以一民养四主，四主，即上四倍贷也。故逃徙者刑，谓有刑罚。而上不能止者，粟少而民无积也。常山之东，河汝之间，蚤生而晚杀，五谷之所蕃孰也，四种而五获。四种，谓四时皆种；五获，谓五谷皆宜而有所获。中年亩二石，一夫为粟二百石。今也仓廪虚而民无积，农夫以粥子者，上无术以均之也。故先王使农士商工四民，交能易作，交能易作，谓虽士亦善于农工，虽农亦通于事业也。终岁之利，无道相过也，道，从也。四人均能，故其利无从相过之也。是以民作一而得均。四人交能易作，故曰一也。民作一则田垦，奸巧不生。田垦则粟多，粟多则国富。奸巧不生则民治，富而治，此王之道也。不生粟之国亡，粟生而死者霸，霸者或不能广积粟，故人有不生而致死者也。粟生而不死者王。王者积粟既多，故人保其生，无复致死者也。朱批：死者，言不流通于邻国。粟也者，民之所归也；粟也者，财之所归也；有粟则人归之。粟也者，地之所归也。积粟既多，或有入地归降者也。粟多则天下之物尽至矣。故舜一徙成邑，二徙成都，三徙成国。舜非严刑罚，重禁令，而民归之矣。去者必害，谓背舜而去者。从者必利也。先王者，善为民除害兴利，故天下之民归之。所谓兴利者，利农事也；所谓除害者，禁害农事也。农事胜则入粟多，入粟多则国富，国富则安乡重家。安乡重家，则虽变俗易习，谓改易其常习。驱众移民，至于杀之，而民不恶也。此务粟之功也。上不利农则粟少，粟少则人贫，人贫则轻家，轻家则易去，易去则上令不能必行，上令不能必行则禁不能必止，禁不能必止则战不必胜，守不必固矣。夫令不必行，禁不必止，战不必胜，守不必固，命之曰寄生之君。谓暂寄为生，不能长久。此由不利农，少粟之害也。粟者，王之本事也，人主之大务，有人之涂，谓保有其人其涂因粟也。治国之道也。

卷十六

内业第四十九　区言五

凡物之精，此则为生。精，谓神之至灵者也。得此则为生。朱批：则，即也。下生五谷，上为列星。流于天地之间，谓之鬼神；藏于胸中，谓之圣人。是故民气，谓上之精者，则人气也。杲乎如登于天，杲，明貌。杳乎如入于渊，淖女教反。乎如在于海，淖，汋润也。卒乎如在于己。人有气则存，故如在于己也。是故此气也，不可止以力，以力止之，气愈去。而可安以德；静心念德，气自来也。不可呼以声，而可迎以音。调其宫商，使之克谐，气自来也。敬守勿失，是谓成德。不失气，德自成。德成而智出，德成，智自生也。万物果得。以智安物，物皆得宜。凡心之刑，刑，法也。谓得安心之法也。自充自盈，充盈，谓完而无亏也。自生自成。生成，谓每心生必有所成。凡此皆得安心法故也。其所以失之，必以忧乐喜怒欲利。此六者过常以乱于心，则失矣。能去忧乐喜怒欲利，心乃反济。若能去六者，则心反守其所，而能济成也。彼心之情，利安以宁。安宁者，心之所利也。勿烦勿乱，和乃自成。若无烦乱，心和自成。折折乎如在于侧，忽忽乎如将不得，折折，明貌。言心明察，若在其侧。及其求之，则忽忽然而不得。渺渺乎如穷无极。渺渺，微远貌。言心之微远，如欲穷之，则无其极。此稽不远，日用其德。常以此考心不远之，则日有所用也。

夫道者所以充形也，自形内而虚者皆道。而人不能固。人不能固守其虚，反以利欲塞也。其往不复，其来不舍。既有利欲之心，则道往而不复，虽其有来，无处可舍。谋乎莫闻其音，今谋欲寻于道，则不闻其音。朱批：“谋”当为“訞”。卒乎乃在于心，冥冥乎不见其形，寻至于极，则近于心。心之方寸，虚道之君子。淫淫乎与我俱生。淫淫，增进貌。有生则有道，故曰“与我俱生”也。不见其形，不闻其声，而序其成，谓之道。虽无形声，常依序而成，故谓之道也。凡道无所，善心安爱。言道无他善，唯爱心安也。朱批：“爱”当为“气”。心静气理，道乃可止。若静心，则气自调理，故道来止也。彼道不远，民得以产。人得之以生，则道在人，故不远也。彼道不离，民因以知。人既因道而知，则道常在而不离。是故卒乎其如可与索，推寻其终．似可与索。眇眇乎其如穷无所。及欲穷之，则眇眇然无所。彼道之情，恶音与声。音声者，所以乱道，故恶之也。修心静音，道乃可得。道也者，口之所不能言也，目之所不能视也，耳之所不能听也，所以修心而正形也。虽不可以言语视听，用之修心，则外形自正也。人之所失以死，所得以生也。事之所失以败，所得以成也。凡道，无根无茎，无叶无荣。道非如卉木而有根茎花叶也。万物以生，万物以成，命之曰道。无根茎而能生，无花叶而能成，则阴阳不测者也，故命之曰道。

天主正，平分四时，天之正也。地主平，均生万物，地之平也。人主安静。无为而无不为，人之安静也。春秋冬夏，天之时也。山陵川谷，地之枝也。为地之枝条也。喜怒取予，人之谋也。四者，谋之用也。是故圣人与时变而不化，时自变耳，圣本不化。从物而不移。物迁而从之，圣本不移。能正能静，然后能定。必正静然后定也。定心在中，耳目聪明，四枝坚固，心苟定于中，则耳目自聪明，四枝自坚固也。可以为精舍。心者，精之所舍。精也者，气之精者也。气之尤精者为之精。气道乃生，气得道，能有生。生乃思，生则有心，故思也。思乃知，思则知生也。知乃止矣。成智则理足，故止也。凡心之形，过知失生。安心之法，智过其度，则失其生。一物能化谓之神，一事能变谓之智。一，谓无也。谓无心于物事而物事自变化，以为神智也。化不易气，变不易智，惟执一之君子能为此乎！苟执一，故能不易其气智也。执一不失，能君万物。无心为有心者主也。君子使物，不为物使。无心故能使物，而物不能使也。得一之理，治心在于中，苟得中，则心自治矣。治言出于口，治事加于人，则无狂事。然则天下治矣。一言得而天下服，一言定而天下听，公之谓也。理心之谓。形不正，德不来，中不静，心不治。正形摄德，天仁地义，则淫然而自至。言欲正形摄德，但能则天之仁，法地之义，则德淫然自至。淫，进貌也。神明之极照乎知。照智者，神明之极理。万物中义守不忒。若常守中，则无差忒。不以物乱官，贪物则官乱。不以官乱心，贪官则心乱。是谓中得。能忘官货，则中心自得也。有神自在身，中得，则神自在身也。一往一来，莫之能思。神，不测者也，故往来不能思也。失之必乱，得之必治。谓神也。敬除其舍，精将自来。精想思之，除，谓有则想思之。宁念治之。宁静思念则心自治。严容畏敬，精将至定。但能严敬，则精至而定也。得之而勿舍，耳目不淫，心无他图。既得精，守之而勿舍，则耳目不淫，心无他虑也。正心在中，万物得度。心在中而正，则无过举，故万物得度也。道满天下，普在民所，民不能知也。言人皆有道，但不能自知耳。一言之解，上察于天，下极于地，蟠满九州。若能解道之一言，则能察天极地，而中满于九州。蟠，委地也。何谓解之？在于心安。解道者，在于心安。我心治，官乃治。我心安，官乃安。言官之治安，皆从心生也。治之者心也，安之者心也，治之与安，无不由心。心以藏心，言心亦藏于心也。心之中又有心焉。以心藏心，故心中又有心。彼心之心，谓心中所藏之心。音以先言。言从音生，故音先言。音然后形，有音然后见也。形然后言。有形则是言也。言然后使，有言则出命，故有所使令。使然后治。不治必乱，使而违理，故乱。乱乃死。乱则凶祸至，故死也。精存自生，其外安荣。精存于中，则自然长生，至于外形静而荣茂也。内藏以为泉原，内藏于精，则无穷竭，若水之泉。浩然和平，以为气渊。言精既浩然和平，则能生气，故为气渊。渊之不涸，四体乃固。生气之渊，不有竭涸，故四体固也。泉之不竭，九窍通遂。藏精之泉不竭，故九窍通也。乃能穷天地，被四海。体固窍通，故能寿毕天地，德被四海。中无惑意，外无邪菑。邪菑生于惑意，故内无惑意，则邪菑自销也。心全于中，形全于外。中全则外完。不逢天菑，不遇人害，天菑人害，能祸不全者也。谓之圣人。人能正静，皮肤裕宽，耳目聪明，筋信而骨强，但能正静，则皮肤自裕宽，耳目自聪明，筋骨自中强。乃能戴大圜，天也。而履大方。地也。鉴于大清，道也。视于大明。日月也。敬慎无忒，日新其德。遍知天下，穷于四极。敬发其充，充，谓道也。是谓内德。发行于道，故内得也。然而不反，此生之忒。忒，差也。不反守于道，则生有差谬也。

凡道必周必密，周密则慎不泄。必宽必舒，宽舒则博而密。必坚必固。坚固则精不解。守善勿舍，勿舍则善自成。逐淫泽薄，竞逐淫邪，津泽浮薄。朱批：逐其淫而溥其泽也。既知其极，反于道德。知极反德，则常道自隆。（全）［朱批：金］心在中，不可蔽匿。有诸内，必形于外也。朱批："全"当为"金"。和于形容，心和者容睟也。见于肤色。内畅者体泽。善气迎人，亲于弟兄。恶气迎人，害于戎兵。不言之声，疾于雷鼓。谓全心以德感物者也。德者，不疾而速，不崇朝而遍天下，故疾于雷鼓也。心气之形，明于日月，察于父母。全心之气，发形于外，则无不耀，无不知。若明于日月，察于父母也。赏不足以劝善，慕赏为善，非本为善。刑不足以惩过。畏刑惩过，非本无过。气意得而天下服，若不慕赏，不畏刑，意气内得，此诚善也，故天下服。心意定而天下听。心意定则理明，故天下听也。抟气如神，万物备存。抟，谓结聚也。结聚纯气，则无所不变化，故如神而物备存矣。朱批：即"专"。能抟乎？能一乎？抟结则自一也。能无卜筮而知凶吉乎？吉凶在于逆顺，故不须卜筮而知也。能止乎？能已乎？谓止而求诸己也。能勿求诸人，而得之己乎？求人者惑，自得者明。思之思之，又重思之。求己者，必须再三思之也。思之而不通，鬼神将通之。若再三思之而不通，则或致鬼神为通之也。朱批：此所谓狂慧，非思之善也。非鬼神之力也，精气之极也。言今能致鬼神者，非鬼神自见其力，盖由思之不已，精气之极也。四体既正，血气既静，一意抟心，耳目不淫，虽远若近。言既体正气静，意一心抟，耳目之用，不有淫过，事虽远大，可以近速而成也。

思索生知，近而遇思索，其知自生。朱批：思索，思不安也。《易》曰“震索索”。慢易生忧，疏慢轻易，必致凶祸，故生忧。暴傲生怨，残暴傲虐，伤害必多，故生怨也。忧郁生疾，忧恚郁塞，怀不通畅，故生疾也。疾困乃死。既疾而困，可谓弥留而死。思之而不舍，内困外薄。思欲不舍，则五藏困于内，形骸薄于外也。朱批：“薄”读为“溥”。此谓劳思者，内困不通，外感鬼神，迫于死也。不蚤为图，生将巽舍。既已内困外薄，尚不图之，如此则生将巽遁其舍，而至于死期也。食莫若无饱，饱食者善闭塞。思莫若勿致。致思者多困竭。节适之齐，彼将自至。齐，中也。言能节食适思，常莫过中，则生将自至。凡人之生也，天出其精，言禀精于天也。地出其形，地出衣食以养成其形。合此以为人。言合天地精气以成人。和乃生，二气和乃成其生也。不和不生。察和之道，其精不见，其征不丑。丑，类也。言欲察和，则精不可见，至于征验，又不知其类也。平正擅胸，论治在心，此以长寿。和之情类，虽不可知见，但能平而正，则和气独擅于匈中，论其适理，又不离心，如此可以益算而长寿也。朱批：“擅”当为“坦”。坦，古文字通用“襢”。襢胸，坦怀也。忿怒之失度，乃为之图。若忿怒过度，则当图而去之。节其五欲，去其二凶。喜怒过度，皆能为害，故曰“二凶”。不喜不怒，平正擅胸，不喜不怒，可谓和也，故能既平且正，独擅于胸中也。凡人之生也，必以平正，所以失之，必以喜怒忧患。是故止怒莫若诗，诗有清风之慰，故能止怒。去忧莫若乐，节乐莫若礼，守礼莫若敬，守敬莫若静。内静外敬，能反其性，性将大定。凡食之道，大充，伤而形不臧。大充，谓过于饱。大摄，骨枯而血沍。大摄，谓过于饥。血沍，谓血销减而凝沍。充摄之间，此谓和成。间，犹中也。充摄得中，则和畅而有所成也。精之所舍，而知之所生。言精智生舍于和成。饥饱之失度，乃为之图。图之令合于度。饱则疾动，饱而疾动，则食气销。饥则广思，饥而广思，则忘其饥。老则长虑。老而长虑，则遗其老。饱不疾动，气不通于四末。四末，四支。饥不广思，饱而不废。废，止也。老不长虑，困乃遬竭。令老则益困而遬竭。大心而敢，心既浩大，又能勇敢。宽气而广。当宽舒其气，而广有所容。其形安而不移，形安则志固，故不移。能守一而弃万苛。守一则恶烦，故能弃万苛也。见利不诱，见害不惧，宽舒而仁，独乐其身，是谓云气，意行似天。能调其气，故比于云意之行气，似天之布云也。凡人之生也，必以其欢。欢则志气和，故生也。忧则失纪，怒则失端。忧怒过常，则失其端纪。忧悲喜怒，道乃无处。忧怒则害道，故道无所处。爱欲静，遇乱正。谓若爱欲，则当静之。若遇废乱，则当正之。勿引勿推，福将自归。去而勿引，来而勿推，但任平而往，福则自归也。彼道自来，可藉与谋。藉，因也。因其自来而与之谋，则意动而理尽。静则得之，躁则失之。灵气在心，一来一逝。静则来，躁则逝。其细无内，其大无外。所以失之，以躁为害。心能执静，道将自定。得道之人，理丞而屯泄，匈中无败。谓腠理、丞达、屯聚、泄散，故匈中无败。朱批：丞，升也。节欲之道，万物不害。能节欲则物无害也。

封禅第五十

元篇亡。今以司马迁《封禅书》所载管子言以补之。朱批：此篇亦非其次，盖后人抄集以此冠首。

杂篇一

桓公既霸，会诸侯于葵丘，而欲封禅。管仲曰："古者封泰山禅梁父者七十二家，而夷吾所记者十有二焉。昔无怀氏古之王者，在伏羲前。封泰山，禅云云。云云山，在梁父东。虙羲封泰山，禅云云。神农封泰山，禅云云。炎帝封泰山，禅云云。黄帝封泰山，禅亭亭。亭亭山，在牟阴。颛顼封泰山，禅云云。帝喾封泰山，禅云云。尧封泰山，禅云云。舜封泰山，禅云云。禹封泰山，禅会稽。汤封泰山，禅云云。周成王封泰山，禅社首。山名，在博县。或云在巨平南十三里。皆受命然后得封禅。"桓公曰："寡人北伐山戎，过孤竹。西伐大夏，涉流沙，束马悬车，上卑耳之山。将上山，缠束其马，悬钓其车也。卑耳，即《齐语》所谓辟耳。南伐至召陵，登熊耳山，以望江汉。兵车之会三，而乘车之会六，九合诸侯，一匡天下，诸侯莫违我。昔三代受命，亦何以异乎？"于是管仲睹桓公不可穷以辞，因设之以事，曰："古之封禅，鄗上之黍，北里之禾，鄗上，山也。鄗音臛。鄗上、北里皆地名。所以为盛。江淮之间，一茅三脊，所谓灵茅。所以为藉也。东海致北目之鱼，各有一目，不比不行，其名曰鲽。西海致比翼之鸟。各有一翼，不比不飞，其名曰鹣鹣。然后物有不召而自至者十有五焉。今凤凰麒麟不来，嘉谷不生，而蓬蒿藜莠茂，鸱枭数至，而欲封禅，毋乃不可乎？"于是桓公乃止。

小问第五十一　杂篇二

桓公问管子曰："治而不乱，明而不蔽，若何？"管子对曰："明分任职，则治而不乱，明而不蔽矣。"公曰："请问富国奈何？"管子对曰："力地而动于时，则国必富矣。"谓勤力于地利，其所动作，必合于天时。公又问曰："吾欲行广仁大义，以利天下，奚为而可？"管子对曰："诛暴禁非，此大义也。存亡继绝，而赦无罪，此广仁也。则仁广而义大矣。"公曰："吾闻之也，夫诛暴禁非而赦无罪者，必有战胜之器，攻取之数，而后能诛暴禁非而赦无罪。"公曰："请问战胜之器？"管子对曰："选天下之豪杰，致天下之精材，来天下之良工，则有战胜之器矣。"公曰："攻取之数何如？"管子对曰："毁其备，散其积，夺之食，则无固城矣。"毁备夺食则无以守，故其城不固，此谓攻也。公曰："然则取之若何？"谓取其土。管子对曰："假而礼之，假，谓假借之恩。厚而勿欺，厚，谓重之以德。则天下之士至矣。"公曰："致天下之精材若何？"精材，谓美材可为军之器用也。管子对曰："五而六之，九而十之，不可为数。"欲致精材者，必当贵其价，故他处直五，我酬之六，他处直九，我酬之十，常令贵其一分，不可为定数，如此，则天下精材可致也。公曰："来工若何？"管子对曰："三倍，不远千里。"酬工匠之庸直常三倍他处，则工人不以千里为远，皆至矣。桓公曰："吾已知战胜之器，攻取之数矣。请问行军袭邑，举错而知先后，不失地利，若何？"管子对曰："用货察图"。用货为反间，则知（具）［其］先后。察彼国图，则不失地利也。公曰："野战必胜若何？"管子对曰："以奇"。奇，谓权谲以胜敌也。公曰："吾欲遍知天下若何？"管子对曰："小以吾不识，则天下不足识也。"若能博闻多见，齐其所不识，则知天下遍矣。吾之所识天下，亦无人能识之也。朱批：小言自卑也，常自谓小而不识。公曰："守战远见有患，为国者必入守出战，今吾于此二者，预见其患矣。夫民不必死，则不可与出乎守战之难，守战之难，必致死然后可出也。不必信，则不可恃而外知。人必诚信，然后为君视听，故知外事也。夫恃不死之民，而求以守战，恃不信之人，而求以外知，此兵之三暗也。苟不死不信，则守暗、战暗、外暗，故曰"三暗"。使民必死必信若何？"管子对曰："明三本。"公曰："何谓三本？"管子对曰："三本者，一曰固，二曰尊，三曰质。"公曰："何谓也？"管子对曰："故国父母［朱批：坟］墓之所在，固也。人既恋本而哀坟墓，则其心固。田宅爵禄，尊也。妻子，质也。三者备，然后大其威，厉其意，则民必死而不我欺也。"不我欺，则信也。桓公问治民于管子，管子对曰："凡牧民者，必知其疾，疾，谓患苦也。而忧之以德，勿惧以罪，勿止以力，烦力役，则止而不来。慎此四者，足以治民也。"桓公曰："寡人睹其善也，何为其寡也？"谓四言虽善，然以之理国，恐其太少。朱批：言一国之民，寡也。管仲对曰："夫寡非有国者之患也。患在不能行，不在寡少也。昔者天子中立，地方千里，四言者该焉，何为其寡也？该，备也。谓四言足以备千里之化，不为少。夫牧民不知其疾，则民疾。疾，谓憎嫌之也。不忧以德，则民多怨。惧之以罪，则民多诈。设诈以避罪也。止之以力，则往者不反，创其力役之苦。来者鸷距。鸷，疑也。距，止也。闻其役烦，则疑而止也。故圣王之牧民也，不在其多也。"桓公曰："善！勿已，如是又何以行之？"其事既善，虽然，不但如是而已，更有何事以行此四言也？管仲对曰："质信极忠，质，主也。谓主能得信，又极忠也。严以有礼，慎此四者，所以行之也。"桓公曰："请闻其说。"管子对曰："信也者，民信之。忠也者，民怀之。严也者，民畏之。礼也者，民美之。语曰：'泽命不渝，信也。谓恩泽之命，不有渝变，如此者，信也。非其所欲，勿施于人，仁也。仁者，忠于人也。坚中外正，严也。质信以让，礼也。’”主行于信，又能逊让，如此有礼也。桓公曰：“善哉！牧民何先？”管子对曰：“有时先事，有时先政，有时先德，有时先恕。飘风暴雨，不为人害，涸旱不为民患。百川道，百川之流，皆从故道。年谷熟，籴贷贱，禽兽与人聚，食民食，年谷熟，则禽兽食人之食。民不疾疫。当此时也，民富且骄，牧民者厚收善岁，以充仓廪。善岁，谓有年。禁薮泽，此谓先之以事。随之以刑，敬之以礼乐，以振其淫，振，正也。礼乐者，所以止人淫放。此谓先之以政。飘风暴雨为民患，涸旱为民患，年谷不熟，岁饥，籴贷贵，民疾疫。当此时也，民贫且罢，牧民者发仓廪山林薮泽，以共其财，后之以事，先之以恕，以振其罢，此谓先之以德。其收之也，不夺民财。谓善岁也。其施之也，不失有德。谓凶年也。富上而足下，此圣王之至事也。”桓公曰：“善”。

桓公问管仲曰：“寡人欲霸，以二三子之功，既得霸矣。今吾有欲王，其可乎？”管仲对曰：“公当召叔牙而问焉。”管仲知桓公不可王，难以实对，故推令问叔牙。鲍叔至，公又问焉。鲍叔对曰：“公当召宾胥无而问焉。”宾胥无趋而进，公又问焉。宾胥无对曰：“古之王者，其君丰，其臣教；君丰臣教，则君能制臣，故可以王也。今君之臣丰。”言德丰于君也。公遵遁，缪然远，二三子遂徐行而进。言公之所遵行者，皆流遁缪妄之事，无所比，可谓远于二三子。但当涂而渐以取进耳。欲王天下，恐未可。朱批：公闻此言，逡遁自远，故三子进听命也。公曰：“昔者大王贤，王季贤，文王贤，武王贤。武王伐殷，克之七年而崩。周公旦辅成王而治天下，仅能制于四海之内矣，今寡人之子不若寡人，寡人不若二三子，以此观之，则吾不王必矣。”

桓公曰：“吾欲胜民，言欲胜服于民。为之奈何？”管仲对曰：

“此非人君之言也，人君之言，当仁以化之，不可直用刑胜也。胜民为易，夫胜民之为道，非天下之大道也。君欲胜民，则使有司疏狱而谒，有罪者偿。谓疏录狱囚，谒告有罪者则偿之也。数省而严诛，数省有过，严其诛罪。若此则民胜矣。虽然，胜民之为道，非天下之大道也。使民畏公而不见亲，严刑故也。祸亟及于身，二世严刑，身戮望夷。虽能不久，虽能胜人，不可久安。则人持莫之弑也，危哉！持，谓见劫执也。弑，谓杀亲也。君之国岌乎！”

桓公观于厩，问厩吏曰：“厩何事最难？”厩吏未对。管仲对曰：“夷吾尝为圉人矣。圉，养马者。傅马栈最难，谓编次之栈，马所立木也。先傅曲木，曲木又求曲木，编栈者先附曲木，其次还须曲木，求其类。曲木已傅，直木无所施矣。既用曲木，又施直木，则失其类而栈败矣。喻小人用则君子退也。先傅直木，直木又求直木，直木已傅，曲木亦无所施矣。”喻君子用则小人退。

桓公谓管仲曰：“吾欲伐大国之不服者，奈何？”管仲对曰：“先爱四封之内，然后可以恶竟外之不善者。四封之内见爱，则人致死，可以恶竟外之不善者。先定卿大夫之家，然后可以危邻之敌国。卿大夫之家既定，则国强，故可以危邻国。是故先王必有置也，然后有废也。己国有置，然后废他国也。必有利也，然后有害也。”能利己国，然后可以害他国也。

桓公践位。令衅社塞祷，杀生以血浇落于社曰“衅社”。祝凫已疵献胙。祝，祝史。凫，[朱批：已]疵，其名也。胙，祭肉也。祝曰：“除君苛疾，祝令除君烦苛之疾。与若之多虚而少实。”若，似也。谓君之材能，多似有而非实，如此者，亦祝去之也。桓公不说，瞑目而视祝凫已疵。祝凫已疵授酒而祭之，曰：“又与君之若贤”。谓君似贤，亦当去之。桓公怒，将诛之而未也，以复管仲。复，犹告也。管仲以是知桓公之可以霸也。祝史诬君之恶，君怒而将诛之，是心务善也，故知可与霸也。墨批：能受尽言也。

桓公乘马，虎望见之而伏，桓公问管仲曰："今者寡人乘马，虎望见寡人而不敢行，其故何也？"管仲对曰："意者，君乘驳马而洀桓，迎日而驰乎？"洀，古"盘"字。公曰："然"。管仲对曰："此驳象也，驳食虎豹，故虎疑焉。"

楚伐莒，莒君使人求救于齐，桓公将救之。管仲曰："君勿救也。"公曰："其故何也？"管仲对曰："臣与其使者言，三辱其君，颜色不变。辱其君而色不变，则无羞耻也。臣使官无满其礼，三。三加其礼，皆不满足。强其使者，争之以死。不识不满之意，才激强之，则争之以死，是不智。莒君小人也。君勿救。"其使不贤，故知其君小人也。桓公果不救而莒亡。

桓公放春三月，观于野。春物放发，故曰"放春"。朱批：放、方，通用字。桓公曰："何物可比于君子之德乎？"隰朋对曰："夫粟，内甲以处，中有卷城，外有兵刃，种粟者，甲在内而处，叶居外而卷若城，苗之纤芒在外有兵刃。未敢自恃，自命曰粟，粟之物用虽如此，然不敢自恃，故目名曰粟，粟则谨促之名也。此其可比于君子之德乎？"管仲曰："苗，始其少也，眴眴胡绢切，目摇也。乎，何其孺子也！眴眴，柔顺貌。谷苗始则柔顺，故似孺子也。至其壮也，庄庄乎何其士也！壮，谓苗转长大。庄庄，矜直貌也。至其成也，由由乎兹（免）[朱批：勉]，何其君子也！由由，悦也，实貌。兹勉，谓益有谨厉，兹免与滋勉同。天下得之则安，人以谷为命。不得则危，故命之曰禾。以其和调人之性命。此其可比于君子之德矣。"桓公曰："善"。

桓公北伐孤竹，未至卑耳之溪，十里，闟然止，瞠然视，闟，住立貌。瞠，惊视貌。援弓将射，引而未敢发也。谓左右曰："见是前人乎？"左右对曰："不见也。"公曰："事其不济乎？寡人大惑。今者寡人见人，长尺而人物具焉，冠，右祛衣，走马前疾，事其不济乎？寡人大惑，岂有人若此者乎？”管仲对曰：“臣闻登山之神，有俞儿者，长尺而人物具焉。霸王之君兴而登山，神见，且走马前疾，道也。祛衣，示前有水也。右祛衣，示从右方涉也。”至卑耳之溪，有赞水者，谓赞引渡水者。曰：“从左方涉，其深及冠。从右方涉，其深至膝。若右涉，其大济。”桓公立，拜管仲于马前曰：“仲父之圣至若此，寡人之抵罪也久矣。”抵，当也。不知仲父之圣，是寡人当有罪久矣。管仲对曰：“夷吾闻之，圣人先知无形，今已有形而后知之，臣非圣也，善承教也。”善承古人之心。

桓公使管仲求宁戚，宁戚应之曰：“浩浩乎！”管仲不知，至中食而虑之。婢子曰：“公何虑？”管仲曰：“非婢子之所知也。”婢子曰：“公其毋少少，毋贱贱，昔者吴（干）［朱批：于］战，（干）［朱批：于］，江边地也。朱批：“于”盖“越”也。未龀不得入军门。龀，毁齿也。国子擿其齿，遂入，为于国多。战功日多。言于于战，国子功多也。百里徯，秦国之饭牛者也，穆公举而相之，遂霸诸侯。由是观之，贱岂可贱，少岂可少哉？”管仲曰：“然。公使我求宁戚，宁戚应我曰‘浩浩乎’，吾不识。”婢子曰：“诗有之：‘浩浩者水，育育者鱼，水浩浩然盛大，鱼育育然相与而游其中，喻时人皆得配偶以居其室家。宁戚有伉俪之思，故陈此诗以见意。未有室家，而安召我居？’言谁当召我，授之配匹，与之为居乎也。宁子其欲室乎？”

桓公与管仲阖门而谋伐莒，未发也，而已闻于国矣。桓公怒，谓管仲曰：“寡人与仲父阖门而谋伐莒，未发也，而已闻于国，其故何也？”管仲曰：“国必有圣人。”桓公曰：“然。夫日之役者，有执席食以视上者。必彼是邪？”桓公与管仲谋时，役人于前，乃有执席而食，私目视上，所以察君也。必是人者知吾谋也。于是乃令之复役，毋复相代。时执席而食者，代人入役，因得察君。今不令相代，彼亦知君觉己，必当来也。少焉东郭邮至，桓公令傧者延而止，傧，谓赞引宾客者也。与之分级而上。公以客礼待之，故与之分级而上。谓使之就宾阶也。问焉曰："子言伐莒者乎？"东郭邮曰："然，臣也。"桓公曰："寡人不言伐莒，而子言伐莒，其故何也？"东郭邮对曰："臣闻之，君子善谋，而小人善意，善以意度之也。臣意之也。"桓公曰："子奚以意之？"东郭邮曰："夫欣然喜乐者，钟鼓之色也。夫渊然清静者，缞绖之色也。漻然丰满，心在兵武，形气盛，故其貌丰满。而手足拇动者，中勇，外形必应，故手足拇动也。兵甲之色也。日者臣视二君之在台上也，口开而不阖，是言莒也。莒字两口，故二君开口相对，即知其言莒。举手而指，势当莒也。且臣观小国诸侯之不服者，唯莒。于是，唯莒。不服，于是知之。臣故曰伐莒。"桓公曰："善哉！以微射明，此之谓乎！言以形色之微，知伐国之明也。子其坐。寡人与子同之。"同伐莒之谋也。

客或欲见于齐桓公，请仕上官，授禄千钟。公以告管仲，曰："君予之。"客闻之曰："臣不仕矣。"公曰："何故？"对曰："臣闻取人以人者，以人之言，然后取人。其去人也亦用人，吾不仕矣。"

朱批：光绪廿有八年春二月戊申夜阅。

卷十七

七主七臣第五十二　杂篇三朱批：杂抄无次序。

或以平虚请论七主之过，谓平易虚心也。七主，据下唯有六者，皆过主。能无此六者过，则为一是主也。过主六，是主一，故曰七主也。得六过一是，以还自镜，以知得失。得六过则为一是，以自鉴，得失可知也。以绳七臣，得六过一是。呼呜美哉，成事疾。疾，美也。绳，谓弹正也。言以六过绳七臣，令臣无六过，是故为一。君臣咸有一德，故能成美也。

申主任势守数以为常，申，谓陈用法令。朱批：一主。周听近远以续明。远近之事，周而听之，则其明不绝。皆要审则法令固，赏罚必则下服度。事皆得要而详审，则法令固，赏罚必，而下皆服其法度也。朱批：皆要，凡要，文书会计之总也。不备待而得和，则民反素也。谓以道德理世之君，至仁感物，德和自此而至，故人皆反于朴素，今申主不能然，故以为过也。惠主丰赏厚赐以竭藏，朱批：二主。赦奸纵过以伤法。藏竭则主权衰，法伤则奸门闿。故曰：泰则反败矣。谓为惠太过，故反成败也。侵主好恶反法以自伤，越法行事谓之侵，所好所恶，皆反于法，故自伤。朱批：三主。喜决难知以塞明，决难知则理不当，故明塞也。从狙而好小察，狙，伺也。谓既任臣有所为，必从而伺之。事无常而法令申。不牾，则国失势。牾，古伍字，谓偶合也。言虽申布法令，于事不合，法既不行，所以失势也。朱批：牾，逆也。言兀有大逆，则亦必失势。

芒主目伸五色，朱批：四主。耳常五声，芒，谓芒然不晓识之貌。伸，谓放恣也。四邻不计，四邻与己为隙，不计度而知之也。司声不听，司声之官，随君所好，不为听其理乱之音也。则臣下恣行，而国权大倾。不牾，则所恶及身。所为既不合理，故恶还及身。劳主不明分职，朱批：五主。上下相干，言失任臣之理，劳而无功，故曰劳主。臣主同则，臣主同则为句。刑振以丰，丰振以刻。臣主同势，则俱奋威权，故刑罚大振，而且丰多。刑丰而又妄振，非刻而何也？去之而乱，临之而殆，则后世何得？权臣振主，君欲去之，必为乱。任而临之，必危殆。既乱且危，败亡必及，故后代无得也。振主喜怒无度，朱批：六主。严诛无赦，动发威严，谓之振也。臣下振怒，不知所错，则人反其故。故为先君之理。不牾，则法数日衰而国失固。举错既不合理，故数衰而国未固。芒主通人情以质疑，朱批："芒"字误，当作"荒"、作"亡"。七主。故臣下无信。尽自治，其事则事多，既不自晓，固下通人情，以问所疑，则臣下无所信，皆自任胸臆，以理其事，人人生事，故事多也。多则昏，昏则缓急俱植。植，立也。既昏而不明，故缓急之事俱可立。不牾，则见所不善，所为既不合理，故其所见之事皆不善。余力自失而罚。尚有执权余力，己不自责，乃迁怒而罚之。故主虞而安，虞，度也。主能度宜而行故安。但主能度而安，则致下数事。吏肃而严，民朴而亲，官无邪吏，朝无奸臣，下无侵争，世无刑民。凡（兆）［此］皆主虞而安故也。

故一人之治乱在其心，在其心之邪正。一国之存亡在其主。在其主之智愚。天下得失，道一人出。道，从也。一人为主也，明主得，暗主失。主好本则民好垦草莱，本，谓农桑也。主好货则人贾市，主好宫室则工匠巧，主好文采则女工靡。夫楚王好小腰而美人省食，吴王好剑而国士轻死。朱批：管时无吴王，此弟子所传也。死与不食者，天下之所共恶也，然而为之者何也？从主之所欲也。而况愉乐音声之化乎？夫男不田，女不缁，缁，谓黑缯。朱批：缁，纯也，丝也。工技力于无用，谓勤力于无用之器物也。而欲土地之毛，毛，谓嘉苗。仓库满实，不可得也。土地不毛则人不足，人不足则逆气生，不足则怨怒，故逆上之气生。逆气生则令不行。然强敌发而起，虽善者不能存。谓善为计谋。何以效其然也？曰：昔者桀纣是也。诛贤忠，近谗贼之士，而贵妇人，好杀而不勇，好富而忘贫。驰猎无穷，鼓乐无厌，瑶台玉餔不足处，玉餔，犹玉食。驰车千驷不足乘，材女乐三千人，谓有材能之女乐也。钟石丝竹之音不绝。百姓罢乏，君子无死，言不为君致死。卒莫有人，人有反心。遇周武王，遂为周氏之禽。为周所禽获也。此营于物而失其情者也，物，谓台榭车音所为侈靡者。愉于淫乐而忘后患者也。故设用无度，国家踣，踣，谓散亡。举事不时，必受其菑。夫仓库非虚空也，必侈费无度，故空。商宦非虚坏也，必弃本逐末，故坏。法令非虚乱也，必上替下陵，故乱。国家非虚亡也。必倒道背理，故亡。彼时有春秋，岁有败凶。政有急缓，故物有轻重。政急物轻，政缓物重。岁有败凶，故民有义不足。岁既败凶，虽有义事，不足以行其礼。时有春秋，故谷有贵贱。春谷贵，秋谷贱。而上不调淫，故游商得以什伯其本也。淫，过也。谓谷物过于贵贱，则上当收散以调之。此之不为，故游商得什伯之赢，以弃其本也。百姓之不田，贫富之不訾，皆用此作。訾，限也。皆从不调淫而作也。城郭不守，兵士不用，皆道此始。道，从。夫亡国踣家者非无壤土也，其所事者，非其功也。夫凶岁雷旱，非无雨露也，其燥湿非其时也。乱世烦政，非无法令也，其所诛赏者非其人也。暴主迷君，非无心腹也，其所取舍非其术也。

故明主有六务四禁。六务者何也？一曰节用，二曰贤佐，三曰法度，四曰必诛，五曰天时，六曰地宜。四禁者何也？春无杀伐，无割大陵，割，谓掘徙之也。倮大衍，倮，谓焚烧，令荡然俱尽。

伐大木，斩大山，行大火，诛大臣，收谷赋。凡此春之禁也。夏无遏水达名川，谓偃塞小水合大水。塞大谷，动土功，射鸟兽。凡此夏之禁。秋无赦过释罪缓刑。冬无赋爵赏禄，伤伐五谷。五谷之藏。故春政不禁则百长不生。夏政不禁，则五谷不成。秋政不禁，则奸邪不胜。冬政不禁，则地气不藏。四者俱犯，则阴阳不和，风雨不时，大水漂州流邑，漂流，谓满溢于堤防，故漂流城邑。大风漂屋折树，火暴焚地燋草；旱甚则草燋。天冬雷，地冬霆，霆，震。草木夏落而秋荣；蛰虫不藏，宜死者生，宜蛰者鸣；苴多螣蟆，苴，谓草之翳荟。朱批：螣，蛇。山多虫螟；螟，即蚊。六畜不蕃，民多夭死；国贫法乱，逆气下生。故曰：台榭相望者，亡国之庑也；驰车充国者，追寇之马也；追，犹召也。言驰车所以召寇。羽剑珠饰者，斩生之斧也；文采纂组者，燔功之窑也。明王知其然，故远而不近也。能去此取彼，则人主道备矣。此，谓珠饰等物。彼，谓节用爱民。夫法者，所以兴功惧暴也；律者，所以定分止争也；令者，所以令人知事也。法律政令者，吏民规矩绳墨也。夫矩不正，不可以求方；绳不信，音申。不可以求直。法令者，君臣之所共立也；权势者，人主之所独守也。故人主失守则危，臣吏失守则乱。罪决于吏则治，有罪者，吏必能决。决之，故理。权断于主则威，民信其法则亲。是故明王审法慎权，下上有分。下慎罚，上执权，各有其分也。夫凡私之所起，必生于主。主不好本则私生。夫上好本则端正之士在前，本，谓道德之政。上好利则毁誉之士在侧。好利则倾巧，故毁誉之士在侧。上多喜善赏，不随其功，则士不为用。虽曰好善，及其有功则不能赏，故曰“士不为用”。数出重法，而不克其罪，则奸不为止。克，谓胜伏。明王知其然，故见必然之政，立必胜之罚。故民知所必就，而知所必去。推则往，召则来，如坠重于高，如渎水于地。以譬招来之易也。故法不烦而吏不劳，民无犯禁。故有百姓无怨于上，上亦［朱批：无怨于下］。

法臣，朱批：一臣。法断名决，言亦为臣立法。朱批：以法断，以名决。上亦字有误。法臣题下事与饰臣、侵臣、乱臣多类。无诽誉。依名而断决，则理当而事惬，故无诽誉。故君法则主位安，臣法则货赂止，而民无奸。呜呼美哉！名断言泽。依名而断，则其言顺而泽。朱批：泽，释也。饰臣，朱批：二臣。（克）［朱批：充］亲，贵以为名，虚名求实之饰。克，胜也。谓不求亲贵以自克胜，恃此为名。朱批：饰臣，犹言"伪臣"。恬爵禄以为高。佯弃爵禄，以自安恬，以此为高。好名则无实，美名外扬，内实必丧。为高则不御。恬爵禄者，君不能御也。故记曰："无实则无势，势必以实生。失辔则马焉制？"制马必以辔，制臣必以禄。侵臣，朱批：三臣。事小察以折法令，枉法行事谓之侵。好佼反而行私请。佼，谓佷许也，背理为反。故私道行则法度侵，不侵法度，则无以成其私。刑法繁则奸不禁，主严诛则失民心。乱臣，朱批：四臣。多造钟鼓，众饰妇女，以惛上。故上惛则隟不计，而司声直禄。上既惛暗，虽有危亡之隟，不能计度而知之。其司声之官，直得禄而已，不忧其职务。朱批：伺声名以予禄，朋党觊之也。"直"犹"得"也。是以谄臣贵而法臣贱，此之谓微孤。谄贵法贱，则危亡日至，故其君衰微而孤独。愚臣，朱批：五臣。深罪厚罚以为行，深文入罪，厚致其罚，此愚臣之行。重赋敛多兑道以为上，兑，悦也。谓多赋敛以悦道于君。朱批："兑道"当作"兑通"，阿顺之意。使身见憎而主受其谤。厚罚多敛，人必憎之。故记称之曰："愚忠谗贼，此之谓也。"愚臣虽有忠于主，乃比之谗贼。奸臣，朱批：六臣。痛言人情以惊主，痛，甚极之辞。开罪党以为仇。开引罪党，上闻于君，与之为仇。除仇则罪不辜，彼但仇耳，未必皆有罪。今而除之，则罪不辜之人也。罪不辜则与仇居。既杀不辜，则人皆仇已。故所与居者，莫非仇也。故善言可恶以自信，而主失亲。好言可恶之事以告于君，此求君之信己也。君果信之，则失其所亲也。乱臣，朱批：七臣。自为辞功禄，明为下，请厚赏。己有功，当得禄，则佯辞之，以为名。其下未必当赏，则明然为之请，以求众心也。居为非母，动为善栋。其居也，与众非者为母。其动也，与佯为善者为栋梁也。以非买名，以是伤上，其所以买名者用非道，虽曰为之必伤于上。而众人不知，之谓微攻。言为伪善渐攻于君。

禁藏第五十三　杂篇四

禁藏于胸胁之内，而祸避于万里之外。能以此制彼者，唯能以己知人者也。言度己以察彼，则无隐情，故奸谋藏于胸胁。奸藏祸息，故远避于万里之外。彼不能兴奸生祸，则我能制之。凡此，皆以己知人故也。夫冬日之不滥，非爱冰也。滥，谓泛冰于水以求寒，所谓滥浆。夏日之不炀，非爱火也。为不适于身，便于体也。冬之水，夏之火，皆于身体不适便。夫明王不美宫室，非喜小也。不听钟鼓，非恶乐也。为其伤于本事而妨于教也。美宫室，听钟鼓，则伤事而妨教。故先慎于己而后彼，官亦慎内而后外，内则本务，外则末业，君慎之则臣效。民亦务本而去末。官慎之则民效也。居民于其所乐，居其所乐，则敦土而不迁。事之于其所利，事其所利，则不劝而自厉。赏之于其所善，赏其所善，则皆悦而立功。罚之于其所恶，罚其所恶，则忌慎而无犯。信之于其所余财，君人者莫不有余财，期赏而必，故曰信。功之于其所无诛。必胜残息诛，然后可以为成功。于下无诛者，必诛者也。有罪必诛，故能息。所谓以刑止刑，以杀止杀也。有诛者，不必诛者也。有罪必不诛，故诛不息也。以有刑至无刑者，其法易而民全。刑兹无赦，人不敢犯，故曰"以有刑至无刑"。若此者，其法简易，而民完全。以无刑至有刑者，其刑烦而奸多。缓诛宥死，人则轻而犯之，故曰"无刑至有刑"。若此者，其刑繁漫，而奸人多。夫先易者后难，无刑至有刑，故曰

"先易而后难"。先难而后易，有刑至无刑，故曰"先难而后易"。万物尽然。皆同之于用法。明王知其然，故必诛而不赦，必赏而不迁者，非喜予而乐其杀也，所以为人致利除害也。赏不迁，非喜与。诛不赦，非乐杀。然必其诛赏，则为人致利除害故也。于以养老长弱，完活万民，莫明焉。言养老活人，无明于必诛赏。夫不法，法则治。言不法者，必以法正之，故治。法者，天下之仪也，仪，谓表也。所以决疑而明是非也，百姓所县命也。刑罚一差，人无所措手足，故曰县命。故明王慎之，不为亲戚，故贵易其法，故，谓恩旧。吏不敢以长官威严危其命，危，谓毁败。民不以珠玉重宝犯其禁。所谓君无欲焉，虽赏之不窃。故主上视法严于亲戚，不为亲戚易法，故法严。吏之举令敬于师长。不为师长危令，故令敬也。民之承教重于神宝。不为重报犯禁，故教重。夫宝有灵，故曰"神宝"。故法立而不用，刑设而不行也。无犯之人，则无所用其刑法。夫施功而不钧，位虽高为用者少。施功，谓施恩于有功者。施恩不均，则有功者怨。故虽有高位，人不为用。赦罪而不一，德虽厚不誉者多。赦罪不一，则毒流不辜。虽有厚德，人谁誉之。举事而不时，力虽尽其功不成。方冬植禾，虽勤似后稷，不能成其嘉苗。刑赏不当，断斩虽多，其暴不禁。夫公之所加，罪虽重，下无怨气。私之所加，赏虽多，士不为欢。行法不道，众民不能顺。有道之人，必顺于道。举错不当，众民不能成。众尚不成，况无众乎！不攻不备，夫设备者，必防攻也。当今为愚人。

故圣人之制事也，能节宫室、适车舆以实藏，不费于宫室车舆，则库藏自实也。则国必富，位必尊。能适衣服、去玩好以奉本，本，谓农桑。而用必赡、身必安矣。能移无益之事、无补之费，通币行礼，而党必多、交必亲矣。移无益无补之费而行礼，故党多交亲也。夫众人者，多营于物，而苦其力、劳其心，故困而不赡。营物过分，故劳而不赡。大者以失其国，小者以危其身。凡人之情，得所欲则乐，逢所恶则忧，此贵贱之所同有也。近之不能勿欲，谓所好之物。远之不能勿忘，人情皆然，而好恶不同。各行所欲，各以所欲行之。而安危异焉，适理而欲则安，背理而欲则危。然后贤不肖之形见也。夫物有多寡，而情不能等；贤者欲寡，不肖者欲多也。事有成败，而意不能同；贤者意多成，不肖者意多败也。行有进退，而力不能两也。贤者能进，不肖者唯退也。故立身于中，谓多寡成败进退之中也。养有节。宫室足以避燥湿，饮食足以和血气，衣服足以适寒温，礼仪足以别贵贱，游虞足以发欢欣，棺椁足以朽骨，衣衾足以朽肉，坟墓足以道记。道识其处，各有记也。不作无补之功，虽曰有功，于身无补。不为无益之事，故意定而不营气情。气情不营则耳目穀、穀，善也。谓聪明不亏。衣食足。耳目穀、衣食足，则侵争不生，怨怒无有，上下相亲，兵刃不用矣。故适身行义，俭约恭敬，其唯无福，朱批：其唯之言虽也。祸亦不来矣。祸福两无，乃善之至。骄傲侈泰，离度绝理，其唯无祸，福亦不至矣。祸福两有，乃祸之至。是故君子上观绝理者以自恐也，观绝理者致祸，故恐。下观不及者以自隐也。隐，度也。度己有不及之事，当效之也。故曰：誉不虚出，必出于行善。而患不独生，必生于为恶。福不择家，虽贱家行善，福亦来矣。祸不索人，虽贵人行恶，祸亦至矣。此之谓也。凡此，欲令修己以致福，无恃贵以招祸。能以所闻瞻察，则事必明矣。谓耳所闻，目所瞻，皆能审察其是非。如此，则无事不明矣。

故凡治乱之情，皆道上始。道，从也。事明则理，反是则乱也。故善者圉之以害，牵之以利。有害则圉，有利则牵。能以利害者，财多而过寡矣。利害由己，则避害而取利。取利则财多，避害故过寡矣。夫凡人之情，见利莫能勿就，见害莫能勿避。其商人通贾，倍道兼行，夜以续日，千里而不远者，利在前也。疾至则得利，故速行而不倦也。渔人之入海，海深万仞，就彼逆流，谓海潮起，则水逆流。乘危百里，宿夜不出者，利在水也。故利之所在，虽千仞之山，无所不上，深源之下，无所不入焉。故善者势利之在，而民自美安，势利在身，则人美而安之。不推而往，不引而来，不烦不扰，而民自富。凡此，皆势利之所致。如鸟之覆卵，无形无声，而唯见其成。夫势利致人，若鸟之覆卵焉，虽无形声，俄见其成也。

夫为国之本，得天之时而为经，经所以本之也。得人之心而为纪。纪所以总之也。法令为维纲，维纲所以张也。吏为网罟，网罟所以苞之。什伍以为行列，行列所以开具之也。赏诛为文武。赏则文，诛则武。缮农具，当器械，农具既缮，则器械可修也。耕农当攻战，耕农之不怠，若攻战之不退也。推引铫耨以当剑戟，用铫耨者，必推引之，若剑戟击刺。被蓑以当铠鑐，蓑，雨衣，被著之，所以御雨露。若武备之有铠鑐，著甲周身若褐炙，故曰鑐。菹笠以当盾橹。取菹泽草以为笠，若武备之有盾橹也。故耕器具则战器备，具耕器，则备军用也。农事习则功战巧矣。习农，则当功战。当春三月，萩室熯造，熯，谓以（大）［火］干也。三月之时，阳气盛发，易生温疫。楸木郁臭，以辟毒气。故烧之于新造之室，以禳祓也。朱批：萩室，以萧熏室也。造，副室也。熯，干之。钻燧易火，杼井易水，所以去兹毒也。四时易火，至春则取榆柳之火。春时之井，又当复杼之，以易其水。凡此，皆去时滋长之毒。举春祭，塞久祷，以鱼为牲，以糵为酒，相召，久祷而未报者，当享塞之。相召，谓因此时召亲宾。所以属亲戚也。毋杀畜生，毋拊卵，拊，谓击剥之也。毋伐木，毋夭英。英，谓草木之初生也。毋拊竿，竿，笋之初生也。所以息百长也。赐鳏寡，振孤独，贷无种与无赋，所以劝弱民。谓劝勉贫弱之人也。发五正，正，谓五官正也。赦薄罪，出拘民，解仇雠，仇雠者和仇令反去。所以建时功，施生谷也。谓及时立农功，施力为生谷。凡此，皆春令。夏赏五德，谓五常之德。满爵禄，迁官位，礼孝弟，复贤力，所以劝功也。贤而有功，赏复除之。此皆夏令。秋行五刑，诛大罪，所以禁淫邪，止盗贼。凡此皆秋令。冬收五藏，五谷之藏。最万物，最，聚。所以内作民也。凡此皆冬作。四时事备，而民功百倍矣。于四时事皆备，故人有百倍之功。故春仁夏忠，秋急冬闭，生者，仁也。长者，忠也。收当急也，藏当闭也。顺天之时，约地之宜，忠人之和。忠，犹称也。事称人理则和。故风雨时，五谷实，草木美多，六畜蕃息，国富兵强，民材而令行，人多材艺而顺上命，故令行也。内无烦懮之政，外无强敌之患也。夫动静顺然后和也，不失其时然后富，不失其法然后治。故国不虚富，必不失时，然后富也。民不虚治。必不失法，然后治。不治而昌，不乱而亡者，自古至今未尝有也。昌必国理，亡必国乱。反是者，古今所未有。故国多私勇者其兵弱，私勇则怯于公战，故弱。吏多私智者其法乱，私智则营己而背公，故多乱。民多私利者其国贫。私利则积于家，故国贫。故德莫若博厚，使民死之。博厚则感人深，故死之也。赏罚莫若必成，使民信之。

夫善牧民者，非以城郭也，辅之以什，司之以伍。谓什长、伍长。伍无非其人，虽伍长亦选能者为之也。人无非其里，谓无客寄。里无非其家，言不离居他人家。故奔亡者无所匿，迁徙者无所容。有什伍司之，不容他寄也。不求而约，不召而来。亡徙无所容匿，故不求召而自来。故民无流亡之意，吏无备追之忧。人说不亡，何所备而追之。故主政可往于民，民心可系于主。谓系属于主。夫法之制民也，犹陶之于埴，冶之于金也。人之从法，若埴、金之从陶、冶也。故审利害之所在，民之去就，如火之于燥湿，水之于高下。火、水之就燥、下，犹人之就利。夫民之所生，衣与食也。食之所生，水与土也。所以富民有要，食民有率。率三十亩而足于卒岁，岁兼美恶，亩取一石，则人有三十石。果蓏素食当十石，果蓏不以火化而食，故曰素食。糠秕六畜当十石，则人有五十石。布帛麻丝，旁人奇利，未在其中也。奇，余。言不在五十石之中也。故国有余藏，民有余食。每年人有五十石，故藏皆余也。夫叙钧者，所以多寡也；叙钧，谓叙比其均平。权衡者，所以视重轻也；户籍田结者，所以知贫富之不訾也。谓每户置籍，每田结其多少，则贫富不依訾限者可知也。故善者必先知其田，乃知其人，田多则人多，田少则人少。田备然后民可足也。

凡有天下者，以情伐者帝，谓深知敌之内情而伐者，帝也。以事伐者王，见其于事有失而伐者，王。以政伐者霸。见其政有失而伐者，霸。而谋有功者五：谓计谋可以成功。一曰视其所爱，以分其威。令敌国之所爱者各权，则其威分也。一人两心，其内必衰也。威分，则每人各怀二心，心二则力不齐，故内衰也。臣不用，其国可危。臣既不为君用力，故其国可危。二曰视其阴所憎，厚其货赂，得情可深，视敌所憎者多与赂，令以国情告己，故深得其情。身内情外，其国可知。谓所憎者身在国内，情乃告外，其国可知也。三曰听其淫乐，以广其心。使之听淫乐，心广于嗜欲。遗以竽瑟美人，以塞其内。耽于竽瑟美女，则心惑乱，故其内闭塞也。遗以谄臣文马，以蔽其外。耳惑于谄臣，目惑于文马，则耳目丧矣，故其外蔽也。外内蔽塞，可以成败。内外蔽塞，则理拥而见惑，故莫不败。四曰必深亲之，如典之同生。典，常也。若常与之同生也。阴内辩士，使图其计。私侠辩士，令与敌国图计。内勇士，使高其气。彼得勇士，则恃而气高也。内人他国，使倍其约，绝其使，拂其意，更纳人于他国，令背绝，使两国之意相违也。是必士斗。两国相敌，必承其弊。亦既相疑，其士必斗。两国敌则小伤，大国以承其弊，乃有一举两获之功也。五曰深察其谋，欲知其谋得失也。谨其忠臣，欲知其臣之用不。揆其所使，欲知其所使贤不肖。令内不信，使有离意。内既不信相疑，则使其君臣之意绝。离气不能令，必内自贼。君臣意离别，不可使令。既不命，则自相残杀。忠臣已死，故政可夺。人之云亡，邦国殄瘁，故其政可夺。此五者，谋功之道也。

卷十八

入国第五十四谓始有国，入而行化。　杂篇五

入国四旬，五行九惠之教。旬，即巡也。谓四面五方行而施九惠之教。一曰老老，二曰慈幼，三曰恤孤，四曰养疾，五曰合独，六曰问疾，七曰通穷，八曰振困，九曰接绝。所谓老老者，凡国都皆有掌老。谓置掌老之官。年七十已上，一子无征，不预国之征役。三月有馈肉；谓官馈之肉。八十已上，二子无征，月有馈肉；九十已上，尽家无征，日有酒肉。死，上共棺椁。朱批：上，谓公家也。劝子弟：精膳食，问所欲，求所嗜。问老者何所欲求，访其所以嗜欲而供也。此之谓老老。所谓慈幼者，凡国都皆有掌幼。士民有子，子有幼弱，不胜养为累者，胜，堪也。谓不堪自养故为累。有三幼者无妇征，四幼者尽家无征，五幼又予之葆，葆，今之教母。受二人之食，官给二人之食。能事而后止。幼者渐长，能自管事，然后止其养。此之谓慈幼。所谓恤孤者，凡国都皆有掌孤。士人死，子孤幼，无父母所养，既无父母，又无所养之亲也。不能自生者，属之［朱批：其］乡。党知识故人。养一孤者一子无征，养二孤者二子无征，养三孤者尽家无征。掌孤数行问之，必知其食饮饥寒身之膌胜而哀怜之。膌，瘦也。胜，肥也。此之谓恤孤。所谓养疾者，凡国都皆有掌养疾。聋、盲、喑、哑、跛躄、遍枯、握递，递，著也。谓两手相拱。著而不申者，谓之握递。不耐自生者，上收而养之疾官，既养

之，又与疗疾。朱批：疾官，犹“医官”也。而衣食之，谓官给之衣食。殊身而后止。殊，犹离也。疾离身而后止其养。此之谓养疾。所谓合独者，凡国都皆有掌媒。丈夫无妻曰鳏，妇人无夫曰寡，取鳏寡而合和之，予田宅而家室之，三（车）[朱批：年] 然后事之。事，谓供国之职役也。此之谓合独。所谓问疾者，凡国都皆有掌病。十人有病者，掌病以上令问之。九十以上，一日问；八十以上，二日一问；七十以上，三日一问；众庶五日一问。疾甚者以告，上身问之。掌病行于国中，以问病为事。此之谓问病。所谓通穷者，凡国都皆有通穷。若有穷夫妇无居处，穷宾客绝粮食，居其乡党，以闻者有赏，不以闻者有罚。此之谓通穷。所谓振困者，岁凶庸，人訾厉，訾，疾也。厉，病也。多死丧，弛刑罚，赦有罪，散仓粟以食之。此之谓振困。所谓接绝者，士民死上事，死战事，使其知识故人，受资于上，资，谓财用。而祠之。此之谓接绝也。

九守第五十五 主位、主明、主听、主赏、主问、主因、主则、主参、督名。朱批：此盖图之屏坐，以备君览，而各系以说。 杂篇六

安徐而静，人君居位，当安徐而又静默。柔节先定，以和柔为节，先能定己，然后可定人。虚心平易以待须。虚其心，平其意，以待臣之谏说。须，亦待也。

右主位。人主居位当如此。

目贵明，耳贵聪，心贵智。以天下之目视，则无不见也。以天下之耳听，则无不闻也。以天下之心虑，则无不知也。辐凑并进，则明不塞矣。言圣人不自用其聪明思虑，而任之天下，故明者为之视，聪者为之听，智者为之谋，辐凑并进，不亦宜乎？故曰明不可塞。

右主明。主明，在于用天下耳目视听之。

听之术曰：勿望而距，勿望而许。听言之术，必须审察，不可望风则有所距、有所许也。许之则失守，距之则闭塞。既未审察，辄有距而许之，故或失守，或闭塞。高山仰之，不可极也；深渊度之，不可测也。不审察者，常为彼所知，故戒之当如高山深渊，不可极而测之。神明之德，正静其极也。既如山渊，则其德配神明，而正且静。如此者，其有穷极矣。

右主听。

用赏者贵诚，用刑者贵必。刑赏信必于耳目之所见，则其所不见，莫不暗化矣。诚畅乎天地，通于神明，见奸伪也。既畅天地，通神明，故有奸伪必能见之。

右主赏。

一曰天之，二曰地之，三曰人之，言三才之道，幽邃深远，必问于贤者，而后行之。四曰上下，左右前后，凡此皆有逆顺之宜，故须问之。荧惑其处安在？又须知法星所在也。朱批：荧惑，君者，当察其所由。

右主问。

心不为九窍，九窍治；心任九窍，九窍自治。君不为五官，五官治。君任五官，故五官自治之。为善者，君予之赏；为非者，君予之罚。君因其所以来，因而予之，则不劳矣。自来而因得赏，何劳之有？圣人因之，故能掌之。掌主也因来而赏，物皆属己，故能主之。因之修理，故能长久。

右主因。

人主不可不周。周，谓谨密也。人主不周，则群臣下乱。不周则泄其机事，故臣下交争而乱也。寂乎其无端也。慎密者当如是。外内不通，安知所怨？外内不通，则事不泄，故无怨。关闭不开，善否无原。

既不开其关闭，故善之与不善，不得知其原矣。

右主周。

一曰长目，二曰飞耳，三曰树明。明知千里之外，隐微之中，曰动奸，奸动则变更矣。奸在隐微，其理将动。奸既动矣，自然变更。

右主参。

修名而督实，按实而定名。名实相生，反相为情。名实当则治，不当则乱。名生于实，实生于德，德生于理，理生于智，智生于当。

右督名。

桓公问第五十六　杂篇七

齐桓公问管子曰："吾念有而勿失，得而勿忘，为之有道乎？"对曰："勿创勿作，时至而随。毋以私好恶害公正，察民所恶，以自为戒。人有所恶，己行之非。黄帝立明台之议者，上观于贤也；尧有衢室之问者，下听于人也；舜有告善之旌，而主不蔽也；禹立谏鼓于朝，而备讯唉；讯，问也。唉，惊问也。汤有总街之庭，以观人诽也；武王有灵台之复，而贤者进也。复，谓曰也。此古圣帝明王所以有而勿失，得而勿忘者也。"桓公曰："吾欲效而为之，其名云何？"对曰："名曰啧室之议。谓议论者言语讙啧。曰法简而易行，刑审而不犯，事约而易从，求寡而易足。人有非上之所过，谓之正士，见上有过而非之，可谓正士。内于啧室之议，纳正士之言，著为啧室之议。有司执事者，咸以厥事奉职，而不忘为。此啧室之事也，请以东郭牙为之，此人能以正事争于君前者也。"桓公曰："善。"

度地第五十七　杂篇八

昔者桓公问管仲曰："寡人请问度地形而为国者，其何如而可？"管仲对曰："夷吾之所闻，能为霸王者，盖天子圣人也。故圣人之处国者，必于不倾之地，言其处深厚冈原复壮者，谓之不倾。而择地形之肥饶者。乡山左右，经水若泽。其国都或在山左，或向山右，及缘水泽然后建。内为落渠之写，因大川而注焉。谓于都内更为落水之渠，以注于大川。乃以其天材、地之所生，利养其人，以育六畜。天材谓五谷之属，因天时而植者也。天下之人，皆归其德，而惠其义。惠，顺。乃别制断之。乃分别其地制而断之。州者谓之术，地数充为州者谓之术。不满术者谓之里。不成术而余者谓之里。故百家为里，里十为术，术十为州，州十为都，都十为霸国，不如霸国者，国也。不成于霸国者，诸侯之国也。以奉天子，霸国率诸侯以奉天子。天子有万诸侯也，其中有公侯伯子男焉。天子中而处，此谓因天之固，所处之地自然不倾，故曰因之。归地之利。内为之城，城外为之郭，郭外为之土阆。阆，谓隍。地高则沟之，下则堤之，命之曰金城。树以荆棘，上相（穑）［朱批：墙］著者，所以为固也。穑，钩也。谓荆棘刺条相钩连也。岁修增而毋已，时修增而毋已，福及孙子，此谓人命，万世无穷之利，人君之葆守也。谨置国都，缮修城郭，此人君所保全而守。臣服之以尽忠于君，君体有之以临天下，故能为天下之民先也。此宰之任，则臣之义也。宰，谓执君之政者也。故善为国者，必先除其五害，人乃终身无患害而孝慈焉。"

桓公曰："愿闻五害之说。"管仲对曰："水，一害也；旱，一害也；风雾雹霜，一害也；厉，一害也；虫，一害也。厉，疾病也。此谓五害。五害之属，水最为大。五害已除，人乃可治。"桓公曰："愿闻水害。"管仲对曰："水有大小，又有远近，水之出于山而流入于海者，命曰经水；言为众水之经。水别于他水，谓从他水分流，若江别为沱。入于大水及海者，命曰枝水；言为之枝。山之沟，一有水一毋水者，命曰谷水；水之出于他水，沟流于大水及海者，命曰川水；出地而不流者，命曰渊水。此五水者，因其利而往之可也，谓因地之势，疏引以溉灌。因而扼之可也。扼，塞也。恐其泛溢而塞之，亦可也。而不久常，有危殆矣。"谓卒有暴溢，或能漂没居人，故危殆也。桓公曰："水可扼而使东西南北及高乎？"管仲对曰："可。夫水之性，以高走下则疾，至于漂石。谓能漂浮于石。而下向高，即留而不行，故高其上。领瓴之，尺有十分之三，里满四十九者，水可走也。上，谓水从来处。高之者欲注下，取势也。瓴，谓瓴甋也。言欲令水上高，必大为瓴甋。私空其中，使前后相受，以尺为分，每领而有十尺，即长一丈也。分之于三里间之每里，满此九。如此，则水可走上矣。朱批：言于上流置瓴，使一尺三分而瓴一至四十九里，则水逆行矣。貌作之未试，不能知其是否。乃迂其道而远之，以势行之。行，曲也。谓下曲水道，远张其势，而以行水。水之性，行至曲必留，退满则后推前，谓水至处，必留而却退。其处既满，则后水推前水令去。地下则平行，地高则控，控，谓顿也。言水顿挫而却也。杜曲则捣毁。杜，犹冲也。捣，触也。言水行至曲，则冲而捣，有所毁伤。杜曲激则跃，跃则倚，倚，排也。谓前后相排也。倚则环，环则中，前后相排，则圆流生，空若环之中，所谓齐。中则涵，圆流无所通，则相涵激也。涵则塞，塞则移，移则控，塞，亦控也。控则水妄行。水妄行则伤人，伤人则困，困则轻法，轻法则难治，难治则不孝，不孝则不臣矣。故五害之属，伤杀之类，祸福同矣。知备此五者，人君天地矣。"所谓与天地合其德。

桓公曰："请问备五害之道？"管子对曰："请除五害之说，以水为始。请为置水官，令习水者为吏，大夫、大夫佐各一人，率部校长官佐各财足。朱批：财，量也。财，谓其录廪。乃取水左右各一人，使为都匠水工。为水工之都匠。令之行水道、城郭、堤川、沟池、官府、寺舍及州中，当缮治者，给卒财足。卒，谓所当治水者。财，其粮用也。令曰：常以秋岁末之时，阅其民，阅，谓省视。案家人，比地，定什伍口数，按人比地，有十口五口之数，当受地若干。别男女大小。其不为用者，辄免之。谓其幼小不在役者则免之。有锢病不可作者疾之，着其名于疾者之数，有以赒恤之也。可省作者，半事之。谓疾者虽不任役，可以省视作者，取其半功。并行以定甲士，当被兵之数，上其都。因力役之际，并行视之。强壮者，预定之以为甲士，而被兵之数。既而上其名籍于国都也。都以临下，视有余不足之处，辄下水官。水官亦以甲士当被兵之数，都既临下，视其兵不足之处，即甲士下之于水官。水官既得甲士，还以备兵数也。与三老、里有司、伍长行里，因父母案行。阅具备水之器，谓水官与三老五长等行视其里，因其家之父母与之阅其备水之器。以冬无事之时，笼臿板筑各什六，谓什人共贮六具。下准此。土车什一，雨輂什二。车輂所以御雨，故曰雨輂。食器两具，每人两具。人有之，锢藏里中，以给丧器。谓人既有贮器，当锢藏于里中，兼得给凶丧之用。后常令水官吏与都匠，因三老里有司伍长案行之。常以朔日始，出具阅之，取完坚，补弊久，去苦恶。其器既补弊，而久有苦恶者，除去之。常以冬少事之时，令甲士，以更次益薪，积之水旁。州大夫将之，唯毋后时。谓将领之无得后时。其积薪也，以事之已；已，毕也。农事既毕，然后益薪。其作土也，以事未起。谓春事未起。天地和调，日（有）[朱批：月] 长久。以此观之，其利百倍。故常以毋事具器，有事用之，水常可制，而使毋败，此谓素有备而豫具者也。”

桓公曰：“当何时作之？”管子曰：“春三月，天地干燥，水纠列之时也。山川涸落，天气下，地气上，万物交通。故事已，新事未起，草木荑生，可食。寒暑调，日夜分，分之后，夜日益短，昼日益长，利以作土功之事。土乃益刚，令甲士作堤大水之旁，大其下，小其上，随水而行。地有不生草者，必为之囊。大者为之堤，小者为之防，夹水四道，禾稼不伤。岁埤增之，树以荆棘，以固其地，杂之以柏杨，以备决水，民得其饶，是谓流膏。令下贫守之，往往而为界，可以毋败。当夏三月，天地气壮，大暑至，万物荣华，利以疾薅杀草薉。使令不欲扰，命曰不长。不利作土功之事，放农焉。朱批：放，妨也。利皆耗十分之五，土功不成。当秋三月，山川百泉踊，降雨下，山水出，海路距，雨露属，天地凑汐。利以疾作，收敛毋留，一日把，百日铺。民毋男女，皆行于野，不利作土功之事。濡湿日生，土弱难成，利耗什分之六，土工之事亦不立。当冬三月，天地闭藏，暑雨止，大寒起，万物实熟。利以填塞空郄，缮边城，涂郭术，平度量，正权衡，虚牢狱，实廥仓，君修乐，与神明相望。凡一年之事毕矣，举有功，赏贤，罚有罪，迁有司之吏而第之。不利作土工之事，利耗什分之七，土刚不立。昼日益短，而夜日益长，利以作室，不利以作堂。四时以得，朱批：臭。四害皆服。”桓公曰：“寡人悖，不知四害之服奈何？”管仲对曰：“冬作土功，发地藏，则夏多暴雨，秋霖不止。春不收枯骨朽脊，伐枯木而去之，则夏旱至矣。夏有大露，原烟噎，下百草，人采食之，伤人。人多疾病而不止，民乃恐殆。君令五官之吏与三老里有司伍长，行里顺之，朱批：循也。令之家起火为温，其田及宫中，皆盖井，毋令毒下，及食器，将饮伤人。有下虫，朱批：又。伤禾稼。凡天菑害之下也，君子谨避之，故不八九死也。大寒、大暑、大风、大雨，其至不时者，此谓四刑。或遇以死，或遇以生，君子避之，是亦伤人。故吏者所以教顺也，三老里有司伍长者，所以为率也。五者已具，民无愿者，朱批：未详。盖言民所愿已尽得，无他愿。愿其毕也。故常以冬日顺三老里有司伍长，以冬赏罚，使各应其赏而服其罚，五者不可害，则君之法犯矣。此示民而易见，故民不比也。”

桓公曰：“凡一年之中，十二月，作土功，有时则为之，非其时而败，将何以待之？”管仲对曰：“常令水官之吏，冬时行堤防，可治者，章而上之都。都以春少事作之，已作之后，常案行。堤有毁，作大雨，各葆其所，可治者，趣治，以徒隶给。大雨，堤防可衣者衣，卫水可据者据之。终岁以毋败为固。此谓备之常时，祸何从来？所以然者，浊水蒙壤，自塞而行者，江河之谓也。岁高其堤，所以不没也。春冬取土于中，秋夏取土于外。浊水入之，不能为败。”桓公曰：“善。仲父之语寡人毕矣，然则寡人何事乎哉？亟为寡人教侧臣。”

卷十九

地员第五十八地员者，土地高下，水泉深浅，各有其位。朱批：员，数也。　杂篇九

夫管仲之匡天下也，其施七尺，施者，大尺之名也，其长七尺。朱批：施，旗也。渎与田皆不立施，徙而远之也。渎田悉徙，渎田，谓穿沟渎而溉田。悉徙，谓其地每年皆须更易也。朱批：渎与田皆不立施，徙而远之也。五种无不宜，其立后而手实。谓立君以主之，手常握此地之实数也。朱批：立，立施也。立旗之后，乃手种草木之实以验其土。其木宜蚖萮与杜松，蚖、萮，二木名也。其草宜楚棘。见是土也，命之曰五施，五七三十五尺，而至于泉。谓其地深五施，每施七尺，故五七三十五而至于泉也。呼音中角，谓此地号呼之声，其音中角。其水仓，其民强。赤垆，历强肥，历，疏也。强，坚也。五种无不宜。其麻白，其布黄，其草宜白茅与雚，其木宜赤棠。见是土也，命之曰四施，四七二十八尺，而至于泉。呼音中商，其水白而甘，其民寿。黄唐，无宜也，唐，虚脆也。唯宜黍秫也。宜县泽，常宜县注而泽。行廧落，音墙。土既虚脆，不堪版筑，故为行廧及篱落也。地润数毁，难以立邑置廧，其地遇润则数颓毁，故不可立邑置廧也。其草宜黍秫与茅，其木宜櫄檴桑。櫄，木名。檴，柔。又曰柔桑也。见是土也，命之曰三施，三七二十一尺而至于泉。呼音中宫，其泉黄而糗，流徙斥埴，谓水糗糒之气。其泉居地中而流，故曰“流徙”也。宜大菽与

麦。其草宜萯蓷，其木宜杞。杞，木名也。见是土也，命之曰再施，二七十四尺而至于泉。呼音中羽，其泉咸，水流

黑埴，宜稻麦，其草宜苹蓨，苹蓨，草名。其木宜白棠。见是土也，命之曰一施，七尺而至于泉。呼音中徵，其水黑而苦。

凡听徵，如负猪豕，觉而骇。凡听羽，如鸣马在野。凡听宫，如牛鸣窌中。凡听商，如离群羊。凡听角，如雉登木以鸣，音疾以清。凡将起五音，凡首先主一而三之，凡首，谓音之总先也。四开以合九九，一而三之，即四也。以是四开合于五音，九也。又九九之为八十一也。以是生黄钟，小素之首以成宫。素本宫八十一数，生黄钟之宫，而为五音之本。三分而益之以一，为百有八，为徵，黄钟之数，本八十一，益以三分之一二十七，通前为百有八，是为徵之数。朱批：有，又也。不无有三分而去，其乘适足，以是生商。不无有，即有也。乘亦三分之一也。三分百八而去一，余七十二，是商之数也。有三分而复于其所，以是成羽。三分七十二，而益其一分二十四，合为九十六，是羽之数。有二分去，其乘适足，以是成角。三分九十六，去其一分余六十四，是角之数。

坟延者六施，六七四十二尺而至于泉。坟延，地名。下皆此类。朱批：此下不可知其讹否，亦无所用知之。陕之芳七施，七七四十九尺而至于泉。祀陕八施，七八五十六尺而至于泉。杜陵九施，七九六十三尺而至于泉。延陵十施，七十尺而至于泉。环陵十一施，七十七尺而至于泉。蔓山十二施，八十四尺而至于泉。付山十三施，九十一尺而至于泉。付山白徒十四施，九十八尺而至于泉。中陵十五施，百五尺而至于泉。青山十六施，百一十二尺而至于泉。青龙之所居，庚泥，不可得泉。庚，续。其处既有青龙居，又沙泥相续，故不可得泉也。赤壤埶山十七施，百一十九尺而至于泉．其下清商，不可得泉。清商，神怪之名。陛山白壤十八施，百二十六尺

而至于泉，其下骈石，不可得泉。言有石骈密，故不可得泉。徙山十九施，百三十三尺而至于泉，其下有灰壤，不可得泉。高陵土山二十施，百四十尺而至于泉。山之上命之曰县泉，其地不干，其草如茅与走，如茅、走，皆草名。其木乃樠，樠，木名。凿之二尺，乃至于泉。山之上命曰复吕，其草鱼肠与莸，其木乃柳，凿之三尺，而至于泉。山之上命之曰泉英，其草蕲白昌，其木乃杨，凿之五尺，而至于泉。山之材，材，犹旁也。其草兢与蔷，音啬，草名。其木乃格，凿之二七十四尺而至于泉。山之侧，其草菌与蒌，其木乃品榆，凿之三七二十一尺而至于泉。凡草土之道，各有谷造。谓此地生某草，宜某谷。造，成也。或高或下，各有草土。叶下于蘥，叶，亦草名。唯土叶无茎，在蘥之下。蘥，即蘥也。庄周所谓郁西也。蘥下于苋，苋下于蒲，蒲下于苇，苇下于雚，雚下于蒌，蒌下于荓，荓下于萧，萧下于薜，薜下于萑，萑，音追，茺蔚草也，一作蓷。萑下于茅。凡彼草物，有十二衰，衰，谓草上下相重次也。各有所归。谓短者生于高者之下。九州之土，为九十物。每州有常，而物有次。群土之长，是唯五粟。五粟之物，或赤或青或白或黑或黄，五粟五章。五粟之状，淖而不朋，朋，如振，切坚也。刚而不（觳）［觳］，觳，薄。不泞车轮，泞，泥。不污手足。其种，大重细重，白茎白秀，无不宜也。五粟之土，若在陵在山，在隫在衍，其阴其阳，尽宜桐柞，莫不秀长。其榆其柳，其檿其桑，其柘其栎，其槐其杨，群木蕃滋数大，朱批：数，密也。条直以长。其泽则多鱼，牧则宜牛羊。其地其樊，俱宜竹箭、藻、龟、楢、檀，五臭生之。薜荔、白芷、蘪芜、椒、连，五臭所校。校，谓馨烈之气。寡疾难老，士女皆好，其民工巧。其泉黄白，其人夷姤。夷，平也。姤，好也。言均善也。五粟之土，干而不挌，挌，谓坚御也。湛而不泽，无高下，葆泽以处。言常润也。是谓粟土。

粟土之次曰五沃。五沃之物，或赤或青或黄或白或黑。五沃五物，各有异则。五沃之状，剽忞橐土，虫易全处，剽，坚也。忞，密也。橐土，谓其土多窍穴，若橐多窍，故虫处之易全。墨批："忞"即"怽"。忞剽不白，下乃以泽。既坚密，故常润湿而不干白，此乃葆泽之地也。其种，大苗细苗，赨茎黑秀，箭长。赨，即赤也。音刑。箭长，谓若竹箭之长。五沃之土，若在丘在山，在陵在冈，若在陬陵之阳，其左其右，宜彼群木，桐柞枎櫄，枎，音无。櫄，音春。及彼白梓。其梅其杏，其桃其李，其秀生茎起，其棘其棠，其槐其杨，其榆其桑，其杞其枋，群木数大，条直以长，其阴则生之楂藜，其阳则安。树之五麻，若高若下，不择畴所。其麻大者，如箭如苇，大长以美，其细者，如雚如蒸。欲有与名，大者不类，欲有施与，则以麻之大而类也。朱批：欲有之则与以名类求之，大者不善，则治小者，言土必有宜也。小者则治，揣而藏之，若众练丝。言细麻既治揣而藏，故若练丝。五臭畴生，畴，陇也。谓为陇而种也。莲与蘪芜，藁本白芷。其泽则多鱼，牧则宜牛羊。其泉白青，其人坚劲，寡有疥骚，终无痟（酲）［酲］。痟，首疾也。（酲）［酲］，酒病也。五沃之土，干而不斥，斥，潟卤。湛而不泽，无高下，葆泽以处，是谓沃土。

沃土之次，曰五位。五位之物，五色杂英，各有异章。五位之状，不塥不灰，塥，谓坚不相著。青忞以落。音苔。谓色青而细密，和落以相及也。及其种大苇无，细苇无，朱批：苕也。苇无，未详何草。盖注者旁注无字衍入正文。赨茎白秀。五位之土，若在冈在陵，在隫在衍，在丘在山，皆宜竹箭、求、黾、求黾，亦竹类也。楢、檀。其山之浅，有茏与斥。茏、斥，并古草名。群木安逐，条长数大。安，和易。遂竞长，数谓速长。其桑其松，其杞其茸，茸，木名。种木胥容，榆桃柳楝。音炼。群药安生，姜与桔梗，小辛大蒙。大蒙，药名。其山之枲，枲，犹颠也。多桔符榆。其山之末，有箭与苑。其山之旁，有彼黄虻，及彼白昌，山藜苇芒。群药安聚，以圉民殃。其林其漉，其槐其楝，其柞其谷，群木安遂，鸟兽安施。施，谓有以为生。既有麋麃，又且多鹿。其泉青黑，其人轻直，省事少食。言其性廉，省事少食。无高下，葆泽以处，是谓位土。

位土之次曰五蘟，五蘟之状，黑土黑菭，菭，地衣也。青怵以肥，芬然若灰，芬然，壤起貌。其种櫑葛，秫茎黄秀，恚目其叶，若苑。朱批：恚、蛙，通用字，蛙也。言叶卷如恚目，故若枯菀者。二字有误，非如人怒张目也。苑，谓蕴结。恚目，谓谷实怒开也。以蓄殖果木，不若三土。三土，谓五粟、五沃、五位。以十分之二，言于三土十分，已不如其二分。余仿此。是谓蘟土。

蘟土之次曰五壤。五壤之状，芬然若泽、若屯土。言其土得泽则坟起为堆，故曰屯土也。其种大水肠，细水肠，秫茎黄秀，以慈忍，水旱无不宜也。忍，耐。蓄殖果木，不若三土，以十分之二，是谓壤土。

壤土之次曰五浮。五浮之状，捍然如米，捍，坚貌。其土屑碎如米。以葆泽，不离不坼。其种忍，蘟忍，忍蘟，草名。叶如藿叶，以长狐茸。草之状若狐也。黄茎黑茎黑秀，其粟大，无不宜也。蓄殖果木，不如三土，以十分之二。

凡上土三十物，种十二物。

中土曰五忢。五忢之状，廪焉如壏，壏，犹强也。润湿以处。其种大稷细稷，秫茎黄秀。慈忍水旱，细粟如麻。其繁美若麻也。蓄殖果木，不若三土，以十分之三。

忢土之次曰五纑。音卢。五纑之状，强力刚坚。其种大邯郸、细邯郸，草名。茎叶如扶櫄，扶櫄，亦草名。其粟大。言其粒大。蓄殖果木，不若三土，以十分之三。

𫃗土之次曰五壏。五壏之状，芬焉若糠以肥。谓其地色黄而虚。其种大荔细荔，青茎黄秀。蓄殖果木，不如三土，以十分之三。

壏土之次曰五剽。五剽之状，华然如芬，以脈，谓其地色青紫若脈然也。其种大秬、细秬，秬，黑黍。黑茎青秀。蓄殖果木，不如三土，以十分之四。

剽土之次曰五沙。五沙之状，粟焉如屑尘厉。言其地粟碎，故若屑尘之厉。厉，踊起也。其种大萯细萯，萯，草名。白茎青秀，以蔓。蓄殖果木，不如三土，以十分之四。

沙土之次曰五塥。五塥之状，累然如仆累，仆，附也。言其地附著而重累也。不忍水旱。其种大樛杞、细樛杞，木名。黑茎黑秀。蓄殖果木，不若三土，以十分之四。

凡中土三十物，种二十物。

下土曰五犹。五犹之状如粪。其种大华细华，草名。白茎黑秀。蓄殖果木，不如三土，以十分之五。

犹土之次曰五弜，朱批：弜，从土弓，即“穷”字。五弜之状，如鼠肝。其种青梁，黑茎黑秀。蓄殖果木，不如三土，以十分之五。

壮土之次曰五殖，五殖之状，甚泽以疏，离圻以臞埼。其种雁膳，草名。黑实，朱跗黄实。跗，花足也。蓄殖果木，不如三土，以十分之六。

五殖之次曰五觳，五觳之状娄娄然，娄娄，疏也。不忍水旱。其种大菽细菽，多白实。蓄殖果木，不如三土，以十分之六。

觳土之次曰五凫。五凫之状，坚而不骼，虽坚，不同骨之骼也。其种陵稻，陵稻，谓陆生稻。黑鹅马夫。皆草名也。蓄殖果木，不如三土，以十分之七。

凫土之次曰五桀。五桀之状，甚咸以苦，其物为下。其种白稻长狭。谓稻之形长而狭也。蓄殖果木，不如三土，以十分之七。

凡下土三十物，其种十二物。凡土物九十，其种三十六。

弟子职第五十九　杂篇十朱批：此盖管子所作以教民士。

先生施教，弟子是则。温恭自虚，必虚其心，然后有所容也。所受是极。极，谓尽其本原。见善从之，闻义则服。温柔孝悌，毋骄恃力。骄而恃力，则羝羊触藩。志毋虚邪，虚，谓虚伪。行必正直。游居有常，必就有德。颜色整齐，中心必式。式，法。夙兴夜寐，衣带必饰。朝益暮习，小心翼翼。一此不解，是谓学则。

少者之事，夜寐蚤作。既拚盥漱，扫席前曰拚。盥，洁手。漱，涤口。执事有恪。摄衣共盥，谓供先生之盥器也。先生乃作。沃盥彻盥，谓既盥而彻盥器也。泛拚正席，泛拚，谓泛水而拚也。先生乃坐。出入恭敬，如见宾客。危坐乡师，颜色毋怍。怍，谓变其容貌。

受业之纪，必由长始。先从长者教也。一周则然，其余则否。谓始教一周，则从长始。一周之外则不然。始诵必作，其次则已。始诵而作，以敬事端也。至于次诵则不然。

凡言与行，思中以为纪。思令中和，以为纲纪。古之将兴者，必由此始。必先中和，然后可兴。后至就席，狭坐则起。狭坐之人，见后至者则当起。若有宾客，弟子骏作。迅起也。对客无让，应且遂行，趋进受命。受先生命。所求虽不在，必以反命。求虽不得，必当反白。反坐复业，若有所疑，捧手问之。师出皆起。至于食时，先生将食，弟子馔馈。馈，谓选具其食。摄衽盥漱，跪坐而馈。置酱错食，陈膳毋悖。凡置彼食，鸟兽鱼鼈，必先菜羹。先菜后肉，食之次也。羹胾中别，胾，谓肉而细切。胾在酱前，远胾近酱，食之便也。其设要方。其陈设食器，要令成方也。饭是为卒，既饭而食，则卒也。左酒右酱。左酒右酱，阴阳也。告具而退，捧手而立，三饭二叶，三饭食必二（毁叶）［朱批：毂升］也。朱批：叶，今作“斗”，非也。三饭不能二斗，注必二啜汁也，盖饭羹之节。左执虚豆，右执梜匕，匕者，所以载鼎实，故曰梜匕也。梜犹箸也。周还而贰，贰，谓再益。朱批：二人皆当贰，则先长者。唯嗛之视。食尽曰嗛。同嗛以齿，齿，类也。谓食者则以其所尽之类而进。周则有始。柄尺不跪，是谓贰纪。豆有炳长尺，则立而进之。此是再益之刚纪也。先生已食，弟子乃彻。趋走进漱，拚前敛祭。既食毕，扫席前，并搜敛所祭也。先生有命，弟子乃食。以齿相要，坐必尽席。所谓食坐尽前。饭必捧擥，羹不以手。当以梜也。亦有据膝，毋有隐肘。隐肘则大伏也。既食乃饱，循咡覆手，咡，口也。覆手而循之，所以拭其不洁也。振衽扫席。谓振其底衽，以拂席之污。已食者作，抠衣而降。旋而乡席，各彻其馈，如于宾客。宾客食毕，亦自彻也。既彻并器，乃还而立。并，谓藏去也。

凡拚之道，实水于盘，次用泛洒。攘臂袂及肘，恐湿其袂，且不便于事也。堂上则播洒，室中握手。堂上宽，故播散而洒。室中隘，故握手为掬以洒。执箕膺揲，厥中有帚。揲，舌也。既洒水将扫之，故执箕以舌，自当置帚于箕中也。入户而立，其仪不忒。执帚下箕，倚于户侧。谓倚箕于户侧也。凡拚之纪，必由奥始。西南隅也。俯仰磬折，拚毋有彻。彻，动也。不得触动他物也。拚前而退，谓从前扫而却退也。聚于户内。谓聚其所（归）［扫］之秽壤于户内也。坐扳排之，扳，秽时以手排之也。朱批：扳，反也。以叶适己，适己，犹向己也。实帚于箕。先生若作，乃兴而辞。以拚未毕，故辞之令止也。坐执而立，坐执，谓独坐执箕也。遂出弃之。既拚反立，是协是稽。协，合也。稽，考也。谓合考书义也。暮食复礼。谓复朝之礼也。昏将举火，执烛隅坐。错总之法，横于坐所。总，设烛之束也。栉之远近，乃承厥火。栉，谓烛尽。察其将尽之远近，乃更以烛承取火也。居句如矩，句，谓著烛处。言居烛于句，如前烛之法。矩，法也。蒸闲容蒸，然者处下，蒸细薪者，蒸之间必令容蒸，然烛者必处下以焚也。捧碗以为绪。绪，然烛烬也。碗，所以贮绪也。右手执烛，左手正栉。有堕代烛，烧烛者有堕，即令其次代之也。交坐毋倍尊者。乃取厥栉，遂出是去。先执烛者，既捧碗以贮栉之余绪，遂以左手正栉而投其绪于碗中。至其栉渐短，有随而不可执者，则后执烛者代之，而交坐于其处。前执烛者乃取栉，而出弃之也。先生将息，弟子皆起。敬奉枕席，问所何趾。俶衽则请，有常则否。俶，始也。变其衽席，则当问其所趾。若有常处，则不请也。先生既息，各就其友。相切相磋，各长其仪。周则复始，是谓弟子之纪。

言昭第六十亡　杂篇十一

修身第六十一亡　杂篇十二

问霸第六十二亡　杂篇十三

牧民解第六十三亡　管子解一

卷二十

形势解第六十四　管子解二

朱批：此皆各解一句之义，故曰下云云是本经也，前所云云是记者之释文。《经言》二《形势》篇是此篇经也，故曰形势解。

山者，物之高者也。惠者，主之高行也。慈者，父母之高行也。忠者，臣之高行也。孝者，子妇之高行也。故山高而不崩，则祈羊至。主惠而不解，则民奉养。父母慈而不解，则子妇顺。臣下忠而不解，则爵禄至。子妇孝而不解，则美名附。故节高而不解，则所欲得矣，解则不得。故曰：山高而不崩，则祈羊至矣。

渊者，众物之所生也，能深而不涸，则沉玉至。主者，人之所仰而生也，能宽裕纯厚，而不苛忮，则民人附。父母者，子妇之所受教也，能慈仁教训而不失理，则子妇孝。臣下者，主之所用也，能尽力事上，则当于主。子妇者，亲之所以安也，能孝弟顺亲，则当于亲。故渊涸而无水，则沉玉不至。主苛而无厚，则万民不附。父母暴而无恩，则子妇不亲。臣下随而不忠，则卑辱困穷。子妇不安亲，则祸忧至。故渊不涸则所欲者至，涸则不至。故曰：渊深而不涸，则沉玉极。

天覆万物，制寒暑，行日月，次星辰，天之常也。治之以理，终而复始。主牧万民，治天下，莅百官，主之常也。治之以法，终而复始。和子孙，属亲戚，父母之常也。治之以义，终而复始。

敦敬忠信，臣下之常也。以事其主，终而复始。爱亲善养，思敬奉教，子妇之常也。以事其亲，终而复始。故天不失其常，则寒暑得其时，日月星辰得其序。主不失其常，则群臣得其义，百官守其事。父母不失其常，则子孙和顺，亲戚相欢。臣下不失其常，则事无过失，而官职政治。子妇不失其常，则长幼理而亲疏和。故用常者治，失常者乱。天未尝变其所以治也。故曰：天不变其常。

地生养万物，地之则也。治安百姓，主之则也。教护家事，父母之则也。正谏死节，臣下之则也。尽力其养，子妇之则也。地不易其则，故万物生焉。主不易其则，故百姓安焉。父母不易其则，故家事辨焉。臣下不易其则，故主无过失。子妇不易其则，故亲养备具。故用则者安，不用则者危。地未常易其所以安也。故曰：地不易其则。

春者，阳气始上，故万物生。夏者，阳气毕上，故万物长。秋者，阴气始下，故万物收。冬者，阴气毕下，故万物藏。故春夏生长，秋冬收藏，四时之节也。赏赐刑罚，主之节也。四时未尝不生杀也，主未尝不赏罚也。故曰：春秋冬夏不更其节也。

天覆万物而制之，地载万物而养之，四时生长万物而收藏之。古以至今，不更其道。故曰：古今一也。

蛟龙，水虫之神者也。乘于水则神立，失于水则神废。人主，天下之有威者也，得民则威立，失民则威废。蛟龙待得水而后立其神，人主待得民而后成其威。故曰：蛟龙得水，而神可立也。

虎豹，兽之猛者也，居深林广泽之中，则人畏其威而载之。人主，天下之有势者也，深居则人畏其势。故虎豹去其幽而近于人，则人得之而易其威。人主去其门而迫于民，则民轻之而傲其势。故曰：虎豹托幽，而威可载也。

风，漂物者也。风之所漂，不避贵贱美恶。雨，濡物者也。雨之所堕，不避小大强弱。风雨至公而无私，所行无常乡，人虽遇漂濡，而莫之怨也。故曰：风雨无乡，而怨怒不及也。

人主之所以令则行、禁则止者，必令于民之所好，而禁于民之所恶也。民之情莫不欲生而恶死，莫不欲利而恶害。故上令于生利人则令行，禁于杀害人则禁止。令之所以行者，必民乐其政也，而令乃行。故曰：贵有以行令也。

人主之所以使下尽力而亲上者，必为天下致利除害也。故德泽加于天下，惠施厚于万物，父子得以安，群生得以育，故万民欢尽其力而乐为上用。入则务本疾作以实仓廪，出则尽节死敌以安社稷，虽劳苦卑辱而不敢告也。此贱人之所以亡其卑也。故曰：贱有以亡卑。

起居时，饮食节，寒暑适，则身利而寿命益。起居不时，饮食不节，寒暑不适，则形体累而寿命损。人惰而侈，则贫，力而俭则富。夫物莫虚至，必有以也。故曰：寿夭贫富无徒归也。

法立而民乐之，令出而民衔之，法令之合于民心，如符节之相得也，则主尊显。故曰：衔令者，君之尊也。

人主出言，顺于理，合于民情，则民受其辞。民受其辞则名声章。故曰：受辞者，名之运也。

明主之治天下也，静其民而不扰，佚其民而不劳。不扰则民自循，不劳则民自试。故曰：上无事而民自试。

人主立其度量，陈其分职，明其法式，以莅其民，而不以言先之，则民循正。所谓抱蜀者，祠器也。故曰：抱蜀不言，而庙堂既修。

将将鸿鹄，貌之美者也。貌美，故民歌之。德义者，行之美者也。德义美，故民乐之。民之所歌乐者，美行德义也。而明主鸿鹄有之。故曰：鸿鹄将将，维民歌之。

济济者，诚庄事断也。多士者，多长者也。周文王诚庄事断，故国治。其群臣明理以佐主，故主明。主明而国治，竟内被其利泽，殷民举首而望文王，愿为文王臣。故曰：济济多士，殷民化之。

纣之为主也，劳民力，夺民财，危民死，冤暴之令，加于百姓，憯毒之使，施于天下。故大臣不亲，小民疾怨，天下叛之，而愿为文王臣者，纣自取之也。故曰：纣之失也。

无仪法程式，蜚摇而无所定，谓之蜚蓬之问。蜚蓬之问，明主不听也。无度之言，明主不许也。故曰：蜚蓬之问，不在所宾。

道行则君臣亲，父子安，诸生育。故明主之务，务在行道，不顾小物。燕爵，物之小者也。故曰：燕爵之集，道行不顾。

明主之动静得理义，号令顺民心，诛杀当其罪，赏赐当其功。故虽不用牺牲珪璧祷于鬼神，鬼神助之，天地与之，举事而有福。乱主之动作失义理，号令逆民心，诛杀不当其罪，赏赐不当其功，故虽用牺牲珪璧祷于鬼神，鬼神不助，天地不与，举事而有祸。故曰：牺牲珪璧不足以享鬼［朱批：神］。

主之所以为功者，富强也，故国富兵强，则诸侯服其政，邻敌畏其威，虽不用宝币事诸侯，诸侯不敢犯也。主之所以为罪者，贫弱也。故国贫兵弱，战则不胜，守则不固，虽出名器重宝以事邻敌，不免于死亡之患。故曰：主功有素，宝币奚为？

羿，古之善射者也，调和其弓矢而坚守之。其操弓也，审其高下，有必中之道，故能多发而多中。明主，犹羿也，平和其法，审其废置而坚守之，有必治之道，故能多举而多当。道者，羿之所以必中也，主之所以必治也。射者，弓弦发矢也。故曰：羿之道非射也。

造父，善驭马者也，善视其马，节其饮食，度量马力，审其足走，故能取远道而马不罢。明主，犹造父也，善治其民，度量其力，审其技能，故立功而民不困伤。故术者，造父之所以取远道也，主之所以立功名也。驭者，操辔也。故曰：造父之术非驭也。

奚仲之为车器也，方圜曲直，皆中规矩钩绳，故机旋相得，用之牢利，成器坚固。明主，犹奚仲也，言辞动作，皆中术数，故众理相当，上下相亲。巧者，奚仲之所以为器也，主之所以为治也，斫削者，斤刀也。故曰：奚仲之巧，非斫削也。

民利之则来，害之则去。民之从利也，如水之走下，于四方无择也。故欲来民者，先起其利，虽不召而民自至。设其所恶，虽召之而民不来也。故曰：召远者使无为焉。

莅民如父母，则民亲爱之。道之纯厚，遇之有实。虽不言曰吾亲民，而民亲矣。莅民如仇雠，则民疏之。道之不厚，遇之无实，诈伪并起，虽言曰吾亲民，民不亲也。故曰：亲近者言无事焉。

明主之使远者来而近者亲也，为之在心。所谓夜行者，心行也，能心行德，则天下莫能与之争矣。故曰：唯夜行者独有之乎！

为主而贼，为父母而暴，为臣下而不忠，为子妇而不孝，四者，人之大失也。大失在身，虽有小善，不得为贤。所谓平原者，下泽也，虽有小封，不得为高。故曰：平原之隰，奚有于高？

为主而惠，为父母而慈，为臣下而忠，为子妇而孝，四者，人之高行也。高行在身，虽有小过，不为不肖。所谓大山者，山之高者也，虽有小限，不以为深。故曰：大山之限，奚有于深？

毁訾贤者之谓訾，推誉不肖之谓讆。訾讆之人得用，则人主之明蔽，而毁誉之言起，任之大事，则事不成，而祸患至。故曰：

訾讆之人，勿与任大。

明主之虑事也，为天下计者，谓之譕臣，譕臣则海内被其泽，泽布于天下，后世享其功，久远而利愈多。故曰：譕臣者可与远举。

圣人择可言而后言，择可行而后行。偷得利而后有害，偷得乐而后有忧者，圣人不为也。故圣人择言必顾其累，择行必顾其忧。故曰：顾忧者可与致道。

小人者，枉道而取容，适主意而偷说，备利而偷得。如此者，其得之虽速，祸患之至亦急。故圣人去而不用也。故曰：其计也速，而忧在近者，往而勿召也。

举一而为天下长利者，谓之举长。举长则被其利者众，而德义之所见远。故曰：举长者可远见也。

天之裁大，故能兼覆万物。地之裁大，故能兼载万物。人主之裁大，故容物多而众人得比焉。故曰：裁大者众之所比也。

贵富尊显，民归乐之，人主莫不欲也。故欲民之怀乐己者，必服道德而勿厌也，而民怀乐之。故曰：美人之［朱批：怀］，定服而勿厌也。

圣人之求事也，先论其理义，计其可否。故义则求之，不义则止。可则求之，不可则止。故其所得事者，常为身宝。小人之求事也，不论其礼义，不计其可否，不义亦求之，不可亦求之。故其所得事者，未尝为赖也。故曰：必得之事，不足赖也。

圣人之诺已朱批：诺已，当时语。《记》曰：诺责己怨。也，先论其理义，计其可否。义则诺，不义则已。可则诺，不可则已。故其诺未尝不信也。小人不义亦诺，不可亦诺，言而必诺，故其诺未必信也。故曰：必诺之言，不足信也。

谨于一家，则立于一家；谨于一乡，则立于一乡；谨于一国，则立于一国；谨于天下，则立于天下。是故其所谨者小，则其所立亦小；其所谨者大，则其所立亦大。故曰：小谨者不大立。

海不辞水，故能成其大；山不辞土石，故能成其高；明主不厌人，故能成其众；士不厌学，故能成其圣。飺者，多所恶也。谏者，所以安主也。食者，所以肥体也。主恶谏则不安，人飺食则不肥。故曰：飺食者不肥体也。

言而语道德忠信孝弟者，此言无弃。天公平而无私，故美恶莫不覆；地公平而无私，故小大莫不载。无弃之言，公平而无私，故贤不肖莫不用。故无弃之言者，参伍于天地之无私也。故曰：有无弃之言者，必参之于天地矣。

明主之官物也，任其所长，不任其所短，故事无不成，而功无不立。乱主不知物之各有所长所短也，而责必备。夫虑事定物，辨明礼义，人之所长，而蝚猿之所短也。缘高出险，蝚猿之所长，而人之所短也。以蝚猿之所长责人，故其令废而责不塞，故曰：坠岸三仞，人之所大难也，而蝚猿饮焉。

明主之举事也，任圣人之虑，用众人之力，而不自与焉，故事成而福生。乱主自智也，而不因圣人之虑，矜奋自功，而不因众人之力，专用己而不听正谏，故事败而祸生。故曰：伐矜好专，举事之祸也。

马者，所乘以行野也。故虽不行于野，其养食马也，未尝解惰也。民者，所以守战也。故虽不守战，其治养民也，未尝解惰也。故曰：不行其野，不违其马。

天（地）[朱批：成] 四时，地生万财，以养万物，而无取焉。明主配天地者也，教民以时，劝之以耕织，以厚民养，而不伐其功，不私其利。故曰：能予而无取者，天地之配也。

解惰简慢，以之事主则不忠，以之事父母则不孝，以之起事则不成。故曰：怠倦者不及也。

以规矩为方圜则成，以尺寸量长短则得，以法数治民则安。故事不广于理者，其成若神。故曰：无广者疑神。朱批：广，旷也。经言“疑神”下犹有六句，此逸其解。

事主而不尽力则有刑，事父母而不尽力则不亲，受业问学而不加务则不成。故朝不勉力务进，夕无见功。故曰：朝忘其事，夕失其功。

中情信诚，则名誉美矣，修行谨敬，则尊显附矣。中无情实，则名声恶矣，修行慢易，则污辱生矣。故曰：邪气袭内，正色乃衰也。

为人君而不明君臣之义以正其臣，则臣不知于为臣之理以事其主矣。故曰：君不君则臣不臣。

为人父而不明父子之义以教其子，而整齐之，则子不知为人子之道以事其父矣。故曰：父不父子不子。

君臣亲，上下和，万民辑，故主有令则民行之，上有禁则民不犯。君臣不亲，上下不和，万民不辑，故令则不行，禁则不止。故曰：上下不和，令乃不行。

言辞信，动作庄，衣冠正，则臣下肃。言辞慢，动作亏，衣冠惰，则臣下轻之。故曰：衣冠不正，则宾者不肃。

仪者，万物之程式也。法度者，万民之仪表也。礼义者，尊卑之仪表也。故动有仪则令行，无仪则令不行。故曰：进退无仪，则政令不行。

人主者，温良宽厚，则民爱之；整齐严庄则民畏之。故民爱之则亲，畏之则用。夫民亲而为用，主之所急也。故曰：且怀且威，则君道备矣。

人主能安其民，则事其主如事其父母。故主有忧则忧之，有难则死之。主视民如土，则民不为用，主有忧则不忧，有难则不死。故曰：莫乐之则莫哀之，莫生之则莫死之。

民之所以守战至死而不衰者，上之所以加施于民者厚也。故上施厚则民之报上亦厚，上施薄则民之报上亦薄。故薄施而厚责，君不能得之于臣，父不能得之于子。故曰：往者不至，来者不极。

道者，扶持众物，使得生育，而各终其性命者也。故或以治乡，或以治国，或以治天下。故曰：道之所言者一也，而用之者异。

闻道而以治一乡，亲其父子，顺其兄弟，正其习俗，使民乐其上，安其土，为一乡主干者，乡之人也。故曰：有闻道而好为乡者，一乡之人也。

民之从有道也，如饥之先食也，如寒之先衣也，如暑之先阴也。故有道则民归之，无道则民去之。故曰：道往者其人莫来，道来者其人莫往。

道者，所以变化身而之正理者也。故道在身则言自顺，行自正，事君自忠，事父自孝，遇人自理。故曰：道之所设，身之化也。

天之道，满而不溢，盛而不衰。明主法象天道，故贵而不骄，富而不奢，行理而不惰。故能长守贵富，久有天下而不失也。故曰：持满者与天。

明主救天下之祸，安天下之危者也。夫救祸安危者，必待万民之为用也，而后能为之。故曰：安危者与人。

地大国富，民众兵强，此盛满之国也。虽已盛满，无德厚以安之，无度数以治之，则国非其国，而民无其民也。故曰：失人之度，虽满必涸。

臣不亲其主，百姓不信其吏，上下离而不和，故虽自安，必且危之。故曰：上下不和，虽安必危。

主有天道，以御其民，则民一心而奉其上，故能贵富而久王天下。失天下之道，则民离叛而不听从，故主危而不得久王天下。故曰：欲王天下而失天之道，天下不可得而王也。

人主务学术数，务行正理，则化变日进，至于大功，而愚人不知也。乱主淫佚邪枉，日为无道，至于灭亡而不自知也。故曰：莫知其为之，其功既成，莫知其舍之也，藏之而无形。

古者三王五霸，皆人主之利天下者也，故身贵显而子孙被其泽。桀、纣、幽、厉，皆人主之害天下者也，故身困伤而子孙蒙其祸。故曰：疑今者察之古，不知来者视之往。

神农教耕生谷，以致民利。禹身决渎，斩高桥下，以致民利。汤武征伐无道，诛杀暴乱，以致民利。故明王之动作虽异，其利民同也。故曰：万事之任也，异起而同归，古今一也。

栋生桡不胜任，则屋覆，而人不怨者，其理然也。弱子，慈母之所爱也，不以其理动者，下瓦则慈母笞之。故以其理动者，虽覆屋不为怨；不以其理动者，下瓦必笞。故曰：生栋覆屋，怨怒不及。弱子下瓦，慈母操箠。

行天道，出公理，则远者自亲。废天道，行私为，则子母相怨。故曰：天道之极，远者自亲。人事之起，近亲造怨。

古者武王地方不过百里，战卒之众不过万人，然能战胜攻取，立为天子，而世谓之圣王者，知为之之术也。桀、纣贵为天子，富有海内，地方甚大，战卒甚众，而身死国亡，为天下僇者，不知为之之术也。故能为之，则小可为大，贱可为贵。不能为之，则虽为天子，人犹夺之也。故曰：巧者有余，而拙者不足也。

明主上不逆天，下不圹地，故天予之时，地生之财。乱主上逆天道，下绝地理，故天不予时，地不生财。故曰：其功顺天者天助之，其功逆天者天违之。

古者，武王天之所助也，故虽地小而民少，犹之为天子也。桀、纣天之所违也，故虽地大民众，犹之困辱而死亡也。故曰：天之所助，虽小必大。天之所违，虽大必削。

与人交，多诈伪，无情实，偷取一切，谓之乌集之交。乌集之交，初虽相欢，后必相咄。故曰：乌集之交，虽善（必）［朱批：不］亲。

圣人之与人约结也，上观其事君也，内观其事亲也，必有可知之理，然后约结。约结而不袭于理，后必相倍。故曰：不重之结，虽固必解。道之用也，贵其重也。

明主与圣人谋，故其谋得；与之举事，故其事成。乱主与不肖者谋，故其计失；与之举事，故其事败。夫计失而事败，此与不可之罪。故曰：毋与不可。

明主度量人力之所能为，而后使焉。故令于人之所能为，则令行；使于人之所能为，则事成。乱主不量人力，令于人之所不能为，故其令废；使于人之所不能为，故其事败。夫令出而废，举事而败，此强不能之罪也。故曰：毋强不能。

狂惑之人，告之以君臣之义、父子之理、贵贱之分，不信圣人之言也，而反害伤之。故圣人不告也。故曰：毋告不知。

与不肖者举事，则事败；使于人之所不能为，则令废；告狂惑之人，则身害。故曰：与不可，强不能，告不知，谓之劳而无功。

常以言翘明其与人也，其爱人也，其有德于人也，以此为友则不亲，以此为交则不结，以此有德于人则不报。故曰：见与之友，几于不亲；见爱之交，几于不结；见施之德，几于不报。四方之所归，心行者也。

明主不用其智，而任众人之智；不用其力，而任众人之力。故以（圣）［朱批：众］人之智思虑者，无不知也；以众人之力起事者，无不成也。能自去而因天下之智力起，则身逸而福多。乱主独用其智，而不任众人之智；独用其力，而不任众人之力，故其身劳祸多。故曰：独任之国，劳而多祸。

明主内行其法度，外行其理义，故邻国亲之，与国信之，有患则邻国忧之，有难则邻国救之。乱主内失其百姓，外不信于邻国，故有患则莫之忧也，有难则莫之救也。外内皆失，孤特而无党，故国弱而主辱。故曰：独国之君，卑而不威。

明主之治天下也，必用圣人，而后天下治。妇人之求夫家也，必用媒，而后家事成。故治天下而不用圣人，则天下乖乱，而民不亲也。求夫家而不用媒，则丑耻而人不信也。故曰：自媒之女，丑而不信。

明主者，人未之见，而有亲心焉者，有使民亲之之道也。故其位安而民往之。故曰：未之见而亲焉，可以往矣。

尧舜，古之明主也，天下推之而不倦，誉之而不厌，久远而不忘者，有使民不忘之道也。故其位安而民来之。故曰：久而不忘焉，可以来矣。

日月，昭察万物者也。天多云气，蔽盖者众，则日月不明。人主，犹日月也，群臣多奸，立私以拥蔽主，则主不得昭察其臣下，臣下之情不得上通，故奸邪日多，而人主愈蔽。故曰：日月不明，天不易也。朱批：“易”犹“平”也。

山，物之高者也。地险秽不平易，则山不得见。人主犹山也，左右多党比周，以壅其主，则主不得见。故曰：山高而不见，地不易也。

人主出言不逆于民心，不悖于理义，其所言足以安天下者也，人唯恐其不复言也。出言而离父子之亲，疏君臣之道，害天下之众，此言之不可复者也，故明主不言也。故曰：言而不可复者，君不言也。

人主身行方正，使人有礼，遇人有理，行发于身，而为天下法式者，人唯恐其不复行也。身行不正，使人暴虐，遇人不信，行发于身，而为天下笑者，此不可复之行，故明主不行也。故曰：行而不可再者，君不行也。

言之不可复者，其言不信也。行之不可再者，其行贼暴也。故言而不信，则民不附；行而贼暴，则天下怨。民不附，天下怨，此灭亡之所从生也，故明主禁之。故曰：凡言之不可复，行之不可再者，有国者之大禁也。

朱批：壬寅二月己酉校阅。

卷二十一

立政九败解第六十五　管子解三

人君唯毋听寝兵，则群臣宾客莫敢言兵。然则内之不知国之治乱，外之不知诸侯强弱，如是则城郭毁坏，莫之筑补，甲弊兵凋，莫之修缮。如是则守圉之备毁矣。辽远之地谋，边竟之士修，百姓无圉敌之心。朱批：言远国谋之，边竟修攻我之具，而我犹不知也。故曰：寝兵之说胜，则险阻不守。

人君唯毋听兼爱之说，则视天下之民如其民，视国如吾国。如是则无并兼攘夺之心，无覆军败将之事。然则射御勇力之士不厚禄，覆军杀将之臣不贵爵，如是，射御勇力之士出在外矣。我能毋攻人可也，不能令人毋攻我。彼求地而予之，非吾所欲也，不予而与战，必不胜也。彼以教士，我以驱众；彼以良将，我以无能，其败必覆军杀将。故曰：兼爱之说胜，则士卒不战。

人君唯无好全生，则群臣皆全其生，而生又养。生养何也？曰：滋味也，声色也，然后为养生。然则从欲妄行，男女无别，反于禽兽。然则礼义廉耻不立，人君无以自守也。故曰：全生之说胜，则廉耻不立。

人君唯无听私议自贵，则民退静，隐伏窟穴，就山，朱批：“就”上“山”下有落字。非世间上，朱批：非薄当世、间议君上也。轻爵禄而贱有司。然则令不行，禁不止。故曰：私议自贵之说胜，则上令不行。

人君唯无好金玉货财，必欲得其所好，然则必有以易之。所以易之者何也？大官尊位，不然则尊爵重禄也。如是则不肖者在上位矣。然则贤者不为下，智者不为谋，信者不为约，勇者不为死。如是则驱国而捐之也。故曰：金玉货财之说胜，则爵服下流。

人君唯毋听群徒比周，则群臣朋党，蔽美扬恶，然则国之情伪，不见于上。如是则朋党者处前，寡党者处后。夫朋党者处前，贤不肖不分，则争夺之乱起，而君在危殆之中矣。故曰：群徒比周之说胜，则贤不肖不分。

人君唯毋听观乐玩好，则败。凡观乐者，宫室台池，珠玉声乐也。此皆费财尽力，伤国之道也。而以此事君者，皆奸人也。而人君听之，焉得毋败？然则府仓虚，蓄积竭，且奸人在上，则壅遏贤者而不进也。然则国适有患，则优倡侏儒起而议国事矣，是驱国而捐之也。故曰：观乐玩好之说胜，则奸人在上位。

人君唯毋听请谒任誉，则群臣皆相为请。然则请谒得于上，党与成于乡，如是则货财行于国，法制毁于官，群臣务佼而求用，然则无爵而贵，无禄而富。故曰：请谒任誉之说胜，则绳墨不正。

人君唯无听谄谀饰过之言，则败，奚以知其然也？夫谄臣者，常使其主不悔其过，不更其失者也。故主惑而不自知也。如是则谋臣死而谄臣尊矣。故曰：谄谗饰过之说胜，则巧佞者用。

版法解第六十六　管子解四

版法者，法天地之位，象四时之行，以治天下。四时之行，有寒有暑，圣人法之，故有文有武。天地之位，有前有后，有左有右，圣人法之，以建经纪。春生于左，秋杀于右，夏长于前，冬藏于后。生长之事文也，收藏之事武也。是故文事在左，武事在右。圣人法之，以行法令，以治事理。凡法事者，操持不可以不正。操持不正，则听治不公。听治不公，则治不尽理，事不尽应。治不尽理，则疏远微贱者无所告愬。事不尽应，则功利不尽举。功利不尽举，则国贫。疏远微贱者无所告愬，则下饶。故曰：凡将立事，正彼天植。天植者，心也。天植正则不私近亲，不孽疏远。不私近亲，不孽疏远，则无遗利，无隐治。无遗利，无隐治，则事无不举，物无遗者。欲见天心，明以风雨。故曰：风雨无违，远近高下，各得其嗣。万物尊天而贵风雨。所以尊天者，为其莫不受命焉也。所以贵风雨者，为其莫不待风而动，待雨而濡也。若使万物释天而更有所受命，释风而更有所仰动，释雨而更有所仰濡，则无为尊天而贵风雨矣。今人君之所尊安者，为其威立而令行也。其所以能立威行令者，为其威利之操，莫不在君也。若使威利之操不专在君，而有所分散，则君日益轻，而威利日衰，侵暴之道也。故曰：三经既饬，君乃有国。

乘夏方长，审治刑赏，必明经纪。陈义设法，断事以理，虚气平心，乃去怒喜。若倍法弃令而行怒喜，祸乱乃生，上位乃殆。故曰：喜无以赏，怒无以杀。喜以赏，怒以杀，怨乃起，令乃废。骤令而不行，民心乃外，外之有徒，祸乃始牙。众之所忿，寡不能图。

冬既闭藏，百事尽止，往事毕登，来事未起。方冬无事，慎观终始，审察事理。事有先易而后难者，有始不足见而终不可及者，此常利之所以不举，事之所以困者也。事之先易者，人轻行之。人轻行之，则必困难成之事。始不足见者，人轻弃之。人轻弃之，则必失不可及之功。夫数困难成之事，而时失不可及之功，衰耗之道也。是故明君审察事理，慎观终始，为必知其所成，成必知其所用，用而不知所利害，谓之妄举。妄举者，其事不成，其功不立。故曰：举所美，必观其所终，废所恶，必计其所穷。

凡人君者，欲民之有礼义也。夫民无礼义，则上下乱而贵贱争。故曰：庆勉敦敬以显之，富禄有功以劝之，爵贵有名以休之。

凡人君者，欲众之亲上乡意也，欲其从事之胜任也。而众者不爱则不亲，不亲则不明，不教顺则不乡意。是故明君兼爱以亲之，明教顺以导之，便其势，利其备，爱其力，而勿夺其时以利之。如此则众亲上乡意，从事胜任矣。故曰：兼爱无遗，是谓君心。必先顺教，万民乡风。旦暮利之，众乃胜任。

治之本二：一曰人，二曰事。人欲必用，事欲必工。人有逆顺，事有称量。人心逆则人不用，事失称量则事不工。事不工则伤，人不用则怨。故曰：取人以己，成事以质。

成事以质者，用称量也。取人以己者，度恕而行也。度恕者，度之于己也。己之所不安，勿施于人。故曰：审用财，慎施报，察称量。故用财不可以啬，用力不可以苦，用财啬则费，用力苦则劳矣。

奚以知其然也？用力苦则事不工，事不工而数复之，则故曰劳矣。用财啬则不当人心，不当人心则怨起，用财而生怨，故曰费。怨起而不复反，众劳而不得息，则必有崩阤堵坏之心。故曰：民不足，令乃辱，民苦殃，令不行。施报不得，祸乃始昌。祸昌而不悟，民乃自图。

凡国无法，则众不知所为，无度则事无机。有法不正，有度不直，则治辟。治辟则国乱。故曰：正法直度，罪杀不赦。杀僇必信，民畏而惧。武威既明，令不再行。

凡民者，莫不恶罚而畏罪。是以人君严教以示之，明刑罚以致之。故曰：顿卒怠倦以辱之，罚罪有过以惩之，杀僇犯禁以振之。

治国有三器，乱国有六攻。明君能胜六攻而立三器，则国治；不肖之君不能胜六攻而立三器，故国不治。三器者何也？曰：号令也、斧钺也、禄赏也。六攻者何也？亲也、贵也、货也、色也、巧佞也、玩好也。三器之用何也？曰：非号令无以使下，非斧钺无以畏众，非禄赏无以劝民。六攻之败何也？曰：虽不听而可以得存，虽犯禁而可以得免，虽无功而可以得富。夫国有不听而可以得存者，则号令不足以使下。有犯禁而可以得免者，则斧钺不足以畏众。有无功而可以得富者，则禄赏不足以劝民。号令不足以使下，斧钺不足以畏众，禄赏不足以劝民，则人君无以自守也。然则明君奈何？明君不为六者变更号令，不为六者疑错斧钺，不为六者损益禄赏。故曰：植固而不动，奇邪乃恐。奇革邪化，令往民移。

凡人君者，覆载万民而兼有之，烛临万族而事使之。是故以天地日月四时为主为质，以治天下。天覆而无外也，其德无所不在；地载而无弃也，安固而不动，故莫不生殖。圣人法之，以覆载万民，故莫不得其职姓。得其职姓，则莫不为用。故曰：法天合德，象地无亲。日月之明无私，故莫不得光。圣人法之以烛万民，故能审察，则无遗善，无隐奸。无遗善，无隐奸，则刑赏信必。刑赏信必，则善劝而奸止。故曰：参于日月。四时之行，信必而著明。圣人法之，以事万民，故不失时功。故曰：伍于四时。

凡众者爱之则亲，利之则至。是故明君设利以致之，明爱以亲之。徒利而不爱，则众至而不亲；徒爱而不利，则众亲而不至。爱施俱行，则说君臣，说朋友，说兄弟，说父子。爱施所设，四固不能守。故曰：说在爱施。

凡君所以有众者，爱施之德也。爱有所移，利有所并，则不能尽有。故曰：有众在废私。

爱施之德，虽行而无私，内行不修，则不能朝远方之君。是故正君臣上下之义，饰父子兄弟夫妻之义，饰男女之别，别疏数之差，使君德臣忠，父慈子孝，兄爱弟敬，礼义章明。如此则近者亲之，远者归之。故曰：召远在修近。

闭祸在除怨。非有怨乃除之，所事之地常无怨也。凡祸乱之所生，生于怨咎。怨咎所生，生于非理。是以明君之事众也必经，使之必道，施报必当，出言必得，刑罚必理。如此则众无郁怨之心，无憾恨之意。如此则祸乱不生，上位不殆。故曰：闭祸在除怨也。

凡人君所以尊安者，贤佐也。佐贤则君尊、国安、民治，无佐则君卑、国危、民乱。故曰：备长存乎任贤。

凡人者，莫不欲利而恶害。是故与天下同利者，天下持之；擅天下之利者，天下谋之。天下所谋，虽立必隳。天下所持，虽高不危。故曰：安高在乎同利。

凡所谓能以所不利利人者，舜是也。舜耕历山，陶河滨，渔雷泽，不取其利，以教百姓，百姓举利之。此所谓能以所不利利人者也。所谓能以所不有予人者，武王是也。武王伐纣，士卒往者，人有书社。入殷之日，决巨桥之粟，散鹿台之钱，殷民大说。此所谓能以所不有予人者也。桓公谓管子曰："今子教寡人法天合德，合德长久。合德而兼覆之，则万物受命。象地无亲，无亲安固。无亲而兼载之，则诸生皆殖。参于日月，无私葆光。无私而兼照之，则美恶不隐。然则君子之为身，无好无恶然已乎？"管子对曰："不然，夫学者所以自化，所以自抚。故君子恶称人之恶，恶不忠而怨妒，恶不公议而名当称，恶不位下而位上，恶不亲外而内放。此五者，君子之所恐行，而小人之所以亡，况人君乎？"

明法解第六十七　管子解五朱批：《明法》在《区言》，每举其篇名以别于正经也。

明主者，有术数而不可欺也，审于法禁而不可犯也，察于分职而不可乱也。故群臣不敢行［朱批：其私］，贵臣不得蔽贱，近者不得塞远，孤寡老弱不失其所职，竟内明辨而不相逾越，此之谓治国。故《明法》曰：所谓治国者，主道明也。

明主者，上之所以一民使下也。私术者，下之所以侵上乱主也。故法废而私行，则人主孤特而独立，人臣群党而成朋。如此则主弱而臣强，此之谓乱国。故《明法》曰：所谓乱国者，臣术胜也。

明主在上位，有必治之势，则群臣不敢为非。是故群臣之不敢欺主者，非爱主也，以畏主之威势也。百姓之争用，非以爱主也，以畏主之法令也。故明主操必胜之数，以治必用之民。处必尊之势，以制必服之臣。故令行禁止，主尊而臣卑。故《明法》曰：尊君卑臣，非计亲也，以势胜也。

明主之治也，县爵禄以劝其民，民有利于上，故主有以使之。立刑罚以威其下，下有畏于上，故主有以牧之。故无爵禄，则主无以劝民；无刑罚，则主无以威众。故人臣之行理奉命者，非以爱主也，且以就利而避害也。百官之奉法无奸者，非以爱主也，欲以爱爵禄而避罚也。故《明法》曰：百官论职，非惠也，刑罚必也。

人主者，擅生杀，处威势，操令行禁止之柄，以御其群臣，此主道也。人臣者，处卑贱，奉主令，守本任，治分职，此臣道也。故主行臣道则乱，臣行主道则危，故上下无分，君臣共道，乱之本也。故《明法》曰：君臣共道则乱。

人臣之所以畏恐而谨事主者，以欲生而恶死也。使人不欲生不恶死，则不可得而制也。夫生杀之柄，专在大臣，而主不危者，未尝有也。故治乱不以法断，而决于重臣，生杀之柄，不制于主，而在群下，此寄生之主也。朱批：生，当为坐。故人主专以其威势予人，则必有劫杀之患；专以其法制予人，则必有乱亡之祸。如此者亡主之道也。故《明法》曰：专授则失。

凡为主而不得行其令，废法而恣群臣，威严已废，权势已夺，令不得出，群臣弗为用，百姓弗为使，竟内之众不制，则国非其国，而民非其民。如此者，灭主之道也，故《明法》曰：令本不出谓之灭。

明主之道，卑贱不待尊贵而见，大臣不因左右而进，百官条通，群臣显见，有罚者主见其罪，有赏者主知其功。见知不悖，赏罚不差，有不蔽之术，故无壅遏之患。乱主则不然，法令不得至于民，疏远鬲闭而不得闻。如此者，壅遏之道也。故《明法》曰：令出而留谓之壅。

人臣之所以乘而为奸者，擅主也。臣有擅主者，则主令不得行，而下情不上通。人臣之力，能鬲君臣之间，而使美恶之情不扬，闻祸福之事不通彻，人主迷惑而无从悟。如此者，塞主之道也。故《明法》曰：下情不上通，谓之塞。

明主者，兼听独断，多其门户。群臣之道，下得明上，贱得言贵，故奸人不敢欺。乱主则不然，听无术数，断事不以参伍。故无能之士上通，邪枉之臣专国，主明蔽而聪塞，忠臣之欲谋谏者不得进。如此者，侵主之道也。故《明法》曰：下情上而道止谓之侵。

人主之治国也，莫不有法令。赏罚具，故其法令明，而赏罚之所立者当，则主尊显而奸不生。其法令逆而赏罚之所立者不当，则群臣立私而壅塞之，朋党而劫杀之。故《明法》曰：灭塞侵壅之所生，从法之不立也。

法度者，主之所以制天下而禁奸邪也，所以牧领海内而奉宗庙也。私意者，所以生乱长奸而害公正也，所以壅蔽失正而危亡也。故法度行则国治，私意行则国乱。明主虽心之所爱者，而无功者不赏也。虽心之所憎，而无罪者弗罚也。案法式而验得失，非法度不留意焉。故《明法》曰：先王之治国也，不淫意于法之外。

明主之治国也，案其当宜，行其正理。故其当赏者，群臣不得辞也。其当罚者，群臣不敢避也。夫赏功诛罪，所以为天下致利除害也。草茅弗去则害禾谷，盗贼弗诛则伤良民。夫舍公法而行私惠，则是利奸邪而长暴乱也。行私惠而赏无功，则是使民偷幸而望于上也。行私惠而赦有罪，则使是民轻上而易为非也。夫舍公法，用私惠，明主不为也。故《明法》曰：不为惠于法之内。

凡人主莫不欲其民之用也，使民用者必法立而令行也。故治国使众莫如法，禁淫止暴莫如刑。故贫者非不欲夺富者财也，然而不敢者，法不使也。强者非不能暴弱也，然而不敢者，畏法诛也。故百官之事，案之以法，则奸不生。暴慢之人，诛之以刑，则祸不起。群臣并进，策之以数，则私无所立。故《明法》曰：动无非法者，所以禁过而外私也。

人主之所以制臣下者，威势也。故威势在下，则主制于臣；威势在上，则臣制于主。夫蔽主者，非塞其门，守其户也，然而令不行、禁不止，所欲不得者，失其威势也。故威势独在于主，则群臣畏敬；法政独出于主，则天下服德。故威势分于臣，则令不行；法政出于臣，则民不听。故明主之治天下也，威势独在于主，而不与臣共；法政独制于主，而不从臣出。故《明法》曰：威不两错，政不二门。

明主者，一度量，立表仪，而坚守之，故令下而民从。法者，天下之程式也，万事之仪表也。吏者，民之所悬命也。故明主之治也，当于法者赏之，违于法者诛之。故以法诛罪，则民就死而不怨；以法量功，则民受赏而无德也。此以法举错之功也。故《明法》曰：以法治国，则举错而已。

明主者，有法度之制，故群臣皆出于方正之治而不敢为奸。百姓知主之从事于法也，故吏之所使者，有法则民从之，无法则止。民以法与吏相距，下以法与上从事。故诈伪之人不得欺其主，嫉妒之人不得用其贼心，谗谀之人不得施其巧，千里之外不敢擅为非。故《明法》曰：有法度之制者，不可巧以诈伪。

权衡者，所以起轻重之数也。然而人不事者，非心恶利也。权不能为之多少其数，而衡不能为之轻重其量也。人知事权衡之无益，故不事也。故明主在上位，则官不得枉法，吏不得为私。民知事吏之无益，故财货不行于吏。权衡平正而待物，故奸诈之人不得行其私。故《明法》曰：有权衡之称者，不可欺以轻重。

尺寸寻丈者，所以得长短之情也。故以尺寸量短长，则万举而万不失矣。是故尺寸之度，虽富贵众强，不为益长。虽贫贱卑辱，不为损短，公平而无所偏，故奸诈之人不能误也。故《明法》曰：有寻丈之数者，不可差以长短。

国之所以乱者，废事情而任非誉也。故明主之听也，言者责之以其实，誉人者试之以其官。言而无实者诛，吏而乱官者诛。是故虚言不敢进，不肖者不敢受官。乱主则不然，听言而不督其实，故群臣以虚誉进其党，任官而不责其功，故愚污之吏在庭。如此则群臣相推以美名，相假以功伐，务多其佼，朱批：佼，交也。

而不为主用。故《明法》曰：主释法以誉进能，则臣离上而下比周矣。以党举官，则民务佼而不求用矣。

乱主不察臣之功劳，誉众者则赏之，不察审其罪过，毁众者则罚之。如此者则邪臣无功而得赏，忠正无罪而有罚。故功多而无赏，则臣不务尽力；行正而有罚，则贤圣无从竭能。行货财而［墨批：得爵禄，则］污辱之人在官。寄托之人不肖而位尊，则民倍公法而趋有势。如此则悫愿之人失其职，而廉洁之吏失其治。故《明法》曰：官之失其治也，是主以誉为赏，而以毁为罚也。

平吏之治官也，行法而无私，则奸臣不得其利焉，此奸臣之所务伤也。人主不参验其罪过，以无实之言诛之，则奸臣不能无事贵重而求推誉，以避刑罚而受禄赏焉。故《明法》曰：喜赏恶罚之人，离公道而行私术矣。

奸臣之败其主也，积渐积微，使主迷惑而不自知也。上则相为望候于主，下则买誉于民，誉其党而使主尊之，毁不誉者而使主废之。其所利害者，主听而行之，如此则群臣皆忘主而趋私佼矣。故《明法》曰：比周以相为慝，是故忘主私佼，以进其誉。

主无术数，则群臣易欺之。国无明法，则百姓轻为非。是故奸邪之人用国事，则群臣仰利害也。如此则奸人为之视听者多矣，虽有大义，主无从知之。故《明法》曰：佼众誉多，外内朋党，虽有大奸，其蔽主多矣。

凡所谓忠臣者，务明法术，日夜佐主，明于度数之理，以治天下者也。奸邪之臣，知法术明之必治也，治则奸臣困，而法术之士显。是故邪之所务事者，使法无明，主无悟，而己得所欲也。故方正之臣得用，则奸邪之臣困伤矣。是方正之与奸邪不两进之势也。奸邪在主之侧者，不能勿恶也。惟恶之，则必候主间而日夜危之。人主不察而用其言，则忠臣无罪而困死，奸臣无功而富贵。故《明法》曰：忠臣死于非罪，而邪臣起于非功。

富贵尊显，久有天下，人主莫不欲也；令行禁止，海内无敌，人主莫不欲也。蔽欺侵陵，人主莫不恶也；失天下，灭宗庙，人主莫不恶也。忠臣之欲明法术以致主之所欲而除主之所恶者，奸臣之擅主者，有以私危之，则忠臣无从进其公正之数矣。故《明法》曰：所死者非罪，所起者非功，然则为人臣者重私而轻公矣。

乱主之行爵禄也，不以法令案功劳。其行刑罚也，不以法令案罪过，而听重臣之所言。故臣欲有所赏，主为赏之；臣［墨批：欲］有所罚，主为罚之，废其公法，专听重臣。如此，故群臣皆务党其重臣而忘其主，趋重臣之门而不庭。故《明法》曰：十至于私人之门，不一至于庭。

明主之治也，明于分职，而督其成事。胜其任者处官，不胜其任者废免，故群臣皆竭能尽力以治其事。乱主则不然，故群臣处官位，受厚禄，莫务治国者，期于管国之重，而擅其利，牧渔其民以富其家。故《明法》曰：百虑其家，不一图其国。

明主在上位，则竟内之众尽力以奉其主，百官分职致治以安国家。乱主则不然，虽有勇力之士，大臣私之，而非以奉其主也；虽有圣智之士，大臣私之，非以治其国也。故属数虽众，不得进也；百官虽具，不得制也。如此者，有人主之名，而无其实。故《明法》曰：属数虽众，非以尊君也。百官虽具，非以任国也。此之谓国无人。

明主者，使下尽力而守法分，故群臣务尊主而不敢顾其家。臣主之分明，上下之位审，故大臣各处其位而不敢相贵。乱主则［朱批：不。］然，法制废而不行，故群臣得务益其家。君臣无分，上下无别，故群臣得务相贵。如此者，非朝臣少也，众不为用也。故《明法》曰：国无人者，非朝臣衰也。家与家务相益，不务尊君也；大臣务相贵，而不任国也。

人主之张官置吏也，非徒尊其身，厚奉之而已也。使之奉主之法，行主之令，以治百姓而诛盗贼也。是故其所任官者大，则爵尊而禄厚；其所任官者小，则爵卑而禄薄。爵禄者，人主之所以使吏治官也。乱主之治也，处尊位受厚禄者，养所与佼，而不以官为务。如此者，则官失其能矣。故《明法》曰：小臣持禄养佼，不以官为事，故官失职。

明主之择贤人也，言勇者试之以军，言智者试之以官。试于军而有功者则举之，试于官而事治者则用之。故以战功之事定勇

怯，以官职之治定愚智，故勇怯愚智之见也如黑白之分。乱主则不然，听言而不试，故妄言者得用；任人而不官，故不肖者不困。故明主以法案其言而求其实，以官任其身而课其功，专任法不自举焉。故《明法》曰：先王之治国也，使法择人，不自举也。

凡所谓功者，安主上利万民者也。夫破军杀将战胜攻取，使主无危亡之忧，而百姓无死虏之患，此军士之所以为功者也。奉主法，治竟内，使强不凌弱，众不暴寡，万民欢尽其力而奉养其主，此吏之所以为功也。匡主之过，救主之失，明理义以道其主，主无邪僻之行，蔽欺之患，此臣之所以为功也。故明主之治也，明分职而课功劳，有功者赏，乱法者诛，诛赏之所加，各得其宜，而主不自与焉。故《明法》曰：使法量功，不自度也。

明主之治也，审是非，察事情，以度量案之。合于法则行，不合于法则止。功充其言则赏，不充其言则诛。故言智能者，必有见功而后举之；言恶败者，必有见过而后废之。如此则士上通而莫之能妒，不肖者困废而莫之能举。故《明法》曰：能不可蔽，而败不可饰也。

明主之道，立民所欲以求其功，故为爵禄以劝之。立民所恶

以禁其邪，故为刑罚以畏之。故案其功而行赏，案其罪而行罚。如此则群臣之举无功者不敢进也，毁无罪者不能退也。故《明法》曰：誉者不能进，而诽者不能退也。

制群臣，擅生杀，主之分也。县令仰制，臣之分也。威势尊显，主之分也。卑贱畏敬，臣之分也。令行禁止，主之分也。奉法听从，臣之分也。故君［朱批：臣］相与，高下之处也，如天之与地也。其分画之不同也，如白之与黑也。故君臣之间明别，则主尊臣卑。如此则下之从上也如响之应声，臣之法主也如景之随形。故上令而下应，主行而臣从，以令则行，以禁则止，以求则得，此之谓易治。故《明法》曰：君臣之间，明别则易治。

明主操术任臣下，使群臣效其智能，进其长技。故智者效其计，能者进其功，以前言督后事，所效当则赏之，不当则诛之。张官任吏，治民案法，试课成功，守法而法之，身无烦劳而分职。故《明法》曰：主虽不身下为，而守法为之可也。

臣乘马第六十八　管子轻重一

朱批：臣字误。乘马，以钱取谷息之名，盖钱上作乘马文也。

桓公问管仲子曰："请问乘马？"管子对曰："国无储在令。"桓公曰："何谓国无储在令？"管子对曰："一农之量，壤百亩也，春事二十五日之内。"桓公曰："何谓春事二十五日之内？"管子对曰："日至六十日而阳冻释，七十日而阴冻释，阴冻释而秇稷，百日不秇稷，故春事二十五日之内耳也。今君立扶台，五衢之众皆作，君过春而不止，民失其二十五日，则五衢之内，阻弃之地也。起一人之繇，百亩不举。起十人之繇，千亩不举。起百人之繇，万亩不举。起千人之繇，十万亩不举。春已失二十五日，而尚有作起夏作，是春失其地，夏失其苗。秋起繇而无止，此之谓谷地数亡。谷失于时，君之衡藉而无止，朱批：横也。民食什伍之谷，则君已藉九矣。有衡求币焉，朱批：又也。此盗暴之所以起，刑罚之所以众也。随之以暴，谓之内战。”桓公曰：“善哉！”

“策乘马之数，求尽也，彼王者不夺民时，故五谷兴丰。五谷兴丰，则士轻禄，民简赏。彼善为国者，使农夫寒耕暑耘，力归于上，女勤于纤微，而织归于府者，非怨民心伤民意，高下之策，不得不然之理也。”桓公曰：“为之奈何？”管子曰：“虞国得策乘马之数矣。”朱批：下云“有虞”，此言“虞国”。虞，度也，非国名。桓公曰：“何谓策乘马之数？”管子曰：“百亩之夫予之策，率二十七日为子之春事，资子之币，春秋子谷大登，国谷之重去分。朱批：重，谓急也。以币借之，取谷息一分，故民谷登而已去一分矣。又收本币入国，不取币而取谷，则十倍之息也。又全备器者皆以谷准，故谷之息皆十得九。谓农夫曰：币之在子者，以为谷而廪之州里。国谷之分在上，国谷之重再十倍，谓远近之县里邑百官，皆当奉器械备。曰：国无币，以谷准币，国谷之穦，一切什九。朱批：《说文》：穦，芒粟也。今所谓一粒谷。还谷而应谷，国器皆资，无藉于民。此有虞之策乘马也。”

乘马数第六十九　管子轻重二

桓公问管子曰：“有虞策乘马已行矣，吾欲立策乘马。为之奈何？”管子对曰：“战国修其城池之功，故其国常失其地用，王国则以时行也。”桓公曰：“何谓以时行？”管子对曰：“出准之令，守地，用人策，故开阖皆在上，无求于民。霸国守分，上分下，游于分之间，而用足。王国守始，国用一不足则加一焉，国用二不足则加二焉，国用三不足则加三焉，国用四不足则加四焉，国用五不足则加五焉，国用六不足则加六焉，国用七不足则加七焉，国用八不足则加八焉，国用九不足则加九焉，国用十不足则加十焉。人君之守高下，岁藏三分，十年则必有五年之余。若岁凶旱水泆，民失本，则修宫室台榭，以前无狗、后无彘者为庸。朱批：不畜狗彘者，罚令工作也。故修宫室台榭，非丽其乐也，以平国策也。今至于其亡策乘马之君，春秋冬夏，不知时终始。作功起众，立宫室台榭，民失其本事，君不知其失诸春策，又失诸夏秋之策数也。民无饘，卖子数矣。猛毅之人淫暴，贫病之民乞请。君行律度焉，则民被刑僇而不从于主上，此策乘马之数亡也。乘马之准，与天下齐准，彼物轻则见泄，重则见射，此斗国相泄轻重之家相夺也。至于王国，则持流而止矣。”桓公曰：“何谓持流？”管子对曰：“有一人耕而五人食者，有一人耕而四人食者，有一人耕而三人食者，有一人耕而二人食者，此齐力而功地，田策相圆，此国策之时守也。君不守以策，则民且守于上，此国策流已。”桓公曰：“乘马之数，尽于此乎？”管子对曰：“布织财物，皆立其赀。财物之赀，与币高下，谷独贵独贱。”桓公曰：“何谓独贵独贱？”管子对曰：“谷重而万物轻，谷轻而万物重。”公曰：“贱策乘马之数奈何？”管子对曰：“郡县上臾之壤，守之若干，间壤守之若干，下壤守之若干。故相壤定籍，而民不移。振贫补不足，下乐上。朱批：无谷则以钱振之也。故以上壤之满，补下壤之众，章四时，守诸开阖，民之不移也。如废方于地，此之谓策乘马之数也。”

问乘马第七十亡　管子轻重三

卷二十二

事语第七十一　管子轻重四

桓公问管子曰："事之至数可闻乎?"管子对曰："何谓至数?"桓公曰："秦奢教我曰：'帷盖不修，衣服不众，则女事不泰。俎豆之礼不致牲，诸侯太牢，大夫少牢，不若此，则六畜不育。非高其台榭，美其宫室，则群材不散。'此言何如?"管子曰："非数也。"桓公曰："何谓非数?"管子对曰："此定壤之数也，彼天子之制，壤方千里，齐诸侯方百里，负海子七十里，男五十里，若胸臂之相使也。故准徐疾赢不足，虽在下也，不为君忧。彼壤地狭而与欲举与大国争者，农夫寒耕暑耘，力归于上，女勤于缉绩徽织，功归于府者，非怨民心，伤民意也。非有积蓄，不可以用人；非有积财，无以劝下。泰奢之数，不可用于危隘之国。"桓公曰："善。"

桓公又问管子曰："佚田谓寡人曰：'善者用非其有，使非其人，何不因诸侯权，以制天下?'"管子对曰："佚田之言非也，彼善为国者，壤辟举则民留处，仓廪实而知礼节。且无委致围，城脆致冲。夫不定内，不可以持天下，佚田之言非也。"管子曰："岁藏一，十年而十也。岁藏二，五年而十也。谷十而守五，绨素满之，五在上。故视岁而藏，县时积岁，国有十年之蓄。富胜贫，勇胜怯，智胜愚，微胜不微，有义胜无义，练士胜驱众，凡十胜者尽有之。故发如风雨，动如雷霆，独出独入，莫之能禁止，不待权与。故佚田之言非也。”桓公曰：“善。”

海王第七十二　管子轻重五

桓公问于管子曰：“吾欲藉于台雉，何如？”管子对曰：“此毁成也。”“吾欲藉于树木。”管子对曰：“此伐生也。”“吾欲藉于六畜。”管子对曰：“此杀生也。”“吾欲藉于人，何如？”管子对曰：“此隐情也。”桓公曰：“然则吾何以为国？”管子对曰：“唯官山海为可耳。”桓公曰：“何谓官山海？”管子对曰：“海王之国，谨正盐策。”海王，言以负海之利而王其业。桓公曰：“何谓正盐策？”正，税也。管子对曰：“十口之家，十人食盐。百口之家，百人食盐。终月，大男食盐五升少半，少半，犹劣薄也。大女食盐三升少半，吾子食盐二升少半。吾子，谓小男小女也。此其大历也。历，数。盐百升而釜。盐十二两七铢一黍十分之一为升，当米六合四勺也。百升之盐，七十六斤十二两十九铢二累。为釜，当米六斗四升。令盐之重，升加分强，釜五十也。分强，半强也。令使盐官税其盐之重，每一升加半合为强而取之，则一釜之盐得五十合而为之强。升加一强，釜百也。升加二强，釜二百也。钟二千，十釜之盐，七百六十八斤。为钟，当米六斛四斗是也。十钟二万，百钟二十万，千钟二百万。万乘之国，人数开口千万也。举其大数而言之也。开口，谓大男大女之所食盐也。禺策之商，日二百万，禺，读为偶。偶，对也。商，计也。对其大男大女食盐者之口数而立策，以计所税之盐。一日计二百万合，为二百钟。朱批：禺，寓也。十日二千万，一月六千万。万乘之国，正九百万也。万乘之国，大男大女食盐者千万人，而税之盐一日二百钟，十日二千钟，一月六千钟也。今又施其税数以千万人如九百万人之数，则所税之盐一日百八十钟，十日千八百钟，一月五千四百钟。月人三十钱之藉，为钱三千万，又变其五千四百钟之盐而藉其钱，计一月每人藉钱三十，凡千万人，为钱三万万矣。以藉其数而比其常藉，则当一国而有三千万人矣。今吾非籍之诸君吾子，朱批：诸君，有采邑大夫。吾子，公子也。而有二国之籍者六千万，诸君，谓老男老女也。六十以上为老男，五十已上为老女也。既不籍于老男老女，又不籍于小男小女，乃能以千万人而当三千万人者，盖盐官之利耳。盐官之利既然，则铁官之利可知也。盐官之利当一国而三万人，铁官之利当一国而三万人焉。故能有二国之藉者，六千万人耳。其常籍人之数，犹在此外。使君施令曰'吾将籍于诸君吾子'，则必嚣号。今夫给之盐策，则百倍归于上，人无以避此者，数也。令铁官之数，曰：一女必有一针一刀，若其事立。若，犹然后。耕者必有一耒一耜一铫，若其事立。大锄谓之铫，羊昭反。行服连轺辇名，所以载任器，人挽者。轺羊昭反。辇居玉反。者大车驾马。必有一斤一锯一锥一凿，若其事立，不尔而成事者，天下无有。令针之重加一也，三十针一人之籍。针之重，每十分加一分为强而取之，则一女之籍得三十针也矣。刀之重加六，五六三十，五刀一人之籍也。刀之重，每十分加六分以为强而取之。五六为三十也，则一女之籍得五刀。耜铁之重加七，三耜铁，一人之籍也。耜铁之重，每十分加七分以为强而取之，则一农之籍得三耜铁也。其余轻重皆准此而行，其器弥重，其加弥多。然则举臂胜事，无不服藉者。"桓公曰："然则国山海不王乎？"管子曰："因人之山海，假之名。虽无海而假名有海，则亦虽无山而假名有山。有海之国，雠盐于吾国，彼国有盐，而粜于吾国，为售耳。釜十五，吾受而官出之以百。受，取也。假令彼盐平价，釜当十钱者，吾又加五钱而取之，所以来之也。既得彼盐，则令吾国盐官又出而粜之，釜以百钱也。我未与其本事也，与，用也。本事，本盐也。受人之事。以重相推，以重推，谓加五钱之类也。推，犹度也。此人用之数也。"彼人所有而皆为我用之。

国蓄第七十三　管子轻重六

国有十年之蓄，而民不足于食，皆以其技能望君之禄也。君有山海之金，而民不足于用，是皆以其事业交接于君上也。故人君挟其食，守其用，据有余而制不足，故民无不累于上也。五谷食米，民之司命也；黄金刀币，民之通施也。故善者，执其通施，以御其司命，故民力可得而尽也。夫民者亲信而死利，海内皆然，民予则喜，夺则怒，民情皆然。先王知其然，故见予之形，不见夺之理。与可使由之，不可使知之。故民爱可洽洽，通也。于上也。租籍者，在工商曰租籍。所以强其两反。求也。租税者，所虑而请也。在农曰租税。虑，犹计也。请，求也。王霸之君，去其所以强求，废其所虑而请，故天下乐从也。利出于一孔者，凡言利者，不必货利，庆赏威刑皆是。其国无敌。出二孔者，其兵不诎。诎，与屈同。屈，穷也。朱批：诎，出也。不能攻人。人虽未攻，不可举兵应之。出三孔者，不可以举兵。出四孔者，其国必亡。先王知其然，故塞民之养，养，利也，羊向反。隘其利途。故予之［墨批：在］君，夺之在君，贫之在君，富之在君。故民之戴上如日月，亲君若父母。

凡将为国，不通于轻重，不可为笼以守民。不能调通民利，不可以语制为大治。是故万乘之国，有万金之贾。千乘之国，有千金之贾。然者何也？国多失利，则臣不尽其忠，士不尽其死矣。岁有凶穰，故谷有贵贱。令有缓急，故物有轻重。然而人君不能治，故使蓄贾游市，乘民之不给，百倍其本。分地若一，强者能守。分财若一，智者能收，智者有什倍人之功，以一取什。愚者有不赓本之事，赓，犹偿也，音庚。然而人君不能调，故民有相百倍之生也。夫民富则不可以禄使也，贫则不可以罚威也。法令之不行，万民之不治，贫富之不齐也。且君引錣錣，筹也，丁劣反。量用，耕田发草，上得其数矣。民人所食，人有若干，步亩之数矣，计本量委委，积也。则足矣，然而民有饥饿不食者何也？谷有所藏也。言一国之内，耕垦之数，君悉知之。凡人计口授田，家族多少，足以自给，而人乏于食者，谓豪富之家收藏其谷故也。人君铸钱立币，民庶之通施也。钱币无补于饥寒之用，人君所立以均制财物，通交有无，使人之所求各得其欲。人有若干，百千之数矣，然而人事不及，用不足者，何也？利有所并藏也。民事，谓常费也。言人之所有多少，各随其分而自足，君上不能均调其事，则豪富并藏财货，专擅其利，是故人常费不给，以致匮乏。然则人君非能散积聚，钧羡余也。不足，分并财利，而调民事也。则君虽强本趣耕，本，谓务农。趣，读为促。而自为铸币而无已，乃今使民下相役耳，恶能以为治乎？言人君若不能权其利门，制其轻重，虽铸币无限极而与人，徒使豪富侵夺贫弱，终不能致理也。

岁适美，则市粜无予，而狗彘食人食。岁适凶，则市籴釜十繦，而道有饿民。然则岂壤力固不足，而食固不赡也哉？夫往岁之粜贱，狗彘食人食，故来岁之民不足也。物适贱，则半力而无予，民事不偿其本。物适贵，则什倍而不可得，民失其用。然则岂财物固寡，而本委不足也哉？夫民利之时失，而物利之不平也。故善者委施于民之所不足，操事于民之所有余。夫民有余则轻之，故人君敛之以轻。民不足则重之，故人君散之以重。敛积之以轻，散行之以重，故君必有什倍之利，而财之櫎古莫反。朱批：櫎，谷芒也。畜财谷可平。可得而平也。

凡轻重之大利，以重射轻，以贱泄平。万物之满虚，随财准平而不变，衡绝则重见。人君知其然，故守之以准平，使万室之都，必有万钟之藏，藏繦千万。使千室之都，必有千钟之藏，藏繦百万。春以奉耕，夏以奉芸，耒耜械器，种镶粮食，毕取赡于君，故大贾蓄家不得豪夺吾民矣，然则何？君养其本谨也。春赋以敛缯帛，夏贷以收秋实，盖方春蚕，家阙乏而赋与之，约收其缯帛。方夏，农人阙乏，亦赋与之，约取其谷实也。是故民无废事，而国无失利也。人之所乏，君悉与之，则豪商富人不得擅其利。

凡五谷者，万物之主也。谷贵则万物必贱，谷贱则万物必贵，两者为敌，则不俱平。故人君御谷物之秩相胜，而操事于其不平之间。秩，积也。食为人天，故五谷之要可与万物为敌，其价常不俱平，所以人君视两事之委积，可彼此相胜。轻重于其间，则国利不散也。故万民无籍，而国利归于君也。夫以室庑籍，谓之毁成。小曰室，大曰庑。是使人毁坏庐室。以六畜籍谓之止生。畜，许救反。是使人不竞牧养也。以田亩籍，谓之禁耕。是止其耕稼也。以正人籍，谓之离情。正数之人，若丁壮也。离情，谓离心也。以正户籍，谓之养赢。赢，谓大贾畜家也。正数之户，既避其籍，则至浮浪，为大贾蓄家之所役属，增其利耳。五者不可毕用，故王者遍行而不尽也。故天子籍于币，诸侯籍于食，中岁之谷粜石十钱。朱批：时一钱当今百。大男食四石，月有四十之籍。大女食三石，月有三十之籍。吾子食二石，月有二十之籍。岁凶谷贵，籴石二十钱，则大男有八十之籍，大女有六十之籍，吾子有四十之籍。按古之石，准今之三斗三升三合。平岁每石税十钱，凶岁税二十者，非必税其人，谓于操事轻之间，约收其利也。是人君非发号令收啬而户籍也，彼人君守其本委谨，而男女诸君吾子无不服籍者也。啬，敛也。委，所委积之物也。谨，严也。言人君不用下令税敛于人，但严守利途，轻重在我，则无所逃其税也。一人廪食，十人得余。十人廪食，百人得余。百人廪食，千人得余。夫物多则贱，寡则贵，散则轻，聚则重。人君知其然，故视国之羡不足而御其财物。谷贱则以币予食，视物之轻重，而御之以准。故贵贱可调，而君得其利。

前有万乘之国，而后有千乘之国，谓之抵国。前有千乘之国，而后有万乘之国，谓之距国。壤正方，四面受敌，谓之衢国。以百乘衢处，谓之托食之君。千乘衢处，壤削少半，万乘衢处，壤削太半。何谓百乘衢处托食之君也？夫以百乘衢处，危慑围阻，千乘万乘之间。夫国之君不相中，举兵而相攻，必以为扞格蔽圉之用，有功利不得乡。大臣死于外，分壤而功。朱批：以地报功也。列陈系累获虏，分赏而禄，是壤地尽于功赏，而税臧殚于继孤也。是特名罗于为君耳，无壤之有，号有百乘之守，而实无尺壤之用，故谓托食之君。然则大国内款，小国用尽，何以及此？曰："百乘之国，官赋轨符，乘四时之朝夕，御之以轻重之准，然后百乘可及也。千乘之国，封天财之所殖，械器之所出，财物之所生，视岁之满虚，而轻重其禄，然后千乘可足也。万乘之国，守岁之满虚，乘民之缓急，正其号令，而御其缓急；正其号令，而御其大准，然后万乘可资也。"玉起于禺氏，金起于汝汉，珠起于赤野，东西南北，距周七千八百里，水绝壤断，舟车不能通。先王为其途之远，其至之难，故托用于其重，以珠玉为上币，以黄金为中币，以刀布为下币。三币，握之则非有补于暖也，食之则非有补于饱也，先王以守财物，以御民事，而平天下也。

今人君籍求于民，令曰"十日而具"，则财物之贾什去一。令曰"八日而具"，则财物之贾什去二。令曰"五日而具"，则财物之贾什去半。朝令而夕具，则财物之贾什去九，先王知其然，故不求于万民而籍于号令也。

山国轨第七十四　管子轻重七

桓公问管子曰："请问官国轨？"管子对曰："田有轨，人有轨，用有轨，乡有轨，人事有轨，币有轨，县有轨，国有轨。不通于轨数，而欲为国，不可。”桓公曰：“行轨数奈何?”对曰：“某乡田若干，人事之准若干，谷重若干?曰：某县之人若干，田若干，币若干而中用，谷重若干而中币，终岁度人食，其余若干?曰：某乡女胜事者，终岁绩，其功业若干，以功业直时而横之古莫反。终岁，朱批：此“横”又“扩”之讹也。人已衣被之后，余衣若干?别群轨，相壤宜。”桓公曰：“何谓别群轨，相壤宜?”管子对曰：“有莞蒲之壤，有竹箭檀柘之壤，有氾下渐泽之壤，有水潦鱼鳖之壤。今四壤之数，君皆善官而守之，则籍于财物，不籍于人亩。十亩之壤，君不以轨守，则民且守之。民有过移长力，不以本为得，此君失也。”桓公曰：“轨意安出?”管子对曰：“不阴据其轨，皆下制其上。”桓公曰：“此若言何谓也?”管子对曰：“某乡田若干，食者若干。某乡之女事若干，余衣若干。谨行州里曰：‘田若干，人若干，人众，田不度食若干。’必得轨程，此调之泰轨也。朱批：泰轨，大数。然后调立环乘之币。田轨之有余于其人食者，谨置公币焉。大家众，小家寡。山田闲田曰：终岁其食不足于其人若干，则置公币焉，以满其准重。岁丰年，五谷登，谓高田之萌曰：‘吾所寄币于子者若干，乡谷之穦若干，请为子什减三。谷为上，币为下，高田抚，闲田山田，不被谷，十倍山田，以君寄币，振其不赡，未淫失也。高田以时抚于主上，坐长加十也。朱批：坐而长价也。女贡织帛，苟合于国奉者，皆置而券之。’以乡穦市准，朱批：以乡存谷，准币以市之也。曰：‘上无币有谷，以谷准币。’环谷而应策，国奉缺谷。反准，赋轨币，谷廪，重有加十。谓大家委资家曰：‘上且修游，人出若干币。’谓邻县曰：“有实者皆勿，左右不赡，则且为人马假其食。’民邻县四面皆穦谷，坐长而十倍。上下令曰：‘资家假币，皆以谷准币直币而庚之。’

谷为下，币为上。百都百县轨据谷，坐长十倍。环谷而应假币，国币之九在上，一在下。币重而万物轻，敛万物，应之以币。币在下，万物皆在上，万物重十倍。府官府以市穳出万物，隆而止。国轨布于未形，据其已成，乘令而进退，无求于民，谓之国轨。”

桓公问于管子曰："不籍而赡国，为之有道乎？"管子对曰："轨守其时，有官天财。朱批：又。何求于民？"桓公曰："何谓官天财？"管子对曰："泰春，民之功繇。与招反。泰夏，民之令之所止，令之所发。谓山泽之所禁发。泰秋，民令之所止，令之所发泰冬，民令之所止，令之所发。此皆民所以时守也，此物之高下之时也，此民之所以相并兼之时也。君守诸四务。"桓公曰："何谓四务？"管子对曰："泰春，民之且所用者，君已廪之矣。泰夏，民之且所用者，君已廪之矣。泰秋，民之且所用者，君已廪之矣。泰冬，民之且所用者，君已廪之矣。廪，藏也。言四时人之所要，皆先备之。所谓耒耜器械种饷粮食，必取要焉，则豪人大贾不得擅其利。泰春功布日，春缣衣，夏单衣，捍宠累箕，胜籯屑糉，若干日之功，用人若干。无资之家，皆假之械器胜籯屑糉公衣，功已而归公衣，折券。故力出于民，而用出于上。春十日，不害耕事。夏十日，不害芸事。秋十日，不害敛实。冬二十日，不害除田。此之谓时作。"桓公曰："善。吾欲立轨官，为之奈何？"管子对曰："盐铁之策，足以立轨官。"桓公曰："奈何？"管子对曰："龙夏之地，布黄金九千。以币赀金，巨家以金，小家以币。周岐山至于峥（丘）［朱批：北］之西塞丘者，山邑之田也，布币称贫富而调之。周寿陵而东至少沙者，中田也。据之以币，巨家以金，小家以币。三壤已抚，而国谷再什倍。梁渭阳琐之牛马满齐衍，请驱之颠齿，量其高壮，曰国为师旅。战车驱就，敛子之牛马。上无币，请以谷视市穳而庚子牛马，为上粟二家。二家散其粟，反准牛马归于上。朱批：庚，偿也，以谷易牛马也。牛马为上，谷为下。二家谓粟多无用，故必散之。散之则谷贱，是谓反准。又贱收其谷而□□牛马矣。

管子曰："请立赀于民，有田倍之，内毋有其外，外皆为赀壤。被鞍之马千乘，齐之战车之具。具于此，无求于民。此去(丘)［朱批：北］邑之籍也。国谷之朝夕在上，山林廪械器之高下在上，春秋冬夏之轻重在上。行田畴，田中有木者，谓之谷贼。宫中四荣，树其余曰害女功。宫室械器，非山无所仰，然后君立三等之租于山，曰：握以下者为柴楂，把以上者为室奉，三围以上为棺椁之奉。柴楂之租若干，室奉之租若干，棺椁之租若干。"

管子曰："盐铁抚轨，谷一廪十，君常操九。民衣食而繇下，安无怨咎。去其田赋，以租其山。巨家重葬其亲者，服重租。小家菲葬其亲者，服小租。巨家美修其宫室者，服重租。小家为室庐者，服小租。上立轨于国，民之贫富，如加之以绳，谓之国轨。"

山权数第七十五　管子轻重八

桓公问管子曰："请问权数？"管子对曰："天以时为权，地以财为权，人以力为权，君以令为权。失天之权，则人地之权亡。"桓公曰："何为失天之权，则人地之权亡？"管子对曰："汤七年旱，禹五年水，民之无𫗪卖子者，汤以历山之金，铸币而赎，民之无𫗪卖子者。故天权失，则人地之权皆失也。故王者岁守十分之参，三年与少半，成岁三十一年，而藏十一年与少半，藏参之一，不足以伤民，而农夫敬事力作，以天毁地，凶旱水泆，民无入于沟壑乞请者也。此守时以待天权之道也。"桓公曰："善。吾欲行三权之数，为之奈何？"管子对曰："梁山之阳，绮千见反。线夜石之币，天下无有。”

管子曰：“以守国谷。岁守一分，以行五年，国谷之重，什倍异日。”管子曰：“请立币国铜，以二年之粟顾之，立黔落力重，与天下调。彼重则见射，轻则见泄，故与天下调泄者，失权也。见射者，失策也。不备天权，下相求备准，下阴相隶。此刑罚之所起，而乱之本也。故平则不平，民富则不如贫，委积则虚矣，此三权之失也已。”桓公曰：“守三权之数奈何？”管子对曰：“大丰则藏分，阨亦藏分。”桓公曰：“阨者所以益也，何以藏分？”管子对曰：“隘则易益也，一可以为十，十可以为百，以阨守丰，阨之准数一上十，丰之策数十去九，则吾九为余于数，策丰，则三权皆在君，此之谓国权。”

桓公问于管子曰：“请问国制？”管子对曰：“国无制，地有量。”桓公曰：“何谓国无制地有量？”管子对曰：“高田十石，闲田五石，庸田三石，其余皆属诸荒田。地量百亩，一夫之力也，粟贾一，粟贾十，粟贾三十，粟贾百。其在流策者，百亩从中千亩之策也。然则百乘从千乘也，千乘从万乘也，故地有量，国无策。”桓公曰：“善。今欲为大国，大国欲为天下，不通权策，其无能者矣。”

桓公曰：“今行权奈何？”管子对曰：“君通于广狭之数，不以狭畏广；通于轻重之数，不以少畏多。此国策之大者也。”桓公曰：“善。盖天下，视海内，长誉而无止，为之有道乎？”管子对曰：“有。曰轨守其数，准平其流，动于未形，而守事以成，物一也而十，是九为用。徐疾之数，轻重之策也，一可以为十，十可以为百。引十之半而藏四，以五操事，在君之决塞。”桓公曰：“何谓决塞？”管子曰：“君不高仁，则国不相被，君不高慈孝，则民简其亲而轻过，此乱之至也。则君请以国策十分之一者，树表置高，乡之孝子，聘之币，孝子兄弟众寡，不与师旅之事。树表置高而高仁慈孝，财散而轻，乘轻而守之以策，则十之五有在上，运五（如）［朱批：而］行事，如日月之终复。此长有天下之道，谓之准道。”

桓公问于管子曰：”请问教数？”管子对曰：“民之能明于农事者，置之黄金一斤，直食八石。朱批：免其税也。民之能蕃育六畜者，置之黄金一斤，直食八石。民之能树艺者，置之黄金一斤，直食八石。民之能树瓜瓠荤菜者百果，使蕃裕者，置之黄金一斤，直食八石。民之能已民疾病者，置之黄金一斤，直食八石。民之知时，曰岁且阨，曰某谷不登，曰某谷丰者，置之黄金一斤，直食八石。民之通于蚕桑，使蚕不疾病者，皆置之黄金一斤，直食八石。谨听其言而藏之官，使师旅之事无所与，此国策之者也。国用相靡而足，相困揲而畓。朱批：“垐”同“塈”，积也。一作“咨”，同音通用字，误并合之，故为畓矣。困揲，捆积之词，与靡同意，“靡”即“磨”也。然后置四限高下，令之徐疾，驱屏万物，守之以策。”

有五官技。朱批：“技”当为“校”。桓公曰：“何谓五官技？”管子曰：“诗者所以记物也，时者所以记岁也，春秋者所以记成败也。行者道民之利害也，易者所以守凶吉成败也，卜者卜凶吉利害也。民之能此者，皆一马之田，一金之衣，此使君不迷妄之数也。六家者即见其时，使豫先蚤闲之，日受之。故君无失时，无失策，万物兴丰，无失利，远占得失，以为末教，诗记人无失辞，行殚道无失义，易守祸福凶吉不相乱，此谓君棅。”笔永反。《说文》与“柄”同。

桓公问于管子曰：“权棅之数，吾已得闻之矣。守国之固奈何？”曰：“能皆已官，时皆已官，得失之数，万物之终始，君皆已官之矣。其余皆以数行。”桓公曰：“何谓以数行？”管子对曰：

"谷者民之司命也，智者民之辅也，民智而君愚，下富而君贫，下贫而君富，此之谓事名二国，朱批：二国，拟君也。机徐疾而已矣。君道，度法而已矣。人心，禁缪而已矣。"桓公曰："何谓度法？何谓禁缪？"管子对曰："度法者，量人力而举功。禁缪者，非往而戒来，故祸不萌通，而民无患咎。"

桓公曰："请闻心禁？"管子对曰："晋有臣不忠于其君，虑杀其主，谓之公过，诸公过之家，毋使得事君，此晋之过失也。齐之公过，坐立长差，朱批：未详。恶恶乎（来刑）[朱批：未形]，善善乎（来）[朱批：未]荣，戒也。此之谓国戒。"

桓公问管子曰："轻重准施之矣，策尽于此矣乎？"管子曰："未也，将御神用宝。"桓公曰："何谓御神用宝？"管子对曰："北郭有掘地阙而得龟者，掘，穿也。求物反。穿地至泉曰阙。求月反。此检数百里之地也。"检，犹比也。以此龟为用者，其数可比百里之地。桓公曰："何谓得龟百里之地？"管子对曰："北郭之得龟者，令过之平盘之中。"令，力呈反。过之，犹置之也。平盘者，大盘也。君请起十乘之使，百金之提，起，发也。提，装也。使，色吏反。命北郭得龟之家，曰：'赐若服中大夫。'若，汝也。中大夫，齐爵也。曰：'东海之子类于龟，东海之子，其状类龟，假言此龟东海之子耳。东海之子者，海神之子也。托舍于若，托舍，犹寄居也。赐若大夫之服，以终而身。而，若也。劳若以百金。'劳，赐也。之龟为无赀，之，是也。是龟至宝而无赀也，无赀也，无价也。而藏诸泰台。泰台，高台也。一日而衅之以四牛，立宝日无赀。立龟为宝，号曰无赀。还四年，伐孤竹。还四年，后四年。丁氏之家粟。丁氏，齐之富人，所谓丁惠也。可食三军之师。行五月，食，音嗣，下以意取。行五月，经五月。召丁氏而命之曰：'吾有无赀之宝于此，吾今将有大事，请以宝为质于子，音致，下皆同。以假子之邑粟。'即家粟也。丁氏北向，再拜入粟，不敢受宝质。桓公命丁氏曰：‘寡人老矣，为子者不知此数，终受吾质。’丁氏归，革筑室赋籍藏龟。革，更也。赋，敷也。籍，席也。才夜反。还四年，伐孤竹。谓丁氏之粟中食三军五月之食。朱批：一齐收税，不过二千五百金。五月之食已当五千金。一金直八石谷，千金八千谷，四千石米，人月食一石二斗，千人千二百石，然则三军不过四千人。桓公立贡数文，朱批：以计数文饰之。行中七年，朱批：七年始还质，计七年谷息，直四千金也。龟中四千金，黑白之子当千金。朱批：子，息也。黑白，谓出入也。利上起利，又千金也。凡贡制，中二齐之壤策也。用贡，国危出宝，国安行流。桓公曰：“何谓流？”管子对曰：“物有豫，则君失策而民失生矣，故善为天下者，操于二豫之外。”桓公曰：“何谓二豫之外？”管子曰：“万乘之国，不可以无万金之蓄饰。千乘之国，不可以无千金之蓄饰。百乘之国，不可以无百金之蓄饰。以此与令进退，此之谓乘时。”

山至数第七十六　管子轻重九

桓公问管子曰：“梁聚谓寡人曰：‘古者轻赋税而肥籍敛，朱批：籍敛，丁税也。取下无顺于此者矣。’梁聚之言何如？”管子对曰：“梁聚之言非也。彼轻赋税则仓廪虚，肥籍敛则械器不奉。械器不奉，而诸侯之皮币不衣，仓廪虚则倳贱无禄。外皮币不衣于天下，内国倳贱。梁聚之言非也。君有山，山有金，以立币。以币准谷而授禄，故国谷斯在上，谷贾什倍。农夫夜寝蚤起，不待见使，五谷什倍。士半禄而死君，农夫夜寝蚤起，力作而无止。彼善为国者，不曰使之，使不得不使；不曰贫之，使不得不用。故使民无有不得不使者。夫梁聚之言非也。”桓公曰：“善。”

桓公又问于管子曰：“有人教我，谓之请士。曰：‘何不官百能？'"管子对曰："何谓百能？"桓公曰："使智者尽其智，谋士尽其谋，百工尽其巧，若此则可以为国乎？"管子对曰："请士之言非也，禄肥则士不死，币轻则士简赏，万物轻则士偷幸。三怠在国，何数之有？彼谷十藏于上，三游于下。谋士尽其虑，智士尽其知，勇士轻其死，请士所谓妄言也。不通于轻重，谓之妄言。"

桓公问于管子曰："昔者周人有天下，诸侯宾服，名教通于天下，而夺于其下，何数也？"管子对曰："君分壤而贡入，市朝同流。黄金，一策也；江阳之珠，一策也；秦之明山之曾青，一策也。此谓以寡为多，以狭为广，轨出之属也。"桓公曰："天下之数，尽于轨出之属也？""今国谷重什倍而万物轻，大夫谓贾之子：'为吾运谷而敛'，财谷之重一也，今九为余。谷重而万物轻，若此，则国财九在大夫矣。国岁反一，财物之九者，皆倍重而出矣。财物在下，币之九在大夫。然则币谷羡在大夫也。天子以客行，令以时出，熟谷之人亡，诸侯受而（贡）[朱批：官]之。连朋而聚与，高下万物，以合民用。内则大夫自还而不尽忠，外则诸侯连朋合与，熟谷之人则去亡，故天子失其权也。"桓公曰："善。"

桓公又问管子曰："终身有天下而勿失，为之有道乎？"管子对曰："请勿施于天下，独施之于吾国。"桓公曰："此若言何谓也？"管子对曰："国之广狭，壤之肥垸，有数。终岁食余有数，彼守国者守，谷而已矣。曰某县之壤广若干，某县之壤狭若干，国之广狭肥垸，人之所食多少，其数君素皆知之。则必积委币，委，蓄也。各于县州里蓄积钱币。所谓万室之邑，必有万钟之藏，藏繦千万。千室之邑，必有千钟之藏，藏繦百万。于是县州里受公钱，公钱即积委之币。泰秋，国谷去参之一，去，灭也。丘吕反。君下令，谓郡县属大夫里邑，皆籍粟，入若干。谷重一也，以藏于上者，一其谷价以收藏之。国谷参分，则二分在上矣。言先贮币于县邑，当秋时下令收籴也。则魏李悝行平籴之法，上熟籴三舍一，中熟籴二舍一，下熟中分之，盖出于此。今言去三之一者，约中熟为准耳。泰春，国谷倍重数也。泰夏，赋谷以市穬，古莫反。民皆受上谷以治田土。泰秋，田谷之存，予者若干，今上敛谷以币，民曰无币以谷，则民之三有归于上矣。言当春谷贵之时，计其价以谷赋与人，秋则敛其币。虽设此令，本意收其谷入，既无币，请输谷，故归于上。朱批：又。重之相因，时之化举，无不为国策。重之相因，若春时谷贵，与谷也。时之化举，若秋时谷贱，收谷也。因时之轻重，无不以术权之。君用大夫之委，以流归于上，君用民，以时归于君，藏轻出轻，以重数也。则彼安有自还之大夫，独委之。彼诸侯之谷十，使吾国谷二十，则诸侯谷归吾国矣。诸侯谷二十，吾国谷十，则吾国谷归于诸侯矣。故善为天下者，谨守重流，重流谓严守谷价，不使流散。而天下不吾泄矣。泄，散也。吾谷不散出。彼重之相归，如水之就下。吾国岁非凶也，以币藏之故，国谷倍重，故诸侯之谷至也。是藏一分以致诸侯之一分，利不夺于天下，大夫不得以富侈，以重藏轻，国常有十国之策也。故诸侯服而无正，臣穬从而以忠，此以轻重御天下之道也，谓之数应。”

桓公问管子曰：“请问国会。”管子对曰：“君失大夫为无伍，失民为失下。故守大夫以县之策，守一县以一乡之策，守一乡以一家之策，守家以一人之策。”桓公曰：“其会数奈何？”管子对曰：“币准之数，一县必有一县中田之策，一乡必有一乡中田之策，一家必有一家直人之用。故不以时守郡，为无与；不以时守乡，为无伍。”桓公曰：“行此奈何？”管子对曰：“王者藏于民，霸者藏于大夫，残国亡家藏于箧。”“桓公曰：“何谓藏于民？”“请散栈台之钱，散诸城阳。鹿台之布，散诸济阴。君下令于百姓曰：‘民富君无与贫，民贫君无与富。故赋无钱布，府无藏财，资藏于［民］。’岁丰五谷登，五谷大轻，谷价去上岁之分以币据之。谷为君，币为下。国币尽在下，币轻谷重，上分上岁之二分在下，下岁之二分在上，则二岁者四分在上。则国谷之一分在下，谷三倍重。邦布之籍，终岁十钱。人家受食，十亩加十，是一家十户也。出于国谷策而藏于币者也。以国币之分，复布百姓，四减国谷，三在上，一在下，复策也。大夫聚壤而封，积实而骄，上请夺之以会。”桓公曰：“何谓夺之以会？”管子对曰：“粟之三分在上，谓萌皆受上粟度，君藏焉。五谷相靡而重，去什三为余，以国币谷准反行，大夫无什于重，君以币赋禄，什在上。君出谷，什而去七。君敛三，上赋七。散振不赀者，仁义也。五谷相靡而轻，数也。以乡完重，而籍国数。出实财，散仁义，万物轻，数也。乘时进退，故曰：王者乘时，圣人乘易。”桓公曰：“善。”桓公问管子曰：“特命我曰：‘天子三百领，泰啬而散。朱批：领，衣也，言多作衣以散财。大夫准此而行。’此如何？”管子曰：“非法家也，大夫高其垄，美其室，此夺农事及市庸，此非便国之道也。民不得以织为绡缪，而狸之于地。彼善为国者，乘时徐疾而已矣，谓之国会。”

桓公问管子曰：“请问争夺之事何如？”管子曰：“以戚始。”桓公曰：“何谓用戚始？”管子对曰：“君人之主，弟兄十人，分国为十；兄弟五人，分国为五。三世则昭穆同祖，十世则为祏。故伏尸满衍，兵决而无止，轻重之家，复游于其间。故曰：‘毋予人以壤，毋授人以财。’财终则有始，与四时废起。圣人理之以徐疾，守之以决塞，夺之以轻重，行之以仁义，故与天壤同数。此王者之大辔也。”

桓公问管子曰：“请问币乘马？”管子对曰：“始取夫三，大夫之家，方六里而一乘，二十七人而奉一乘。币乘马者，方六里，田之美恶若干，谷之多寡若干，谷之贵贱若干，凡方六里，用币若干，谷之重，用币若干。故币乘马者，布币于国。币为一国陆地之数，谓之币乘马。”桓公曰：“行币乘马之数奈何？”即臣乘马，所谓筴乘马者。臣，犹实也。筴者，以币为筴而泄重射轻。管子对曰：“士受资以币，大夫受邑以币，人马受食以币，则一国之谷赀在上，币赀在下。国谷什倍，数也。万物财物去什二，策也。皮革筋角，羽毛竹箭，器械财物，苟合于国器，君用者，皆有矩券于上，矩券，常券。君实乡州藏焉。周制，万二千五百为乡，二千五百家为党为州。齐虽霸国，尚用周制。曰：‘某月某日，苟从责者，责，读为债。乡决州决’。故曰：就庸一日而决。国策出于谷轨，国之策，货币乘马者也。赀，价也。言应合受公家之所给，皆与之币。则谷之价君上权之。其币在下，故谷倍重。其有皮革之类堪于所用者，所在乡州有其数。若今官曹簿帐，人有负公家之债。若耒耜种粮之类者，官司如要器用。若皮革之类者，则与其准纳。如要功庸者，令就役一日，除其簿书耳。此盖君上一切权之也。详轻重之本旨，摧抑富商兼并之家，隘塞利门，则与夺贫富，悉由号令然，可易为理也。今刀布藏于官府，巧币万物轻重，皆在贾之。彼币重而万物轻，币轻而万物重。彼谷重而谷轻，人君操谷币金衡，而天下可定也。此守天下之数也。”

桓公问于管子曰：“准衡、轻重、国会，吾得闻之矣。请问县数？”管子对曰：“狼牡以至于冯会之日，朱批：口。龙夏以北，至于海庄，禽兽羊牛之地也，何不以此通国策哉？”桓公曰：“何谓通国策？”管子对曰：“冯市门一吏，书赘直事，若其事唐圉牧食之人，养视不失扞殂者，朱批：未详。去其都秩，与其县秩。大夫不乡赘合游者，谓之无礼义，大夫幽其春秋，朱批：春秋，太庙也，幽，黝也。列民幽其门，山之祠，冯会龙夏，牛羊牺牲，月贾十倍，异日。此出诸礼义，籍于无用之地。因扪牢策也，谓之通。”

桓公问管子曰：“请问国势？”管子对曰：“有山处之国，有汜下多水之国，有山地分之国，有水泆之国，有漏壤之国。此国之五势，人君之所忧也。山处之国，常藏谷三分之一。汜下多水之国，常操国谷三分之一。山地分之国，常操国谷十分之三。水泉之所伤，水泆之国，常操十分之二。漏壤之国，谨下诸侯之五谷，与工雕文梓器，以下天下之五谷。此准时五势之数也。”

桓公问管子曰：“今有海内，县诸侯，则国势不用已乎？”管子对曰：“今以诸侯为［朱批：策］，公州之饰焉。以乘四时，行扪牢之策。以东西南北相彼，用平而准。故曰：为诸侯，则高下万物，以应诸侯。遍有天下，则赋币以守万物之朝夕，调而已，利有足则行，不满则有止，朱批：又。王者乡州以时察之，故利不相倾，县死其所。君守大奉一，谓之国簿。”

朱批：辛卯四月己未点毕。

朱批：光绪廿八年壬寅重阅。

卷二十三

地数第七十七　管子轻重十朱批：此篇杂聚重复。

桓公曰："地数可得闻乎？"管子对曰："地之东西二万八千里，南北二万六千里。其出水者八千里，受水者八千里。出铜之山四百六十七山，出铁之山三千六百九山。此之所以分壤树谷也。戈矛之所发，刀币之所起也。能者有余，拙者不足。封于泰山，禅于梁父。封禅之王，七十二家，得失之数，皆在此内，是谓国用。"桓公曰："何谓得失之数皆在此？"管子对曰："昔者桀霸有天下而用不足，汤有七十里之薄而用有余。天非独为汤雨菽粟，而地非独为汤出财物也。伊尹善通移轻重，［开］阖决塞，通于高下徐疾之策，坐起之费时也。黄帝问于伯高曰：'吾欲陶天下而以为一家，为之有道乎？'伯（帝）高对曰：'请刈其莞而树之，吾谨逃其蚤牙。则天下可陶而为一家。'黄帝曰：'若此言可得闻乎？'伯高对曰：'上有丹沙者，下有黄金。上有慈石者，下有铜金。上有陵石者，下有铅金锡赤铜。上有赭者，下有铁。'此山之见荣者也。苟山之见其荣者，君谨封而祭之。距封十里而为一坛，是则使乘者下行，行者趋，若犯令者罪死不赦。然则与折取之远矣。修教十年，而葛卢之山，发而出水，金从之，蚩尤受而制之以为剑铠矛戟，是岁相兼者诸侯九。雍狐之山发而出水，金从之，蚩尤受而制之，以为雍狐之戟芮戈，是岁相兼者诸侯十二。故天下之君，顿戟一怒，伏（尺）[朱批：尸] 满野，此见戈之本也。”

桓公问于管子曰：“请问天财所出，地利所在？”管子对曰：“山上有赭者，其下有铁。上有铅者，其下有银。一曰：‘上有铅者，其下有鉒银，上有丹沙者，其下有鉒金。上有慈石者，其下有铜金。此山之见荣者也。苟山之见荣者，谨封而为禁，有动封山者，罪死（有）而不赦。有犯令者，左足入，左足断，右足入，右足断。然则其与犯之远矣。此天财地利之所在也。”桓公问于管子曰：“以天财地利立功成名于天下者，谁子也？”管子对曰：

“文武是也。”桓公曰：“此若言何谓也？”管子对曰：“夫玉起于牛氏边山，金起于汝汉之右洿，珠起于赤野之末光，此皆距周七千八百里，其涂远而至难。故先王各用于其重，珠玉为上币，黄金为中币，刀布为下币。令疾则黄金重，令徐则黄金轻。先王权度其号令之疾徐，高下其中币，而制下上之用，则文武是也。”

桓公问于管子曰：“吾欲守国财，而毋税于天下，而外因天下可乎？”管子对曰：“可。夫水激而流渠，令疾而物重。先王理其号令之徐疾，内守国财而外因天下矣。”桓公问于管子曰：“其行事奈何？”管子对曰：“夫昔者武王有巨桥之粟，贵籴之数。”武王既胜殷，得巨桥粟，欲使籴贵。巨桥仓在今广平郡曲周县也。桓公曰：“为之奈何？”管子对曰：“武王立重泉之戍，戍，名也。假设此戍名，欲人惮役而竞收粟也。重，丈恭反。令曰：‘民自有百鼓之粟者不行’，鼓，十二斛也。民举所最粟，举，尽也。最，聚也。子外反。以避重泉之戍，而国谷二什倍，巨桥之粟亦二什倍。武王以巨桥之粟二什倍而市缯帛，军五岁毋籍衣于民；以巨桥之粟二什倍而衡黄金百万，衡，平也。终身无籍于民。准衡之数也。”

桓公问于管子曰：“今亦可以行此乎？”管子对曰：“可。夫楚有汝汉之金，齐有渠展之盐，燕有辽东之煮。此三者亦可以当武王之数。十口之家，十人咶盐。百口之家，百人咶盐。凡食盐之数，一月丈夫五升少半，妇人三升少半，婴儿二升少半。盐之重，升加分耗，而釜五十。升加一耗而釜百，升加十耗而釜千。君伐菹薪，煮沸水为盐，朱批：煮沸水，或煮之，或沸之，非河沸之沸也。沸盐者，晒盐也，下又作煮沸水，非也，煮沸不必重言。正而积之三万钟。至阳春，请籍于时。”桓公曰：“何谓籍于时？”管子曰：“农事方作，令民毋得筑垣墙，毋得缮冢墓。丈夫毋得治宫室，毋得立台榭。北海之众毋得聚庸而煮盐，然盐之贾必四什倍。君以四什之贾，修河济之流，南输梁赵宋卫濮阳。恶食无盐则肿。朱批：恶食者，农民也。守圉之本，其用盐独重。君伐菹薪，煮沸水以籍于天下，然则天下不减矣。”

桓公问于管子曰：“吾欲富本而丰五谷可乎？”管子对曰：“不可。夫本富而财物众，不能守则税于天下。五谷兴丰，巨钱，而天下贵，则税于天下。然则吾民常为天下虏矣。夫善用本者，若以身济于大海，观风之所起，天下高则高，天下下则下，天下高我下，［墨批：则］财利税于天下矣。”

桓公问于管子曰：“事尽于此乎？”管子对曰：“未也。夫齐衢处［朱批：之］本，通达所出也，游子胜商之所道。人求本者食吾本粟，因吾本币，骐骥黄金，然后出。令有徐疾，物有轻重，然后天下之宝，壹为我用。善者用非有，使非人。”

揆度第七十八　管子轻重十一

齐桓公问于管子曰：“自燧人以来，其大会可得而闻乎？”管子对曰：“燧人以来，未有不以轻重为天下也。共工之王，帝共工氏继女娲有天下。水处什之七，陆处什之三，乘天势以隘制天下。至于黄帝之王，谨逃其爪牙，不利其器，藏秘锋芒，不以示人。行机权之道，使人日用而不知。烧山林，破增薮，焚沛泽，沛，大泽也。一说水草兼处曰沛。逐禽兽，实以益人。然后天下可得而牧也。至于尧舜之王，所以化海内者，北用禺氏之玉，禺氏，西北戎名，玉之所出。南贵江汉之珠，其胜禽兽之仇以大夫随之。”胜，犹益也。禽兽之仇者，使其逐禽兽如从仇雠也。以大夫随之者，使其大夫散邑粟财物，随山泽之人求其禽兽之皮。朱批：仇，匹也。桓公曰：“何谓也？”管子对曰：“令诸侯之子，将委质者，诸国君之子，若卫公子开方、鲁公子季友之类。皆以双（武）［朱批：虎］之皮，双（虎）［朱批：武］之皮以为裘。卿大夫豹饰，卿大夫，上大夫也。袖谓之饰。列大夫豹幨。列大夫，中大夫也。襟谓之幨，音昌詹反。大夫散其邑粟，与其财物，以市虎豹之皮，故山林之人，刺其猛兽，刺，音七亦反。若从亲戚之仇。此君冕服于朝，而猛兽胜于外，大夫已散其财物，万人得受其流，此尧舜之数也。”言尧舜尝用此数。

桓公曰：“事名二，正名五，而天下治。”“何谓事名二？”对曰：“天策，阳也。壤策，阴也，此谓事名二。”“何谓正名五？”对曰：“权也、衡也、规也、矩也、准也，此谓正名五。其在色者，青、黄、白、黑、赤也。其在声者，宫、商、羽、徵、角也。其在味者，酸、辛、咸、苦、甘也。二五者，童山竭泽，人君以数制之。人味者，所以守民口也。声者，所以守民耳［朱批：也］。色者，所以守民目也。人君失二五者亡其国，大夫失二五者亡其势，民失二五者亡其家。此国之至机也，谓之国机。”

轻重之法曰：“自言能为司马，而不能为司马者，杀其身以衅其鼓。自言能治田土，不能治田土者，杀其身以衅其社。自言能为官，不能为官者，劓以为门父，故无敢奸能诬禄至于君者矣。

故相任寅为官都，重门击柝，不能去，亦随之以法。”

桓公问于管子曰：“请问大准。”管子对曰：“大准者，天下皆制我而无我焉，此谓大准。”桓公曰：“何谓也？”管子对曰：“今天下起兵加我，臣之能谋厉国定名者，割壤而封。臣之能以车兵进退成功立名者，割壤而封。然则是天下尽封君之臣也，非君封之也。天下已封君之臣十里矣，天下每动，重封君之民二十里。君之民非富也，邻国富之。邻国每动，重富君之民。贫者重贫，富者重富，大准之数也。”桓公曰：“何谓也？”管子对曰：“今天下起兵加我，民弃其耒耜，出持戈于外，然则国不得耕。此非天凶也，此人凶也。君朝令而夕求具，民肆其财物，与其五谷为雠，厌而去，贾人受而廪之，然则国财之一分在贾人。师罢，民反其事，万物反其重，贾人出其财物，国币之少分，廪于贾人。若此则币重三分，财物之轻重三分。贾人市于三分之间，国之财物，尽在贾人，而君无策焉。民更相制，君无有事焉。此轻重之大准也。”

管子曰：“人君操本，民不得操末。人君操始，民不得操卒。其在涂者籍之于衢塞，其在谷者守之春秋，其在万物者立赀而行，故物动则应之。故豫夺其涂，则民无遵。君守其流，则民失其高。故守四方之高下，国无游贾，贵贱相当，此谓国衡。以利相守，则数归于君矣。”

管子曰：“善正商任者省有肆，省有肆则市朝闲，市朝闲则田野充，田野充则民财足，民财足则君赋敛焉不穷。今则不然，民重而君重，重而不能轻。民轻而君轻，轻而不能重。天下善者不然，民重则君轻，民轻则君重。此乃财余以满不足之数也。故凡不能调民利者，不可以为大治。不察于终始，不可以为至矣。动左右，以重相因，二十国之策也。盐铁，二十国之策也。锡金，二十国之策也。五官之数，不籍于民。”

桓公问于管子曰：“轻重之数恶终？”管子对曰：“若四时之更举，无所终。国有患忧，轻重五谷以调用，积余臧羡以备赏。天下宾服，有海内，以富诚信仁义之士。故民高辞让，无为奇怪者。彼轻重者，诸侯不服，以出战，诸侯宾服，以行仁义。”

管子曰：“一岁耕，五岁食，粟贾［朱批：五倍］。一岁耕，六岁食，粟贾六倍。二年耕，而十一年食。夫富能夺，贫能予，乃可以为天下。且天下者，处兹行兹，若此，而天下可壹也。夫天下者，使之不使，用之不用。故善为天下者，毋曰使之，使不得不使；毋曰用之，用不得不用也。”

管子曰：“善为国者，如金石之相举，重钧则金倾。故治权则势重，治道则势赢。今谷重于吾国，轻于天下，则诸侯之自泄，如原水之就下。故物重则至，轻则去。有以重至而轻处者，我动而错之，天下已即于我矣。物臧则重，发则轻；散则多。币重则民死利，币轻则决而不用，故轻重调于数而止。”

“五谷者，民之司命也。刀币者，沟渎也。号令者，徐疾也。令重于宝，社稷重于亲戚，胡谓也？”对曰：“夫城郭拔，社稷不血食，无生臣。亲没之后，无死子。此社稷之所重于亲戚者也。故有城无人，谓之守（平）［朱批：乎］虚。有人而无甲兵而无食，谓之与祸居。”

桓公问管子曰：“吾闻海内玉币有七策，可得而闻乎？”管子对曰：“阴山之礝碈，一策也。燕之紫山白金，一策也。发朝鲜之文皮，一策也。汝、汉水之右衢黄金，一策也。江阳之珠，一策也。秦明山之曾青，一策也。禺氏边山之玉，一策也。此谓以寡为多，以狭为广，天下之数，尽于轻重矣。”桓公问于管子曰：“阴山之马，具驾者千乘。马之平贾万也，金之平贾万也。吾有伏金千斤，为此奈何?”管子对曰:“君请使与正籍者，皆以币还于金，吾至四万，此一为四矣。吾非埏埴摇炉（橐）[朱批:橐]而立黄金也，今黄金之重，一为四者，数也。珠起于赤野之末光，黄金起于汝汉水之右衢，玉起于禺氏之边山。此度去周七千八百里，其涂远，其至阨，故先王度用其重而因之，珠玉为上币，黄金为中币，刀布为下币。先王高下中币，利下上之用。百乘之国，中而立市，东西南北，度五十里。一日定虑，二日定载，三日出竟，五日而反。百乘之制，轻重毋过五日。百乘为耕田万顷，为户万户，为开口十万人，为[朱批:当]分者万人，为轻车百乘，为马四百匹。千乘之国，中而立市，东西南北，度百五十余里，二日定虑，三日定载，五日出竟，十日而反。千乘之制，轻重毋过一旬。千乘为耕田十万顷，为户十万户，为开口百万人，为当分者十万人，为轻车千乘，为马四千匹。万乘之国，中而立市，东西南北，度五百里，三日定虑，五日定载，十日出竟，二十日而反。万乘之制，轻重毋过二旬，万乘为耕田百万顷，为户百万户，为开口千万人，为当分者百万人，为轻车万乘，为马四万匹。”

管子曰:“匹夫为鳏，匹妇为寡，老而无子者为独。君问其若有子弟师役而死者，父母为独，上必葬之，衣衾三领，木必三寸，乡吏视事，葬于公壤。若产而无弟兄，上必赐之匹马之壤。故亲之杀其子以为上用，不苦也。君终岁行邑里，其人力同而宫室美者，良萌也，力作者也，脯二束，酒一石，以赐之。力足，荡游不作，老者谯之，当壮者遣之边戍。民之无本者，贷之圃疆。故百事皆举，无留力失时之民，此皆国策之数也。”

上农挟五，中农挟四，下农挟三。上女衣五，中女衣四，下女衣三。农有常业，女有常事。一农不耕，民有为之饥者；一女不织，民有为之寒者。饥寒冻饿，必起于粪土，故先王谨于其始。事再其本，民无檀者卖其子。三其本，若为食。四其本，则乡里给。五其本，则远近通，然后死得葬矣。事不能再其本，而上之求焉无止，然则奸涂不可独遵，货财不安于拘。随之以法，则中内撕民也。轻重不调，无檀之民，不可责理，鬻子不可得使。君失其民，父失其子，亡国之数也。管子曰："神农之数曰：一谷不登减一谷，谷之法什倍。二谷不登减二谷，谷之法再什倍。夷疏满之，无食者予之陈，无种者贷之新。故无什倍之贾，无倍称之民。"

国准第七十九　管子轻重十二

桓公问于管子曰："国准可得闻乎？"管子对曰："国准者，视时而立仪。"桓公曰："何谓视时而立仪？"对曰："黄帝之王，谨逃其爪牙。有虞之王，枯泽童山。夏后之王，烧增薮，焚沛泽，不益民之利。殷人之王，诸侯无牛马之牢，不利其器。周人之王，官能以备物，五家之数殊，而用一也。"桓公曰："然则五家之数籍何者为善也？"管子对曰："烧山林，破增薮，焚沛泽，猛兽众也。童山竭泽者，君智不足也。烧增薮，焚沛泽，不益民利。逃械器，闭智能者，辅己者也。诸侯无牛马之牢，不利其器者，曰淫器而壹民心者也。以人御人，逃戈刃，高仁义，乘天固以安己者也，五家之数殊而用一也。"

桓公曰："今当时之王者，立何而可？"管子对曰："请兼用五家而勿尽。"桓公曰："何谓？"管子对曰："立祈祥以固山泽，朱批：祈祥，祈羊祭山之名。立械器以使万物，天下皆利，而谨操重策。童山竭泽，益利搏流。出山金立币，存菹丘立骈牢，以为民饶。彼菹菜之壤，非五谷之所生也，麋鹿牛马之地，春秋赋生杀老，立施以守五谷。此以无用之壤臧民之赢，五家之数，皆用而勿尽。”

桓公曰：“五代之王，以尽天下数矣，来世之王者，可得而闻乎？”管子对曰：“好讥而不乱，亟变而不变。时至则为，过则去。王数不（为）［朱批：可］豫致。”此五家之国准也。”

轻重甲第八十　管子轻重十三

朱批：《轻重》七篇，管子之正经也。而文皆诡浅，盖后人杂足之，又十篇亡三耳。

桓公曰：“轻重有数乎？”管子对曰：“轻重无数。物发而应之，闻声而乘之。故为国不能来天下之财，致天下之民，则国不可成。”桓公曰：“何谓来天下之财？”管子对曰：“昔者桀之时，女乐三万人，端噪晨乐，闻于三衢，是无不服文绣衣裳者。伊尹以薄之游女，工文绣，纂组一纯，得粟百钟，于桀之国。夫桀之国者，天子之国也。桀无天下忧，饰妇女钟鼓之乐，故伊尹得其粟而夺之流。此之谓来天下之财。”桓公曰：“何谓致天下之民？”管子对曰：“请使州有一掌，里有积五窌。民无以与正籍者，予之长假；死而不葬者，予之长度。饥者得食，寒者得衣，死者得葬，不资者得振，则天下之归我者若流水。此之谓致天下之民。故圣人善用非其有，使非其人，动言摇辞，万民可得而亲。”桓公曰：“善。”

桓公问管子曰：“夫汤以七十里之薄，兼桀之天下，其故何也？”管子对曰：“桀者，冬不为杠，夏不束柎，以观冻溺。弛牝虎充市，以观其惊骇。至汤而不然，夷竞而积粟，饥者食之，寒者衣之，不资者振之，天下归汤若流水。此桀之所以失其天下也。”桓公曰：“桀使汤得为是，其故何也？”管子曰：“女华者，桀之所爱也，汤事之以千金。曲逆者，桀之所善也，汤事之以千金。内则有女华之阴，外则有曲逆之阳。阴阳之议合，而得成其天子。此汤之阴谋也。”

桓公曰：“轻重之数，国准之分，吾已得而闻之矣。请问用兵奈何？”管子对曰：“五战而至于兵。”桓公曰：“若此言何谓也？”管子对曰：“请战衡、战准、战流、战权、战势。此所谓五战而至于兵者也。”桓公曰：“善。”

桓公欲赏死事之后，曰：“吾国者，衢处之国，馈食之都，虎狼之所栖也。今每战，舆死扶伤，（如）［朱批：而］孤荼首之孙，仰䵒戟之宝，吾无由与之，为之奈何？”管子对曰：“吾国之豪家迁封食邑而居者，君章之以物则物重，不章以物，则物轻。守之以物则物重，不守以物则物轻。故迁封食邑富商蓄贾，积余藏羡跱蓄之家，此吾国之豪也。故君请缟素而就士室，朝功臣世家，迁封食邑，积余藏羡跱蓄之家，曰：‘城脆致冲，无委致围。天下有虑，齐独不与其谋。子大夫有五谷菽粟者，勿敢左右，请以平贾取之子，与之定其券契之齿，釜鏂之数，不得为侈弇焉。’困穷之民，闻而籴之，釜鏂无止，远通不推。国粟之贾，坐长而四十倍。君出四十倍之粟，以振孤寡，牧贫病，视独老。穷而无子者，靡得相鬻而养之，勿使赴于沟浍之中。若此，则士争前战为颜行，不偷而为用。舆死扶伤，死者过半。此何故也？士非好战而轻死，轻重之分使然也。”

桓公曰：“皮干筋角之征甚重。重籍于民，而贵市之，皮干筋角，非为国之数也。”管子对曰：“请以令高杠柴池，使东西不相睹，南北不相见。”桓公曰：“诺。”行事期年，而皮干筋角之征去分，民之籍去分。桓公召管子而问曰："此何故也？"管子对曰："杠池平之时，夫妻服簟，轻至百里。今高杠柴池，东西南北不相睹。天酸然雨，十人之力不能尚上。广泽遇雨，十人之力不可得而恃。夫舍牛马之力无所因，牛马绝罢而相继死。其所者相望，皮干筋角，徒予人而莫之取，牛马之价，必坐长而百倍，天下闻之，必离其牛马，而归齐若流。故高杠柴池，所以致天下之牛马，而损民之藉也。道若秘云：物之所生，不若其所聚。"

桓公曰："弓弩多匡軫苦礼切。碍也。者，而重藉于民，奉缮工而使弓弩多匡軫者，其故何也？"管子对曰："鹅鹜之舍近，鹍鸡鹄鵽之通远。朱批：鵽，鸨也。鹄鹍之所在，君请式璧而聘之。"桓公曰："诺。"行事期年，而上无阙者，前无趋人。三月解匄，弓弩无匡軫者。召管子而问曰："此何故也？"管子对曰："鹄鹍之所在，君式璧而聘之。菹泽之民闻之，越平而射远，非十钧之弩，不能中鹍鸡鹄鵽。彼十钧之弩，不得棐檠不能自正。故三月解匄，而弓弩无匡軫者。此何故也？以其家习其所也。"

桓公曰："寡人欲籍于室屋。"管子对曰："不可，是毁成也。""欲藉于万民。"管子曰："不可，是隐情也。""欲藉于六畜。"管子对曰："不可，是杀生也。""欲藉于树木。"管子对曰："不可，是伐生也。""然则寡人安藉而可？"管子对曰："君请藉于鬼神。"桓公忽然作色曰："万民、室屋、六畜、树木，且不可得藉，鬼神乃可得而藉夫？"管子对曰："厌宜乘势，事之利得也。计议因权，事之囿大也。王者乘势，圣人乘（幼）［朱批：囿］，与物皆宜。"桓公曰："行事奈何？"管子对曰："昔尧之五吏，五官无所食，君请立五厉之祭，祭尧之五吏。春献兰，秋敛落原。鱼以为脯，鲵以为殽。若此，则泽鱼之正，佰倍异日，则无屋粟邦布之藉。此之谓设之以祈祥，推之以礼义也。然则自足，何求于民也？"

桓公曰："天下之国，莫强于越。今寡人欲北举事孤竹离枝，恐越人之至，为此有道乎?"管子对曰："君请遏原流，大夫立沼池。令以矩游为乐，则越人安敢至?"桓公曰："行事奈何?"管子对曰："请以令隐三川，立员都，立大舟之都。大（身）[朱批：舟]之都有深渊垒十仞。令曰：'能游者赐千金。'"未能[朱批：用]金千，齐民之游水，不避吴越。桓公终北举事于孤竹离枝，越人果至，隐曲菑以水齐。管子有扶身之士五万人，以待战于曲菑，大败越人。此之谓水豫。

齐之北泽烧，猎而行火曰烧。式照反。火光照堂下。管子入贺桓公曰："吾田野辟，农夫必有百倍之利矣。"是岁，租税九月而具，粟又美。桓公召管子而问曰："此何故也?"管子对曰："万乘之国，千乘之国，不能无薪而炊。今北泽烧，莫之续，则是农夫得居装而卖其薪荛，大曰薪，小曰荛。一束十倍。则春有以剸耜，夏有以决芸，此租税所以九月而具也。"

桓公忧北郭民之贫，召管子而问曰："北郭者，尽屦缕之氓也，以唐园为本利，为此有道乎?"管子对曰："请以令禁百钟之家，不得事鞒；千钟之家，不得为唐园；去市三百步者，不得树葵菜。若此，则空闲有以相给资，则北郭之氓，有所雠其手搔之功，唐园之利。故有十倍之利。"

管子曰："阴王之国有三，而齐与在焉。"桓公曰："此若言可得闻乎?"管子对曰："楚有汝汉之黄金，而齐有渠展之盐，燕有辽东之煮，此阴王之国也。且楚之有黄金，中齐有菑石也，苟（有）[朱批：又]操之不工，用之不善，天下倪（而）[朱批：于]是（也）[朱批：耳]。使夷吾得居楚之黄金，吾能令农毋耕而食，女毋织而衣。今齐有渠展之盐，渠展，齐地，泲水所流入海之处，可煮盐之所也，故曰渠展之盐。请君伐菹薪，草枯曰菹，采居反。煮沸水为盐，正音征。而积之。”桓公曰：“诺。”十月始正，至于正月，成盐三万六千钟。召管子而问曰：“安用此盐而可？”管子对曰：“孟春既至，农事且起。大夫毋得缮冢墓，理宫室，立台榭，筑垣墙。北海之众，无得聚庸庸，功也。而煮盐，北海之众，谓北海煮盐之人。本意禁人煮盐，托以农事，虑有妨夺，先自大夫起，欲人不知其机，斯为权术。若此，则盐必坐长而十倍。”桓公曰：“善，行事奈何？”管子对曰：“请以令粜之梁、赵、宋、卫、濮阳。彼尽馈食之也，国无盐则肿。守圉之国，本国自无盐，远馈而食。圉与御同。用盐独甚。”桓公曰：“诺。”乃以令使粜之，得成金万一千余斤。桓公召管子而问曰：“安用金而可？”管子对曰：“请以令，使贺献出正籍者必以金，金坐长而百倍。运金之重，以衡万物，尽归于君。故此所谓用，若挹于河海，若输之给马。此阴王之业。”

管子曰：“万乘之国，必有万金之贾。千乘之国，必有千金之贾。百乘之国，必有百金之贾。非君之所赖也，君之所与。故为人君而不审其号令，则中一国而二君二王也。”桓公曰：“何谓一国而二君二王？”管子对曰：“今君之籍取以正，万物之贾，轻去其分，皆入于商贾，此中一国而二君二王也。故贾人乘其弊以守民之时，贫者失其财，是重贫也。农夫失其五谷，是重竭也。故为人君而不能谨守其山林菹泽草莱，不可以立为天下王。”桓公曰：“此若言何谓也？”管子对曰：“山林菹泽草莱者，薪蒸之所出，牺牲之所起也。故使民求之，使民藉之，因以给之。私爱之于民，若弟之与兄，子之与父也，然后可以通财交殷也。故请取君之游财而邑里布积之。阳春蚕桑且至，请以给其口食筥朱批：即“网”。曲之强。若此，则绖丝之籍，去分而敛矣。且四方之不至，六时制之。春日剸耜，次日获麦，次日薄芋，次日树麻，次日绝菹，次日大雨且至，趣芸壅培。六时制之，臣给至于国都。善者乡因其轻重，守其委庐，故事至而不妄，然后可以立为天下王。”

管子曰：“一农不耕，民或为之饥。一女不织，民或为之寒。故事再其本，则无卖其子者。事三其本，则衣食足。事四其本，则正籍给。事五其本，则远近通，死得藏。今事不能再其本，而上之求焉无止，是使奸涂不可独行，遗财不可包止。随之以法，则是下艾。民食三升，则乡有正食而盗。食二升，则里有正食而盗。食一升，则家有正食而盗。今操不反之事，而食四十倍之粟，而求民之毋失，不可得矣。且君朝令而求夕具，有者出其财，无有者卖其衣屦，农夫粜其五谷，三分贾而去。是君朝令一怒，布帛流越而之天下。君求焉而无止，民无以待之，走亡而栖山阜。持戈之士，顾不见亲，家族失而不分。民走于中，而士遁于外，此不待战而内败。”

管子曰：“今为国有地，牧民者务在四时，守在仓廪。国多财则远者来，地辟举则民留处，仓廪实则知礼节，衣食足则知荣辱。今君躬犁垦田，耕发草土，得其谷矣。民人之食，人有若干步亩之数，然而有饿馁于衢闾者何也？谷有所藏也。今君铸钱立币，民通移，人有百十之数，然而民有卖子者何也？财有所并也。故为人君不能散积聚，调高下，分并财，君虽强本趣耕，发草立币而无止，民犹若不足也。”

桓公问于管子曰：“今欲调高下，分并财，散积聚。不然，则世且并兼而无止，蓄余藏羡而不息，贫贱鳏孤独老不与得焉。散之有道，分之有数乎？”管子对曰：“唯能散之耳。请以令轻重之家。”桓公曰：“诺。”东车五乘，迎癸乙于周下原。桓公问四因与癸乙、管子、甯戚相与四坐。朱批：当作“间日”。桓公曰：“请问轻重之数。”癸乙曰：“重籍其民者失其下，数欺诸侯者无权与。”管子差肩而问曰：“吾不籍吾民，何以奉车革？不籍吾民，何以待邻国？”癸乙曰：“唯好心为可耳。夫好心则万物通，万物通则万物运，万物运则万物贱，万物贱则万物可因。知万物之可因而不因者，夺于天下。夺于天下者，国之大贼也。”桓公曰：“请问好心万物之可因。”癸乙曰：“有余富无余乘者，责之卿。诸侯足其所，不赂其游者，责之令大夫。朱批：令大夫，命大夫也。若此则万物通，万物通则万物运，万物运则万物贱，万物贱则万物可因矣。故知三准同策者，能为天下；不知三准之同策者，不能为天下。故申之以号令，抗之以徐疾也。民乎其归我若流水，此轻重之数也。”

桓公问于管子曰：“今刜戟十万，薪菜之靡，日虚十里之衍。顿戟一噪，而靡币之用，日去千金之积。久之且何以待之？”管子对曰：“粟贾平四十，则金贾四千。粟贾釜四十，则钟四百也。十钟四千也，二十钟者为八千也。金贾四千，则二金中八千也。然则一农之事，终岁耕百亩，百亩之收，不过二十钟，一农之事，乃中二金之财耳。故粟重黄金轻，黄金重而粟轻，两者不衡立。故善者重粟之贾。釜四百，则是钟四千也，十钟四万，二十钟者八万。金贾四千，则是十金四万也，二十金者为八万。故发号出令曰：一农之事，有二十金之策。然则地非有广狭，国非有贫富也，通于发号出令，审于轻重之数然。”

管子曰：“湩然击鼓，士忿怒。鎗然击金，士帅然。策桐鼓从，舆死扶伤，争进而无止。口满用，手满钱，非大父母之仇也，重禄重赏之所使也。故轩冕立于朝，爵禄不随，臣不为忠。中军行战，委（与）［墨批：予］之赏不随，士不死其列陈。然则是大臣执于朝，而列陈之士执于赏也。故使父不得子其子，兄不得弟其弟，妻不得有其夫，唯重禄重赏为然耳。故不远道里，而能威绝域之民；不险山川，而能服有恃之国。发若雷霆，动若风雨，独出独入，莫之能圉。”

桓公曰：“四夷不服，恐其逆政，游于天下，而伤寡人。寡人之行，为此有道乎？”管子对曰：“吴、越不朝，［朱批：请］珠象而以为币乎？发、朝鲜不朝，请文皮毤他卧切，落毛也。服而以为币乎？禺氏不朝，请以白璧为币乎？昆仑之虚不朝，请以璆琳琅玕为币乎？故夫握而不见于手，含而不见于口，而辟千金者，珠也，然后（百）［墨批：八］千里之吴越可得而朝也。一豹之皮容金而金也，然后八千里之发、朝鲜可得而朝也。怀而不见于抱，挟而不见于掖，而辟千金者，白璧也，然后八千里之禺氏可得而朝也。簪珥而辟千金者，璆琳琅玕也，然后八千里之昆仑之虚可得而朝也。故物无主，事无接，远近无以相因，则四夷不得而朝矣。”

卷二十四

轻重乙第八十一　轻重十四

桓公曰："天下之朝夕可定乎？"管子对曰："终身不定。"桓公曰："其不定之说可得闻乎？"管子对曰："地之东西二万八千里，南北二万六千里。天子中而立，国之四面，面万有余里，民之入正藉者，亦万有余里。故有百倍之力而不至者，有十倍之力而不至者，有倪而是者。则远者疏疾怨上，边竟诸侯，受君之怨民，与之为善，缺然不朝。是天子塞其涂，熟谷者去，天下之可得而霸。"桓公曰："行事奈何？"管子对曰："请与之立壤列，天下之旁，天子中立。地方千里，兼霸之壤，三百有余里，佌诸侯度百里，负海子男者度七十里。若此，则如胸之使臂，臂之使指也。然则小不能分于民，准徐疾羡不足，虽在下不为君忧。夫海出泲无止，山生金木无息。草木以时生，器以时靡币，泲水之盐以日消，终则有始，与天壤争，是谓立壤列也。"

武王问于癸度曰："贺献不重，身不亲于君，左右不足，友不善于群臣。故不欲收穑户籍，而给左右之用，为之有道乎？"癸度对曰："吾国者，衢处之国也，远秸之所通，游客蓄商之所道，财物之所遵。故苟入吾国之粟，因吾国之币，然后载黄金而出。故君请重重而衡轻轻，运物而相因，则国策可成。故谨毋失其度，未与民可治。"武王曰："行事奈何？"癸度曰："金出于汝汉之右衢，珠出于赤野之末光，玉出于禺氏之旁山，此皆距周七千八百余里。其涂远，其至阸，故先度用于其重，因以珠玉为上币，黄金为中币，刀布为下币。故先王善高中下币，制上下之用，而天下足矣。"

桓公曰："衡谓寡人曰：'一农之事，必有一耜、一铫、一镰、一耨、一椎、一铚，然后成为农。一车必有一斤、一锯、一釭、一钻、一凿、一球，奇休切。凿属。一轲，然后成为车。一女必有一刀、一锥、一箴、一鉥，时橘切。长针也。然后成为女。请以令断山木，鼓山铁，是可以毋籍而用足。'"管子对曰："不可，今发徒隶而作之，则逃亡而不守。发民，则下疾怨上。边竟有兵，则怀宿怨而不战。未见山铁之利，而内败矣。故善者不如与民，量其重，计其赢，民得其十，君得其三，(有)［朱批：又］杂之以轻重，守之以高下，若此，则民疾作而为上虏矣。"

桓公曰："请问壤数？"管子对曰："河淤诸侯，亩钟之国也，碛侧革切山诸侯之国也，朱批：碛，买谷之名，其字未详。河淤诸侯常不胜山诸侯之国者，豫戒者也。"桓公曰："此若言何谓也？"管子对曰："夫河淤诸侯，亩钟之国也，故谷众多而不理，固不得有。至于山诸侯之国，则敛蔬藏菜，此之谓豫戒。"桓公曰："壤数尽于此乎？"管子对曰："未也。昔狄诸侯亩钟之国也，故粟十钟而锱金。程诸侯，朱批："程"即"郢"也。山诸侯之国也，故粟五釜而锱金。故狄诸侯十钟而不得倳戟，程诸侯五釜而得倳戟。十倍而不足，或五分而有余者，通于轻重高下之数。国有十岁之蓄，而民食不足者，皆以其事业望君之禄也。君有山海之财，而民用不足者，皆以其事业交接于上者也。故租籍君之所宜得也，正籍者君之所强求也。亡君废其所宜得，而敛其所强求，故下怨上而令不行。民夺之则怒，予之则喜，民情固然。先王知其然，故见予之所，不见夺之理。故五谷粟米者，民之司命也；黄金刀布者，民之通货也。先王善制其通货，以御其司命，故民力可尽也。”

管子曰：“泉雨五尺，其君必辱。食称之国必亡，待五谷者众也。故树木之胜霜露者，不受令于天。家足其所者，不从圣人。故夺然后予，高然后下，喜然后怒，天下可举。”

桓公曰：“强本节用，可以为存乎？”管子对曰：“可以为益愈，而未足以为存也。昔者纪氏之国，强本节用者，其五谷丰满而不能理也，四流而归于天下。若是则纪氏其强本节用，适足以使其民谷尽而不能理，为天下虏，是以其国亡而身无所处。故可以益愈，而不足以为存。故善为国者，天下下我高，天下轻我重，天下多我寡。然后可以朝天下。”

桓公曰：“寡人欲毋杀一士，毋顿一戟，而辟方都二，为之有道乎？”管子对曰：“泾水十二空，汶渊洙浩满三之于，乃请以令，使九月种麦，日至日获，则时雨未下，而利农事矣。”桓公曰“诺。”令以九月种麦，日至而获，量其艾，一收之积中方都二。故此所谓善因天时，辨于地利，而辟方都之道也。

管子入复桓公曰：“终岁之租金四万二千金，请以一朝，素赏军士。”桓公曰：“诺。”以令至鼓，期［朱批：于泰舟之野，期］军士。桓公乃即坛而立，宁戚、鲍叔、隰朋、易牙、宾胥无皆差肩而立。管子执枹，而揖军士，曰：“谁能陷陈破众者，赐之百金。”三问不对，有一人秉剑而前，问曰：“几何人之众也？”管子曰：“千人之众。”“千人之众，臣能陷之。”赐之百金。管子又曰：“兵接弩张，谁能得卒长者，赐之百金。”问曰：“几何人卒之长也？”管子曰：“千人之长。”“千人之长，臣能得之。”赐之百金。管子又曰：“谁能听旌旗之所指，而得执将首者，赐之千金。言能得者垒千人，赐之人千金。其余言能外斩首者，赐之人十金。”一朝素赏，四万二千金，廓然虚。桓公惕然太息曰："吾曷以识此？"管子对曰："君勿患，且使外为名于其内，乡为功于其亲，家为德于其妻子。若此，则士必争名报德，无北之意矣。吾举兵而攻，破其军，并其地，则非特四万二千金之利也。"五子曰："善。"桓公曰："诺。"乃诫大将曰："百人之长，必为之朝礼。千人之长，必拜而送之，降两级。其有亲戚者，必遗之酒四石，肉四鼎。其无亲戚者，必遗其妻子酒三石，肉三鼎。"行教半岁，父教其子，兄教其弟，妻谏其夫。曰："见其若此而其厚，而不死列陈，可以反于乡乎！"桓公终举兵攻莱，战于莒必市里，鼓旗未相望，众少未相知，而莱人大遁。故遂破其军，兼其地，而虏其将。故未列地而封，未出金而赏，破莱军，并其地，禽其君，此素赏之计也。

桓公曰："曲防之战，民多假货而给上事者，寡人欲为之出赂，为之奈何？"管子对曰："请以令，令富商蓄贾百符而一马，无有者取于公家。若此，则马必坐长，而百倍其本矣。是公家之马不离其牧皂，而曲防之战赂足矣。"

桓公问于管子曰："崇弟蒋弟丁惠之功世，朱批：崇、蒋，宗室之氏。丁、惠，丁公、惠公之后也。功世，功臣之世。吾岁罔，寡人不得藉升斗焉，去［朱批：一］。菹菜咸卤斥泽，山间堁壆不为用之壤，寡人不得藉升斗焉，去一。列稼缘封十五里之原，强耕而自以为落，其民寡人不得籍斗升焉，［朱批：去一］。则是寡人之国，五分而不能操其二，是有万乘之号，而无［墨批：千］乘之用也。以是与天子提衡争秩于诸侯，提，持也。合众弱以事一强者谓之衡。秩，次也。为之有道乎？""管子对曰："唯籍于号令为可耳。"桓公曰："行事奈何？"管子对曰："请以令，发师置屯籍农，屯，戍也。发师置戍，人有粟者则不行。十钟之家不行，六斛四斗为钟。百钟之家不行，千钟之家不行，行者不能百之一，千之十，而困窌之数，困，丘伦反。窌，力救反。皆见于上矣。君按囷窌之数令之曰：'国贫而用不足，请以平价取之子，皆案囷窌而不能挹损焉。'挹，犹谓灭其数。君直币之轻重以决其数，直，犹当也。谓决其积粟之数。使无券契之责，分之曰券，合之曰契。责读曰债。使百姓皆称贷于君，则无券契之债。则积藏囷窌之粟皆归于君矣。故九州无敌，竟上无患。"令曰："罢师归农，无所用之。"管子曰："天下有兵，则积藏之粟足以备其粮，天下无兵，则以赐贫氓。若此，则菹菜咸卤斥泽山间堤壘之壤，无不发草。此之谓籍于号令。"

管子曰："滕、鲁之粟釜百，则使吾国之粟釜千。滕、鲁之粟四流而归我，若下深谷者，非岁凶而民饥也。辟之以号令，引之以徐疾，施平，其归我若流水。"

桓公曰："吾欲杀正商贾之利，而益农夫之事，为此有道乎？"管子对曰："粟重而万物轻，粟轻而万物重，两者不衡立。故杀重商贾之利，而益农夫之事，则请重粟之价金三百。若是则田野大辟，而农夫劝其事矣。"桓公曰："重之有道乎？"管子对曰："请以令，与大夫城藏，使卿诸侯藏千钟，令大夫藏五百钟，列大夫藏百钟，列大夫，中大夫。富商蓄贾藏五十钟。内可以为国委，外可以益农夫之事。"桓公曰："善。"下令卿诸侯、令大夫城藏。农夫辟其五谷，三倍其价，则正商失其事，而农夫有百倍之利矣。

桓公问于管子曰："衡有数乎？"管子对曰："衡无数也。衡者使物一高一下，不得常固。"桓公曰："然则衡数不可调耶？"管子对曰："不可调。调则澄，澄则常，常则高下不贰，高下不贰，则万物不可得而使固。"桓公曰："然则何以守时？"管子对曰："夫岁有四秋，而分有四时，故曰：农事且作，请以什伍农夫赋耜铁，此之谓春之秋。大夏且至，丝纩之所作，此之谓夏之秋。而大秋成，五谷之所会，此之谓秋之秋。大冬营室中，女事纺绩缉缕之所作也，此之谓冬之秋。故岁有四秋，而分有四时。已有四者之序，发号出令，物之轻重，相什而相伯。故物不得有常固，故无曰衡无数。”桓公曰：“皮、干、筋、角、竹、箭、羽毛、齿、革不足，为此有道乎？”管子曰：“惟曲衡之数为可耳。”桓公曰：“行事奈何？”管子对曰：“请以令，为诸侯之商贾立客舍，一乘者有食，三乘者有刍菽，五乘者有伍养。天下之商贾，归齐若流水。”

轻重丙第八十二亡　轻重十五

轻重丁第八十三　轻重十六

桓公曰：“寡人欲西朝天子，而贺献不足，为此有数乎？”朱批：此汉武所行之法。管子对曰：“请以令城阴里，城者，筑城也。阴里，齐地也。使其墙三重而门九袭。”袭，亦重也。欲其事密而人不知，又先托筑城。因使玉人刻石而为璧，刻石，刻其菑石。尺者万泉，八寸者八千，七寸者七千，珪中丁仲反。四千，瑗中五百。好倍肉曰瑗。璧之数已具，管子西见天子曰：“敝邑之君，欲率诸侯而朝先王之庙，观于周室。请以令，使天下诸侯朝先王之庙，观于周室者，不得不以彤弓石璧。不以彤弓石璧者，彤弓，朱弓也。非齐之所出，盖不可独言石璧，兼以彤弓者，犹藏其机。不得入朝。”天子许之曰：“诺”。号令于天下，天下诸侯载黄金珠玉五谷文采布泉，输齐以收石璧。石璧流而之天下，天下财物流而之齐，故国八岁而无籍，阴里之谋也。

右石璧谋。

桓公曰："天子之养不足，号令赋于天下，则不信诸侯，为此有道乎?"管子对曰："江淮之间，有一茅而三脊，毋至其本，名之曰菁。请使天子之吏，环封而守之。夫天子则封于太山，禅于梁父。号令天下诸侯曰：'诸从天子封于太山禅于梁父者，必抱菁茅一束以为禅籍，不如令者不得从。'天子下诸侯，载其黄金争秩而走。江淮之菁茅，坐长而十倍，其贾一束而百金。故天子三日即位，天下之金四流而归周若流水，故周天子七年不求贺献者，菁茅之谋也。"

右菁茅谋。

桓公曰："寡人多务，令衡籍，吾国之富商、蓄贾、称贷家，以利吾贫萌，农夫不失其本事，反此有道乎?"管子对曰："惟反之以号令为可耳。"桓公曰："行事奈何?"管子对曰："请使宾胥无驰而南，隰朋驰而北，宁戚驰而东，鲍叔驰而西。四子之行定，夷吾请号令，谓四子曰：'子皆为我君，视四方称贷之间，其受息之氓几何千家以报吾。'鲍叔驰而西，反报曰："西方之氓者，带济负河，菹泽之萌也。渔猎取薪蒸而为食。其称贷之家，多者千钟，少者六七百钟，其出之中，钟也，一钟。其受息之萌九百余家。"宾胥无驰而南，反报曰："南方之萌者，山居谷处，登降之萌也，上斫轮轴，下采抒栗，田猎而为食。其称贷之家，多者千万，少者六七百万，其出之中，伯伍也。朱批：一百取五五分利也。其受息之萌八百余家。"宁戚驰而东，反报曰："东方之萌，带山负海，若处上断福，渔猎之萌也，治葛缕而为食。其称贷之家，丁惠高国，多者五千钟，少者三十钟。其出之中，钟五釜也。朱批：半利也。其受息之萌八九百家。"隰朋驰而北，反报曰："北方之萌者，衍处负海，煮沸为盐，梁济取鱼之萌也。薪食。其称贷之家，多者千万，少者六七百万。其出之中，伯二十也。受息之民九百余家。凡称贷之家，出泉参千万，出粟参数千万钟，受子息之民三万家。”四子已报。管子曰：“不弃我君之有萌，朱批：字误。中一国而五君之正也，然［朱批：而］欲国之无贫，兵之无弱，安可得哉！”桓公曰：“为此有道乎？”管子曰：“惟反之以号令为可。请以令，贺献者，皆以镰枝兰鼓，则必坐长什倍其本矣。君之栈台之职，亦坐长什倍。请以令，召称贷之家，君因酌之酒，太宰行觞。”桓公举衣而问曰：“寡人多务，令衡籍吾国，闻子之假贷吾贫萌，使有以终其上令。寡人有镰枝兰鼓，其贾中纯万钱也，愿以为吾贫萌决其子息之数，使无券契之责。”称贷之家皆齐首而稽颡曰：“君之忧萌至于此，请再拜以献堂下。”桓公曰：“不可，子使吾民春有以剸耜，夏有以决芸，寡人之德子，无所宠，若此而不受，寡人不得于心。”故称贷之家皆再拜受。所出栈台之职，未能参千纯也，而决四方子息之数，使无券契之责。四方之萌闻之，父教其子，兄教其弟，曰：“夫垦田发务，上之所急，可以无庶乎？君之忧我至于此！”此之谓反准。

管子曰：“昔者癸度居人之国，必四面望于天下，天下高亦高。天下高我独下，必失其国于天下。”桓公曰：“此若言何谓也？”管子对曰：“昔莱人善染练，茈之于莱纯锱，緺绶之于莱亦纯锱也。其周中十金。莱人知之，闻纂茈空。周且敛马，作见于莱人操之，莱有推马。是自莱失綦茈而反准于马也。故可因者因之，乘者乘之。此因天下以制天下，此之谓国准。”

桓公曰：“齐西水潦而民饥，齐东丰庸而粜贱。庸，用也。谓丰稔而足用。欲以东之贱，被西之贵，为之有道乎？”管子对曰：“今齐西之粟釜百泉，五钟为釜。则鏂二十也。斗二升八合曰鏂。乌侯反。泉，钱也。齐东之粟釜十泉，则鏂二钱也。请以令，籍人三十泉，得以五谷菽粟决其籍。若此，则齐西出三斗而决其籍，齐东出三釜而决其籍，然则釜十之粟，皆实于仓廪。西之民饥者得食，寒者得衣，无本者予之陈，无种者予之新，若此，则东西之相被，远近之准平矣。”君下令税人三十钱，准以五谷。令齐西之人纳三斗，东之人纳三釜，以赈西之人，则东西俱平矣。管子曰：智用无穷。以区区之齐，一匡天下，本仁祖义，成其霸业。所行权术，因机而发，非为常道。故别篇云“偏行而不尽”也。

桓公曰：“衡数吾已得闻之矣。请问国准？”管子对曰：“孟春且至，沟渎（阮）[朱批：阬]而不遂，溪谷（报）[朱批：暴]上之水，不安于藏，内毁室屋坏墙垣，外伤田野残禾稼。故君谨守泉金之谢，朱批：谢、榭，古今字，即“库”。物且为之举。大夏，帷盖衣幕之奉不给，谨守泉布之谢，物且为之举。大秋，甲兵求缮，弓弩求弦，谨丝麻之谢，物且为之举。大冬，任甲兵，粮食不给，黄金之赏不足，谨守五谷，黄金之谢，物且为之举。已守其谢，富商蓄贾，不得如故。此之谓国准。”

龙斗于马谓之阳，牛山之阴。管子入复于桓公曰：“天使使者，临君之郊，请使大夫初饬左右玄服，天之使者乎！”天下闻之曰：‘神哉齐桓公！天使使者临其郊。’不待举兵而朝者八诸侯。此乘天威而动天下之道也。故智者役使鬼神，而愚者信之。”

桓公终神。朱批：上有阙文，言彗星见之事。管子入复桓公曰：“地重投之哉，兆国有恸。风重投之哉，兆国有朱批：此下落三字。[朱批：口]。[朱批：国有]枪星，其君必辱。国有彗星，必有流血。浮丘之战，彗之[朱批：所]出，必服天下之仇。今彗星见于齐之分，请以令朝功臣世家，号令于国中，曰：‘彗星出，寡人恐服天下之仇。请有五谷菽粟布帛文采者，皆勿敢左右。国且有大事，请以平贾取之。’功臣之家、人民百姓，皆献其谷菽粟泉金，归其财物，以佐君之大事。此谓乘天菑而求民邻财之道也。”

桓公曰："大夫多并其财而不出，腐朽五谷而不散。"管子对曰："请以令，召城阳大夫而请之。"桓公曰："何哉？"管子对曰："城阳大夫，嬖宠被絺绤，鹅鹜含余秣。齐钟鼓之声，吹笙篪，同姓不入，伯叔父母，远近兄弟，皆寒［墨批：而］不得衣，饥［墨批：而］不得食。""子欲尽忠于寡人能乎？故子毋复见寡人。"灭其位，杜其门而不出。功臣之家，皆争发其积藏，出其资财，以予其远近兄弟。以为未足，又收国中之贫病孤独，老不能自食之萌，皆与得焉。故桓公推仁立义，功臣之家，兄弟相戚，骨肉相亲，国无饥民。此之谓缪数。

桓公曰："峥丘之战，峥丘，地名。未闻。说即葵丘。民多称贷，负子息以给上之急，度上之求。寡人欲复业产，业产者，本业也。此何以洽？"洽，通也。言百姓为戎事失其本业，今欲取之，何以通于此也？管子对曰："惟缪数为可耳。""缪"读曰"谬"。假此术以陈其事也。桓公曰："诺。"令左右州曰："表称贷之家，旌，表也。皆垩白其门，而高其闾。"亦所以贵重之。州通之师执折箓曰："君且使使者。"桓公使八使者式璧而聘之，以给盐菜之用。令使者赍石璧而与，仍存问之，谦言盐菜之用。称贷之家皆齐首稽颡而问曰："何以得此也？"使者曰："君令曰：寡人闻之《诗》曰：'恺悌君子，民之父母也。'寡人有峥丘之战。吾闻子假贷吾贫萌，使有以给寡人之急，度寡人之求，使吾萌春有以剚耜，夏有以决芸，而给上事，子之力也。是以式璧而聘子，以给盐菜之用。故子中民之父母也。"称贷之家，皆折其券而削其书，旧执之券，皆折毁之。所书之债，皆削除之不用。发其积藏，出其财物，以赈贫病，分其故资。故国中大给，峥丘之谋也。此之谓缪数。

桓公曰："四郊之民贫，商贾之民富。寡人欲杀商贾之民，以益四郊之民，为之奈何？"管子对曰："请以令，决瀷、洛之水，通之杭、庄之间。”桓公曰：“诺。”行令未能一岁，而郊之民殷然益富，商贾之民廓然益贫。桓公召管子而问：“此其故何也？”管子对曰：“决瓁、洛之水，通之杭、庄之间，则屠酤之汁肥流水，则蚊虻巨雄、翡燕小鸟皆归之，宜昏饮，此水上之乐也。贾人蓄物，而卖为雠，买为取。市未央毕，而委舍其守列，投蚊（虵）［朱批：虻］巨雄，新冠五尺，请挟弹怀丸游水上，弹翡燕小鸟，被于暮。故贱卖而贵买，四郊之民卖贱，何为不富哉？商贾之人，何为不贫乎？”桓公曰：“善。”

桓公曰：“五衢之民，衰然多衣弊而屦穿。寡人欲使帛布丝纩之贾贱，为之有道乎？”管子曰：“请以令沐途旁之树枝，使无尺寸之阴。”桓公曰：“诺。”行令未能一岁，五衢之民，皆多衣帛完屦。桓公召管子而问曰：“此其何故也？”管子对曰：“途旁之树，未沐之时，五衢之民，男女相好，往来之市者，罢市相睹，树下谈语，终日不归。男女当壮，扶輂推舆，相睹树下，戏笑超距，终日不归。父兄相睹，树下论议玄语，终日不归。是以田不发，五谷不播，麻桑不种，茧缕不治。内严一家而三不归，则帛布丝纩之贾，安得不贵？”桓公曰：“善。”

桓公曰：“粜贱，寡人恐五谷之归于诸侯。寡人欲为百姓万民藏之，为此有道乎？”管子曰：“今者夷吾过市，有新成囷京者二家。大囷曰京。君请式璧而聘之。”式，用也。璧，石璧也。聘，问也。赐之以璧，仍存问之。桓公曰：“诺。”行令半岁，万民闻之，舍其作业而为囷而京，以藏菽粟五谷者过半。桓公问管子曰：“此其何故也？”管子曰：“成囷京者二家，君式璧而聘之，名显于国中，国中莫不闻。是民上则无功显名于百姓也，功立而名成，下则实其囷京，上以给上为君，一举而名实俱在也。民何［朱批：弗］为也？”

桓公问管子曰："请问王数之守终始，可得闻乎？"管子曰："正月之朝，谷始也。日至百日，黍秫之始也。九月敛实平，麦之始也。"

管子问于桓公："敢问齐方于几何里？"桓公曰："方五百里。"管子曰："阴雍长城之地，其于齐国三分之一，非谷之所生也。(洴)［朱批：沂］龙夏，其于齐国四分之一也，朝夕外之，朱批：潮汐也。所壖齐地者五分之一，非谷之所生也。然则吾非托食之主耶？"桓公遽然起曰："然则为之奈何？"管子对曰："动之以言，溃之以辞，可以为国基。且君币籍而务，则贾人独操国趣。君谷籍而务，则农人独操国固。君动言操辞，左右之流，君独因之。""物之始，吾已见之矣。物之终，吾已见之矣。物之贾，吾已见之矣。"管子曰："长城之阳，鲁也。长城之阴，齐也。三败，杀君二重臣，定社稷者，吾此皆以孤突之地封者也。故山地者山也，水地者泽也，薪刍之所生者斥也。"公曰："托食之主及吾地亦有道乎？"管子对曰："守其三原。"公曰："何谓三原？"管子对曰："君守布则籍于麻，十倍其贾，布五十倍其贾，此数也。君以织籍籍于系，未为系籍，系抚织，再十倍其贾。如此则云五谷之籍。是故籍于布则抚之系，籍于谷则抚之山，籍于六畜则抚之术，籍于物之终始而善御以言。"公曰："善。"

管子曰："以国一籍臣，右守布万两而右麻，籍四十倍其贾，术布，五十倍其贾。公以重布决诸侯贾，如此而有二十齐之故。是故轻轶于贾谷制畜者，则物轶于四时之辅。善为国者，守其国之财，汤之以高下，注之以徐疾，一可以为百，未尝籍求于民，而使用若河海，终则有始。此谓守物而御天下也。"公曰："然则无可以为有乎？贫可以为富乎？"管子对曰："物之生未有（刑）［朱批：形］，而王霸立其功焉。是故以人求人，则人重矣。以数求物，则物重矣。”公曰：“此若言何谓也？”管子对曰：“举国而一则无赀，举国而十则有百。然则吾将以徐疾御之，若左之授右，若右之授左，是以外内不蜷，终身无咎。王霸之不求于人，而求之终始，四时之高下，令之徐疾而已矣。源泉有竭，鬼神有歇，守物之终始，［朱批：终］身不竭。此谓源究。”

轻重戊第八十四　轻重十七

桓公问于管子曰：“轻重安施？”管子对曰：“自理国虙戏以来，未有不以轻重而能成其王者也。”公曰：“何谓？”管子对曰：“虙戏作，造六峜，以迎阴阳，朱批：当是气字，从屮、企。作九九之数以合天道，而天下化之。神农作，树五谷淇山之阳，九州之民，乃知谷食，而天下化之。黄帝作，钻鐩生火，以熟荤臊，民食之无兹胃之病，而天下化之。黄帝之王，童山竭泽。有虞之王，烧曾薮，斩群害，以为民利，封土为社，置木为闾，［朱批：使］民始知礼也。当是其时，民无愠恶不服，而天下化之。夏人之王，外凿二十，虻䗁十七，湛疏三江，凿五湖，道四泾之水，以商九州之高，以治九薮，民乃知城郭门闾室屋之筑，而天下化之。殷人之王，立皂牢，服牛马，以为民利，而天下化之。周人之王，循六峜，合阴阳，而天下化之。”公曰：“然则当世之王者，何行而可？”管子对曰：“并用而毋俱尽也。”公曰：“何谓？”管子对曰：“帝王之道备矣，不可加也，公其行义而已矣。”公曰：“其行义奈何？”管子对曰：“天子幼弱，诸侯亢强，聘享不上。公其弱强继绝，率诸侯以起周室之祀。”公曰：“善。”

桓公曰：“鲁梁之于齐也，千谷也，朱批：字误。蠭螫也，齿之有唇也。蠭，古“蜂”字。螫，音尸亦反。言鲁梁二国常为齐患也。今吾欲下鲁梁，何行而可？”管子对曰：“鲁梁之民俗为绨。徒奚反，缯之厚者谓之绨。公服绨，令左右服之，民从而服之。公因令齐勿敢为，必仰于鲁梁，则是鲁梁释其农事而作绨矣。”桓公曰：“诺。”即为服于泰山之阳，鲁、梁二国在泰山之南，故为服于此，近其境也，欲鲁梁人速知之。十日而服之。管子告鲁梁之贾人曰：“子为我致绨千匹，赐子金三百斤，什至而金三千斤。则是鲁梁不赋于民，财用足也。”鲁梁之君闻之，则教其民为绨。十三月，而管子令人之鲁梁。鲁梁郭中之民，道路扬尘，十步不相见，绁繑，而踵相随，绁，繑谓连续也。绁，息列反。繑，丘乔反。车毂齺骑，连伍而行。齺，啮也，士角反。言其车毂往来相啮，而骑东西连而行，皆趋绨利耳。管子曰：“鲁梁可下矣。”公曰：“奈何？”管子对曰：“公宜服帛，率民去绨。闭关，毋与鲁梁通使。”公曰：”诺。”后十月，管子令人之鲁梁，鲁梁之民，饿馁相及，相及，犹相继也。应声之正，无以给上。应声之正，谓急速之赋。正音征。鲁梁之君，即令其民去绨修农，谷不可以三月而得。鲁梁之人籴十百，谷斗千钱。齐粜十钱。谷斗十钱。二十四月，鲁梁之民归齐者十分之六。三年，鲁梁之君请服。

桓公问管子曰：“民饥而无食，寒而无衣，应声之正，无以给上，室屋漏而不居，墙垣坏而不筑，为之奈何？”管子对曰：“沐涂树之枝也。”桓公曰：“诺。”令谓左右伯，沐涂树之枝。左右伯受，沐涂树之枝。阔其年，民被白布，清中而浊，应声之正，有以给上，室屋漏者得居，墙垣坏者得筑。公召管子问曰：“此何故也？”管子对曰：“齐者，夷莱之国也。一树而百乘息其下者，以其不捎也。众鸟居其上，丁壮者胡丸操弹居其下，终日不归。父老柎枝而论，终日不归。归市亦惰倪，终日不归。今吾沐涂树之枝，日中无尺寸之阴，出入者长时，行者疾走，父老归而治生，丁壮者归而薄业，彼臣归其三不归，此以乡不资也。”

桓公问于管子曰：“莱莒与柴田相并，为之奈何？”管子对曰：“莱莒之山生柴，君其率白徒之卒，铸庄山之金以为币，重莱之柴贾。”莱君闻之，告左右曰：“金币者，人之所重也。柴者，吾国之奇出也。以吾国之奇出，尽齐之重宝，则齐可并也。”莱即释其耕农而治柴，管子即令隰朋反农。二年，桓止柴，莱莒之籴三百七十，齐粜十钱，莱莒之民降齐者十分之七。二十八月，莱莒之君请服。

桓公问于管子曰：“楚者，山东之强国也，其人民习战斗之道。举兵伐之，恐力不能过，兵弊于楚，功不成于周，为之奈何？”管子对曰：“即以战斗之道与之矣。”公曰：“何谓也？”管子对曰：“公贵买其鹿。”桓公即为百里之城，使人之楚买生鹿，楚生鹿，当一而八万。管子即令桓公与民通轻重，藏谷什之六，令左司马伯公将白徒而铸钱于庄山，令中大夫王邑载钱二千万，求生鹿于楚。楚王闻之，告其相曰：“彼金钱，人之所重也，国之所以存，明王之所以赏有功。禽兽者，群害也，明王之所弃逐也。今齐以其重宝，贵买吾群害，则是楚之福也，天且以齐私楚也，子告吾民，急求生鹿，以尽齐之宝。”楚民即释其耕农而田鹿。管子告楚之贾人曰：“子为我致生鹿二十，赐子金百斤。什至而金千斤也。则是楚不赋于民而财用足也。”楚之男子居外，女子居涂，隰朋教民藏粟五倍。楚以生鹿，藏钱五倍。管子曰：“楚可下矣。”公曰：“奈何？”管子对曰：“楚钱五倍，其君且自得而修谷，钱五倍是楚强也。”桓公曰：“诺。”因令人闭关不与楚通使。楚王果自得而修谷，谷不可三月而得也，楚籴四百，齐因令人载粟，处芊之南，楚人降齐者十分之四。三年而楚服。

桓公问于管子曰：“代国之出何有？”管子对曰：“代之出狐白

之皮，公其贵买之。”管子曰：“狐白应阴阳之变，六月而壹见。公贵买之，代人忘其难得，喜其贵买，必相率而求之。则是齐金钱不必出，代民必去其本，而居山林之中。离枝闻之，必侵其北。离枝侵其北，代必归于齐。公因令齐，载金钱而往。”桓公曰：“诺。”即令中大夫王师北将人徒，载金钱之代谷之上，求狐白之皮。代王闻之，即告其相曰：”代之所以弱于离枝者，以无金钱也。今［墨批：齐］乃以金钱求狐白之皮，是代之福也。子急令民求狐白之皮，以致齐之币，寡人将以来离枝之民。”代人果去其本，处山林之中，求狐白之皮。二十四月而不得一。离枝闻之，则侵其北。代王闻之大恐，则将其士卒，葆于代谷之上。离枝遂侵其北，王即将其士卒，愿以下齐。齐未亡一钱币，修使三年而代服。

桓公问于管子曰：”吾欲制衡山之术，为之奈何？”管子对曰：“公其令人贵买衡山之械器，而卖之，燕、代必从公而买之。秦、赵闻之，必与公争之，衡山之械器，必倍其贾。天下争之，衡山械器，必什倍以上。”公曰：“诺。”因令人之衡山求买械器，不敢辩其贵贾。齐修械器于衡山十月，燕代闻之，果令人之衡山，求买械器。燕代修三月，秦国闻之，果令人之衡山，求买械器。衡山之君告其相曰：“天下争吾械器，令其买再什以上。”衡山之民，释其本而修械器之巧。齐即令隰朋漕粟于赵，赵籴十五，隰朋取之石五十。天下闻之，载粟而之齐。齐修械器十七月，修粜五月，即闭关不与衡山通使。燕、代、秦、赵即引其使而归。衡山械器尽，鲁削衡山之南，齐削衡山之北。内自量，无械器以应二敌，即奉国而归齐矣。

轻重己第八十五　轻重十八

清神生心，心生规，规生矩，矩生方，方生正，正生历，历生四时，四时生万物。圣人因而理之，道遍矣。

以冬日至始，数四十六日，冬尽而春始。天子东出其国四十六里而坛，服青而絻青，搢玉总，朱批：总，圭。带玉监，朱批：监，镜。朝诸侯及卿大夫列士，循于百姓，号曰祭日。牺牲以鱼。发出令曰："生而勿杀，赏而勿罚，罪狱勿断，以待期年。"教民樵室钻鐩，墐灶泄井，所以寿民也。耟耒耨，怀铝鉊，朱批：铫耜。乂橿权，朱批：灌。渠繉绁，朱批：潮渫。所以御春夏之事也。必具，教民为酒食，所以为孝敬也。民生而无父母，谓之孤子。无妻无子，谓之老鳏。无夫无子，谓之老寡。此三人者，皆就官而（众）［朱批：粟］。可事者［朱批：事］，不可事者食，如言而勿遗。多者为功，寡者为罪，是以路无行乞者也。路有行乞者，则相之罪也。天子之春令也。

以冬日至始，数九十二日，谓之春至。天子东出其国，九十二里而坛，朝诸侯卿大夫列士，循于百姓，号曰祭星。十日之内，室无处女，路无行人。苟不树艺者，谓之贼人。下作之地，上作之天，谓之不服之民。处里为下陈，处师为下通，谓之役夫。三不树而主使之。天子之春令也。

以春日至始，数四十六日，春尽而夏始。天子服黄而静处，朝诸侯及卿大夫列士，循于百姓，发号出令曰："毋聚大众，毋行大火，毋断大木，诛大臣，毋斩大山，毋戮大衍。灭三大而国有害也。"天子之夏禁也。

以春日至始，数九十二日，谓之夏至而麦熟。天子祀于太宗，其盛以麦。麦者，谷之始也。宗者，族之始也。同族者入，殊族者处。皆齐大材，出祭王母。天子之所以主始而忌讳也。

以夏日至始，数四十六日，夏尽而秋始，而黍熟。天子祀于太祖，其盛以黍。黍者，谷之美者也。祖者，国之重者也。大功者太祖，小功者小祖，无功者无祖。无功者皆称其位而立沃，朱批：四亲也，沃，沃尸也。有功者观于外。朱批：灌于外，先有朝事，朝践乃迎尸于外也。使无功者为有功者立而沃灌也。祖者，所以功祭也，非所以戚祭也。天子之所以异贵贱而赏有功也。

以夏日至始，数九十二日，谓之秋至，秋至而禾熟。天子祀于太惢，朱批：即“心”也，流火也。西出其国百三十八里而坛，服白而絻白，搢玉总，带锡监，吹埙篪之风，凿动金石之音，朝诸侯卿大夫列［朱批：士］，循于百姓，号曰祭月。牺牲以彘，发号出令，罚而勿赏，夺而勿予，罪狱诛而勿生。终岁之罪，毋有所赦，作衍牛马之实，在野者王。天子之秋计也。

以秋日至始，数四十六日，秋尽而冬始。天子服黑絻黑，而静处，朝诸侯卿大夫列士，循于百姓，发号出令曰：“毋行大火，毋斩大山，毋塞大水，毋犯天之隆。”天子之冬禁也。

以秋日至始，数九十二日，天子北出九十二里而坛，服黑而絻黑，朝诸侯卿大夫列士，号曰发繇。趣山人断伐，具械器。趣菹人薪雚苇，足蓄积。三月之后，皆以其所有，易其所无，谓之大通。三月之蓄。凡在趣耕而不耕，民以不令，不耕之害也。宜芸而不芸，百草皆存，民以仅存，不芸之害也。宜获而不获，风雨将作，五谷以削，士民零落，不获之害也。宜藏而不藏，雾气阳阳，宜死者生，宜蛰者鸣，不藏之害也。张耜当弩，铫耨当剑戟，获渠当胁軻，朱批：杷也。蓑笠当抾櫓。朱批：“抾”当作“扴”。“扴”即“介扞”。故耕械具，则战械备矣。

轻重庚第八十六亡　轻重十九

朱批：辛卯五月夏至前十日抄校毕。

朱批：壬寅二月春分后八日重阅。

朱批：此书经廿三年乃成，又十二年乃可读。凡卅五年。